ADA

OR

A Family Chronicle

ARD*OR*

Vladimir Nabokov

アーダ 上
〔新訳版〕

ウラジーミル・ナボコフ

若島正 訳

早川書房

アーダ〔新訳版〕

〔上〕

ADA OR ARDOR
A Family Chronicle
by
Vladimir Nabokov

Translated by
Tadashi Wakashima
Published 2017 in Japan by
Hayakawa Publishing, Inc.
This book is published in Japan by
direct arrangement with
The Estate of Dmitri Nabokov
c/o The Wylie Agency (UK) Ltd.

装幀／仁木順平
装画／中村恭子「百刻みの刑」

ヴェーラに

ソフィア・テムノシニイ公爵夫人
[1755-1809]

オーリガ
[1773-1814]
m.1793
エラスムス・ヴィーン
[1760-1852]

ディーダラス
[1799-1883]
m.1837
イリーナ・ガーリン伯爵夫人
[1820-1838]

アーデリオン
[1800-1848]
m.
メアリー・トランベル
[?-1849]

ディメンティ・ディーモン
[1838-1905]
m.1869
アクワ・ドゥルマノフ

ダニエル
[1838-1893]
m.1871
マリーナ・ドゥルマノフ

イヴァン（ヴァン）
[1870-]

アデライダ（アーダ）
[1872-]
m.1893
アンドレイ・ヴァインランダー
[1865-1922]

ルシンダ（リュセット）
[1876-1901]

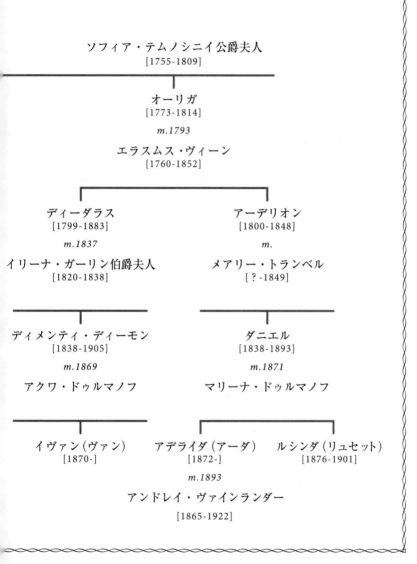

フセスラフ・ゼムスキイ公爵
[1699-1797]
m.1770

ピーター
[1772-1832]
m.1824
メアリー・オライリー
[1806-1850]

ダリア（ドリー）
[1825-1870]
m.1840
イヴァン・ドゥルマノフ
[1801-1872]

イヴァン
[1842-1862]

マリーナ
[1844-1900]
m.1871
ダニエル・ヴィーン

アクワ
[1844-1883]
m.1869
ディメンティ・ヴィーン

Family Tree 家系図

m.＝結婚

ロナルド・オレンジャー夫妻、若干の端役、およびアメリカ国民ではない何人かを除けば、本書に名前が出てくる人物は全員死亡している。［編者］

注はすべてヴィヴィアン・ダークブルームによる。

第 1 部

1

「幸せな家庭というものはどこでも多かれ少なかれ似ていないが、不幸せな家庭はどこでも多かれ少なかれ似たようなものだ」[*1]と、有名な小説（『アンナ・アルカーディエヴィッチ・カレーニナ』、R・G・ストーンロウワーの手によって英語に変容、マウント・タボール社、一八八〇年）の書き出しでロシアの大作家が言っている。この言葉は、これから展開する家族の年代記にさほど関係がなく、その第一部はむしろトルストイの別の作品（『幼年時代と祖国《ヂェーツトヴァ・イ・オートラチェストヴァ》』、ポンティウス・プレス、一八五八年）に近いだろう。

ヴァンの母方の祖母ダリア（「ドリー」）・ドゥルマノフはピーター・ゼムスキイ公爵の娘で、この公爵は我らが偉大にして多彩なる国の北東部にあるアメリカ地域ブラ・ドールの知事を務め、一八二四年、社交界の花形であるアイルランド人女性メアリー・オライリーと結婚した。ブラで生まれた一人娘のドリーが、一八四〇年、芳紀十五歳という遊び盛りのお年頃に結婚した相手は、ユーコン要塞司令官を務めるおっとりした田舎紳士のイヴァン・ドゥルマノフで、セヴァーン・トーリイズ（セーヴェルヌィイ・テリトーリイ）[*2]に領地を持っていたが、そこはいまなお愛着を込めて「ロシア」エストティと呼ばれているモザイク状の保護領で、「ロシア」カナディまたの名を「フランス」エストティという、フランス人のみならずマケドニア人やババリア人の入植者たちが、我らが星条旗の下に温暖な気候を享受している土地と、嵌絵《はめえ》的にも有機的にも混じり合っていた。

しかしながら、ドゥルマノフがお気に入りの領地はラドゥーガといって、同名の村の近く、エストティランド本土を越えた先にある、大陸の大西洋岸で風光明媚なアメリカ合衆国ニューチェシャー州カルーガと、それに負けず劣らず風光明媚なメイン州ラドーガの中間に位置する土地であり、そこに二人は新居を構え、三人の子供をもうけた。有名だったのに夭折した息子と、気むずかしい双子の娘である。ドリーは母親譲りの美貌と気質の持ち主だったが、祖先の気まぐれで往々にして嘆かわしい趣味も血筋として受け継ぎ、それはたとえばアクワとマリーナという、娘たちの名付け方によく表れていた（「だったらトファーナ[*3]にすりゃいいのに」と、鹿みたいな堂々たる角《つの》を生やしたお人好しの司令官は、腹を抱えて笑いたいところを我慢しながら不思議がったものだが、その後はいかにも関心なさげなそぶりで小さく咳払いしておしまいだった——妻が逆上するのを恐れたのである）。

一八六九年四月二十三日、霧雨混じりで暖かく、緑けぶるカルーガで、春になるといつも偏頭痛に悩まされていた二十五歳のアクワは、由緒正しい英国系アイルランド人の血筋を引くマンハッタンの銀行家ウォルター・D・ヴィーンと結婚したが、この男は長年続いていたマリーナとの激しい情事をやがて間断的に再開することになった。そして後者は一八七一年のあるときに、最初の恋人のいとこに当たる、やはり同名のウォルター・D・ヴィーンと結婚し、こちらはいとこと同じくらい裕福でもはるかに頭が鈍い男だった。

アクワの夫の名前にあるDとはディーモン（デミアンまたはデメンティウスの別称）を表し、それで親類は彼のことをそう呼んでいた。社交界ではふつうレイヴン・ヴィーンあるいは単にダーク

・ウォルターと呼ばれていたのは、マリーナの夫ドゥラーク・ウォルター*4あるいは単にレッド・ヴィーンと区別するためである。ディーモンの二重の趣味は巨匠の名画と若い愛人を蒐集することだった。そしておやじギャグも好きだった。

ダニエル・ヴィーンは母親がトランベル家の出で、意地悪な話の餌に飛びついて横道に逸れなければ、アメリカ史において英国の「ブル」がいかにしてニューイングランドの「ベル」に化けたかを延々と講釈する癖があった。どういうわけか彼は二十代のときに「商いの道」に入り、商魂たくましいマンハッタンの美術商へと成長した。少なくとも当初は、とりたてて絵に関心があるわけでもなく、いかなる商才もなく、はるかに才能も野心もあった先代のヴィーンたちから受け継いだ相当額の遺産を、「仕事」の浮き沈みで揺るがす必要もなかった。田舎暮らしは性に合わないことを告白した彼が、ラドールの近くにある豪勢な領地アーディスで過ごすのは、念入りに日除けを施した夏のわずかばかりの週末だけだった。少年時代以来久しぶりに別の領地を訪れたのもほんの数回で、そこはルーガの近く、キーテジ湖*5の北にあり、その広大で奇妙にも矩形《くけい》をしてはいてもまったくの自然湖が領地のほぼすべてだと言ってもよく、彼があるときたまたま釣り上げた鱸《スズキ》はその対角線を泳ぐのに半時間もかかるほどで、若い頃は釣りの名手だったということとそこを共同所有していた。

哀れなダンのエロティックな生活は複雑でもなければ華々しくもなかったのに、どういうわけか(少なくとも二度の冬にしばしば着用した特注の外套の寸法と値段を忘れたように、彼は正確な状況をすぐに忘れてしまった)、ドゥルマノフ一家がまだラドゥーガに領地を持っていた頃(そこは後にユダヤ人実業家のエリオット氏*6に売却された)、その一家と知り合いだったダンはマリーナとうまいぐあいに恋に落ちた。一八七一年春のある日の午後、マンハッタン初の十階建てビルの上りエレベーターでマリーナにプロポーズして、七階（玩具売り場）で憤然と拒絶され、一人で下りてくるはめになり、感情のはけ口を求めて、反フォッグ廻りで地球三周旅行[*7]に出発し、平行線が移動するように毎回同じ旅程をたどった。一八七一年十一月、いつもと同じジェノヴァのホテルで、これまでに二度雇ったことがある、カフェオーレ色のスーツを着た、体臭はするが素敵な案内人と一緒に、今宵をどうやって過ごそうかと思案しているさなか、マリーナからの空路伝報が（まる一週間の遅れでマンハッタンの会社経由で転送されてきたのは、新入り女子社員がうっかりそれを整理棚の「RE　AMOR」と書かれたボックスに放り込んでおいたからだ）銀の盆に載せられて届き、読んでみると、彼がアメリカに帰還したらすぐに結婚するとの文面だった。

今からずいぶん前に休載になった、「おねんね兄妹[*8]」という（狭いベッドで一緒に寝ている）ニッキーとピンパーネラの連載が漫画欄でちょうど始まったばかりで、アーディス・ホールの屋根裏部屋で他の古文書に混じって保存されていた新聞の日曜版付録によれば、ヴィーン家とドゥルマノフ家の婚儀は一八七一年の聖アデライダの祝日に執り行われた。十二年と約八ヵ月後、素っ裸の子供が二人、一人は黒髪で日焼けしていて、もう一人は黒髪で乳白色の肌をした子供が、屋根窓から斜めに射し込む熱い日光の中で埃だらけになった段ボール箱に屈み込み、たまたま照合していたのはその新聞の日付（一八七一年十二月十六日）ともう一つの日付（同年の八月十六日）で、こちらのほうは写真館に撮ってもらった写真（ラズベリー色の天鵞絨でできた額に入れられ、彼女の夫の書斎用両袖机に置かれていたもの）の隅にマリーナの筆跡で日付がずれて走り書きされており、新聞に載った複製写真と見比べると、こうした記念写真にはよくあるように、教会前庭のそよ風に吹き流されたせいか、花嫁のヴェールがまるでエクトプラズムのようにたなびき、花婿のズボンに斜めに掛かっている点をはじめとして、何から何まで一緒だった。一八七二年七月二十一日に女児が誕生し、出生地は想定上の父親がラドール郡に所有していた領地アーディスで、なにやらよくわからない記憶術上の理由からアデライダと戸籍に登録された。それに続いて、今度こそダンの本当の子供である次女が一八七六年一月三日に生まれた。

現在でも生き残ってはいるが、かなり耄碌してガセネタばかりの「カルーガ・ガゼット」紙の、古い写真付き記事の他にも、我らが悪戯好きなピンパーネルとニコレットが屋根裏部屋で発見したものにはリール箱があり、そこに収蔵されていたのは（後になっておわかりになるとおり、台所手伝いのキムによれば）、世界中を歩きまわった人間が撮影した物凄い量のマイクロフィルムで、風変わりなバザールや、絵に描かれた智天使や、小便小僧とかの多くが、別の時点に別の天然色着色で、どういうわけか三度も再登場していた。当然ながら、いざ家庭を築こうかという段になると、誰だっておおっぴらには見せられない内幕というものがある（たとえばダマスカスで撮った集団場面がそうで、そこに出演しているのは彼と、ひっきりなしに煙草を吸っているアーカンソー出身の考古学者で、この男には右脇腹に思わず見とれてしまうような傷跡があり、それから三人の太った娼婦たち、さらには一行の中で三人目の男性である、硬物の英国人がふざけてコーコくんのお漏らしと呼んだものも映っていた）。ところが、手短に事実だけを述べた注釈が添えられ、撮影場所を当てるのもそう簡単ではない——というのも、辺りに散らばっていた数冊の旅行案内書には、謎めいた個所や誤解されそうな個所に栞がはさんであったからである——フィルムの大部分は、マンハッタンでの有益な新婚旅行のあいだに、ダンの手で花嫁のために何度も繰り返し上演されたのだった。

しかしながら、二人の子供たちにとって最大の収穫は、過去のもっと下層にあった別のダンボール箱から出てきた。それは小さな緑のアルバムで、そこにきれいに糊付けされていたのは、スイスのブリークからさほど離れていない山中の保養地エクスで、マリーナが摘んだり他の手段で手に入れたりした花であり、結婚前に彼女はそこに滞在したことが何度かあって、たいていは山荘を借りていたのだった。最初の二十頁を飾っているのは、一八六九年の八月に、気ままに集められたたくさんの小植物で、場所は山荘の上にある草むした斜面だったり、ホテル・フローリーの大庭園だったり、そのそばにあるサナトリウムの庭園だったりした（哀れなアクワの呼び方では「わたしのヌスハウス」）、あるいは地名に付けた注釈でマリーナがもっと乙にすまして書いている言葉では「施《ホー》設《ム》」）。こうした序に相当する頁には、植物学的または心理学的に見ておもしろいものはさほどない。そして最後の五十頁ほどは空白のままになっている。しかし、標本数が見た目にも減っているまんなかの部分は、枯花の亡霊たちが演じるささやかなメロドラマになっていることがわかった。二つ折りの片側には標本が貼ってあり、対面にはマリーナ・ドゥルマノッフ（原文ママ）の注釈が添えられている。

アンコリー・ブルー・デ・ザルプ、エク・サン・ヴァレにて、六九年九月一日。ホテルで英国人から。「アルプスオダマキ、あなたの瞳の色」。

エペルヴィエール・オリキュール、六九年十月二十五日、エクスにて、ラピナー先生[*9]の壁に囲まれた高山植物園から《エクス》。

金色［銀杏］の葉。アクワが施設に戻る前にくれた「テラについての真実」という本から落ちたもの。六九年十二月十四日。

エーデルワイスの造花は、新しい付き添い看護婦が持ってきたもので、そこに添えられたアクワのメモには、施設にある「けちくさくて《ミゼルノエ》[*10]へんてこな」クリスマスツリーから取ったと書いてあった。

六九年十二月二十五日。

蘭の花びら、あきれたことに、九十九本の蘭のうちの一本で、昨日アルプ＝マリティム県のアルミラ荘から、特別出荷産物（誤解なきよう《セ・ビヤン・ル・カ・ドゥ・ル・ディール》）として送られてきたもの。施設にいるアクワのもとに届けようと、十本を脇にとっておいた。エク・サン・ヴァレ、スイス。彼がよく言っていたように、「運命の水晶球に雪が降る」。（日付は抹消されている。）

ジャンシアーヌ・ドゥ・コッホ、珍種、愛しい《ラポチカ》ラピナー先生が「無言の竜胆栽培園」から持ってきたもの。一八七〇年一月五日。

「偶然花の形になった青いインクの染みか、それともフェルトペンでの抹消に手を入れたもの」コンプリクアリア・コンプリクアータ変種アクワマリーナ。エクス、七〇年一月十五日。

紙で作った造花、アクワのハンドバッグの中に発見。エクス、一八七〇年二月十六日、施設で知り合った患者が作ったものだが、もうアクワは退院している。

ゲンティアナ・ヴェルナ（春咲き《プランタニエール》）。エクス、一八七〇年三月二十八日、付き添い看護婦のコテージの芝生で。ここにいる最後の日。

この奇妙で吐き気がするような宝物を見つけた二人の子供たちは、次のように論評した。

「僕がここから推理する事実は」と少年が言った。「主に三つある。まだ結婚していないマリーナと、結婚している姉は、僕の出生《リュー・ド・ネッサンス》地で越冬していたこと。マリーナにはいわば《プール・アンシ・ディール》お抱えのクローリク先生がいたこと。それから、蘭を贈ったのはディーモンで、彼は海のそば、濃紺の曾祖母のそばにいるほうが好きだったこと」

「わたしが付け加えてあげる」と少女が言った。「その花びらはごくありふれた蝶蘭のもの。わたしの母は姉よりもまだ気が変だったってこと。それと、無頓着に見過ごされてしまった紙の造花は、見ればすぐわかるほど、早春の馬之《ウマノ》三葉《ミツバ》を完璧に再現したもので、丘に群れ咲いているのを去年の二月にカリフォルニア沿岸で見かけたことがあるわ。地元の博物学者であるクローリク先生のことを、ヴァン、あなたが口にしたのは、まるでジェイン・オースティン[*11]の書き方みたい、すばやく物語の情報を提供するテクニックよね（ブラウンのことを憶えているかい、スミス？）、とにかくその先生は、わたしがサクラメントからアーディスまで持って帰った標本を、ベア・フットだと言ったのよ、B、E、A、Rで、わたしの足でもあなたの足でもなければ[*12]、スタビアの花散らし娘[*13]の足でもなくて——それが何のことかは、あなたのお父さん（ブランシュの話だと、わたしのお父さんでもあるけど）だったら、こんなふうにすぐわかってくれると思うわ」（アメリカ式に指をパチンと鳴らして）「学名で言わなくて助かったでしょ」と彼女は彼を抱きしめながら続けた。「ついでに言うと、もう片方の足——あのかわいそうなクリスマス用の小さな唐松から取った獅子の足は、同じ手になるものよ——たぶん、バークレー大学からはるばるやってきた、とても重い病気にかかっている中国人の男の子だと思う」

「おみごと、ポンペイアネッラ（この娘が花を散らしている姿を、きみはダン叔父さんの画集で見たけど、僕は去年の夏にナポリの博物館で見て感激したのさ）。さてと、ショーツとシャツを着直してから、下に降りていって、アルバムをすぐに燃やすか埋めるかしたほうがいいと思わないかい。どう？」

「そうね」とアーダが答えた。「破棄してきれいさっぱり忘れましょう。でも、まだお茶の時間まで一時間あるわよ」

説明がないままになっている、「濃紺」の言及に関して。

エストティの元総督、イヴァン・テムノシニイ公爵は、この二人の高祖母であるソフィア・ゼムスキイ公爵夫人（一七五五—一八〇九）の父親に当たり、タタール朝より前の時代にヤロスラフを支配していた一族の直系子孫で、千年前から受け継がれている、ロシア語で「濃紺」を意味する名前を持っていた。家系を意識するという贅沢なスリルとは無縁で、愚か者たちは孤高と情熱を俗物のしるしだと見たがるという事実にも無関心ではあったが、いつもそこにビロードの背景が広がっているのを見るにつけ、まるで家系樹の黒い繁みから心休まる夏空がたえず存在して顔を覗かせているような気がして、ヴァンは美的な感動を覚えずにはいられないのだった。後年になって、プルーストを読み返すたびに、（もう二度と、香料入りのくちゃくちゃしたトルコ菓子をおいしいと思えなくなったのと同じで）高波のような消化不良と砂利がきしむような胸焼けを覚えるようになった。しかし、華麗な美文《パープル・パッセージ》の中でもとりわけ好きなのは、相変わらず「ゲルマント」という名前に関する一節で、その色調と隣接する彼の群青《ウルトラマリーン》色が心のプリズムの中で混ざり合い、ヴァンの芸術家としての虚栄心を心地よくくすぐるのだった。

色それとも人？　ぎこちない。書き直し！（後のアーダの筆跡による、余白の書き込み）

＊1　ここでからかわれているのは、ロシア文学の古典の誤訳。トルストイの小説の書き出しがひっくり返され、アンナ・アルカーディエヴナの父称はばかばかしい男性形の終わり方になり、不正確な女性形の終わり方が姓に付け加えられている。「マウント・タボール」や「ポンティウス」は、思い上がりもはなはだしい無知蒙昧な翻訳者によって名作がこうむる変容（G・スタイナー氏の用語だったはず）や裏切りを

指す。

＊2　北方の領土。これ以外の個所でも、翻字法はロシア語の旧式の綴りに基いている。

＊3　「アクワ・トファーナ」を指す（ましな辞書で引いてみること）。

＊4　ロシア語で「まぬけ」。

＊5　ロシアのおとぎ話に出てくる、湖底で光り輝いていたという伝説の町キーテジを指す。

＊6　この人物が、下巻174頁や下巻229頁で、『空地』や『四重衝突』の作者と一緒に現れるところを、我々はふたたび目にすることになるだろう。**［今後、たとえば上巻20頁という場合、「上20」と表記する。］**

＊7　ジュール・ヴェルヌの地球一周旅行者フィリアス・フォッグは、西から東へと旅をした。

＊8　二人の名前は、フランス語を話す子供向けに描かれた連載漫画から拝借したものをひねってある。

＊9　いささかわかりにくいが魅力がなくもない理由から、本書に登場する医者の大半には兎に関係した名前が付けられている。ラピナー［Lapiner］に入っているフランス語ラパン［lapin］は、アーダが大好きな鱗翅類学者（上16など）の名前である、ロシア語のクローリク［Krolik］に対応し、ロシア語のザーィツ［zayats］（野兎）はザイツ（上294に出てくるドイツ人の婦人科医）と音が似ている。ニクーリン［Nikulin］（「偉大な齧歯類研究家クニクリーノフの孫息子」、下141）にはラテン語のクニクルス［cuniculus］が入っている。そしてラゴス［Lagosse］（老齢になったヴァンのかかりつけの医者）にはギリシャ語のラゴス［lagos］が入っている。下72に出てくる、血液の癌を専門とするイタリア人のコニリエットにも注意せよ。

＊10　「けち」という意味の miserable の仏露形。

＊11　『マンスフィールド・パーク』に出てくる、会話ですばやく物語の情報を伝える技法を指す。

＊12　子供たちは二人とも裸。

＊13　ナポリ国立博物館にある、スタビアから発掘された有名な壁画（俗称「春」）を指す。花を撒き散らす乙女。

2

マリーナがディーモン・ヴィーンとの情事を始めたのは、彼、彼女、およびダニエル・ヴィーンの誕生日にあたる一八六八年一月五日のことで、そのとき彼女は二十四歳、どちらのヴィーンも三十歳だった。

女優として彼女は、少なくとも芝居が続いているあいだは、不眠症や妄想、それに芸術気どりという脚光の代価を払ってでも、みごとな擬態の芸さえ見られればお釣りがくると思わせるほどの、観客に息を呑ませるような特質をまったく持ち合わせていなかった。しかしある夜、天鵞絨とペンキの劇場の外では粉雪が降るなか、ラ・ドゥルマンスカ（彼女は興行主である大物スコットランド人に、宣伝費だけで週に金貨七千ドル、さらには契約のたびにたんまりボーナスを支払っていた）が、くだらなくて蜻蛉《かげろう》のようにはかない芝居（うぬぼれな偽作家の筆になる、有名なロシアの恋愛物をもとにしたアメリカの戯曲）の幕開きから、実に夢見心地で、実に愛らしくて、実に恋心をかきたてたので、ディーモン（色事にかけてはとても紳士とは言えない男）はオーケストラ席の隣に座った人物（N公爵）と賭けをして、楽屋の係員たちに袖の下を握らせ、それから、奥の私室《カビネ・ルキュレ》（埃だらけになった鬢付け油の壺がたくさんある他にも、忘れられた道化師の壊れた喇叭やプードル用の輪がたまたま収納されている、あの小さな部屋のことを、前世紀のフランス作家なら謎めかしてこう呼んだかもしれない）で、二つの場面（生け贄になった小説の第三章と第四章）の合間に彼女をものにする手筈に取りかかった。最初の場面で、彼女は半透明な衝立のうしろで優美なシルエットを浮かび上がらせながら脱衣して、透け透けの悩殺的なネグリジェ姿で再登場し、そのつまらない場面の後半では、エスキモー靴を履いた老乳母と一緒に、地元の郷士であるO男爵について語り合っていた。かぎりなく賢い田舎女の提案に従って、彼女はベッドの端に腰掛けながら、猫脚付きのサイドテーブルで、鵞鳥ペンで恋文を認《したた》め、けだるいが大きな声で五分間かけて読み直したが、それは特に誰のためというのではなく、乳母は海水箱のようなものに座ったまま居眠りをしているし、観客の関心が主に注がれているのは、人工的な月明かりが照らし出す、恋に悩む若い娘のあらわな腕と上下する胸元だった。

　エスキモーの老人が伝言を手にして出て行く前に、もうディーモン・ヴィーンはピンクのビロード張りの椅子を離れ、賭け金をせしめに向かっていて、この企みは成功が約束されたも同然、というのもマリーナはキスも未経験という処女で、大晦日にラストダンスを踊って以来、彼にすっかり恋をしていたからである。おまけに、熱帯を想わせる月光をたった今浴びていたのと、わたしはなんて美しいんだという思いに貫かれたのと、架空の乙女の激しいときめき、それにほぼ満席の館内の拍手喝采が合わさって、ディーモンの口髭のくすぐったい感触にとりわけほだされやすくなっていたのだ。着替える時間もたっぷりあったのは、次の場面が長めの間奏曲から始まるからで、[*1]舞台で演じるバレエ団はスコッティが契約を取り付け、はるばる西エストティのベラコンスクから二両の寝台車に乗せて連れてきたロシア人の一行だった。[*2a]立派な果樹園で、どういうわけかグルジア族の民族衣装を着けた陽気で若い庭師たちが数人、木苺をぽんぽん口の中に放り込み、その傍らこれまた同じくらいにありえない、シャロワールを纏った農奴の娘たち（誰かのヘマのせい――エージェントが送った空路伝報の文面にあった「サモワール」という言葉が文字化けしてしまったのかもしれない）が、果樹の枝からマシュマロとピーナッツを摘む作業にいそしんでいた。そしてディオニュソスを起源とする見えない合図をきっかけに、彼らは一斉に「クールヴァ」もしくは「リボン*[2b]・ブール」と呼ばれる激しい踊りに突入し、この抱腹絶倒な演《だ》し物のとんでもない誤りに、ヴィーン（余韻がさめやらず、腰から下が軽くなり、ポケットにはＮ公爵からせしめた薔薇のように赤い紙幣が入っている）は思わず座席からころげ落ちそうになった。

リャースカかイヴェリアからやってきた、愚かでも派手な偽物たちがすぐさま退くと、客席から座ったままの拍手が起こり、そのうちの三分の一は、顔を赤らめてあわてながら、ピンクのドレス姿で果樹園に駆け込んできたマリーナに送られた、雇われ拍手係によるもので、彼女を見るなり彼は一瞬鼓動が止まりそうになり、素敵な喪失を悔やむ気持ちはまったく起こらなかった。その場面で彼女は脇道からふらりと現れた、拍車に緑の燕尾というディーモン風のいでたちのＯ男爵と出会うが、どういうわけかそのことをディーモンは意識せず、ただひたすら、捏造された世界が偽物の光を放つ二つの場面のあいだに架けられた、絶対的な現実の短い深淵を覗き込み、驚異の念に打たれていたのである。場面が終わるのを待たずに、彼は急いで劇場をあとにしてひんやりした夜の雪景色へと飛び出し、シルクハットに雪片を星のように鏤《ちりば》めながら、一丁先にある自宅に戻って豪華な夕食の用意をした。鈴の音高らかな橇《そり》で新しい愛人を迎えに行った頃には、最終幕にあるカフカスの司令官たちと変身したシンデレラたちのバレエが突然終わりを迎え、今では黒い燕尾服に白い手袋姿のド・Ｏ男爵は、誰もいない舞台の中央でひざまずき、硝子のスリッパを手に持っていたが、それは移り気な娘が遅すぎた彼の口説き文句をかわそうとしたときに残していったものだった。雇われ拍手係が退屈して腕時計を見ているうちに、黒い外套を着たマリーナは白鳥の橇で待っていたディーモンの腕の中にすべり込んだ。

　二人は歓楽に溺れ旅に出かけ、喧嘩をしてはまた元の鞘に戻った。次の冬になると、彼は彼女が浮気をしているのではないかと疑いはじめたが、恋敵が誰なのかは判断がつかなかった。三月の半ば、背はひょろ長く、古風な燕尾服姿の、呑気で好感が持てる美術商と仕事がらみの食事を共にしていたとき、ディーモンは片眼鏡を目にねじ込み、特製の平たいケースをパチンと開けて小さな淡彩画を取り出し、これは新発見のパルミジアニーノ作の秘画だと思うと言った（実際は疑っていなかったけれども、自信たっぷりな様子に感心してくれたらと願っていた）。描かれているのは裸の娘で、半分上げた手に桃のような林檎をつかみながら、三色昼顔の花輪が巻き付いた台座に横向きに腰掛けている図であり、発見者にとってこの絵がいっそう魅力的に思えたのは、マリーナがホテルの浴室にいたときに伝話で呼び出され、椅子の腕に腰掛けながら、受話器を手で押さえて恋人に何かをたずねていて、そのささやき声が浴槽の声にかき消され、何を話しているのか聞き取れなかったときのことを思い出したからだった。ドンスキイ男爵は、上げた肩と、巧みに描かれた植物に虫食いの跡が付けられているのを一瞥しただけで、ディーモンの推測が正しいのを見て取った。ドンスキイはどれほど素晴らしい傑作を目にしても、美に心動かされたそぶりをこれっぽっちも見せないことで評判だった。ところがこのときばかりは、まるで仮面でも脱ぐように虫眼鏡を傍らに置き、愉快そうな笑みを浮かべながら、ビロードのような林檎や、裸婦の尻の窪み、それに苔生すあたりを隠し立てのない視線で愛撫したのである。今この場でお売りいただけますかな、どうです、ヴィーンさん？　ヴィーン氏は拒否した。スコンキー（勝手につけた仇名）は、彼とその幸運な所有者だけが、今日に至るまで、由緒を知りつつ《アン・コネッサンス・ド・コーズ》この絵を愛でた唯一の人間であるという誇らしげな思いで満足しなければならなかった。絵はふたたび特別なケースに戻された。しかし、四杯めのコニャックを飲んだ後で、ド・Oは最後に一目見せてほしいと懇願した。二人ともいささか酩酊していたので、来客はきっと「エヴゲーニイとララ」もしくは「レノール・レイヴン」（どちらも、「うんざりするほど清廉潔白な」若い批評家が徹底的にこきおろした作品）といった舞台で若い女優を見たことがあるはずだが、それとあのエデンの園を思わせる少女とがいささか陳腐ながら似ていることを、言うべきなのか、さりげなく口にしてやろうか、とディーモンは秘かに考えた。やはりやめておこう。こうしたニンフたちは実際のところその本質的な透明性ゆえにきわめて似通っているのであり、というのも若い水の精の類似性は生まれついての無垢のささやきや鏡の二枚舌にすぎず、それが私の帽子だよ、彼のはもっとくたびれているやつ、ただどっちも同じロンドンの帽子屋のものだがね。

翌日ディーモンは、お気に入りのホテルでボヘミア人女性とお茶を飲んでいて、この女性とはこれまでに会ったこともなく、また二度と会うこともなかったのだが（彼女はボストン美術館にある硝子製魚・花部門に職を得ようとして、推薦状を書いてくれとたのんできたのだ）、そのときふと彼女がおしゃべりをやめて指さすと、ホールのむこうでマリーナとアクワが気むずかしそうに押し黙り、青っぽい毛皮を身に纏いながら、無表情で静かに歩いているところで、そのうしろにはダン・ヴィーンとダックスフントが付き従っていた。

「あのひどい女優、パルミジアニーノが描いた有名な『水時計伝話中のイヴ』にそっくり、不思議ね」

「およそ有名とは言えないし」とディーモンは静かに言った。「それにきみが見たはずはない。私はべつにきみをうらやましく思ったりはしないね」彼は付け加えた。「男であれ女であれ、うぶな人間が異国の地の泥に足を突っ込んだと知ったら、実に気分の悪い思いがするはずだ。その噂話の情報は、ドンスキイという男から直接聞いたのか、それとも彼の友達の友達からか、どっちなんだ？」

「彼の友達から」と不運なボヘミア人女性は答えた。

ディーモンの地下牢で尋問されると、マリーナは嬌声をあげて笑い、嘘八百を並べ立ててから、ついに降参して白状した。すべては終わったことなのと彼女は誓った。肉体的にはガラクタで精神的にはサムライの男爵は、永久に日本へ去ってしまったと。さらに信頼できる筋からの情報では、サムライの本当の目的地はローマの温泉地であるヴァチカンという洒落た小さな町で、一週間ほどしてからマサチューセッツ州アードヴァーク[*3]に戻るつもりだということをディーモンは知った。慎重なヴィーンは相手を殺すならヨーロッパがいいと考えたので（耄碌してはいても不動の座についているガマリエル[*4]は、西半球での決闘を禁止すべく最善を尽くしているという噂だった――流言なのか、それとも理想主義的な大統領のインスタントコーヒー的酔狂だったのか、結局何も実を結ぶことはなかった）、ディーモンは最速の石油飛行機を借りて、ニースで男爵（健康そのものに見えた）に追いつき、相手がガンター書店に入っていくところを目撃すると、後を追って中に入り、泰然とかまえて手持ち無沙汰にしていた英国人店主が見ている前で、驚いた男爵の顔をラヴェンダー色の手袋の甲でぴしゃりと殴りつけた。決闘の申し出が受諾され、介添人として地元の人間が二人選ばれ、男爵は刀を選んだ。そして血統のいい血（ポーランド系とアイルランド系の混血――酒場用語で言うなら、アメリカの「血だらけ《ゴーリー》メアリー」みたいなもの）が毛むくじゃらの胴体二つや、水漆喰塗りのテラスや、愉快なダグラス・ダルタニアン風の造りになった塀囲いのしてある庭へと続く下り階段や、ばったり出くわした乳搾り女のエプロンや、双方の介添人である、魅力的なムッシュー・ド・パストルイユとならず者スター・アリン大佐のワイシャツの袖に飛び散った後で、介添人の紳士二人が息を切らした決闘者たちの間に割って入り、それからスコンキーは死亡したが、（悪意ある噂でささやかれたように）「負傷」によるものではなく、おそらくは自分で誤ってつけたと思われる鼠蹊部のささいな刺し傷が、後で思い出したように壊疽《えそ》になり、循環障害を引き起こしたためで、ボストンにあるアードヴァーク病院に二年か三年ほど長期療養して、幾度となく外科手術を受けたものの甲斐がなかった——ちなみにボストンは、彼が一八六九年に我らが友人のボヘミア人女性と結婚した町であり、彼女は現在ボストン美術館の硝子製動植物部門主任を務めている。

マリーナは決闘の数日後ニースに到着して、ディーモンがアルミラ荘にいることを突き止め、仲直りの歓喜のあまりにどちらも避妊するのを忘れてしまい、そこからきわめて「興味深い《インチェレースノエ・》状態《パラジェーニエ》＊5」が始まったのだが、実のところ、その事態が発生しなければ、この苦渋に満ちた覚え書きも綴られることはなかっただろう。

（ヴァン、あなたは趣味も良ければ天賦の才にも恵まれているけれど、結局のところ夢学的にしか存在しないかもしれないあの邪悪な世界に、そこまで熱狂的に何度も何度も立ち戻る必要があるなんて、本当にそう思っているの、ヴァン？　アーダの一九六五年の筆跡による余白書き込み。いちばん最近の震える筆跡で、軽くバツで抹消されている。）

無謀な逢瀬は、それで最後になったわけではないが、最も短いものだった——わずか四、五日のことである。彼は彼女を許した。きみは女神だと言った。結婚したいと熱望した——すぐに舞台の「キャリア」をあきらめてくれるなら。女優としての才能は凡庸だし、取り巻き連中は鼻持ちならないと切って捨てると、この獣、この悪魔、と彼女は叫んだ。四月十日頃には、彼を慰めるのはアクワの役目になり、マリーナのほうは「ルシール」の舞台稽古へと飛行機で戻っていったが、そのまたしてもくだらない劇は、ラドール劇場でのまたしても大失敗への道をたどりつつあった。

「さようなら。たぶん別れるのが二人にとっていいんだ」とディーモンは一八六九年四月中旬の手紙でマリーナに書き送った（その手紙は、達筆な字で書き写したものか、投函されなかった原本なのか、どちらかは不明）。「私たちが結婚したらどんな幸せが待っていたのか、幸せに満ちた生活がどれほど長く続いたのかはわからないが、私には決して忘れられない一つのイメージがあり、絶対に許すことができない。それをゆっくりと頭の中に叩き込んであげよう。舞台役者ならわかる言葉で繰り返してあげよう。きみは年取った叔母に会うためだと言って、ボストンに出かけていったことがあるだろう――決まり文句だが、まあとりあえず本当だとしておこう――それで私は、テキサス州ロリータ[*6]にある、私の叔母の牧場に行ってみた。二月のある早朝（きみのところでは正午頃）、物凄い雷嵐の後でまだ涙の雫がついている、まるで水晶みたいな道端の公衆ボックスからきみのホテルに伝話をかけ、お願いだから今すぐに飛行機でこっちに来てほしい、なぜならこの私、皺だらけになった翼をごそごそしながら自動水路伝話器に悪態をついているこのディーモンは、きみなしで生きていけないんだし、きみを抱き寄せながら、雨上がりに映える目も眩むようなこの砂漠の花をきみにぜひ見せたいんだ、とたのんだ。きみの声は遠かったが、やさしかった。きみは今イヴの状態だからと言って、このまま切らずにいてね、化粧着《ペニュアール》を着てくるから。その代わり、私の耳に蓋をしながら、きみはたぶん、一夜を共に過ごした男に向かって話しかけた（一物を切り落としてやろうと念じてばかりでなかったら、そいつをあの世行きにしてやっていたはずだ）。そしてそれこそ、十六世紀、パルマにいた若い画家が、予言者的な恍惚感のうちに、私たちの運命を描くフレスコ画のためのスケッチとして製作したもので、恐ろしい知恵の林檎を別にすれば、二人の男たちの脳内で反復されたイメージと偶然に一致している。ついでに言うと、きみのところから逃げ出した女中は、ここの売春宿で働いているところを警察に発見され、たっぷり水銀治療をした後、ただちにきみのもとに送還されるはず」

＊1　「ホワイトホース」（北西カナダの都市）のロシアにおける双子。
＊2ab　マンデリシュタームの詩集をローウェルが翻訳したもの（「ニューヨーク・レヴュー」誌一九六五年十二月二十三日号に掲載）に見られるとんでもない誤訳を指す。
＊3　明らかに、ニューイングランドにある大学町。
＊4　我々のW・G・ハーディングよりはるかに幸運な政治家。
＊5　妊娠中。
＊6　この町は実在している、というか、実在していた、というのも、あの悪名高い小説が現れた後で改名されたはずだからだ。

3

前世紀のまっただなか《ボー・ミリュー》に起こったL《エル》の大惨事（と言っても高架《エレヴェイティッド》事故のことではない）の詳細は、「テラ」という概念を生みもし倦みもするという奇怪な影響を及ぼしたが、歴史的にはあまりにもよく知られ、精神的にはあまりにも卑猥なので、若い素人や恋人向きであり、かつ堅物や御陀仏向きではない書物の中で長々と論じるわけにもいかない。

もちろん、反動的幻覚にとらわれた反Lの大いなる歳月が（どうにかこうにか！）過ぎ去り、我らのなめらかな小型の機械が、ファラゴッド*1よ祝福あれ、十九世紀前半のように、またそれなりに稼働音をあげるようになった後の、今日の目で眺めれば、事の単なる地理的側面には救われることに滑稽なところがあり、真鍮の象嵌細工の模様とか、骨董品《ブリカ・ブラック*2》、さらにはユーモアを解しない我らが祖先にはこれぞ「美術品」であった、おぞましい鍍金《オルモル》装飾に似ている。たとえば、これがテラの多色地図だと大まじめに称しているものの形状じたいには、どこかとんでもなくばかばかしいところがあるのを、何人たりとも否定できないであろう。もはや悪循環《ヴィシャス・サークル》ではなくなった北極《アークティック・》圏《サークル》から合衆国本土へと伸びている、アメリカの一地方であるエストティの古称であった「ロシア」が、テラでは一国の名前になり、陸すっぽ手品の種も見せずに、ダブルになった海の隠し堀《ハ・ハ》を越えて反対側の半球に移され、そこで現在のタタールに相当する、クールラントから千島列島までべったり寝そべっているとは、いやはや想像しただけでも抱腹絶倒ではなかろうか《ヴェーチ》。しかし（もっととんでもないことに）、テラの空間用語で言えば、エイブラハム・ミルトンのアメロシアがその成分に分解され、実体を持つ水と氷が「アメリカ」と「ロシア」を文体的というよりは政体的に分けているとするなら、時間に関してさらに複雑でさらにとんでもない齟齬が生じることになる――融合した各部の歴史が、分離した状態における各部に対応する歴史とまったく一致しないだけではなく、二つの地球のあいだにどうしたところで最大百年にもなるギャップが存在してしまうからだ。そのギャップの特徴は、時間経過の交差路に立っているわけのわからない方向表示で、一つの世界におけるもはや存在しないものが、すべてもう一つの世界におけるまだ存在しないものに対応しているとは限らない。（小鬼の縄を解いてやるようなことはしない）健全《ビャン・ランジェ》な精神の持ち主ならテラを酔狂か発狂として退け、（どんな深みにも喜んで飛び込もうとする）錯乱した精神の持ち主なら己の狂気の証または印として受け入れるのは、とりわけこの「科学的に把握不可能な」時間分岐の集合によるものである。

ヴァン・ヴィーン自身が将来発見することになるように、彼がテラ学（当時は精神医学の一分野）の研究に没頭していた頃、チョーズのパーやアードヴァークのザパターといった、最も深遠な思想家や最も純粋な哲学者ですら、特に名を秘す学者が使った語呂のいい言葉で言えば「我らの歪んだ星を映し出す歪んだ鏡」が存在するかどうかという問題に対する態度では、感情的に両軍に分かれていた。（ふーん！　哀れなL女史がガヴロンスキイによく言っていた言葉を借りれば、ギモンフ、ギモンフってところね。アーダの筆跡。）

両世界間の齟齬や「見かけの重なり」はあまりにも多すぎるし、一連の出来事の枷にあまりにも深く織り込まれすぎているので、基本的には同一という説を凡庸な空想に染めざるをえないと主張する者もいれば、相違点はもう片方の世界が持つ有機的生命体としてのリアリティを確証しているだけだと反駁する者もいた。完璧に似ているとすれば、むしろそのほうが鏡を見るようで、従ってミラークルのような現象だというわけである。序盤と終盤の指し手がまったく同じチェスの対局が二局あったとしても、不可避的に収束していく試合展開における中盤戦のどの局面を取ったところで、一つの盤上と二つの脳内では、無限の変化手順に分岐するかもしれないのだ。

以上のような事柄を、本書の再読者に対して控え目な語り手がわざわざ念押ししておかねばならないのは、一八六九年（驚異の年では決してない）の四月（私が大好きな月）、聖ジョージの祭日に（ラリヴィエール女史の涙もろい回想記によれば）、ディーモン・ヴィーンが恨みと哀れみ（そんなに珍しくはない取り合わせ）からアクワ・ドゥルマノフと結婚したからである。

そこに何か薬味が添えられていたか？　マリーナは、屈折した自惚れで、ディーモンの感覚が奇妙な「近親相姦的」（とは何のことやら）悦楽《プレジール》（フランス語で言うところの快楽で、背筋にざわざわとヴィブラートの伴奏をかきたてる）にきっと影響されているはずだと決めつけたものだが、それは閨房での話であり、妻にしてかつ愛人の肉体《ユヌ・シェール》、混交して光輝な魅力を放つ双子の妖精《ペリ》、一《ひと》重《え》にして二重《ふたえ》なるアクワマリーナ、千一夜の蜃気楼、双生の珠玉、二枚唇の狂宴を、ディーモンが愛撫し、味わい尽くし、言語に絶するとろけるようなやり方で、そっと押し開いて犯したときのことだった。

実際のところ、アクワは男性がいかれてしまうような美貌の点でマリーナに劣ってはいても、頭のいかれぐあいではるかに優っていた。十四年に及ぶ惨めな結婚生活のあいだ、彼女は断続的にサナトリウムに滞在し、その期間も次第に長くなっていった。英連邦の欧州部分（たとえばスコト

・スカンジナビアからリヴィエラ、アルタル、パレルモントヴィアまで）の小地図を持ち出せば、アメリカ合衆国の大半、エストティやカナディからアルゼンチンまでと同様に、そこにはアクワの異世界間戦争における露営地を印す、赤十字の旗が付いたエナメルのピンがびっしり刺されることになるだろう。彼女は一時、バルカンやインドといった英米保護領でわずかな健康（黒一色じゃなくて、ほんの少しでいいから灰色を混ぜて、お願い）を求める計画を立てたことがあるし、我らが共同統治下で栄えている南半球の二大陸にまで足を伸ばしても不思議ではなかった。もちろん、独立した地獄であるタタールは、当時バルト海と黒海から太平洋にまで広がっていて、観光旅行区域外だったが、なぜかヤルタとアルトゥン・タグという地名は魅力的に聞こえた。しかし、本当の目的地は「麗しのテラ」で、死んだら蜻蛉のように長い翅に乗ってそこへ飛んでいけると信じていたのだ。狂気の家から夫に宛てられた哀れな手紙には、ときどきシチィミャーシチフ・ズヴーコフ（「胸張り裂ける音」）夫人と署名がしてあった。

エク・サン・ヴァレで狂気を相手にした最初の戦闘を繰り広げてから、彼女はアメリカに戻り、大敗北を喫するが、この頃ヴァンはとても若い乳母にまだ乳をもらっていたときで、その乳母はまだ子供同然のルビー・ブラックという黒人娘であり、この女性もまた後に気が狂うことになる。というのも、やさしき者、かよわき者はみな、彼と親密に接触するやいなや（別の例を挙げれば、後にリュセットも同じ道をたどったように）、苦悩と災難を知る運命となるのであり、それを免れるのは、父親の悪魔《ディーモン》の血がそちらにも流れていて力になってくれる場合に限られるからである。

本性の昂揚が病的傾向を示しだしたのは、アクワがまだ二十歳にもなっていないときだった。年代的に見れば、彼女の精神病の第一段階は「大発見」の最初の十年と一致していて、それが妄想に別のテーマを提供してもまったくおかしくはなかったが、統計によれば、一部の人間は「耐えがたい発見」と呼ぶこの大発見が原因で、世界中でどれだけの人間が発狂したかを見れば、中世の宗教熱を凌ぐという。

発見は革命よりも危険なことがある。不健全な精神は惑星テラの概念を別世界と同一視し、この「異世界」が「来たる世界」のみならず、我々の内にあり、我々を超えた「現実世界」と混同されてしまった。我らの魔術師たち、我らの悪魔たちは、透明な鉤爪と力強くはばたく翼を持った、高貴で光彩に満ちた生き物であるのに対して、一八六〇年代においては、「新教徒」たちが空想した半球の中では、我らの素晴らしい友人たちが徹底的に貶められ、邪悪な怪物、おぞましい悪魔、食肉動物の黒い陰嚢と蛇の牙を持ち、女性の魂を罵り蔑むものに成りはてており、一方宇宙車線の反対側では、霞む虹のような天使たち、芳しきテラの住人たちが、古い教義における陳腐きわまりないがいまだに強力な神話をすべて回復し、この我らが満ち足りた世界の沼地に繁殖した、ありとあらゆる神々と神職者が奏でるありとあらゆる不協和音が、メロディオン用に編曲し直されているのである。

あなたの目的にも満ち足りてるんじゃないの、ヴァン、はっきりさせておくけど《アンタンドン・ヌゥ》。（余白の注。）

哀れなアクワの空想は、キリスト教徒やら狂徒の新説にころりと参りやすく、二流賛美歌作者が歌った楽園である、百階建てで、背の高い白塗りのワードローブやらそれよりは背の低い冷蔵庫がぎっしり詰まった、綺麗な家具店に似た雪花石膏造りの建築物が建ち並ぶ、未来のアメリカの姿をまざまざと思い描いた。そこには脇腹に目が付いている巨大な空飛ぶ鮫がいて、巡礼者たちを乗せ、黒いエーテルの中を暗い海から輝く海へと大陸をひとまたぎして、シアトルかウォークまで戻ってくるまでに一晩もかからない。魔法のオルゴールがしゃべったり歌ったりして、思考の恐怖をかき消し、エレベーター嬢をウキウキさせ、鉱夫とともに降下し、孤独なる者や貧しき者の住居で美や信心を讃え、聖母マリアや美神ヴィーナスを讃えるのを彼女は聞いた。口に出せない磁力は、まずこの我らがみすぼらしい国で邪悪な立法者によって禁じられ――そう、いたるところ、エストティとカナディや、「ドイツ領」マルク・ケンネンジーでも、「スウェーデン領」マニトボガンでも、赤いシャツを着たユーコン住民の作業場であろうが、赤いスカーフを着けたアラスカ女の台所であろうが、「フランス領」エストティではブラ・ドールからラドールにいたるまで――そしてたちまち我らがアメリカ二大陸全土から、さらには世界中の茫然とした諸大陸へと禁令が広まったが、それがテラでは水や空気、あるいは聖典や箒同然に、自由に使われているのだ。二、三世紀前なら、彼女は魔女として火炙りにされていたかもしれない。

気まぐれな学生時代にアクワは、評判芳しからぬ祖先の一人が創立した、流行りのブラウン・ヒル大学を退学して、セーヴェルヌィイ・テリトーリィで（これまた当時の流行りであった）社会改革事業みたいなものに加わった。ミルトン・エイブラハムの貴重な援助を得て、ベラコンスクで無料薬局を作り、そこで嘆かわしいことに妻帯者と恋に落ちたが、その男が独身用一人部屋《ガルソニエール》とも言うべきフォードのキャンピングカーの中で成金の情熱を一夏彼女に投与した後、あっさり彼女を捨てることを選んだのは、ビジネスマンなら日曜日には「ゴルフ」を楽しみ「支部」に所属するのがあたりまえという、俗物趣味の町で社会的地位を危うくするようなまねを避けたからだ。彼女のような場合や、他の不幸な人々の場合には、「実存的疎外を伴った神秘熱の極端な症状」（さもなくば単なる狂気）として大まかに診断された恐ろしい病が、徐々に彼女に忍び寄り、感極まるほど心穏やかな時期は途切れ途切れで、心許ない正気の領域もまばらだし、永遠にして確実なるものを不意に夢見ることもあったが、それもだんだん稀で短くなった。

アクワが一八八三年に亡くなった後で、ヴァンが計算してみると、十三年のあいだに、彼女がいたはずの時間をすべて勘定に入れ、入院していた数々の病院を重い気分で訪ねたときや、真夜中にいきなり彼女が大騒ぎで現れたとき（夫や、かよわいが敏捷な英国人女家庭教師と二階まで揉み合いになって、老いぼれのアペンツェラー犬に大歓迎を受け、やっと育児室にたどりついたときにはかつらも取れ、スリッパも脱げ、爪は血まみれになっていた）を勘定に入れたところで、ヴァンが実際に彼女を見たか、彼女の近くにいた時間は、ぜんぶひっくるめても人間が胎内にいる時間をとうてい超えていなかった。

薔薇色に輝く遙かなテラは、まもなく恐ろしい霧のヴェールで包まれてしまった。彼女の崩壊は一連の段階を経て、その段階を追うごとにひどくなった。なぜならば、人間の脳というものは、数百万年にわたり、数百万の国で、数百万の絶叫する獣たちを相手する拷問の館を発明し、設立し、使用してきたが、あまたあるその拷問の館の中でも最高のものになりうるからである。

彼女は水道水の言葉を感じとる病的な徴候を示すようになった——見知らぬ人々とカクテルを飲んだ後で手を洗っている最中に、まだ耳に残っていた会話の断片をそっくり反響することがときどきあるという（睡眠前の血流とよく似ている）。こういう即時的で持続的でもあり、彼女の場合には、熱心でからかっているようだが本当はまったく無害な、最近の会話のあれこれを、蛇口の水が再現しているのに初めて気づいたとき、哀れなアクワは、発話を記録し伝送するごく簡単な方法に偶然行き当たったのではないかと、ちょっと自慢してみたい気持ちになったのも、その頃世界中の科学技術者たち（いわゆる頭でっかち）が、口に出せない「ラマー」[*3]の使用禁止に伴って地獄行《ク・チェルチャーム・サバーチム》きになった器具に取って代わるべき、きわめて精巧でまだ価格も非常に高い、水路伝話器などといった情けない器具を、なんとか一般に使用できて商売としても儲かるものにしようと骨を折っていたからである。しかしながら、リズムとしては申し分ないものの言葉としてはいささか不明瞭な蛇口のおしゃべりは、やがていかにももっともらしい意味を帯びるようになった。蛇口から流れ出る水は、うるさくなればなるほど発音が鮮明になった。勢いよく表情たっぷりに語っている（べつに彼女に向かってとは限らない）誰かの話に聞き入ったり、たまたま耳にしたりすると、その後ですぐに蛇口が話しかけてくる——早口で特徴的な声を持った人物だったり、文章の抑揚がとても個性的かとても外国人風だったり、うんざりするパーティで耳にしたおしゃべり好きの長話だったり、退屈な劇に出てくる淀みのない独白だったり、ヴァンの素敵な声だったり、講演で聞いた詩の一句だったり、若人よ、美しき人よ、愛しき人よ、哀れみたまえ、*4 しかしとりわけ水のようで靄《フルー》のようなイタリア語の詩、たとえばロシア語混じりで老人ぼけ混じりの医者が、膝を打ち瞼を上げる仕草の合間に口ずさんだあのささやかな歌、ドック、トック、ボケ、ボケタボケタ、歌《バラテッタ》*5、かよわく《デボレッタ》……汝《チュ》、怯えたる声《ヴォーチェ・ズビゴッティッタ》……蛇口と悪魔《スピゴッティ・エ・ディアヴォレッタ》……我が悲しい心より《デ・ロ・コール・ドレンテ》……歌と《コン・》ともに行きて《バラテッタ・ヴァ》……行きて《ヴァ》……打ちのめされし《デラ・ストルッタ》、打ちのめされし《デストルッタ》心を《メンテ》……心を《メンテ》……レコードを止めてちょうだい、そうしないと今朝フィレンツェで観光ガイドがやっていた、愚かしい柱の解説がまた延々と繰り返されるからで、ガイドが言うには、ずっしり重い聖ゼウスの死骸を運んで、ゆっくり、ゆっくり濃くなる日陰のなか、「エルモ」のそばを通り過ぎたとき、その木が一斉に葉開いたという故事を記念して建てられた柱なのだそうな。それとか、アーリントンで見かけたガミガミ婆さん、葡萄園がすばやく過ぎていくなかを、黙りこくっている夫に向かってひっきりなしに話しかけ、トンネルに入ってもまだしゃべっていた（こんなことされて黙ってられないじゃないの、言ってやってよ、ジャック・ブラック、言ってやって……）。風呂水（もしくはシャワー）はキャリバンさながら、はっきりとしゃべれない——それとも野蛮なまでに、熱湯を噴出して地獄の灼熱を追い払うことばかり気にかけているせいで、おしゃべりなどにはかまっていられないのか。しかし、ごぼごぼ音をたてる小流水はますます野心満々で憎たらしくなり、初めての「施設」に入院していたとき、訪問医のなかでいちばん憎たらしい奴（カヴァルカンティを引用する癖のある男）が、ロシア語訛りのドイツ語で、憎たらしいビデに憎たらしい指令を蕩々と注ぎ込んだのを聞いて、彼女はもう二度と蛇口をひねるものかと決心した。

　しかし、その段階もまた過ぎ去った。別の拷問が彼女と同名である水のおしゃべりの激流にすっかり取って代わり、頭がはっきりしている時期に、水を飲もうとたまたま洗面台の蛇口をかよわい小さな手でひねったとき、生ぬるい真水が独特の言葉で、インチキや物真似の跡も見せずにこう答えた。「おしまい《フィニト》！」今では、彼女を途方もなく苦しめるのは、心の中にできつつある薄黒い穴（ヤームィ、ヤーミシチイ）であり、それが薄れゆく彫像のような思考や回想の間に口を開けているのだ。精神的な苦悩と肉体的な苦痛が黒と紅の手を取り合い、片方がお願いだから正気に戻らせてくださいと祈らせれば、もう片方がお願いだから死なせてくださいと嘆願させる。人工物は本来の意味を失い、奇怪な含蓄に膨れあがる。ハンガーが実は首を刎ねられたテラ星人の肩だったり、ベッドから蹴飛ばした毛布の襞がうらめしそうに見つめ、片方の垂れた眼瞼には物もらいができていて、だらりとねじれた土気色の唇には物悲しい非難の表情が浮かんでいたりする。時計の針もしくは時の一片が何を伝えようとしているか、天才にはどういうわけかわかるらしいが、そんなことを理解しようと骨を折るのはまったく無駄な話で、秘密結社の身振り手振りによる暗号や、彼女だったか彼女の妹だったか、そのどちらかが紫色の赤子を出産したときに知り合いになった、あの若い学生が中国製ではないギターを弾きながら歌っていた中国語の歌を、なんとか解読しようとするようなものではないか。しかし、彼女の狂気というか、高貴なる狂気には、狂った女王の哀れな媚態を想わせるところがまだ残っていた。「ねえ先生、わたしもうじき眼鏡がいるようになると思うんですのよ、わからなくて」（気高い笑い）「腕時計を見ても、何時なのかさっぱり……お願いですから、何時を指しているのか教えてちょうだい！　あら！　三十分――でも何時の？　いえいえ、今日のことは気になさらないで、『今日《きょう》』と『気《き》』は双子なんですから、わたしには双子の妹と双子の息子がいるの。先生はわたしの陰部をお調べになりたいんでしょ、わかってますわよ、妹のアルバムにあった毛深い石楠花《シャクナゲ》を摘んだのは十年前」（嬉々として十本の指を見せ、誇らしげに、十は十！）

それから苦悩が耐えきれないほどの量と悪夢のような次元にまで高まり、彼女は叫び声をあげて吐いた。黒い巻き毛を剃ってもらって、アクワマリン色の短い毛先だけが残るほどにしてほしいと願ったのは（そしてその願いは叶えられた、病院の理髪師ボブ・ビーンに感謝）、髪が孔《あな》だらけの頭蓋骨の中へと伸びてきて、そこでとぐろを巻くからだ。空や壁のジグソーパズルは、どんなにうまく嵌め込んであってもピースがはずれてきて、うっかり揺らしたり看護婦の肘がぶつかっただけですぐに軽い断片が崩れてしまい、名もない物体のわけのわからない空白になったり、「スクラブル」の文字板のなにも書かれてない裏側になったりして、明るい表側にひっくり返そうと思ってもできないのは、ディーモンによく似た黒い瞳をしている男の看護師に両手を縛られているからだった。しかし、まもなく苦悩と苦痛は、ゲームでわいわい遊んでいる二人の子供みたいに、トルストイ伯爵の長篇小説『アンナ・カレーニン』に出てくるように、キャーッと最後の笑い声をあげたかと思うと走っていって藪に隠れてお医者さんごっこを始め、そしてまた、しばらく、ほんのしばらくのあいだ、家の中は静まりかえり、その子供たちの母親は彼女の母親とファーストネームが同じだった。

アクワは、夢の中でははっきりとX印が付いた出生地《リュー・ド・ネッサンス》で、全速力でスキーをしていて唐松の切り株に激突した後、ゴム製の魚のようなものを浴槽で産み落としたが、死産だった六ヵ月になる男児、驚いたような顔をした小さな胎児が、どういうわけか助かって、病院《ヌスハウス》*6にいる彼女のもとに妹の挨拶状付きで届けられ、血まみれの脱脂綿にくるまってはいても、ちゃんと生きていて健康で、彼女の息子イヴァン・ヴィーンとして出生届が出されることになった、と一時信じていたことがある。他のときには、その子は妹の子で、非嫡出子であり、生まれたのは疲れるがとてもロマンティックな大吹雪のあいだ、場所はセクス・ルージュにある山の隠れ家で、そこには町医者にして竜胆《リンドウ》愛好家のアルピナー先生という人物が念のために待機して、粗末な赤いストーブのそばに腰掛けて靴を乾かしていた、と彼女は確信していた。それに続いて混乱が起こったのは二年も経たないときのこと（一八七一年の九月——自慢の頭脳はまだ数十の日付を憶えていた）、次の隠れ家から逃れて、夫の忘れがたい田舎屋敷にどうにかこうにかたどりついた直後（外国人を真似て、「運転手さん、《シニョール・コンドゥクトル》ルーガ湖に行きたいんですの、《アイ・ヴァント・ゴー・ラーゴ・ディ・ルーガ》お金はここにありますから《ヒーア・ゲルト》」）、夫が日光浴室でマッサージをしてもらっている隙に、抜き足差し足で以前の寝室に忍び込んでみた——そして甘美なショックを体験したのだ。色とりどりにケルク・フルールと印されたガラス容器に半分入っている天花粉が、まだナイト・テーブルの上に置いてある。お気に入りだった炎色のナイトガウンも、ベッド掛けの上にしわくちゃになって置いてある。彼女にとっては、これはシェイクスピアの誕生日、あの緑にけぶる雨の日以来ずっと、夫と寝室を共にしてきたという輝かしい事実を、つかのまの黒い悪夢がかき消しただけだったという意味になるのだが、他の大半の人間にとっては、マリーナが（映画監督のG・A・ヴロンスキイがマリーナを捨てて、また別の、長い睫毛をした、可愛い女優の卵——彼の言葉を使えば「フリストーシク」*7——に乗り換えた後）妊《はら》んだという意味になる、と言っても誤解なきように《セ・ビャン・ル・カ・ドゥ・ル・ディール》、妊んだのは、ディーモンが頭のおかしくなったアクワと離婚して、また妊娠したと思った（そして嬉しいことにその予感は当たっていた）マリーナと結婚するという名案だったのである。マリーナはキーテジで彼と仲睦まじい《ルクリルユーシチィ》*8一月を過ごしたが、（アクワがやってくる直前に）すまし顔で腹づもりを打ち明けてみたら、家から追い出されてしまった。さらにその後、無意味に生きている最後の短い一周にさしかかったアクワは、アリゾナ州セントーにある贅沢な「サナストリア」で曖昧な記憶のあれこれをかき集め、息子から来た手紙の束を何度も何度もあわただしく、溢れる幸福感で読み返していた。彼はいつもフランス語で彼女を「おかあさん《プティット・ママン》」と呼び、十三歳の誕生日を迎えればずっと寄宿生活を送ることになる楽しい学校の話を書いていた。新たな、たくらみに満ちた、最後の、ついに最後になった眠れぬ幾夜の、夜毎の耳鳴りの中に、彼女は息子の声を聞き取り、それで慰められた。彼はたいてい彼女のことをマミーかママと呼び、英語だと最後の音節にアクセントを置き、ロシア語だと第一音節に置く。三ヵ月国語を話す家庭では、よく三つ子が生まれたり、紋章に竜の子が描かれていたりする、というのは誰かの説である。しかし今ではまったく一点の疑問もなく（ただし、おそらく、憎しみに満ちた、とうの昔に死んでいるマリーナの、地獄に住まう心の中を除けば）、ヴァンは彼女の、彼女の、つまりアクワの、愛しい坊やなのだ。

すっかり精神的安定を得た幸いな状態の後でまた病をぶり返したくはないし、そうは言ってもこの状態が長続きするはずがないとわかっていたので、遠いフランスで別の病人がずっと明るくないし気楽でもない「施設」でしたのと同じことを彼女はした。管理を牛耳っているケンタウロスとでも言うべき男の一人であるフロイド博士なる人物は、アルデンヌのシニィ＝モンデュー＝モンデューに住むフロワ博士という偽名パスポートを持っている人物と亡命人兄弟だったのかもしれないし、同一人物である可能性も高く、というのは二人ともイゼール県ヴィエンヌ出身で、（彼女の息子と同じように）どちらも一人息子だったからだが、ともかくそのフロイド博士は、最も優秀な患者がもし「その筋の傾向がある」場合に病院職員の仕事を手伝わせるという、「集団」意識の確立を目指した痴療法を開発というか復活していた。かたやアクワは、頭のいいエレオノール・ボンヴァールが使った手口をそっくりそのまま踏襲し、ベッドメーキングと硝子棚の掃除を選んだ。セント・タウルスのアストリウムだったか何だか（どうでもいいではないか——無限の無の中で漂っているときには、ささいなことなどあっというまに忘れてしまうものなのだ）は、おそらく、モンドフロワの厩並《ホースピットル》＊9み荒涼館よりも現代的だし、砂漠のような景色も洒落ているのだろうが、どちらの病院にしたところで、頭のおかしな患者がやすやすと頭の弱い医者の裏を掻くことができたのである。

一週間も経たないうちに、アクワは効き目がさまざまな錠剤を二百錠以上も貯め込んだ。そのうちのほとんどは知っている——幼稚な鎮静剤、午後八時から真夜中まで完全にノックアウトされてしまう薬、何者でもなくなる八時間の後で、手足は血の気が失せ、頭は鉛みたいに重くなるような優れた睡眠薬各種、それじたいは素敵でも、モローナという商品名の洗浄液一杯と混ぜるといささか命取りになる薬。それからふっくらした紫色の錠剤を見ていてつい思い出し笑いをしたのは、（ラドールの女子生徒にはおなじみの）スペイン民話に出てくる幼いジプシーの魔女のことで、その娘は狩猟解禁になるとハンターや猟犬をみなその薬で眠らせてしまうのだった。浮遊の最中に誰かお節介焼きに現世へ連れ戻されたりしたらたまらないので、硝子の館ではない別の場所で誰にも邪魔されない昏睡の時間を最大限に確保しようとアクワは心に決めたが、計画の前段部分の実行を楽にして、すすめてさえくれたのは、イゼール在住の教授の代役というかダブルとも言うべきシグ・ハイラー博士なる人物で、誰からもたいした奴、準天才だと尊敬されていたのは、準ビールと言うときによく使う意味である。医学生の監視の下で、瞼やその他の半陰部がある種の痙攣を示すことによって、現在夢見られているのはシグ（ちょっと奇形ではあるが美男子と言えなくもない男）が「パパ的存在」として現れているところであり、女の子のお尻をぶったり痰壺にペッペッと唾を吐いていたりしている場面であることが証明されれば、その患者は健康状態に向かいつつあると考えられ、目覚めたときにはピクニックといった通常の野外活動に参加を許可されるのである。ずるいアクワは瞼を痙攣させ、欠伸《あくび》をするまねをして、薄青色の目（びっくりするほど対照的な漆黒の瞳は、母親のドリー譲り）を開き、黄色のスラックスと黒のボレロに着替え、小さな松林を通り抜け、メキシコのトラックに親指で合図して乗せてもらい、チャパラル林にちょうど絶好の峡谷を見つけ、そこで短い手紙を書いてから、ロシアの田舎娘がちょうど森で摘んだばかりの苺《ラーカミィシチャヤ》を食べ《シャ・ヤーガダミ》るように、ハンドバッグからぶちまけた色とりどりの錠剤を手のひらに受け、心穏やかに食べはじめた。彼女は微笑み、何年も愛読していた新聞の日曜版掲載の漫画が突然何の理由説明もなく打ち切りになったときみたいに、彼女の死が人々にどれほど深い影響を与えるだろうかと（いささか「カレーニン」風の調子で）まどろみながら想像し、楽しくなった。それが最後の微笑みになった。彼女は思ったよりずっと早く発見されたが、予想よりはるかに早く死を迎え、まだカーキ色のバギーショーツを穿いたままの、観察力が鋭いシギーは、シスター・アクワ（どういうわけか、みんな彼女のことをそう呼んでいた）がまるで有史前の埋葬法みたいに子宮内の胎児の姿勢で横たわっていたと報告書を書いていて、この言葉は彼の学生ならなるほどと思うだろうし、私の学生でもそうかもしれない。

　所持品の中に見つかった最後の手紙は、夫と息子に宛てられたもので、この地球上あるいは別の地球上でいちばん気がまともな人間が書いたと言ってもおかしくはなかった。

今日《オージュルデュイ》（ドイツ語ではホイテ、鼻持ちならない！）わたくしこと、この目をくりくりさせる玩具は、シグ博士、看護婦のジャンヌ雷帝、そして数人の「患者」と一緒に、近くの松林《ボール》へピクニックに出かけるサイキッチュな権利を獲得し、そこでね、ヴァン、わたしが見つけたのはスカンクに似た栗鼠《リス》で、あなたの濃紺の先祖がアーディス・パークに輸入したのとまったく同じ、あなたもきっといつかそこを散歩することになると思うわ。時計の針なら、狂っているときでも自分の立場を知っていて、それをどんなに物言わずの小さな腕時計にも教えてやらねばなりませんし、そうでないと文字盤ではなく変な口髭を生やしたただの白い顔になってしまいます。それと同様に、人間《チェラヴェーク》は自分の立場を知っていてそれを他人に教えてやらねばなりませんし、そうでないと人間のかけら《クローク》でもなく、男でも女でもなく、いいこと可愛いヴァン、哀れなルビーが自分の貧相な右胸のことをよくそう言っていたように、ただの「ぽっちり」になってしまいます。わたくしこと、哀れな「遙かなる姫君[*10]」は、今ではすっかり遙かになってしまい、自分がどこに立っているのかわからないのです。だからわたしは落ちるしかありません。それじゃさようなら、わたしの愛しい、愛しい坊や、それからさようなら、かわいそうなディーモン、わたしには日付も季節もわからないけれど、今日は比較的そして間違いなく季節的にもいいお天気の日で、おいしいお薬をもらおうと可愛い蟻さんたちが列を作って待っています。

［署名］

やっと地獄を脱した《チィピェーリ・イズ・アーダ》、わたしの妹の姉

「人生という日時計に針《ハンド》を見せてほしいと思うなら」と、一八八四年夏の終わりに、アーディス屋敷の薔薇園で隠喩をさらに展開しながら、ヴァンが注釈を加えた。「僕たちはつねにこれだけは記憶にとどめておかねばならない、秘密を僕たちから隠している影と星を憎み蔑むことこそが、人間の強さであり、尊厳であり、悦びであるということを。彼女が屈したのは、ただ愚劣なまでに強力な苦痛のせいなんだ。そして僕はよく思うんだが、こうだったら美学的にも、陶酔的にも、エストティ的にもさらにもっともらしかったんじゃないかな——つまり、彼女が本当に僕の母親だったとしたら」

＊1　明らかに、電気の神。
＊2　ガラクタ《ブリカブラック》画家を指す。
＊3　琥珀（フランス語ではランブル［l'ambre］）、電気を指す。
＊4　ハウスマンの詩のパラフレーズ。
＊5　イタリアの詩人グイド・カヴァルカンティ（一二五五—一三〇〇）の「ささやかな歌」から取った一節を断片歪曲化したもの。関連する行は次のとおり。「汝、かよわく怯えたる声よ、悲しい心から涙ながらに溢れ出し、我が魂と、そしてこのささやかな歌とともに行きて、打ちのめされし心を彼女に告げよ」
＊6　ドイツ語で「気違い」。
＊7　小さなキリスト（ロシア語）。
＊8　ロシア語。フランス語の「睦み合う」［roucoulant］から。
＊9　「病院」、ディケンズの『荒涼館』の一節から借用。哀れなジョーの洒落であって、ジョイスの哀れな洒落ではない。
＊10　フランスの演劇の題名。

4

　二十世紀の中頃になって、自分の過去の最深部を再構築しはじめたとき、（再構築が追求する特別の目的のために）本当に大切な幼年期の細部というものは、少年期や青年期という後のあちこちの段階で、部分をよみがえらせながら全体を活性化する突然の照応となってふたたび現れる、そのときにこそいちばんうまく扱えるのだし、そのときにしか扱えないこともよくあるのだ、とヴァンはすぐに気がついた。初めて経験した大怪我や悪夢よりも、ここで初恋が先に来るのはそのためである。

　彼はちょうど十三歳になったばかりだった。それまで、居心地のいい父親の庇《ひさし》から離れたことなど一度もなかった。そういう「居心地のよさ」は当然のものではなく、少年と学校を描いた本の中に導入として出てくるありきたりの比喩でしかないなんて、思ったことは一度もなかった。校庭から数丁離れたところに、工芸品やらいささか骨董めいた家具を並べている店があり、主は未亡人のタピロフ夫人で、フランス人のくせにロシア訛りの英語を話す人だった。ある晴れた冬の日、彼はその店を訪れてみた。店の手前の方には、真紅の薔薇や金色と茶色のアスターが飾られたクリスタル製の花瓶がそこかしこに置かれている——金箔を施した木製のコンソールの上や、漆を塗った箪笥の上、キャビネットの棚の上、さらには絨毯を敷いた階段に沿って並べてあり、そこをのぼって次の階に行くと、大きなワードローブや華美な鏡台がハープの特異な群れを半円形に取り囲んでいた。彼は花がどれも造花だと思い込み、そういう作りものが本物の花弁や葉のぼったりとして湿った感触まで真似ることをせずに、ひたすら視覚に訴えようとするだけなのを不思議に思った。翌日もう一度訪れたときには、修理してもらうか同じのを注文した物（八十年後の今では記憶にない）は、まだできていないか入荷していなかった。事のついでに、半開きの薔薇に触れてみたら、無味乾燥な感触がするとばかり思っていた予想は裏切られ、指先にひんやりとした生命が突き出した唇で接吻したのだった。「うちの娘は」と驚いたヴァンを見てタピロフ夫人が言った。「お客様をか《プール・アトラペ・ル》つごう《・クリヤン》と、偽物の中にいつも何本か本物を挿しておくんですよ。あなたが引き当てたのはジョーカーだったわけ」彼が出て行こうとしたときに入ってきた当の張本人は、グレーのコートを着た女子生徒で、褐色の巻き毛を肩まで垂らし、可愛らしい顔をしていた。また別の機会には（おそらく額縁か何かの一部を修理するのに果てしない時間がかかったか、あるいは品物全体が結局のところ入手不可能とわかったかで）、その娘が教科書を持って肘掛け椅子に丸くなって座っているのを見た――売り物ばかりの中で唯一の家具だった。話しかけたことはなかった。彼はその娘にすっかり夢中になった。そういう状態が一学期は続いた。

　その恋心は正常で不思議なものだった。それより不思議ではなく、もっとグロテスクだったのは、何世代にわたっても教師たちが撲滅することに失敗し、一八八三年になってもまだリヴァーレーンで格段に流行っていた情熱であった。どんな寮にも稚児がいるものだ。ウプサラ出身のヒステリックな男の子がいて、斜視だし、口元もだらしなく、ほとんど異常なまでに不恰好な手足をしていたが、素晴らしい餅肌に、ぽっちゃりしてすべすべした魅力はブロンツィーノのキューピッド（嬉々としたサテュロスがご婦人のいる木陰で見つけた大柄なやつ）さながらで、ラグビーのエースであるチェシャーを先頭にした、大半はギリシア人とイギリス人から成る外国人の少年たちのグループに可愛がられ、いたぶられていた。そして一つには虚勢から、また一つには好奇心から、ヴァンは嫌悪感を抑えつつ、冷ややかな目で彼らの荒々しい狂宴を見守った。でもしばらくすると、彼はこの代理行為を捨て、もっと自然だが同じくらい気乗りのしない気晴らしに乗り換えた。

立入厳禁ではない習わしになっていた、大麦糖とラッキー・ラウスの漫画雑誌を売っている角の店があり、そこの年配のおかみがたまたま若い手伝いを雇っていて、けちんぼな貴族の息子であるチェシャーは、この太った小娘が緑のロシアドル札一枚で買えることをすぐに突き止めた。その恩恵にあずかった最初の客の一人がヴァンである。薄暗がりの中、営業終了後の木箱やら袋が置いてある奥でのことだ。十四歳で童貞のくせに十六歳で遊び人だと小娘に告げたものの、経験のなさをすばやい動きのこけおどしでごまかそうとしたときに、相手が喜んで店内に入れてやろうとしていたものを玄関マットにこぼしてしまうだけの結果に終わり、我らが放蕩者にとってはかえってばつの悪いことになった。六分たってチェシャーとゾグラフォスが事をすませた後には、物事はずっとうまくいった。しかし娘のやさしさや、やわらかくて心地よい締めつけや、激しい腰の動きをヴァンが本当に楽しめるようになりだしたのは、次の乱交パーティがあったときの話だ。相手はずんぐりしたピンクの豚みたいな小娘娼婦であることは承知していて、終わった後で相手がキスしようとすると顔を肘で押しのけることもしたし、チェシャーのふるまいを見て憶えたことだが、尻のポケットに財布がまだ入っているかどうか、すばやい手つきで確かめすらした。ところがどういうわけか、崩壊する時間のお決まりの手順に則って、およそ四十回目の痙攣が訪れては去ってしまい、乗っている列車が黒と緑の平野を疾走してアーディスへと向かっていたとき、彼は小娘の哀れな姿と、腕から発散する台所の匂い、チェシャーのライターの火で突然照らし出された濡れた睫毛、そして二階の寝室へと上がっていく、年寄りで耳が悪いギンバー夫人のぎしぎしとした足音にも、思いがけない詩情を感じていたのである。

瀟洒な一等車室に座り、手袋をした片手でビロードの横輪をつかみ、造園のような風景が延々と過ぎ去るのを眺めていると、すっかり一人前の男になったような気がするものだ。そしてときおり、乗客はうつろう目をしばし休ませて、下半身の痒みに内心耳を傾け、上皮のほんのちょっとした炎症だろうと思った（この想像が当たっていたのを、ログに感謝）。

5

昼過ぎに彼がスーツケース二個とともに降り立ったのは、のどかに晴れた田舎の駅で、そこから曲がりくねった道が生まれて初めて訪れるアーディス・ホールへと続いていた。想像力の細密画の中で予見していたのは、鞍付きの馬が一頭出迎えに来ている図だった。しかし実際には、一頭立て二輪馬車《トラップ》すらそこにはなかった。茶色の制服を着て、日焼けしてがっしりした体軀の駅長の話によれば、スピードはのろいがお茶の飲める車両付きの夜行列車で来るものだとばかり思い込んでいるに違いないという。心配そうな顔の機関士に合図を送りながら、すぐにホールを呼んでみましょうと駅長は付け加えた。そのとき突然、一台の貸馬車がプラットホームに到着し、赤毛の婦人が麦藁帽を手にして自分のあわてぶりを笑いながら、出発直前の列車にちょうど間に合って乗り込んだ。こうして、時間の織物に偶然できた襞によって利用可能になった交通機関を使うことになり、ヴァンは古い四輪馬車《カレーシュ》の座席に腰掛けた。半時間の旅はさほど退屈なものでもなかった。松林を抜けて岩場の峡谷を越える道では、花をつけた藪の中で小鳥やら他の動物たちがさえずっていた。陽光でできた斑点やレース模様の影が彼の脚をかすめて過ぎ、駆者の上着の背中で対の片方が取れた真鍮《イズバ》のボタンを緑色に瞬かせた。トルフィヤーナを通り過ぎたが、そこは三、四軒の丸太小屋と、ミルク桶の修理屋、それにジャスミンの香りに埋もれた鍛冶屋しかない、夢のような村落だった。運転手が目に見えない友人に手を振り、その仕草に合わせるように、敏感な軽四輪《ラナバウト》がかすかに傾いた。車はいまや、野原の間を縫う埃だらけの田舎道を疾走していた。道は下ったかと思うとまた盛り上がり、坂を昇るたびに、古い時計仕掛けのタクシーは速度を落として今にも眠りこけそうになり、しぶしぶ己の弱さに打ち勝つのだった。

半分ロシアの村であるガムレットで、敷石の上をガタゴトと揺れながら通り過ぎるとき、運転手は今度は桜の木に登っている少年に向かって手を振った。古い橋を渡るときには、樺の並木が両側に分かれて通してくれた。大岩の上に廃墟となった黒い城がそびえ、さらに下流に行くと色とりどりの屋根がある、ラドールがかすかに見えた――この景色は、人生のずっと後になって何度も何度も目にすることになる。

やがて植生が南方の様相を帯びてくると同時に、車はアーディス・パークの周回道路へと入っていった。もう一度曲がったところで、古い小説に出てくるゆるやかな勾配の上にロマンティックな大邸宅が姿を現した。その素晴らしいカントリー・ハウスは三階建てで、薄青の煉瓦と紫がかった石で造られており、色合いと材質が光の加減によっては効果が入れ替わるように見える。規則正しく並んでいる、様式的な二列の苗木（画家の目で見られたというよりは、建築家の頭で導入されたもの）にとうの昔に取って代わった巨木の、種類の多さや大きさやそよぎにもかかわらず、ヴァンは父親の着替え室に掛けられていた二百歳になる水彩画で見たことがある、これがあのアーディス・ホールだとすぐにわかった。抽象画風の牧場を見晴らす高台に邸宅が建っていて、牧場では一頭の様式的な牛からさほど離れていないところに、三角帽をかぶった二人のちっちゃな人間がおしゃべりしているという図だった。

　ヴァンが到着したとき、家族の者は誰もいなかった。馬の手綱を引き取ってくれたのは、待機していた召使だった。玄関にあるゴシック風のアーチをくぐると、年寄りで禿頭の執事ブティヤンが、今では執事らしからぬことに口髭（濃い肉汁のような茶色に染めている）を生やし、嬉しそうな身振り手振りで出迎え――以前にはヴァンの父親の召使をしていた――「きっと、わたくしめのこと《ジュ・パリ・ク・ムッシュー》は憶えていらっしゃらないでしょうな《・ヌ・ム・ルコネ・パ》」と言い、さらに続けて、ヴァンが何の助けも借りずに思い出したものをヴァンに思い出させようとしたが、それはファーマンニキン（箱形をした特殊な凧で、今日では跡形もなく消え失せていて、昔の玩具を所蔵している大博物館でも見つからない）のことであり、ある日のこと、金鳳花《キンポウゲ》が点々と咲いている牧場で、ブティヤンが飛ばすのを手伝ってくれたのだ。二人とも視線を上に向けた。小さな赤い矩形が、一瞬、春の青空に傾いて浮かんだ。玄関ホールは天井が彩色されていることで知られていた。まだお茶の時間には早すぎる。荷ほどきはわたくしめがいたしましょうか、それとも女中にさせましょうか？　それじゃ、女中をお願いします、とヴァンは言って、学生の荷物の中に女中をびっくりさせるようなものが入っているとしたら何だろうか、とちらりと思った。アイヴォリー・レヴェリー（モデル）のヌード写真？　かまわないじゃないか、もう一人前の男なんだから。

　執事の提案に従って、彼は庭めぐり《トゥール・デュ・ジャルダン》に出かけた。制服の一部である布ゴム製上履きでやわらかなピンク色の砂を音もなく踏みながら、曲がりくねった小道を歩いていると、以前のフランス人女家庭教師だと思われる人物に出くわしてぞっとした（ここには幽霊がうじょうじょいる！）。彼女はペルシャライラックの樹の下にある緑のベンチに座っていて、片手にはパラソル、もう片手には本を持ち、大きな声で小さな女の子に朗読してやっているところだったが、その女の子はと言えば、鼻をほじくり、その指を夢見心地でまじまじと見つめてから、ベンチの端っこにこすりつけるのだった。この女の子がきっと「アーデリア」、つまり知り合いになるはずのいとこ二人のうち長女のほうだ、とヴァンは思い込んだ。ところが実際は、次女のリュセットのほうで、まだ八歳で女の子らしさがなく、前髪はぴかぴかして赤みがかったブロンド、鼻はそばかすだらけのボタンといった風情である。彼女は春に肺炎を患い、死にかけた子供、それも特に悪戯っ子がその後もしばらく持っている、あの奇妙なよそよそしさのヴェールに包まれていた。ラリヴィエール女史は突然、緑色の眼鏡ごしにヴァンを見つめた――そして彼はまたしてもあたたかい歓迎に対処するはめになった。アルベールとは対照的に、女史は町中にあったダーク・ヴィーンの家に週三度、手提げに一杯本を詰め、後に残してくるわけにはいかない、ちっちゃくてびくびくしているプードルの仔犬（もう死んでしまった）を連れて通っていたあの頃から、ちっとも変わっていない。あの仔犬は、悲しくて黒いオリーヴのような目をきらきらさせていたものだ。

やがて彼らはみなゆっくりとした足どりで引き返し、家庭教師は何か思い出して悲しくなったようにパラソルのモワレ模様の下で大顎と大鼻の頭を振り、ルーシーは見つけた庭用の鍬を耳ざわりな音をたてながら引きずり、若いヴァンはきちんとしたグレーのスーツにネクタイをたなびかせ、背中で両手を組み、正確に歩を刻む無言の足を見つめていた――別に理由もなく、直線上をまっすぐ歩こうとしていたのである。

玄関に四輪馬車《ヴィクトリア》が停まっていた。ヴァンの母親によく似た婦人と、黒髪をした十一歳か十二歳の女の子が、なめらかに動くダックスフントの後を追って、馬車から降りてくるところだった。アーダは野花の乱れた束を手にしていた。白いフロックに黒いジャケット姿で、長い髪には白いリボンが結んである。彼はそれ以来その服装を二度と見たことがなく、回想でこの話を口にすると彼女は決まって、それはきっと夢なのよ、そんな服は持っていなかったし、そんなに暑い日に黒のブレザーなんて着るわけないと反論したが、彼女を初めて見たときのイメージに彼は最後まで固執したのだった。

十年ほど前、四回めの誕生日のそう前か後でもなく、母親の療養所長期滞在も終わりに近づいていた頃、大きな檻の中に雉《キジ》が飼われている公園で、「叔母さん」のマリーナがいきなりやってきて彼を鷲づかみしたことがある。叔母さんは乳母に邪魔をしないでくれと促し、演奏壇のそばにある売店に連れて行って、エメラルド色の棒の形をしたペパーミント・キャンデーを買ってくれてから、もしおまえのお父さんが望むなら、お母さん代わりになってあげてもいいんだよとか、アマースト夫人*1の許可がなかったら鳥に餌をやれないんだよと言ったのだ（少なくとも彼にはそう聞こえた）。

大階段へとつながる中央ホールは全体としてはごく質素だが、隅に贅沢な家具が置かれていて、そこで彼らはお茶をいただいた。座っているのは絹張りの椅子で、洒落たテーブルのまわりに配置されている。アーダの黒いジャケットと、アネモネ、姫立金花《ヒメリュウキンカ》、苧環《オダマキ》で作ったピンク・イエロー・ブルーの花束が、楢《ナラ》製のスツールの上に置かれていた。犬はいつもよりもケーキのおこぼれを頂戴した。苺にかけるクリームを持ってきた、物憂げな顔をした老従僕のプライスは、ヴァンが歴史を教わった「ジージー」ジョーンズ先生に似ていた。

「あの人、僕が教わった歴史の先生に似てますね」とヴァンは従僕が出て行ってから言った。

「わたしも歴史が大好きだったのよ」とマリーナが言った。「歴史上の女性になりきるのが大好きだったわ。お皿に天道虫《テントウムシ》がいるでしょ、イヴァン。それも絶世の美女に——リンカーンの二番目の奥さんとか、ジョセフィーヌ女王とか」

「ええ、気づきました——うまくできてますねえ。僕の家にも似たようなセットがあります」

「クリーム《スリーヴォク》はどう？　ロシア語は話せるのかしら？」お茶を注いでやりながら、マリーナがヴァンにたずねた。

「その気にさえなればすらすらと《ニィアホートナ・ノー・サヴェルシェーンナ・スヴァボードナ》」とヴァンは、かすかな微笑みを浮かべて《スレフカー・ウルィブヌーフシシ*2》答えた。「ええ、クリームをたっぷり、それとお砂糖を三個」

「あなたの極端な甘い物好きは、アーダもわたしも同じ。ドストエフスキイはお茶にラズベリー・シロップを入れていたそうよ」

「ふーん」とアーダ。

マリーナの頭上の壁には、アートマスによるなかなかみごとな油彩で、彼女の肖像画が掛けられていて、そこに描かれた彼女がかぶっているピクチャーハットは、十年前に狩りの場面のリハーサルで使用したものであり、つばがロマンティックで、虹色の翼と、黒い帯が入った銀色の大きく垂れた羽根飾りが付いている。そしてヴァンは、公園の檻と、どこかで別種の檻に入れられている母親を思い出しながら、まるで彼の運命の注釈者たちが密談を交わしているような、不思議の念に打たれたのである。今のマリーナの顔は以前の面影を模倣するように化粧してあるが、ファッションがすっかり変わってしまい、綿のドレスは田舎風の柄で、鳶色の髪も色褪せてもはや額に垂れかかることもなく、絵の中の乗馬用鞭の颯爽たる様子や、アートマスが鳥にくわしいところを発揮して描いたみごとな羽根飾りのタイル模様を偲ばせるものは、服装や装飾品のどこにも見あたらなかった。

その最初のお茶の時間については、記憶に残るところはさほどなかった。アーダがビスケットをつまむとき、握り拳をつくるか手のひらを上に向けて伸ばし、爪を隠そうとする癖があるのに気づいた。母親の話にうんざりして気恥ずかしいらしく、母親が「湖」または新貯水池の話を始めると、気がついてみたらアーダはもう隣に座っていなくて、ちょっと離れた場所でお茶のテーブルに背を向け、あいている開き窓を見つめ、椅子の上に前肢を広げて寝そべっている腰の細い犬も庭を覗き込み、彼女はひそひそ声で何か嗅ぎつけたのと犬にたずねているところだった。

「書庫の窓からだと湖が見えますよ」とマリーナが言った。「もうじきアーダが家じゅうの部屋をご案内しますから。そうでしょ、アーダ？」（その発音の仕方はロシア語風で、aを二度とも深く、暗く響かせ、まるで「愛欲《アーダー》」のように聞こえた。）「ここからでもちらっと見えるわよ」とアーダが言って、こちらを振り向き、親指を立て《ポルリーケ・ウェルソ》ながらその景色をヴァンに示すと、ヴァンはカップを置き、刺繍入りの小さなナプキンで口元をぬぐってから、それをズボンのポケットに突っ込み、黒髪で白い二の腕をしたアーダのもとに行った。彼女に屈み込むと（彼は三インチ背が高く、彼女がギリシャ正教会の信者と結婚したときにはそれが倍になっていて、彼の影が花嫁の冠を背後から捧げ持った）、彼がちょうどいい角度に頭を傾けられるように彼女は頭の位置をずらし、それで髪が彼の首筋に触れた。彼女を夢で見た最初の頃、何度も再現されたこの接触は、あまりにもかろやかで、あまりにも一瞬のことであり、いつも夢見る者にとってはとうてい辛抱しきれず、高々と掲げた剣のように発射の合図と激しい射撃になるのだった。

「お茶を飲んでしまいなさいね、アーダ」とマリーナが声をかけた。

やがて、マリーナの約束どおり、二人の子供たちは二階に上がっていった。「子供が二人、二階に上がっていくとき、どうして階段があんなにぎしぎしきしむんだろう」まるで初めてダンスのレッスンを受けた兄妹みたいに、びっくりするほど似ているフリップやグライドの仕方を見せながら、二つの左手が手摺に沿って進んでいくのを見上げて、彼女はそう考えた。「結局、わたしたちは双子の姉妹だったんだから。誰にでもわかること」アーダが前、ヴァンが後になって、また同じゆっくりとしたきしみが最後の二段で聞こえ、それから階段はまた静かになった。「古くさい虫の知らせかしら」とマリーナは言った。

＊1　少年の頭の中では、一般によく知られた雉に名前が取られている、学識豊かな女性と混同された。
＊2　トルストイお気に入りの決まり文句で、登場人物のしゃべり方に、気取りとまではいかなくても、冷ややかな優越感があることを示す。

6

アーダが内気な滞在客を案内した二階の大書庫は、アーディスの誇りにして彼女のいちばん好きな「つまみ食い」の部屋で、母親は決して立ち入ることはなく（閨房に名作劇千一夜を専用で揃えていた）、センチメンタルで臆病なレッド・ヴィーンも毛嫌いしていたのは、そこで脳卒中で倒れて亡くなった父の幽霊にばったり出会いたくなかったのが一つ、そしてもう一つは、まったく記憶に残らない作家の全集ほど気が滅入るものはないからで、とはいえ、背の高い本棚や背の低いキャビネット、暗い色の絵画に明るい色の胸像、胡桃材《クルミ》を彫った椅子十脚、それに黒檀を象眼した品のいい机二台といったものを、たまの訪問客が褒めてくれる分にはさしつかえなかった。勉強好きな日光が斜めに射し込んでくるなか、書見台の上に置かれた植物図鑑が蘭の色彩図版のところで開いてあった。黒いビロードのカヴァーが掛けられた、長椅子かソファーベッドのようなものが奥まった場所に置かれていて、その上にある板硝子の窓からは、凡庸な大庭園と人造湖が広々と見晴らせる。一対の燭台が広い窓台に立っているというか立っているように見えたのは、金属と獣脂でできた幻にすぎなかった。

書庫から始まる廊下を通れば、我らが無言の探検者たちは西棟にあるヴィーン夫妻の私室へと案内されただろうが、それは二人がその方向に探検調査を進めていたらの話である。その代わりに、半ば秘密の小さな螺旋階段が回転式書棚の裏から上階へと続いていて、頭上のアーダは、白い腿をして、ヴァンよりも大股に進み、その三歩後に汲々としながら彼が従った。

寝室とそれに付属する設備は質素というよりはましな程度で、ヴァンは自分がどう見ても若すぎるために、書庫の隣にあった客室二つのうちの一つを割り当てられなかったのを残念に思った。一人で過ごす夏の夜に、襲いかかってくる不愉快な物たちのことを思うと、実家の贅沢さが懐かしく思い出された。何もかもが縮みあがったクレチン病患者のために作られたのではないかと思えるほどで、救貧院を想わせる陰気なベッドの頭板は中世風の薄黒い木でできているし、衣装棚はひとりでにぎしぎしいうし、ずんぐりしたコモードは偽マホガニー製で取っ手は鎖でつないであるし（片方が取れている）、毛布箱はリネン室からこっそり抜け出してきたやつだし、古い書物机はドーム形の蓋がロックされているかつっかえていて動かない。その役に立たない仕切棚の一つに取っ手があるのを見つけて渡すと、アーダは窓から放り捨ててしまった。ヴァンはこれまでタオル掛けに出くわしたことがなかったし、浴槽のない部屋用に特別に設えられた洗面台も目にしたことがなかった。その上にある円い鏡には金箔を施した石膏部分に葡萄の装飾模様が付いていて、陶器製の洗面器（廊下のむかいにある女子用便所に置かれているやつの双子）には悪魔のような蛇がぐるりと巻き付いている。高い背もたれの付いた肘掛け椅子、それから脂受け皿と取っ手の付いた真鍮製の燭台（この分身が鏡に映っているのをつい少し前に見たような気がする——どこだったか？）、つつましい設備の最悪にして中心的な部分は以上で終わりである。

二人は廊下に戻り、彼女は髪を払いのけ、彼は咳払いをした。先に行くと、遊戯室か育児室のドアが半開きになって前後に揺れていたのは、リュセットが覗き見をしていたからで、片方の赤い膝小僧が見えていた。それから、ドアが勢いよく開けられた——でも彼女はさっと部屋の中に逃げ込んでしまった。ストーブの白いタイルにはコバルト色の帆船が描かれ、彼女の姉と彼がその開いたドアから入ってくるときに、玩具の手回しオルガンが誘うように動きだし、途切れ途切れのメヌエットを奏でた。アーダとヴァンは一階に戻った——今度は豪華な大階段をずっと下りていって。壁沿いにたくさん掛けてある祖先の肖像画のなかで、彼女がいちばんのお気に入りだと言って指し示したのは、リンネの友人であり『ラドールの花々《フローラ・ラドーリカ》』の著者フセスラフ・ゼムスキイ老公爵（一六九九—一七九七）のもので、こってりした油絵に描かれている公爵は、まだ思春期になったばかりの花嫁と金髪の人形を絹地の膝に抱いている。地味な額縁に入った引き伸ばし写真が、刺繡を施されたコート姿の薔薇の蕾愛好家の隣に掛かっていた（いささか不釣り合いだとヴァンは思った）。ルミエール兄弟のアメリカにおける先駆者である故スメレチニコフ[*1]が撮ったその写真は、アーダの母方の伯父のもので、夭折する運命の若者がお別れコンサートの後でヴァイオリンを頬につけ横顔を向けているところだ。

一階にある黄色い客間は、壁にはダマスク織が掛けられている、フランス人がかつて帝国風と呼んだ様式の部屋で、庭に通じていたが、もう午後遅くになった今では、桐《パウローナ》の大きな葉影が敷居をまたいでずかずかと入り込んでいた（このパウローナというのは、アーダの説明によれば、アンナ・パーヴロヴナ・ロマノフという、なんの罪もない婦人の父称を洗礼名または姓と誤解した、いいかげんな言語学者によって付けられたもので、父親はパーヴェル、仇名はポール・マイナス・ピーターというの、なぜだか知らないけど、それから、その非言語学者の恩師に当たる植物学者ゼムスキイのいとこ、うわあ、もうやめてくれ、とヴァンは思った）。陶磁器飾り棚には、さながら動物園を想わせる小さな動物たちが檻に入っていて、中でもオリックスとオカピが、学名まで添えて、チャーミングだがひどくもったいぶった案内人によって特に推奨された。それと同じくらいに魅了されたのは五つ折りになった衝立で、その黒い板には四つと半分の大陸を初めて描いた地図があざやかな彩色で再現されていた。我々が今通り抜けているのは、ほとんど使われていないピアノが置かれた音楽室、それから銃器室と呼ばれている隅の部屋で、そこに剝製にして置かれているシェトランドポニーは、ダン・ヴィーンの伯母さん、旧姓は忘れちゃった、ログに感謝、が昔乗っていたものだという。家のもう片側、というか多少片側には舞踏室があり、そのぴかぴかの荒地には引っ込み思案の椅子たちが並んでいる。ツルゲーネフ曰く、「読者よ、先へ駆けて行きたまえ《ミーマ・チターチェリ》」とか。ラドール郡では不適切にも「廐」と呼ばれている場所は、アーディス・ホールの場合、建築的に見るといささか首をひねらざるをえない。格子付きベランダは、花輪で飾られた肩ごしに庭を覗き込み、車道へと鋭く曲がっていた。そことは別の、長い窓で明るくなった優雅なロッジアを通っていくと、すっかり黙り込んでしまったアーダと我慢できないほど退屈しているヴァンは、岩造りの園《あず》亭《まや》に出た。そこは羊歯が恥知らずにもからみついている偽洞窟で、人工の滝に流れている水は、どこかの小川か本から拝借したものか、それともヴァンのずきずきする膀胱からか（あの忌々しいお茶を飲みすぎたせいで）。

使用人の宿舎（白粉を塗ってお化粧をした二人の女中が住んでいる二階の部屋を除いて）は一階の中庭側にあり、アーダの話では、家中を探検してまわるのが好きだった子供の頃に一度行ってみたことはあるが、憶えているのは一羽のカナリアと古ぼけたコーヒー豆挽き機しかなく、それきりになってしまったという。

二人はふたたび二階へ駆け上がった。ヴァンは水洗便所に姿を消した――そして出てきたときにはずっと機嫌がよくなっていた。二人が先を急ぐと、小人のハイドンがまた一節演奏した。

屋根裏部屋。ここが屋根裏部屋よ。屋根裏部屋へようこそ。トランクやダンボール箱がたくさん収納されていて、二脚の茶色い長椅子が交尾中の甲虫みたいに積み重ねられ、部屋の隅や棚の上に立てかけられているたくさんの絵は、おしおきを受ける子供みたいにどれも顔を壁に向けている。くるくる巻いてケースに入れてあるのは、古い「ジッカー」もしくはスキマーと言い、アラビア風の模様が入った青い魔法の絨毯で、色褪せてはいてもまだ魅力的だし、ダニエル叔父さんの父親は少年時代にこれに乗って遊び、後になると酔っぱらったときにそうしたという。衝突やら空中分解やら他の事故が何度も起こり、とりわけ夕焼け空に牧歌的な野原を飛ぶときはひっきりなしだったので、ジッカーは航空警備隊によって禁止された。しかし四年後、ジッカー遊びが好きだったヴァンは当地の機械工に袖の下を握らせて、きれいに整備し、急降下管を詰め替え、魔法が効くところまでそこそこ回復させたので、夏の日に幾度となく二人は、つまり彼のアーダと彼は、木立や川の上を低空飛行したり、道や屋根の表面から安全な十フィートの高度で滑空したりして過ごしたものだ。自転車に乗っている人間がよろけて溝に突っ込んだのはなんと滑稽だったことか、それに煙突掃除夫が手をばたつかせて足を滑らせたのはなんと無様だったことか!

屋敷の中を見てまわっているかぎりは、少なくとも何かしている――二人ともみごとな会話の才に恵まれてはいても、意識しながらぶらぶらするだけで、洒落た言葉を発しても沈黙が返ってくるしかないという、そんな絶望的な真空に陥りがちな連続的行動らしきものを保っている――という思いにぼんやりうながされて、アーダは地下室まで見せたが、そこでは太鼓腹をしたロボットが活動中で、勇ましく熱を送られた管が大きな調理室や二ヵ所あるお粗末な浴室へと曲がりくねりながら伸びていて、冬場の祝いにやってくる客たちに備えてこの城を住みやすいものにしようと精一杯の努力をしていた。

「まだまだこれからよ！」とアーダは叫んだ。「屋根があるんだから！」

「でも、今日はもうこれで上に登るのは最後にしよう」とヴァンはきっぱり自分に言い聞かせた。

重なり合うスタイルとタイルの混ざり合いや（屋根好きではない人間に専門用語ではない言葉を使って説明するのは簡単ではない）、改築を繰り返したいわば無軌道な連続のせいで、アーディス邸の屋根は傾斜と水平、表面を塗った缶緑色と鰓灰色、見晴らしのいい棟と風の吹き込まない谷などが、形容し難いほどごったまぜになっていた。愛撫や接吻の合間に景色でも眺めようと思うと、貯水池に、木立、牧場で、数マイル離れているいちばん近くの領地との境界線を成すインクで描いた傾線のような唐松や、遠くの丘陵で寝そべっている足がないみたいな牛たちの不恰好な小さい姿すら見える。それに、詮索好きなスキマーや写真を撮っている気球から身を隠そうと思えば、出っ張りがあるからたやすい。

テラスでドーンと銅鑼の音がした。

見知らぬ客が夕食の席に招かれているのを知って、二人ともどういうわけかほっとした。その客とはアンダルシアの建築家で、ダン叔父さんはアーディス邸に「芸術的」なプールの設計を依頼しているという。ダン叔父さんも通訳と一緒に来るつもりだったが、ロシアの「フリープ」（スペイン風邪）にかかってしまい、マリーナに伝話をかけて、昔なじみのアロンゾには存分にもてなしてやってくれとたのんでいた。

「あなたたちも手伝ってちょうだい！」とマリーナは心配そうに眉をひそめて子供たちに言った。

「そうね、なんだったら見せてあげてもいいわよ」とアーダはヴァンの方を向いて言った。「とんでもなく最高に素敵な、エクストレマデュラのファン・デ・ラブラドールが描いた静物《ナチュール・モルト》画があるの――黒を背景にして、金色の葡萄と見たこともない薔薇が一輪。ダンがディーモンに売った絵で、ディーモンはわたしの十五歳の誕生祝いにくれるって約束してくれたわ」

「それに、スルバランが描いた果物の絵も何枚かある」とヴァンはすまして言った。「タンジェリンらしいのと、それに無花果《イチジク》が一個で、その上に雀蜂がとまっているんだ。専門談義をして、爺さんの目をまるくさせてやろう！」

そうはならなかった。ダブルのタキシードを着ている小柄で皺だらけのアロンゾはスペイン語しかしゃべらず、それに対して三人が知っているスペイン語ときたら合計しても六つくらいだったのだ。ヴァンが知っていたのはカナスティーリャ（小さいバスケット）とヌバルロネス（雷雲）で、どちらも教科書に載っていた素敵なスペイン語の詩[*2]の対訳にあった言葉だ。アーダが憶えていたのは、言うまでもなく、マリポーサ（蝶）と、パロマ（鳩）とかグレボール（蝦夷雷鳥）といった鳥の名前（鳥類図鑑に載っている）を二つ三つだった。マリーナが知っていたのは、アローマとオンブレ、それから「j」がまんなかにぶらさがっている人体用語だった。その結果、食卓での会話は、おしゃべりな建築家が耳の遠い人間を相手にしていると思い込み、ひどく大きな声で発音する、長くてかたまりになったスペイン語の文句と、その犠牲になった三人が意図的にイタリア語風に発音しても無駄になった、フランス語の無駄口でできていた。気まずい夕食が終わると、アロンゾは二人の召使が持った三本の松明の灯で贅沢なプールとなるはずの場所を調べ、土地の測量図をふたたび鞄にしまい、暗闇の中で間違ってアーダの手にキスしてから、南行きの最終列車に乗るためにそそくさと去っていった。

*1　この名前は「スーメルキ」（ロシア語の「黄昏」）から来ている。

＊2　実際には二篇の詩――ホルヘ・ギジェンの「庭の安らぎ《デスカンソ・エン・ハルディン》」と「秋《エル・オトーニョ》――島《イスラ》」。

7

ヴァンは「晩のお茶の時間」がすんでからすぐに、砂やすりをかけられたような目になって寝床に就いていたが、お茶の時間は実際にはお茶のない夏の軽食で、夕食後二、三時間してから出され、マリーナにとっては夜になる前に日が沈むのと同じくらい自然で必然的なことだった。このお決まりになったロシアのご馳走で、アーディス家では何が出るかというと、まずプラスタクヴァーシャ（英国人の女家庭教師が訳すとカーヅ・アンド・ホエイとなり、ラリヴィエール女史が訳すとレ・カイェすなわち「凝固させた牛乳」）で、その薄い、クリームのようになめらかな上ずみを、ちっちゃなアーダちゃんはデリケートにかつ熱心に（アーダ、きみのふるまいはこの二つの副詞になんてよく当てはまるんだろう！）、特注で∀とモノグラムが入った銀のスプーンですくって舐め、その後で、底の方のぐじゃぐじゃに取りかかるのだ。これと一緒に出てくるのが、農民が食べる粗い黒パンに、黒っぽい実のクルブニーカ（フラガリア・エラチオール）と、大粒で明るい赤色の苺（フラガリア属の別の二種を交配したもの）。ヴァンはひんやりとした平らな枕に頬をつけるなり、騒々しい小鳥の鳴き声——澄んだ囀り、ピーピーという甘い声、チュンチュンという声、震わせた声、チチチという声、耳障りな声にチューチューというやさしい声——を耳にして激しく欲情をそそられ、アーダならどの声がどの小鳥か正しく分類することができるだろうし、やろうとするんだろうな、と思ったが、オーデュボンならざる者の懸念もなくはなかった。ローファーに足を突っ込み、石鹼と櫛とタオルをかき集め、裸体をテリークロス地のローブにくるみながら、昨日目にした小川でちょっと水浴びするつもりで寝室を離れた。曙の静けさの中で廊下の時計がコチコチと時を刻み、沈黙を破るのは家庭教師の部屋から聞こえてくる鼾の音だけ。しばらくためらってから、育児室の便所に立ち寄った。細長い開き窓を通して、小鳥の狂騒と豊かな陽光が彼を襲った。快調、快調！　大階段を下りていくとき、ドゥルマノフ司令官の父親が重々しい目つきでヴァンに会釈を送り、ゼムスキイ公爵や他の祖先たちにヴァンを譲り渡したが、みんなは控えめに監視の目を光らせるだけで、薄暗くて古い宮殿の中で一人しかいない観光客をじっと見守っている、博物館の警備員みたいだった。

正面玄関は閂《かんぬき》が掛けられ、鎖がしてあった。青い花輪で飾られたベランダにある、格子硝子の潜り戸をためしてみたが、そこも開かない。階段の下にある、人目につかない奥まった場所に、予備の鍵の寄せ集めが隠してあり（なかにはどこのものかわからない古い鍵もあって、真鍮の鍵掛けに吊るされている）、そこから物置を通れば庭の離れた場所に出られるのをまだ知らなかったので、ヴァンは開けられそうな窓を探して応接室をいくつかさまよった。角の部屋で、背の高い窓のそばに、昨日の晩にちらっと見た（そしてじっくり調べてみようと心に決めた）若い部屋付き女中が立っていた。身に纏っているのは、彼の父がいささかおどけた好色そうな表情を浮かべて口にする言葉を借りれば、「侍女の黒にぶるぶるするフリル」だった。栗色の髪に挿した鼈甲の櫛が、琥珀色の光を受けて輝いた。フランス窓が開いていて、彼女はきらきら光る小さいアクワマリンを嵌めた片手を窓の脇柱のかなり上方にさしのべながら、彼女が投げた赤ん坊の足の指形をしているビスケットの欠片に向かって、舗装した小道をチョンチョンと飛び跳ねてくる一羽の雀を見つめている。カメオに描かれたような横顔、ピンク色をした可愛い鼻孔、ほっそりして、いかにもフランス娘らしい、百合のように白い首筋、豊満かつ華奢な身体の輪郭（男性の欲望は、描写の至福を延々と続けるようにはできていないものだ！）、そしてとりわけ絶好のチャンスが訪れたという獰猛な感覚がヴァンを激しく突き動かしたので、高く上げられている彼女のぴったりとした袖の付いた腕の手首をつかみたいという衝動に抗しきれなかった。手を振りほどき、近づいてきたのは知っていたということを平然とした物腰で立証しながら、娘はほとんど眉毛がないにもかかわらず魅力的な顔をこちらに向けて、朝食の前にお茶をお飲みになりますかとたずねた。いらないよ。名前は？　ブランシュ――でも、ラリヴィエール女史は彼女のことを「サンドリヨン」と呼んでいて、なぜかというとすぐストッキングが電線するから、わかるでしょ、それにいつも物を壊したり置き間違えたりするし、花の名前を間違えたりするから。彼のだらしない着衣は欲望をあらわにしていた。たとえ色盲でも娘がそれを見逃すはずがなく、彼がさらに近づいて、この魔法の荘園屋敷のどこかに絶好のソファが姿を現さないか――ここだったらどんな場所でも、カサノヴァ回想録に出てくるように、後宮の人目につかない片隅へと夢変化を遂げるのに――と彼女の頭ごしに探しているうちに、彼女はすっかり手の届かないところへと逃れて、やわらかなラドール風のフランス語で、ささやかな独白を口にした。

「お坊ちゃまは十五歳《ムシュー・ア・キャーンザン》でしょう《ジュ・クロア》、そして《エ・モア》わたし《ジュ・セ》は十九歳になります《ジョネ・ディズヌフ》。お坊ちゃまは貴族でいらっしゃる。わたしは貧しい泥炭坑夫の娘にすぎません。お坊ちゃまはきっと《ムシュー・ア・タテ》、町の娘たちと乳繰り合っ《サン・ドゥート・デ・》たことがおありでしょう《フィーユ・ド・ラ・ヴィル》。でもわたしは《カン・タ・モア》まだ生娘《ジュ・スウィ・ヴィエルジュ》、というか生娘同然なのです《ウ・プー・ソン・フォー》。おまけに《ド・プリュス》、仮にわたしがあなたに恋をしたとすれば――つまり、本当に好きになってしまったとすれば――もしあなたがたった一度だけでも《リャン・キュヌ・プティット・フォワ》わたしをものになさったとしたら、本当にそうなってしまうかもしれませんもの——それはきっとわたしにとって、ひたすら悲しみと、地獄の業火と、絶望と、挙句の果てには死でしかありませんから。最後に《フィナルマン》付け加えておきますけど、わたしはこしけがひどくて、次の休みの日に、クロニック先生、じゃなかったクローリク先生に診てもらわないといけません。さあ、もうお別れしないと、雀もどこかに消えたし、隣の部屋に入っていったブティヤンさんが、あそこのシルクの衝立のうしろにあるソファの上の鏡で、わたしたちの姿をはっきり見ることもできますから」

「ごめん」とつぶやいたヴァンは、彼女の奇妙で悲劇的な口調にすっかり気が萎えてしまい、自分が主役なのにその一場面しか思い出せない劇に出ているような気分になった。

　鏡の中で、執事の手がどこからともなくデカンターを下ろし、そして引っ込んだ。ローブの紐を結び直してから、ヴァンはフランス窓を抜けて庭の緑の現実へと歩みだした。

8

同じ日の朝、あるいは二日後に、テラスで。「あの子と遊びに行ってらっしゃい《メ・ヴァ・ドン・ジュエ・アヴェック・リュイ》」と言ってラリヴィエール女史がアーダを押しやると、その勢いで若々しい尻がぎくしゃくと動いた。「こんなにお天気がいいのに、いとこをふさぎ込ませる《ス・モルフォンドル》なんていけませんよ。手を引いてあげて。あなたの好きな小道の白衣の貴婦人に、それから山に、それから楢の大木を見せてあげなさい」

アーダは彼の方を向いて肩をすくめた。大庭園の中央道を二人一緒に歩いていくときに、彼女の冷たい指や湿った手のひらの感触、そして髪をうしろに払いのけるおちつかない仕草のせいで、ヴァンもおちつかなくなり、樅《モミ》の松毬《まつかさ》を拾うのを口実にしてつないでいた手を離した。甕の上に身を屈めている大理石の女性に松毬を投げつけたら、びっくりしたのは割れた甕のふちにとまっていた小鳥だけだった。

「鴲《シメ》に石を投げつけることくらい、世の中でつまらないことはないわ」とアーダが言った。

「ごめん」とヴァン。「あの小鳥をおどかすつもりはなかったんだ。でも僕は、松毬と小石の見分けがつくような田舎育ちじゃないし。いったい《オ・フォン》、あの人は何で遊べというんだろう?」

「知らない《ジュ・リニョール》」と彼女が答えた。「あの人が弱いおつむで何を考えてるかなんて、どうでもいいんじゃない。隠れんぼ《カッシュ・カッシュ》とか、木登りとか」

「それなら得意さ」とヴァン。「実を言うと、枝から枝へ飛び移ることだってできるよ」

「だめ」と彼女。「わたしのゲームをするのよ。わたしが自分一人で考案したゲーム。来年になったら、リュセットが遊び相手になってくれるのを期待してるんだけど、かわいそうなペットちゃんが。さあ、始めましょうよ。今やってるのは、どれも影と光のグループに属するゲームで、そのうちの二つをこれから教えてあげる」

「わかった」とヴァン。

「もうじきわかるわよ」と可愛い気取り屋が言い返した。「まず、ちょうどいい棒切れを探すの」

「ほら」と、まだ多少傷ついているヴァンが言った。「あそこにもう一羽、シメシメが飛んでる」

その頃には、二人はもう円形広場《ロン・ポワン》までたどりついていた——花壇や花盛りのジャスミンの低木で囲まれた、小さいアリーナだ。頭上では菩提樹の枝が楢の木の枝へと向かって伸び、まるで緑色のスパンコールを鏤めた美女が、空中ブランコに足を掛け逆さ吊りになっているたくましい父親の腕めがけ、空中を飛んでつかまろうとしている図のようだ。あのときですら、私たちは二人とも、そういうこの世のものとは思えぬ美を理解していたのだ、あのときですら。

「あそこの高い枝には、どこかアクロバットみたいなところがあると思わない？」と彼は指さしながら言った。

「そうね」と彼女が答えた。「わたしもずっと前に発見したわ。菩提樹は空中ブランコ乗りのイタリア娘で、歳取った楢の木は苦痛をこらえ、歳取った恋人は苦悩をこらえ、それでも毎回彼女を受けとめるの」（意味全体を伝えながら口調を正確に再現することなど不可能だが——なにしろ八十年も経っているのだ！——それでも二人が頭を上げ下げしたときに、彼女が何かとんでもないこと、まだ幼い年齢にはまったく似合わないことを言ったのはたしかだ。）

下を向き、芍薬《シャクヤク》の花壇から拝借した鋭い緑色の杭を手にしながら、アーダは最初のゲームを説明した。

砂の上に落ちる葉の影は、陽の光の小円によってさまざまに乱されていた。競技者は自分の小円を選ぶ——最高の、いちばん明るい小円を——それから小枝の先でその輪郭をくっきりと描く。するとたちまち、黄色の円い光が、まるで今にもこぼれだしそうな金色の染料の表面みたいに、凸面に見えてくる。そこで競技者は小枝か指先で、小円の中の土をそっと掬い出す。すると輝くライム《アンフュジョ》・ティー《ン・ド・ティヨール》の水面が魔法のように土のゴブレットの中に沈んでいき、とうとうわずか一滴になる。たとえば二十分以内に、そのゴブレットをたくさん作った競技者が勝ち。

それでおしまいなの、とヴァンは訝しげにたずねた。

ううん、そうじゃない。とびきり素敵な金滴のまわりにくっきりと小さな円を描くあいだに、アーダはしゃがみ込んでは移動し、しゃがみ込みながら、黒髪を象牙のようになめらかで動きまわる膝の上に垂らし、尻と手を動かして、片手で杭を持ち、もう片手で邪魔な髪の房をうしろに払いのけていた。突然そよ風が吹いてきて、彼女の斑点を影で隠してしまった。こういうときには、たとえ葉や雲が急いでどいたとしても、競技者は一点を失うのが決まり。

わかったよ。もう一つのゲームは？

もう一つのゲームは（抑揚のない声で）もう少し複雑に見えるかもしれないけど。それをちゃんとプレイしようと思ったら、もっと長い影ができる午後一時まで待たなくちゃいけないの。競技者は――

「競技者っていう言い方、やめろよ。きみか僕しかいないんだから」

「じゃあ、あなたにしとく。あなたは砂の上に、わたしの背後にできる影の輪郭を描くの。で、わたしが動くと、あなたはまたその輪郭を描く。それから次の境界線を描くの（杭を手渡しながら）。それでもしわたしが元の位置に戻ったら――」

「ねえ」とヴァンは杭を放り投げて言った。「正直言ってどっちも、誰かが考案したゲームのなかで、それほど退屈でばからしいのは聞いたことないよ、どこでも、いつでも、午前だろうが午後だろうが」

彼女は何も言わなかったが、鼻の孔をへこませていた。そして杭を拾いあげ、怒りをこめて壌土の中に深々と突き刺し、そばにあった花の添え木にしてやると、花が感謝しているのを見て何も言わずにうなずいた。彼女は家まで歩いて帰った。大人になればもう少しましな歩き方になるのだろうか、とヴァンは思った。

「ひどいこと言って、ごめん」と彼は言った。

彼女は振り返らずにうなずいた。それから部分的な仲直りのしるしとして、二本の百合の木《ユリノキ》の幹に取り付けられている鉄の輪に通した、二個の頑丈なフックを見せたが、彼女が生まれる前、名前はやはりイヴァンという、母親の兄に当たる別の男の子がよくここにハンモックを吊るして、真夏のひどく蒸し暑い夜にはそこで寝ていたという――ここは結局のところ、シチリアと緯度が同じなのだ。

「名案だね」とヴァンは言った。「ところで、蛍が飛び込んできたら火傷するってほんと？　ちょっと訊いてみただけだよ。都会っ子のばかな質問だと思ってね」

次に彼女はハンモックが——ハンモック一式で、丈夫でやわらかなネットをどっさり詰め込んだズタ袋が——しまってある場所を見せた。ライラックの木陰にある地下物置の隅で、鍵はここの穴に隠してあるけど、去年は鳥の巣でふさがってしまったのだという——何の鳥かはどうでもいい。クローケーの道具がしまってある細長い緑の箱を、陽光の長い指がさらに濃い緑の絵具で染めていた。しかし球は腕白小僧たちのせいで坂を転がっていってしまい、そのアーミニン家の息子たちも今ではヴァンの年頃になり、すっかりおとなしいいい子になっていた。

「男の子って、そのくらいの歳にはみなそんなものさ」とヴァンは言い、前屈みになって、湾曲した鼈甲の櫛を拾いあげた——女の子がよく髪をうしろで留めておくやつだ。ちょうどこれと同じのをごく最近に見た記憶があるが、いったいいつ、誰の髪だったか？

「女中の一人よ」とアーダが言った。「あのぼろぼろになった廉価本は、『ドクトゥール・ミョルトヴァゴの愛』[*1]という牧師が書いた神秘的ロマンスだけど、それもきっと彼女のもの」

「きみとクローケーをするのは」とヴァン、「フラミンゴとハリネズミを使うようなものだろうな」

「どうも読書の趣味が合わないみたいね」とアーダが答えた。「あの『不思議の国のパレス』はわたしにとって、絶対好きになるからといってみんなが薦めるものだから、どうしようもない偏見ができてしまったような種類の本なの。ラリヴィエール女史の小説、どれか読んだことある？　まあ、読むことになるわよ。女史は、ヒンドゥー教の説く前世では、パリ社交界の事情通だったと信じているの。それで書くものもすっかりそのつもり。ここから身体を小さくして秘密の通路を通っていったら、玄関ホールに出られるけど、楢の大木《グラン・シェーヌ》を見るという話になっていたのよね、実際は楡《ニレ》の木なんだけど」楡の木好き？　ジョイスが書いた、二人の洗濯女の詩を知ってる？　もちろんさ。それ好き? うん。実を言えば、彼は園亭《アーバー》も愛欲《アーダー》もアーダも大好きになりはじめていた。この三語は韻を踏む。そのことを口にしてみようか?

「さあてと」と彼女は言って、立ち止まり、じっと彼を見つめた。

「さあてと、今からどうするの?」と彼は言った。

「たぶん、あなたのご機嫌を取る必要なんかないんだけど――なにしろ、あなたはわたしの円を踏んづけたんですからね。でも、気を取り直して、アーディス屋敷で最高の見物を見せたげる。わたしの幼虫飼育室よ、わたしの部屋の隣にあるの」(アーダの部屋は一度も見たことがない――考えて見れば奇妙な話!)

大理石を敷き詰めたホールの端にある、養兎場をましにしたような部屋(実は浴室を改装したもの)に入っていくと、彼女は念入りにも隣の部屋との連絡ドアを閉めた。そこは風通しがよくて、紋章の入ったステンドグラスの窓が大きく開け放たれていたものの(栄養不足でひどく欲求不満な鳥の群れがたてる金切り声や野次が聞こえてくる)、兎小屋の臭いは――湿った土、豊かな根汁、古い温室に、もしかすると山羊の臭いが混じっているのか――まったくクラクラしそうなほどだった。彼が近づく前に、アーダは小さな掛け金や格子をいじり、あの日に二人が無邪気なゲームを始めたそのときからヴァンを焼き尽くしていた官能の炎が、大きな空虚感と沈滞感に取って代わられた。

「わたし、這うものだったらなんでも夢中になるの《ジュ・ラフォル・ド・トゥ・ス・キ・ランプ》」と彼女が言った。

「個人的には」とヴァン。「手で触ったら、マフみたいにくるくると丸まっちゃうのがいいな――老犬みたいに寝てしまうのが」

「何言ってるの、寝るんじゃないの、ばかねえ《ケリデ》、あれは気絶するの、ちょっとした卒倒よ」とアーダは顔をしかめて説明した。「まだ幼い芋虫だと、触られるのはたぶんかなりのショックだと思うわ」

「僕にもそれくらい想像できるさ。でも、慣れてくるんじゃないかな、つまり、徐々に」

しかし、知識不足のせいによるためらいは、やがて美的な共感へと変わった。何十年も後になって、ヴァンがうっとりと見とれたのを思い出したのは、可愛らしく、裸で、つやつやして、派手な色の斑点と縞を持ったシャークモスの芋虫、これはまわりに群生している毛蕊花《モウズイカ》と同様に有害で、それから当地のカトカラの平べったい幼虫、その灰色の瘤と菫《スミレ》色の斑点は、そいつがしっかりとしがみついてほとんど離れなくなっている小枝の節や地衣を擬態していて、それから、もちろん、ちっちゃな毒蛾、背中一面の黒いコートに彩りを添えているのは、赤やら青やら黄色の長さがまちまちの房で、まるで認可色素を使った高級歯ブラシの毛みたいだった。そして、こうした特殊な飾りを付けた比喩が今の私に思い出させるのは、アーダの日記に出てくる昆虫学に関係した記載だ。――たしかどこかにあるはずだな、そうじゃないかい、おまえ、そこの引き出しの中じゃ、ん？　違うって？　ほら！　万歳！　見本を掲げよう（丸い頬っぺたのようなきみの筆跡は、少しだけ大きかったけれども、その他は何も、何も、何も変わってはいない）。

「伸縮性の頭部とおぞましい臀部の突起を持ち、つつましいプス・モスの成虫に生まれ変わるこの派手な怪物は、きわめて芋虫らしくない芋虫に属し、前半部の体節は吹子のような形をしていて、顔は蛇腹カメラのレンズに似ている。膨れていてなめらかな胴体をそっと撫でてみると、感触は絹のようで快い――もし芋虫が、恩知らずにも癇癪を起こして、喉のところにある開口部から酸性の液をひっかけなければの話。」

「クローリク先生がアンダルシアから受け取った、現地にしかいない新種のカルメン立羽《タテハ》の若い幼虫五匹を、親切にもわたしに送ってくれた。素敵な幼虫で、銀色の角があり、どこか美しい翡翠を想わせるが、絶滅しかけのある高山性の柳でしか生育しない（それも親愛なるクローリーが手に入れてくれた）。」

（ヴァンと同じで、アーダが十歳かそれ以前に『スワンの不幸《レ・マルール・ド・スワン》』＊2を読んでいたことは、次の見本が明らかにしている。）

「マリーナはわたしの趣味をけなすけれど（「女の子がそんな気持ちの悪いペットを飼うなんて、どこか卑猥なところがあるわね……」「普通のお嬢さんだったら、蛇とか虫は大嫌いなはずよ」などなど）、もし虫を毛嫌いするという古くささを克服して、全長七インチの巨体で、肌色をして、青緑色の唐草模様をつけ、ヒヤシンス色の頭を「スフィンクス」然としてしっかりもたげた、カトレア雀蛾（プルースト氏好みの藤色の色合い）の幼虫を手のひらと手首に同時に載せてみるように（手だけだと狭すぎる！）説得できたとしたら、きっと気が変わるに違いない。」

（素晴らしい！　とヴァンは言った、でも私ですら、若い頃には、完全に吸収していたわけではなかったんだ。だから、本をパラパラめくって、「この老いぼれV・Vは、なんて食わせ者の野郎だ！」と考える偏屈を退屈させるのはやめておこう。）

あれほどまでに遠く、これほどまでに近い、一八八四年の終わりに、ヴァンはアーディスを去る前、アーダの幼虫飼育室に最後の別れを告げに行った。

磁器のように白く、眼点のある僧帽《カウル》（あるいは「鮫《シャーク》」）蛾の幼虫は、秘蔵の逸品で、無事に次の変態を遂げていたが、アーダの珍種カトカラ・ローレライは、巧妙な突起や菌性の染みに騙されなかった姫蜂《ヒメバチ》のせいで、麻痺させられて死んでしまっていた。多色歯ブラシは、毛むくじゃらの繭の中でのんびりと蛹になり、秋にはきっとペルシャ毒蛾に生まれ変わるだろう。二匹のプス・モスの幼虫はもっと醜いが、少なくとももっと毛虫らしく、ある意味で気高いとも言える相貌になっていた。熊手状の尾が今ではだらりと垂れ下がり、紫がかった染みでキュービスト的な絢爛たる色彩が台無しになり、幼虫は蛹化前行為の衝動に駆られて籠の床一面をせわしなく「這いずりまわり」つづけていた。去年アクワも同じことをするために、森を抜けて峡谷へと入っていったのだった。孵ったばかりのカルメン立羽が、窓の格子から射し込んだ陽だまりでレモン色と琥珀褐色の翅をばたつかせ、かわいそうなことに、狂喜していても残酷なアーダのすばやい指先でひとつまみされて息絶えてしまった。オデット・スフィンクスは、ありがたいことに、ゲルマント型の胴を滑稽に包んだ象のようなミイラに変わっていた。そしてクローリク先生は別の半球の、樹木限界線を越えたところで、雲間褄黄蝶《クモマツマキチョウ》を追って短い足でちょこまかと走りまわっていたが、この蝶はアントカリス・アーダ・クローリク（一八八四年）として知られ、後に分類学上の優先権という無慈悲な法則に従って、アントカリス・プリットヴィッツイ・シュトゥンパー（一八八三年）に変更された。

「でも、後になってこれがぜんぶ羽化したら、どう処理するの？」とヴァンはたずねた。

「そうね」と彼女が言った。「クローリク先生の助手のところに持っていったら、固定して、ラベルを貼り、ピンで留めて、清潔な楢のキャビネットに入れた硝子製のトレイにしまってくれて、わたしが結婚するときにもらえるの。そのときにはきっと大コレクションになってるし、わたしもきっとありとあらゆる鱗翅類を育てつづけるわ――わたしの夢は、豹紋蝶《ヒョウモンチョウ》の幼虫と菫の特別研究所を持つこと――豹紋蝶が生育する特別な菫のね。北米全域から、卵や幼虫を航空便で送ってもらうの、その食草と一緒に――西海岸からレッドウッド・ヴァイオレット、モンタナからペイル・ヴァイオレット、それにプレイリー・ヴァイオレットや、ケンタッキーからエッグルストーンズ・ヴァイオレット、それから、北極の山中にある、まだ名前が付けられていない湖の近くの、秘密の沼地から運んできた珍しい白の菫、そこはクローリクの小豹紋《コヒョウモン》が飛んでいる場所よ。もちろん、羽化したら交尾は簡単に手でできる――手で持って――長い時間かかることもあるけど――こんなふうに、翅をたたんで横向きにして」(ひどい指の爪にもおかまいなしで、やり方を示して)「左手に雄、右手に雌を持って、逆でもいいけど、腹部の尖端を接触させるのよ、ただし二匹とも元気で、好きな菫の香りにどっぷり浸っているのが成功の秘訣」

---

*1 「ジバゴ」[Zhivago] の言葉遊び (zhiv はロシア語で「生きている」、mertv は死んでいるという意味)。

*2 セギュール夫人(旧姓ロストプーチン伯爵令嬢)の『ソフィーの不幸』とプルーストの『スワンの恋』をかけ合わせたもの。

9

彼女は十二歳のとき本当に美人だったか？　彼は本当に――彼女を愛撫したいと、本当に愛撫したいと思ったことが一度でもあっただろうか？　黒髪は片方の鎖骨の上に滝のように流れ落ちていて、その髪をさっとうしろに払いのける仕草や、青白い頬のえくぼには、すぐに彼女のものだと見分けられるようなところがありながら、いつもはっとさせられるのだった。青白さは輝き、黒さは燃えていた。お気に入りのプリーツ・スカートは短いのがとても似合っていた。手足の剝き出しになった部分ですらまったく日焼けを逃れていたので、白い脛や二の腕を愛でながら視線で追うと、傾いで規則正しく並んでいる細かな黒い毛、いかにも少女らしい絹のような産毛が見えてくる。真剣なまなざしをした焦茶色の虹彩には、（雑誌の裏表紙広告に載っている）東洋の催眠術師の目つきのような謎めいた不透明さがあり、こちらをまっすぐ見つめるときには瞳がいつもより高い位置にあるみたいで、瞳の下縁と湿った下瞼との間に揺籠状の三日月形をした白目が残って見えた。長い睫毛は濃くしたような印象があり、実際にそうだった。顔立ちは、乾いた唇に少しぼってりしたところさえなければ、可愛い小妖精《エルフ》に見えてもおかしくなかった。すっきりしたアイルランド風の鼻は、ヴァンの鼻をそっくり小型にしたものだった。歯はとても白いが、整った歯並びだとは言いがたい。

それでも、あの綺麗でかわいそうな手ときたら——誰でもあの手には憐れみの言葉をささやかずにはいられない——腕の透き通った肌に比べれば薔薇色で、爪の状態に赤面しているように見える肘に比べてもまだもっと薔薇色だった。ひどく爪を噛む癖があり、自由な余白は跡形もなく消えて、針金が肉に食い込んだような溝に取って代わられ、剥き出しになった指先に篦を取り付けたみたいな印象を与えていた。後になって、冷たい手に口づけするのがやみつきになると、彼女はいつも手を握りしめ、唇に触れるのは拳だけしか許さず、彼はその手を無理やりにこじあけ、あの平らで縫い目のない小さなクッションに貪りついたものだった。（だがそれに比べれば、なんと彼女の思春期と成人期の爪は長く物憂げで、薔薇色と銀色で、マニキュアを塗って尖らされ、ちくりとかすかな痛みが走る爪《オニキス》だったことか！）

家の中を——もうじき二人がそこで愛し合うようになる、人目につかない場所も含めて——彼女が案内してまわった、あの不思議な最初の日々にヴァンが経験したのは、陶酔と憤慨が合わさった感情だった。陶酔——彼女の青白く、官能的で、許されない肌、彼女の髪、脚、ぎこちない動作、ガゼル草のような体臭、突然に黒い瞳でじっとにらむ見開かれた目、田舎風にドレスの下には何もつけていない裸身のせいで。憤慨——不器用な天才児である彼と、おませで、気取り屋で、とりつくしまのない女の子との間には、いかなる力をもってしてもはねのけ突き破ることができないような光の虚空と影のヴェールが広がっていたから。絶望のベッドの中で、あるときちらっと見て釘付けになってしまった彼女の姿に怒張している感覚の焦点を絞りながら、彼は情けなくも悪態をついてしまったが、それは屋敷のてっぺんまで登った二回めのこと、彼女が船長用収納箱の上に乗って、一種の採光窓の掛け金を外そうとしていたときのことで（そこから屋根に出られるらしく、犬でもそうしたことがあるという)、取付金具か何かに引っかかってスカートがまくれてしまい、その瞬間に見てしまったのだ——聖書の寓話に出てくるうんざりするような奇蹟や、蛾の驚くべき変態を見てしまうように——アーダには黒い秘毛が生えているのを。彼が気づいたか、気づいたかもしれない、ということに彼女もどうやら気づいたらしい、ということに彼が気づくと(見てしまっただけでなく、それを甘い慄きとともに記憶に留めることになり、そのイメージからようやく解放されたのはずっと後になってからのこと——それも不思議ななりゆきでそうなった)、奇妙な、陰気で傲慢な表情が彼女の顔をよぎった。へこんだ頬とふっくらして血の気のない唇がまるで何かを噛んでいるみたいに動き、彼、つまり大きいヴァンが自分の番になって、天窓をごそごそとくぐり抜けてから屋根のタイルの上に転がりでたとき、彼女は喜びの感じられない甲高い笑い声をあげた。そしてにわかに眩い陽光の中で、彼、つまり小さいヴァンは、これまで目は童貞だったのを悟り、それというのも、あれほど何度ものにしたはずなのに、初めて買った娼婦の鼠がへばりついたような秘部を、あわただしさと埃と暗がりのせいではっきり目にすることがなかったからだった。

感情教育は今や急速に進行しつつあった。翌朝、彼女がロココ風の台座に載せた古風な洗面器で顔と腕を洗っているのをたまたま目にしたとき、髪を頭のてっぺんに束ねて結わえ、ナイトガウンをまるで不恰好な花冠のように腰に巻きつけ、そこからほっそりした背中が覗いていて、こちら側には肋骨の翳がついていた。磁器製のでっぷりした蛇が一匹、洗面器のまわりにとぐろを巻いていて、その蛇とヴァンが歩みを止め、イヴの姿と、まだ蕾のような乳房がやわらかに揺れるのを横から見守っているうちに、大きな桑の実色の石鹼が手元からすべり落ちて、黒い靴下を履いた足がドアをひっかけて閉めたときにバンと音がしたのは、つつましい不快感のしるしというよりはむしろ、石鹼が大理石の天板にぶつかった音の反響だった。

10

アーディス・ホールでの平日の昼食。リュセットはマリーナと先生の間。ヴァンはマリーナとアーダの間。琥珀色の山鼬《ヤマイタチ》そっくりのダックはテーブルの下にいて、アーダとラリヴィエール女史の間か、リュセットとマリーナの間（ヴァンは秘かに犬を嫌っていて、特に食事時、そして特に獲物を食ったような息の臭いをさせている、小さくて細長いやつが苦手だった）。悪戯っぽく大袈裟にアーダが語るのは、見た夢や、博物学上の珍奇や、特殊な純文学的技巧——ポール・ブールジュがレオ老から拝借した「内的独白」*1——とか、エルシイ・ド・ノールが連載コラムで書いていたとんでもない大ポカのことで、この下賤な文壇高級娼婦《ドミモンデーヌ》は、リョーヴィンがモスクワを「ナゴーリヌイ・トゥループ」姿でうろつきまわっていると思っているようだが、これは我らの注釈者がまるで手品師のように取り出した、エルシイたちには到底入手できない辞書の定義によれば「農民が着る羊革の外套で、表が革、裏が毛」である。アーダの絶妙な従属節の扱い方、括弧書きの傍白、隣接する単音節語の官能的な強調（「おばかなエルシイはまるっきり読めないの」）——こうしたすべてが、しまいには、人工的な刺激や異国風の拷問‐愛撫でも受けたみたいに、ヴァンの催淫的な左方向に作用を及ぼし、それを不愉快に思うと同時に奇妙な快感も覚えた。

「可愛い子」とマリーナはアーダに呼びかけ、アーダのおしゃべりに「大笑いね！」とか「まあ、素敵！」といった小さな合いの手を入れる傍ら、「もうちょっとまっすぐに座ったら」とか「お食べ、可愛い子」（「お食べ」に強調が置かれた、母親らしくうながす言葉で、娘が使う長長格の皮肉たっぷりな言葉とはまるで似ていない）と言って叱るのにも忙しかった。

座席でしなやかな背骨を内に曲げながら、まっすぐに座りなおしたアーダは、夢か冒険譚（とか、とにかくそのときに語っているもの）がクライマックスに達すると、プライスが気を利かせて皿を下げておいた場所に屈み込み、それから突然両肘を大きく広げ、身体を前に投げ出してテーブルを占領し、それからうしろにもたれ、大袈裟に口元を突き出し、「長ーい、長ーい」を仕草で表そうと両腕を上げて、高ーく、高ーく！

「可愛い子、まだ手をつけていないんじゃないの――プライス、持ってきてちょうだい――」

何を？　行者の子供が尻を剝き出しにして、溶けるような青空の中を昇っていくための縄か？

「そいつはなんだか長ーい、長ーいやつで、つまり（自分で話をさえぎって）……触手みたいで……じゃなくて、ちょっと待って」（まるでもつれた糸をぐっと引っ張ってたった一度でほどくように、首を振り、顔を引きつらせ）

じゃなくて、ばかでかいパープルピンクのプラムで、熟れてはちきれたところがべっとりと黄色くなってるの。

「それでわたし――」（髪が乱れ、手があわてて額に当てられ、髪を払いのける仕草も中途どまりになり、それから不意にざらざらした笑い声をたて、それが最後には濡れた咳音になった）

「じゃなくて、でもまじめな話、ママ、想像してみてちょうだい、わたしほんとに言葉を失ったのよ、叫びだしたいくらいに言葉を失っちゃって、なにしろハッと気がついたんだもの――」

三度目か四度目の食事のときに、ヴァンもあることに気がついた。新しい来客のために頭のいいところを見せびらかそうとしているのではまったくなくて、アーダのふるまいは、マリーナが会話を横取りしてそれを芝居についての講釈に変えてしまうのを防ごうとする、実に巧妙な必死の試みなのだ。一方マリーナは、道楽馬のトロイカを走らせる機会をうかがっているあいだ、愛情溢れる母親というウマのあう陳腐な役を演じるのが職業柄楽しくて、娘が魅力もユーモアもたっぷりで、啞然とするほど微に入り細を穿った話を寛大に聞いてやる自分の姿が魅力もユーモアもたっぷりだということに、自信を持っているらしい。なんのことはない、見せびらかしているのは彼女のほうで、アーダではないのだ！　そして事態の真相を知ったヴァンは、一呼吸入った頃合いを見計らい（それをまたマリーナが、とっておきのスタニスラフスキイ理論の講釈で今にも埋めようとしているところだった）、アーダをショクブツガク湾の荒波へと送り出す腹づもりで、他のときだと恐れをなす航海なのだが、今ではそれがアーダにとってはいちばん安全かつ楽なコースになった。それが食事の席でとりわけ大切だったのは、リュセットと家庭教師が早めの夕食を上でとっていたため、ラリヴィエール女史がその場に居合わせなかったからで、頼りになる女史さえいたら、ここぞという時になれば、ぐずぐずしているアーダから話を引き継いで、執筆中の新作小説（有名な『ダイヤの首飾り』は最後の仕上げ段階にあった）について軽やかに話したり、ヴァンの幼い頃の思い出話で無難そうなのをしてくれたはずだし、たとえば彼が大好きだったロシア人家庭教師にまつわる話がそうで、L女史にやさしく言い寄ったことがあるとか、「退廃的」なロシア語の詩をスプラング・リズムで書いていたとか、ロシア人らしく一人で部屋に閉じこもり酒を飲んでいたとか。

ヴァン　「その黄色いの」（エッカークラウン塗の皿に描かれた、みごとな小花を指して）「――それって金鳳花？」

アーダ　「違うわ。その黄色い花は、よくある立金花、カルタ・パルストリスよ。この国では農民がよく間違えてカウスリップと呼んでいるけれど、本当のカウスリップ、すなわちプリムラ・ウェリスはまったく別の植物」

「なるほど」とヴァン。

「そう、そのとおり」とマリーナが割り込んで、「わたしがオフィーリア役を演じたとき、昔よく花を集めていたという事実が――」

「役にたったのね、きっと」とアーダ。「立金花をロシア語で言うとクラスレープ（タタール地方の農奴《ムジーク》は、哀れなことに、この言葉を金鳳花に対して使っているけど）か、カルージニツァで、合衆国のカルーガではちゃんとそう呼んでる」

「ふうん」とヴァン。

「花の名前にはよくあるように」とアーダは、狂った学者の静かな微笑みを浮かべて続けた。「この植物に付けられた不幸なフランス語の名前、スーシ・ドーが翻訳というか、翻案されて――」

「誤訳が花開《ブルーマー》いたわけだね」とヴァンが洒落を言った。

「およしなさい《ジュ・ヴー・ザン・プリ》、子供たち《メ・ザンファン》！」と口をはさんだマリーナは、これまで会話についていくのがやっとの思いだったが、今度は副次的な誤解で、下着のことを言っているのかと勘違いしたのだった。

「たまたま、ちょうど今朝」とアーダは、母親を啓発する気もまったくなく言った。「わたしたちの博識なる先生は、そう、あなたの先生でもあったのね、ヴァン――」

（彼女がその名前を口にした初めてのこと――あの植物学講義のときだった！）

「先生は英語圏の翻訳交配者たちにはひどく厳しいの――赤吠猿《アカホエザル》という吠猿《ホエザル》のことね――ただ、その理由は芸術的あるいは道徳的なものではなくて、愛国的なものじゃないかと思うんだけど――その先生が、わたしの関心を——揺らぐ関心を——あなたの言葉で言うとね、ヴァン、とっても素敵な花開く誤訳に向けてくれて、それはファウリー氏*2がいわゆる直訳調で訳した——最近のエルシイの大絶賛では『感性豊か』と呼ばれていて——『感性豊か』ですって！——ランボーの『記憶《メモワール》』という詩だったわ（それを幸運にも——それに先見の明で——先生はわたしに暗唱させたの、ただ本当はミュッセやコペのほうが好きなんじゃないかと思うけど）」——

「……少女たちの色褪せた緑の服《レ・ローブ・ヴェルト・エ・デタント・デ・フィエット》は……」どうだとばかりにヴァンが引用した。

「ごっ名答」（ダンの物真似で）「でもラリヴィエール先生は、ランボーを読むんだったらフィユタンの選集でしか読んじゃいけないって言うの、たぶんあなたも持ってるやつ、でもわたし、ランボー全集をすぐに手に入れるつもりよ、もうすぐ、みんなが思っているよりずっと早く。ところで、先生はリュセットを寝かしつけたら下に降りてくるはずね、あの可愛い蝮《マムシ》さんも、今頃は緑のネグリジェを着て——」

「お願い《アーンゲル・モイ》」とマリーナが嘆願した。「ヴァンはリュセットの寝巻になんか関心がないはずでしょ！」

「——緑は柳の緑、ベッドの天蓋《シェル・ド・リ》で小さな羊の数を数えているところだけど、それをファウリーは『天蓋』としないで『空のベッド』に変えちゃったの。でも、かわいそうな花に話を戻しましょうか。あの変造フランス詩集の中でも偽ルイ金貨と呼べるのは、スーシ・ドー（わたしたちの立金花）が愚かな『水の懸念』に化けているところよ——その気になれば、たとえばモリーブロブとか、メアリーバッドとか、メイバブルとか、豊穣祭だかなんだか知らないけどそれに関連した呼称が山ほどあって、そういう同義語をいくらでも使えたはずなのに」

「その一方で」とヴァン。「似たようにバイリンガルなリヴァース嬢というのがいて、たとえば、そうだね、マーヴェルの『庭《ガーデン》』のフランス語訳を点検している場面を想像してみれば——」

「あら」とアーダが大声を出した。「『庭《ル・ジャルダン》』だったら、わたし自身がフランス語に訳したヴァージョンで朗読できるわよ——ええっと——

戯れに手に入れようとしても無理なのは
オカ川やパルミエ湾……」
En vain on s'amuse à gagner
L'Oka, la Baie, du Palmier ...”

「……棕櫚《パーム》や、楢《オーク》や、月桂樹《ベイズ》！」とヴァンは叫んだ。

「あなたたち」両手で制する仕草をしながら、マリーナが断固として口をはさんだ。「わたしがおまえくらいの歳だったときはねえ、アーダ、それにわたしの兄があなたくらいの歳だったときはねえ、ヴァン、話題といえばクローケーに、仔馬に、仔犬に、この前の子供祭《フェット・ダンファン》のこととか、次のピクニックのこととか、それに——そう、まともな楽しい話題が山ほどあったのに、昔のフランス人植物学者だとかなんだか訳のわからない話なんて、絶対に、絶対にしませんでしたよ！」

「でも、花を集めてたことがあるって、言わなかった？」とアーダ。

「それはある季節のときだけ、スイスのどこかでね。いつだったか忘れてしまったわ。今ではどうでもいいこと」

マリーナが話に出したのは、イヴァン・ドゥルマノフのことだった。彼は何年も前に肺癌のためにサナトリウムで亡くなった（八年後にヴァンが生まれた、スイスのどこか、エクスからさほど離れてはいない）。十八歳で有名なヴァイオリン奏者になったイヴァンのことをマリーナはしばしば口にしたが、いつもだと特に感情をあらわにすることもなかったので、突然どっと溢れた涙で母親の厚化粧が溶けはじめたのを見てアーダは驚いた（おそらく、乾いて平たくなった枯花にアレルギーを起こしたのか、花粉症にかかったのか、それとも、少し後の診断から逆算してみれば、竜胆アレルギーだったのかも）。マリーナは鼻をかみ、まるで象みたいな音、と独りごちた——そこへラリヴィエール女史がコーヒーを飲もうと降りてきて、ヴァンの思い出話に花を咲かせ、天使のよう《ボンバン・アン》な子《ジェリク》は九歳《ヌヴァン》のときに——なんて可愛い！——ジルベルト・スワンや、カトゥルスのレスビアを熱愛していたのと言うのだった（そしてその子は、誰から教わることもなく、子守役の黒人娘の手に握られた石油ランプが揺らめく寝室を出ていくやいなや、その熱愛を解き放つことを学んだのである）。

＊1　いわゆる「意識の流れ」という手法で、レオ・トルストイが用いた（たとえば、馬車でモスクワの街路を通り過ぎていくときの、アンナの最後の印象の描き方）。

＊2　ウォーレス・ファウリーの『ランボー』（一九四六年）を参照。

11

ヴァンが着いてから数日後に、ダン叔父がいつものように週末を家族と過ごそうと、朝の列車で町からやってきた。

ヴァンはたまたま、玄関ホールを横切る途中のダン叔父と鉢合わせしてしまった。この背の高い男の子がいったい誰か、ご主人様に教えるのに、執事が片手をまず地面から三フィートのところで止め、それから少しずつ少しずつ持ち上げていったのは、とてもチャーミングなやり方だ(とヴァンは思った)——この高さの暗号は、身長六フィートの若者にしかわからない。小柄な赤毛の紳士が当惑の目つきで老執事を眺めると、ブテイヤンはあわててヴァンの名前をささやいた。

ダニエル・ヴィーン氏には、客に近づこうとするときに奇妙な癖があり、こわばった右手の指をコートのポケットに突っ込み、握手の瞬間のぎりぎりになるまで、まるで清めの儀式のようにそのままの姿勢でいるのである。

もう数分もしたら雨が降り出す、というのも「ラドールでは降りだしていたからな」と彼はヴァンに告げ、「アーディスまで雨がやってくるのは三十分かかる」と言った。これは冗談のつもりだろうと思ってヴァンは忍び笑いをしたが、ダン叔父はまたしても当惑の表情を浮かべて、とろんとした魚のような目でヴァンを見つめ、このあたりにはもう慣れたか、何ヵ国語を知っているのか、数コペイカ出して赤十字の宝籤を買う気はないかとたずねた。

「いえ、結構です」とヴァンは答えた。「宝籤は自分のがいっぱいありますから」――すると叔父はまた見つめたが、今度は横目だった。

客間で紅茶が出され、みなは押し黙っていて、やがてダン叔父は内ポケットから折り畳んだ新聞を取り出して書斎へと下がり、彼が客間を離れるやいなや窓がひとりでに開き、外の百合の木や桐の葉に夕立が激しく打ちつけだすと、会話もうちとけて騒々しくなった。

雨はそう長く続かなかった――というか、一所にとどまってはいなかった。アーディス・ホールの上に未完成の虹を架けながら、おそらくはラドゥーガかラドーガかカルーガかルーガへと移動していったのだろう。

詰め物を入れすぎた椅子に腰掛けて、ダン叔父は語彙の少ない旅行者用の豆辞典の助けを借りながら、列車で向かい側に座った誰かが置いていったオランダ語の挿絵付き新聞に載っている、一見すると牡蠣の養殖に関する記事のような外国美術品カタログを解読しようとしていた――するとそのとき、部屋から部屋へ、家全体に、とんでもない大騒動が広がりだした。

元気のいいダックスフントが、片方の耳をぱたぱたさせ、もう片方の耳を立てて灰色の斑がついたピンク色を見せて、滑稽な足をせわしなく動かし、急転回するときには寄木張りの床の上で横滑りしながら、弄ぶ適当な隠し場所へと口にくわえて運んでいたのは、上階のどこかでひったくった血まみれの脱脂綿の大きなかたまりだった。アーダ、マリーナ、そして二人の女中がはしゃぎまわる犬を追いかけていたが、バロック風の家具が所狭しと置かれている中で、次から次へと戸口を駆け抜けていく犬を隅に追いつめるのは無理な相談だった。突然、追跡隊がダン叔父の肘掛け椅子のそばを通りすぎて向きを変えたかと思うと、また勢いよく駆け出した。「きっと誰かが親指を切り落として「なんとまあ！」と彼は血だらけの戦利品を目にして叫んだ。「きっと誰かが親指を切り落としてしまったんだな！」太腿と椅子をぽんぽんと叩き、チョッキポケット用単語帳がどこにいったかと探して——足載せ台の下から——見つけ出し、また新聞に戻ったが、すぐに、邪魔が入ったときにぐるぐると探しまわっていた「グルート」[*1]という単語を調べなければならなかった。

単語の意味が簡単で、彼はうんざりした。

開いているフランス窓を抜けて、ダックスフントは追跡者たちを庭に連れ出した。そこの、三番めの芝生で、アーダは犬に追いついて「アメリカン・フットボール」で使われるフライング・タックルを食らわせたが、これはひとところグッドソン川の芝が濡れた土手で士官候補生たちがやっていた一種のラグビーである。それと同時に、リュセットの爪を切ってやっていたラリヴィエール女史がベンチから立ち上がり、紙袋を手にして駆けつけたブランシュに鋏を向けながら、以前に目を剝くようなことをしでかしたとはすっぱ娘を非難した——つまり、この前リュセットの寝床にヘアピンを一本落としたのだ、それも子供のお尻に傷がつくくらい長いのを《アン・マシャン・ロン・コム・サ・キ・ファイ・ブレセ・ランファン・ア・ラ・フェス》。しかし、ロシアの貴婦人らしく「目下の者を怒らせる」のを病的に嫌うマリーナは、一件の落着を宣言した。

「悪い、《ニィハローシャヤ》本当に悪いワンちゃんねえ《ニィハローシャヤ・サバーカ》」とアーダは、今では戦利品を取り上げられてしまっても、恬として恥じることのない「悪いワンちゃん」に向かって、吸気音と歯擦音を大きく強調しながら猫撫で声を出した。

＊1　オランダ語で「グレート」。

12

ハンモックと蜂蜜。八十年後になってもまだ、彼はアーダに恋をしてしまったときの最初の喜びの幼い疼きを思い出すことができる。少年時代の夜明けのハンモックの中で、記憶が想像力と中途で出会う。九十四歳の現在、あの最初の狂おしい夏をたどりなおしてみるとき、たった今見たばかりの夢ではなく、浅い眠りからその日に飲む薬の一錠目までの真夜中を過ぎた灰色の時間を耐えさせてくれる、意識の再現としてとらえることを彼は好んだ。代わりにしばらく続けておくれ、愛しいおまえ。錠剤《ピル》、枕《ピロウ》、大波《ビロウ》、十億《ビリオン》。ここから先を続けておくれ、アーダ、お願いだから。

（彼女。）何十億もの男の子たち。そこそこまともな十年間を選んでみよう。善良で、才能に恵まれ、愛情に溢れて情熱的な十億《ビリオン》のビルたち、精神的のみならず肉体的にも善意の何十億が、こちらも負けず劣らず愛情に溢れて頭のいい莫大《ジリオン》なジルたちをその十年のあいだに裸にしたが、それがいかなる場所でいかなる状況にて行われたかは調査者によって監督され特定されねばならず、さもなければこの報告書全体は統計という雑草や腰までの高さがある一般化によって埋め尽くされることにもなりかねない。たとえば、ある場合には、あれやこれやの特定の喘ぎを人生という連続体における空前の反復不可能な出来事か、あるいは少なくとも芸術作品もしくは弾劾者の論考におけるそうした出来事の主題的花群にするような、途方もない個人の意識や若き天分といった小さな問題をもし我々が割愛してしまったとすれば、そこにはなんの意味もないことになろう。透き通って輝くか、透き通って陰る細部。透き通る肌をすかして覗くその土地の葉、茶色の濡れた瞳に映る緑の太陽、そうしたすべて《トゥ・スシ》、そうしたすべてが《フショー・エータ》、裸《ら》の身裸《ら》のまま、記述されねばならない、さあ代わる準備をして（いや、アーダ、そのまま続けてくれ、私は聞きほれているんだから《ヤー・ザスルーシャルシャ》。全身これ耳、魅惑だ）、もし我々が事実、事実、事実を伝えたいと願うなら――あなたのお許しを得られるなら（議論の便宜上）時空と呼ばせてもらうものの一断面におけるそうした何十億もの輝かしいカップルの中で、一組のカップルが類のない特上のカップル《スヴェルヒンペラートルスカヤ・チェター》であり、その結果として（研究され、絵画に描かれ、弾劾され、音楽になり、あるいはもしその十年間が結局のところ蠍《サソリ》の尾を持つなら、疑問に付され死に付されて）、彼らの愛の営みの詳細が類のない特別なかたちで二人の長い人生や、あの考える葦[*1]たる少数の読者、そしてその筆と心の中の絵筆に対して影響を及ぼすという事実を。自然史とはよく言ったものだ！　むしろ不自然史ではないか――なぜなら五感と語感の精密さは不愉快にも農民に特有のものらしいし、なぜなら細部こそすべてだからだ。墓地の糸杉にとまるトスカナの眉白菊戴《マミジロキクイタダキ》やシトカの菊戴《キクイタダキ》の歌声、沿岸の斜面に生えているサマー・サヴォリーやヤーバ・ブエナのハッカのような香り、瑠璃小灰蝶《ルリシジミ》やエコー・アジュアがひらひら舞う姿――他の鳥や、花や、蝶と合わさって。それこそが死と燃えるような美を透して聴覚に、臭覚に、視覚に届かねばならない。そして最も困難なのは、そこことそのときを通して知覚される美そのものだ。雄の蛍（さあ今度こそあなたの番よ、ヴァン）。

雄の蛍、光る小さな甲虫、翅を持つ昆虫というよりはさまよう星が、アーディスでの最初の暑い闇夜に一匹また一匹と、そこかしこに現れたかと思うと、やがて亡霊のような大群となり、その探索が自然な結末を迎えるうちにまた少数へと減っていった。ヴァンはその光景を喜びに満ちた畏怖の念で眺めたが、それは子供のときに体験したのとまったく同じで、あのとき、紫色の黄昏に染まったイタリアのホテルの庭で糸杉の小道をさまよったとき、金色の食鬼か庭に現れるつかのまの幻かと思ったものだった。いま蛍は音もなく、どうやらまっすぐに飛びながら、まわりに立ち込める闇を何度も横切るあいだに、どれも五秒おきくらいに薄レモン色の灯りを放ち、それぞれが独自のリズムで（アーダの話によれば、ルガーノやルーガに見られる、フォテウィヌス・ラドーレンシスと一緒になって飛んでいる同種のものとは、まったくリズムが違うのだという）草叢に棲むお相手の雌に信号を送り、雌は雄が使った光の信号がぴったり合うかどうか確認するのに瞬時かかってから、光のパルスを返していた。通り過ぎるときにかすかに輝くこうした素晴らしい小動物たちの存在、そして香しい夜が、アーダの昆虫学講義ではめったにかきたてられることがないような微妙な昂揚感でヴァンを満たした――おそらくそれは、博物学者の直接的な知識が抽象的観念を弄ぶ学者にしばしば引き起こす、嫉妬心の産物だったのだろう。彼の裸身を網目模様で包んでくれる、心地よい縦長の巣のようなハンモックは、芝生の片隅に伸び広がり、夕立が降ってきたときには雨よけ代わりにもなる枝垂れ杉の下か、そんなに心配のない夜には、二本の百合の木の間に吊るされていた（そこでは、いつかの夏に訪れた[*2]客人が、ねっとり汗ばんだ寝巻の上にオペラマントをひっかけて眠っていたところ、馬が牽く荷車に置いてあった楽器の中で悪臭弾が爆発して一度目を覚まし、マッチを擦ってみると、ヴァン伯父さんは枕に鮮血の染みができているのを発見したという）。

黒い城の窓の灯りが、横列、縦列、そしてナイト跳びで消えていった。育児室の水洗便所にいちばん長居するのはラリヴィエール女史で、そこに入るときには薔薇油の燭台と吸取紙帳《ビュヴァール》を手にしている。今や無窮となった彼の寝室の掛け物をかすかな風が揺らした。空には金星《ヴィーナス》が昇った。彼の肉体には愛の金星《ヴィーナス》が宿った。

こうしたすべては、興味深い点で原始的なある種の蚊がこの季節になると襲来してくる少し前だった（その蚊の毒性は、当地のいささか口の悪いロシア人たちに言わせれば、ラドール地方で葡萄栽培を営んだりボグベリーを常食したりするフランス人の食事に原因があるのだという）。だがそれでも、魅惑的な蛍や、それよりもっと不気味な、暗い葉の繁みを通して覗く青白い宇宙は、新たな不快感を伴って、夜毎の苦行、暑苦しい部屋と結びついている汗と精液の悩ましさと釣り合いがとれるほどだった。夜は、言うまでもなく、一世紀近くにわたる彼の生涯を通してつねに苦行であり続け、それは哀れなことに、どれほどうとうとしていても睡眠薬でぐったりとなっていても変わりがなかった――というのも、天才とは何から何まで甘いものではないのだし、尖った顎髭を生やし絵に描いたような禿頭をしている億万長者《ビリオネア》ビルにしても、眠れないときにはよく鼠の首をちょん切ったという癇癪持ちのプルーストにしても、あるいはこの絢爛もしくは模糊たるV・V（これは読者の視力によるのであり、読者もまた我々の虐めや彼らの勤めにもかかわらず哀れな人たちなのである）にしたところでそうなのだ。しかし、アーディスでは、星に憑かれた空の濃密な世界が夜をひどく悩ましいものにしたので、悪天候やさらにたちの悪い蚊――我らの農民《ムジーク》がカマルグスキイ・コマール[*3]と呼び、それと負けず劣らず頭韻好きな戦闘員がムスティーク・モスコヴァイトと呼ぶ――のせいで、でこぼこしたベッドに逃げ戻ることになっても、それはおおむねありがたいことだと彼は感じていた。

ヴァン・ヴィーンがアーダ・ヴィーンに対して抱いた、幼い、あまりにも幼い恋に関する我々の無味乾燥な報告書では、形而上学的脱線をするような理由も余裕もない。しかし、これだけは目を留めておきたいのだが（明星たちが飛びながら脈打つように光を放ち、そばの庭園では梟《フクロウ》が――

それもまた実にリズミカルに――ホーホーと鳴いているあいだに)、ヴァンは、当時まだテラの恐怖を実際に味わったことはなく、愛しくて忘れがたいアクワの苦悩を分析してみたときに、それを有害な熱狂や流行の幻想だとぼんやり片付けていた――まだ十四歳だったそのときでも、渦巻のような世界(たとえどれだけばかげて謎めいたものであれ)を有益な存在と化し、しかも星が鏤められた天空の灰色の物質の中にそれを位置づけた古い神話にも、ひょっとしたら、一匹の蛍のような奇妙な真実を含んでいるのかもしれないと気がついていた。ハンモックで過ごす夜(そこではもう一人の哀れな若者が喀血して、沈み込んでいった夢の中で見たのは、専門医によって吹き込まれたように、黒精《スプーマ》が徘徊し、金蘭楽器のオーケストラのシンボルが打ち鳴らされる場面だった)が悩ましいのは、今やアーダへの心苛む欲望よりもむしろ、あの無意味な空間のせいであり、それは頭上というか頭下というか、いやいたるところに広がっていて、神々しい時間に対する悪魔的なもの、それが彼のまわりで、彼を貫いて疼くのだ――その疼きは、幸いなことに少しは意味を伴いながら、生涯の最後の夜になってふたたび感じることになるのだが、その生涯を私は悔いたりしないよ、ねえおまえ。

彼はもう眠りが二度と訪れることはないだろうと思う瞬間に眠りに落ちてしまうのがつねで、夢も若々しいものだった。一日の最初の光がハンモックに射すと、すっかり別人のような男になって目覚めた――それも隆々たる男ぶり!「アーダ、僕たちの愛欲《アーダー》と園亭《アーバー》」――このダクティル三歩格の一行は英米詩に対するヴァン・ヴィーンの唯一の貢献にとどまることになる――が頭の中でこだました。星椋鳥《ホシムクドリ》に祝福あれ、星屑に呪いあれ! 彼は十四歳半だった。燃えたぎり、猛々しい。いつか彼女を荒々しくものにしてやる!

過去を再演するとき、彼はそうした若々しい再生の一場面を個別化することができた。水泳パンツを穿き、あの精巧で、複雑で、言うことをきかない装備と悪戦苦闘した末、巣から転がり落ちるとただちに、屋敷で彼女の部屋の部分が生き返ったかどうかたしかめようとした。予想的中。クリスタルの燦《きら》めき、色彩の欠片が見えたのだ。彼女は自室のバルコニーで、一人で朝《サ・プチット・コラシオン》の軽食《・デュ・マタン》をとっていた。ヴァンはサンダルを見つけて——片方には甲虫が一匹、もう片方には花びらが一枚——物置からひんやりとした屋敷に入った。

彼女のようなタイプの子供は、純粋きわまりない哲学を考え出すものである。アーダも彼女なりのちょっとしたシステムを考案していた。到着からまだ一週間も経たないのに、ヴァンは彼女の知恵の体系を伝授するのにふさわしい人物だと認められた。一個人の生活はある分類された物事から成り立っている。「本物」とは頻繁に起こらない貴重なこと、単に「物」とは日常生活のありふれたことから成る。「幽霊物」とは「霧」とも呼ばれ、発熱、歯痛、ひどい失望、そして死などがその例。三つ以上の物が同時に起こると「塔」になり、あるいはそれが連続的に起こると「橋」ができる。「本物の塔」や「本物の橋」は生きる喜びであり、塔が連続して起こるとこの上ない陶酔感を体験するが、ただしそれはめったに起こらない。ある状況で、ある光を浴びると、どっちつかずの「物」は「本物」に見えたり実際にそうなったりすることもあれば、逆に芬々たる「霧」に凝固してしまうこともある。喜ばしい物と喜びのない物が同時にまたは持続時間の斜面に沿って混ぜ合わされると、そこで直面することになるのは「崩れた塔」か「壊れた橋」である。

形而上学の絵画的で建築的な細部のおかげで、彼女はヴァンほど夜を過ごすのに苦労はなく、あの朝——朝はたいていそうだった——彼女と彼女の太陽がやってきたところから比べれば、彼ははるかに遠くて暗い国から戻ってきたような気分だった。

彼女のふっくらして、ねっとりと輝く唇が微笑んだ。

（おまえのここにキスすると、おまえがバルコニーで蜂蜜トースト《タルティーヌ・オ・ミエル》を食べていたあの青い朝のことをいつも思い出すよ、と何年も後に彼は彼女に言うことになる。フランス語のほうがずっといい。）

古典的な美しさの、なめらかで、色が淡く、透明なクローバー蜂蜜が、スプーンからたらたらと流れ落ち、愛しい人のバター付きパンを液体の真鍮色に染める。パンの欠片が蜜に浸される。

「本物？」と彼はたずねた。

「塔よ」と彼女は答える。

それから雀蜂。

雀蜂が彼女の皿を調べまわっていた。胴体がピクピクと脈打っている。

「後で蜂を一匹食べてみましょう」と彼女は言った。「でも、美味しく食べるには、丸呑みしなくちゃだめ。もちろん、舌を刺したりなんかしないから。どんな動物でも、人間の舌には手を出さないわ。ライオンが旅行者を骨から何まで平らげたら、いつもこんな具合に砂漠に舌だけ残しておくっていうもの」（つまらないという仕草で）

「嘘だろ」

「よく知られた謎よ」

彼女の髪はあの日よくといてあり、首筋と腕の血の気のなさに映えて黒い光沢を放っていた。着ている縞模様のTシャツは、彼が孤独な夢想の中で彼女の悶える身体から剝がすのにとりわけ好んだものだった。テーブルの油布は青と白の市松模様。ひんやりした壺に入っているバターの残りに、滴り落ちた蜂蜜が染みをつける。

「わかったよ。それで、三つめの本物は？」

彼女はじっと彼を見つめた。口元の焔のような滴りがじっと彼を見つめた。前日に彼女が水彩画で描き上げた、ビロードのような三色菫が、溝彫りのついたクリスタル容器からじっと彼を見つめた。彼女は何も言わなかった。広げた指を舐めながら、まだ彼を見つめていた。

ヴァンは答えが得られないままバルコニーを去った。甘美な無言の太陽の中で、彼女の塔がゆっくりと崩れ落ちた。

＊1　パスカルが用いた人間の隠喩、アン・ロゾ・パンサン。

＊2　horsecart は古くからあるアナグラム。ここから上98の、フロイト的な夢の謎掛け遊び（「金蘭楽器のオーケストラ［orchestra］のシンボル」）の寸劇へとつながる。

＊3　南仏の湿地帯ラ・カマルグに、「蚊」を表すロシア語の Komar とフランス語の moustique を足したもの。

13

アーダの十二歳の誕生日とイーダの四十二歳の誕生日《ジュール・ド・フェット》を祝う大ピクニック用に、アーダはロリータ（ヘルボス[*1]の小説に出てくるアンダルシアのジプシーの小娘にちなんでこう名付けられていて、ちなみに発音はスペイン語のtであり、英語の不明瞭なtではない）を穿いてもいいという許可をもらったが、この長めのスカートは風通しがよくたっぷりしていて、黒地に赤い芥子か牡丹の模様があり、「植物学的リアリティに欠ける」と彼女はもったいぶって表現したけれども、この夢においては、そしてこの夢に限っては、リアリティと自然科学が同義語であるとはまだ知る由もなかった。

（あなたもじゃないの、お利口さんのヴァン。彼女の注。）

洗面用タオルで特別にこすった後で足がまだ濡れて「松脂臭い」のに（朝の入浴はラリヴィエール女史の治世では知られていなかった）、裸のままでロリータに足を突っ込み、ちょっと尻を揺すって穿いたものだから、先生からいつものお小言を頂戴してしまった。スカートを穿くときにはそ《メ・ヌ・トゥ・トレムス・パ・コムサ・》んなに腰を揺すっては《カン・チュ・メ・タ・ジュープ》いけませんよ！　良家のお嬢様《ユヌ・プティット・フィーユ・ド・ボンヌ・メゾン》なんですから、云々。反対に《ペル・コントラ》、パンティの省略をアイーダ・ラリヴィエールがお目こぼししたのは、豊乳で胸糞が悪くなるほど美人の先生も

（そのときにはコルセットとガーター付きストッキングしか着けていなかった）、盛夏の猛暑に対して秘密の譲歩をすることになんの疚しさも覚えていなかったからだ。しかし、柔肌をしたアーダの場合には、この習慣はなんとも嘆かわしい効果をもたらした。アーダは柔らかな内股にできた、ねっとりとして痒く、まったく不愉快なわけでもない感覚を伴う発疹をやわらげようとして、シャッタル林檎の木のひんやりした枝にしっかり跨がるのが癖になり、この先我々が一度ならず見ることになるとおり、ヴァンはつくづくうんざりさせられたものだった。ロリータの他に身に着けていたのは、黒いストライプが入った半袖の白のジャージーと、へなへなした帽子（喉のところのゴム紐から背中に垂れている）、ビロードのヘアバンド、それに古いサンダルである。衛生面も洗練された趣味も、頻繁にヴァンの目についたとおり、アーディスでの家政の習わしには入っていないのだった。

いざ出発となったとき、アーダはまるで八頭《ヤツガシラ》みたいにばたばたっと木から転がり下りてきた。さあさあ、急いでちょうだい、小鳥ちゃん。英国人馭者のベン・ライトはまだすっかり素面だった（朝食時にたった一パイントのエールしか飲まなかったのだ）。これまで少なくとも一度大ピクニックに出た（パイングレンに走っていって、気絶した女史のコルセットの紐をゆるめてやった）ことのあるブランシュは、嫌がって吠えるダックを小塔にある彼女の小部屋まで抱えて連れていくという、さらに芳しくない任務を遂行中だった。

大型馬車《シャラバンク》がすでに召使二人、肘掛け椅子三脚、それにたくさんのバスケットをピクニック場まで運び終えていた。小説家は白いサテンのドレスを着ていて（マンハッタンのヴァースがマリーナのために誂えたものだが、マリーナは最近十ポンド痩せてしまった）、その横にアーダが座り、白いセーラーブラウス姿がとっても可愛いリュセット《トレ・ザン・ボーテ》がむっつりしたライトの横に腰掛けて、三人はそこまで小型馬車《カレーシュ》に乗っていった。ヴァンは祖父か曾祖父の自転車でうしろについていった。森の道はずっとまんなかを走っていればそこそこなめらかで（明け方に降った雨のせいでまだべたべたして黒ずんではいたが）、両側にできた青空色の轍には樺の葉が斑に映り、それと同じ影が、ラリヴィエール女史がさしている日傘のぴんと張った真珠母色の絹地や、アーダが粋がって斜めにかぶっている白い帽子の広い縁を、すばやく通り過ぎていった。ときおりリュセットが、青い上着を着たベンの横からヴァンの方を振り返り、スピードを落とせという小さな信号を片手の手のひらで送ったが、それはアーダが仔馬か自転車に乗っていて、馬車の後部にぶつかりはしないかと母親が心配したときにアーダに信号を送るのを見て憶えたものだった。

マリーナは赤い車に乗ってやってきたが、それは初期の「ラナバウト」型の車で、まるで何か高級なコルク栓抜きを扱うみたいに執事が慎重に慎重を期して運転していた。手袋をした手のひらでマラッカ籐製ステッキの握りをつかんで座っている、男物のグレーのフランネルに身を包んだ彼女はいつになく見栄えが良くて、車は少し揺れながら、目にも鮮やかな峡谷によって切り取られた古い松林の中にある、絶景の空地になったピクニック場のちょうど端のところに到着した。見かけない青白い蝶が一頭、松林の反対側から、ルガーノのでこぼこ道に沿って通り過ぎていき、しばらくするとそれを追うようにランドー馬車が現れ、そこから一人ずつ、年齢や体調に応じてすばやくあるいはゆっくりと降りてきたのは、アーミニン家の双子兄妹と、その若くて妊娠中の叔母（物語を語る立場からすると厄介なお荷物）、女家庭教師、そして次作に登場するマチルドの学校友達であった白髪のフォレスティエ夫人である。

さらに、三人の紳士が加わる予定だったが、結局現れることはなかった。町からの早朝列車に乗りそこねたダン叔父。男やもめで、肝臓が野蛮人《ペチェニェーク》みたいに荒れ狂っていると手紙で書いて寄こしたアーミニン大佐。そして大佐のかかりつけの医師（チェスの好敵手）である高名なクローリク先生であり、彼はアーダの御用達宝石商を自称し、それに違わず翌日早くにアーダの誕生祝いを贈ってきた——巧みな彫り模様が入った蛹三個で（「値段もつけられないほどの宝石だわ」と、眉をこわばらせながらアーダが喉にかかった声で叫んだ）、そのどれもが、やがて、最近発見された珍種のキボ豹紋蝶ではなく、姫蜂を生んでアーダをがっかりさせることになる。

やわらかくて耳を切り落としたサンドイッチ（五インチ掛ける二インチの完璧な長方形）、七面鳥の黄褐色の死体、ロシアの黒パン、灰色粒をしたベルーガ・キャビアの壺、菫の砂糖漬け、小さい木苺のタルト、グッドソンのポートワインを白が半ガロン、赤がもう半ガロン、女の子用に水で割って魔法瓶に入れたクラレット、そして幸福な幼年期を思い出させる冷たくて甘い紅茶——こうしたすべては、思い描くは易く、筆に描くは難し、である。書き手にとっていい勉強になるのは

［原稿のまま。編者］。

書き手にとっていい勉強になるのは、アーダ・ヴィーンとグレース・アーミニンを並べて置いてみることだ。スキムミルクのように蒼白いアーダと、同い年のグレースの健康的な肌の火照り。片方のまっすぐ垂れた魔女娘のような黒髪と、もう片方の茶色のボブヘアー。我が恋人のどろんとした深刻な目つきと、鼈甲縁の眼鏡のむこうで瞬くグレースの青い瞳。前者のあらわな太腿と、後者の長い赤のストッキング。ジプシースカートとセーラー服。次のような点に着目するとさらに勉強になりそうなのは、グレッグの凡庸な顔立ちがほとんどそっくりそのまま妹のアウラに移植されていて、兄妹がセーラー服姿の男の子と乙女の酷似を損なうことなく女の子の「美貌」らしきものを獲得していたところである。

七面鳥の残骸、女家庭教師たちだけが口をつけたポートワイン、それに割れたセーブル焼の皿が

召使によってさっさと片付けられた。藪の下から出てきた猫が、ひどくびっくりした表情でじっと見つめ、「キティちゃんキティちゃん」の合唱にもかかわらず姿を消した。

しばらくしてラリヴィエール女史はアーダを誘い、人目につかない場所に行った。そこで、正装したままの女史は、たっぷりとしたドレスの堂々たる襞を乱すことなく、あたかもそのドレスが一インチ伸びたかのようにプルーネラ靴が隠れて見えなくなり、不動の姿勢で放尿し終わると、次の瞬間にはまた元の高さに戻っていた。帰る途中に、善意に溢れた教育者は、女の子が十二歳の誕生日を迎えるのはちょうどいい時期だから、いつ何時思春期《グランド・フィーユ》の娘になってもいいように、これから起こることを話し合いましょうとアーダに説明した。アーダはそのことについては六ヵ月前に学校の先生に嫌というほど教わったし、実を言うともう二度それがあったので、そんなたわごと聞き飽きたわと言い放って哀れな女家庭教師を愕然とさせたのであった（女史は何を考えているのかわからないアーダの頭の切れ方についていけたためしがなかった）。そんなことって、最近のまともな女の子にはめったにないし、自分の場合も起こらないに決まっていると。ラリヴィエール女史はとんでもなく頭の悪い人間だったので（なんでも小説にしたがる癖があるのにと言うべきか、その癖があるからという言うべきか）、頭の中で自分自身の体験を思い起こし、もしかすると、自分が芸術に没頭しているあいだに、科学の進歩が自然の進歩を変えてしまったのではないかと、数分間恐ろしい思いを味わった。

昼下がりの太陽が照りつける新しい場所とこんがり焼く古い場所を見つけた。ルース叔母さんはフォレスティエ夫人があてがった普通の枕に頭を載せてうたた寝をしていたし、夫人は面倒を見ている子供たちにとって将来の半兄弟になる子供のために小さなジャージーを編んでいた。自殺の厄介な後遺症で意識が霞んだアーミニン夫人は、昔からの物思いに耽る癖と子供のような好奇心の目で、あざやかな松林の新緑の下で戯れるピクニック客たちを、至福の住処という紺青色の高みから見下ろしているに違いない、とマリーナは夢想した。まず子供たちが各人の才能を披露する番である。アーダとグレースは古い手回しオルガンの調べに合わせてロシア風のフリングを踊った（その手回しオルガンは、まるで他の岸辺を、他の放射線状になった波を思い出したかのように、何度も小節の途中でつっかえるのだった）。リュセットは片手の拳を腰に当てて、サン・マロの漁師の歌を歌った。グレッグが妹の青いスカート、帽子に眼鏡を着けると、ひどく病気で知恵遅れのグレースに変身したように見えた。そしてヴァンは逆立ちして歩いた。

二年前、（「ワシントニアがウェリントニアであった」太古の昔より）ヴィーン一族の誰もが通ったという、上級階級の子弟用の野蛮な寄宿学校で最初の刑期をこれから始めようとしていたときに、ヴァンはすぐに誰からも一目置かれるような目を見張る妙技を習得しようと決意した。そこで、ディーモンと相談の末、後者にレスリングを指導したキング・ウィングがこのたくましい若者に逆立ちで歩く芸を伝授したのだが、これは肩の筋肉の使い方にこつがあり、この技を覚えて鍛えるには肩甲《カリヤティックス》筋の脱臼が避けて通れない。

なんたる喜び（原稿のまま）。倒立歩行のこつを突然発見する喜びは、不名誉で手痛い墜落を何度も経験した後で、あの魔法の絨毯《マジカーペット》（あるいは「ジッカー」）と呼ばれる楽しい滑空機の操縦法を会得するのに似ていて、これは「大反動」以前の冒険に満ちた時代に、男の子が十二歳の誕生日を迎えると贈られたものだった――それにしても、初めて空中に舞い上がり、干し草の山や、木や、小川や、納屋の上をすれすれに飛び、祖父のディーダラス・ヴィーンが空を見上げたまま旗を振りながら走って馬洗池に落っこちたときの、あの息を飲むような、いつまでも続く神経の愛撫！

ヴァンはポロシャツを引っ剝がし、靴と靴下を脱いだ。ほっそりした胴体は、なめし革色をしたぴちぴちのショートパンツと感触は違っていても彩色の点ではマッチしていて、ハンサムな少年の異様に発達した三角筋や筋骨隆々とした二の腕とコントラストを成している。四年後、ヴァンはどちらの肘から繰り出した一撃でも一発で相手を気絶させることができた。

さかさまになった身体を優雅に曲げ、褐色の両足をタレントゥム船の帆のように持ち上げ、揃えた足首をぴったりくっつけながら、ヴァンは広げた両手で重力の額をつかみ、前後に動き、方向転換や横歩きをして、変な具合に口を開け、異常な姿勢を取っている際の瞼にしか見られない剣玉のような奇妙なやり方で目をぱちくりさせた。動物の後足を真似た動作の多彩さとすばやさよりもさらに驚くべきは、そうした構えをいとも楽々と取れることだ。キング・ウィングが警告したところでは、ユーコン出身のプロであるヴェクチェラは二十二歳でその能力を喪失していたという。しかしあの夏の午後、絹のような手触りをした松林の草地の上で、アーディスの魔法の心臓部の中で、アーミニン夫人の青い瞳に見下ろされ、十四歳のヴァンは腕歩き曲芸師としてこれまでに我々が見たこともないような最高の芸を披露したのである。顔や首には一点の朱も染まっていなかった！ときおり、寛大な地面から歩行器官を離し、バレエのジャンプの奇跡的なパロディで、本当に空中で両手を打ち鳴らしたように見えると、この空中浮遊の夢を見ているような呑気さは、大地がうっとり見惚れて慈悲心を起こし引力を放棄した結果ではないかと思わずにはいられない。ついでに言えば、ウィングに嫌というほど叩き込まれた特殊な訓練のために筋肉が変化し骨が「再接合」したせいで、妙なことに、後年になってヴァンは肩をすくめることができなかった。

次の問題を考察して論じよ。

1．ヴァンが逆立ちして、本当に両手で「スキップ」しているように見えたとき、両方の手のひらが地面を離れていたのだろうか？

2.　大人になったヴァンが物事を軽く「肩で振り捨てる」ことができなかったのは、肉体的な問題にすぎないのか、それとも「潜在意識」の何らかの元型的特徴に「対応」しているのか？

3.　ヴァンの曲芸が最高潮に達したときアーダがわっと泣きだしたのはなぜか？

「ケベック・クォータリー」誌への寄稿用にタイプ打ちが終わったばかりの短篇「ダイヤの首飾り《ラ・リヴィエール・ド・ディアマン》」*2を、ようやくリヴィエール女史が朗読した。みすぼらしい事務員の妻になっている、美人で垢抜けした女が、金持ちの女友達からネックレスを借りる。会社のパーティから帰宅の途中に彼女はそれを失くしてしまう。宝石箱をF夫人に返すとき、失くしたネックレスを五十万フランするネックレスとこっそり取り替えておくが、そのネックレスを購入するためにした借金を返済しようとして、不運な夫妻は三十年か四十年もの辛い歳月のあいだ汗水垂らして働き節約に務めるのだった。どれほどマチルドは心臓をどきどきさせたことだろう――ジャンヌは宝石箱を開けるだろうか？だが宝石箱が開けられることはついになかった。すっかり老いぼれても一念を貫き通した夫妻が（夫は半世紀にわたる屋根裏部屋《マンサルド》での筆耕《コピー》暮らしで半身不随になり、妻は水をじゃぶじゃぶ《ア・グラン・ドー》使う床洗いの仕事で、面影をまったくとどめないほど品のない女になっていた）、白髪になってはいてもまだ若く見えるF夫人に何もかも告白すると、F夫人は物語の最後の文章でこう言う。「でもね、かわいそうなマチルド、あのネックレスは模造品だったのよ。値段はたったの五百フラン！」

マリーナの協力はもっとささやかながらそれなりの魅力があるものだった。どの松の、ごつごつした赤い幹のどの場所に、昔、遙か昔のこと、磁気性の電話器が設置されていて、アーディス・ホールにつながっていたかをヴァンとリュセットに教えたのである（他の者はよくよく知っていた）。マリーナの話によれば、「伝流と回路」が禁止になってから（女優らしい無頓着さ《デザンヴォルチュール》で、こうしたあまり適切とは言えない言葉を早口ながらあっさりと発音してのけた――これに対して、リュセットは何のことだかわからなくて、何でも教えてくれるヴァンの、ヴァーニチカの袖を引っ張るのだった）、工学技術にかけては大した才能の持ち主である彼女の夫の祖母が、レッドマント川（アーディスの上にある丘から流れているこの小川は、草地のちょうど真下を通っていた）を「管にした」そうな。プラチナの部品でできた複雑なシステムの中を通って、振動になったヴィブグイオレ*3（プリズムのような脈動）が伝達されるのである。これは当然ながら、一方向の通話しかできないし、「ドラム」（シリンダー）の設置費や維持費は、マリーナが言うところでは、ユダヤ人の目玉が飛び出るほどなので、ピクニック中のヴィーン家の一員を呼び出して家が火事だぞと言ってやれるのにはうしろ髪を引かれる思いがしたものの、計画はおじゃんになったそうだ。

　国内政治や国際政治に対する大勢の不満を裏打ちするかのように（この頃ガマリエルは相当に耄碌していた）、赤い小型車がアーディス・ホールからごとごとと戻ってきて、知らせを携えた執事が車から飛び降りた。旦那様がたった今、アーダお嬢様の誕生日祝いを持ってお帰りになられましたが、複雑な仕掛けがどうやったら動くのか誰にもわからないので、奥様にぜひ手助けをお願いしたいとか。執事は持ってきた手紙を小型トレイに載せてマリーナに差し出した。

　手紙の文面を正確に再構築することはできないが、私たちが知っているかぎりでおよその内容をまとめれば、この心のこもったとても高価な贈り物は、ばかでかくて綺麗な人形だという――不運なことに、そして奇妙なことに、ほとんど裸の人形だ。さらに奇妙なことに、右足には添え木、左腕には包帯がしてあって、いつもの着せ替え用の服の代わりに、箱にぎっしり詰まったギプスやらゴム製部品が付いている。説明書はロシア語かブルガリア語で書いてあるが、近代のローマ字ではなく、悪夢のアルファベットとも言うべき、ダンがいくら頑張っても憶えられなかった古いキリル文字が使われているので、さっぱりわけがわからない。女中が上等な絹の端布を引き出しの中に貯め込んでいるのを見つけたから、それで人形の服をこしらえてやり、箱を新しい化粧紙で包み直してくれるように、今すぐ戻ってきてくれないだろうか？

母親の肩ごしに手紙を読んでいたアーダは、ぞっとして言った。

「そんなもの、トングでつまんで、病院のゴミ捨て場に持っていけって言ってちょうだい」

「まあなんてことを《ベドニャーチョク》！　本当にかわいそうな人」とマリーナは同情で目を潤ませながら叫んだ。「もちろんわたしは行きますよ。アーダ、おまえの残酷な性格はときどき、ときどき、なんて言ったらいいか――悪魔みたい！」

長いステッキをついてさっさと歩き、決意で顔をぴくぴくさせながら、マリーナは車に向かっていき、車はやがて動き出して、停めてある馬車《カレーシュ》をよけようとして向きを変えたときに、フェンダーが怒っているバーンベリーの繁みに突っ込んで、空になった半ガロンのボトルを撥ね飛ばしていった。

しかし、いかなる憤怒が空気にただよっていようが、それはまもなく収まった。アーダは家庭教師に鉛筆と紙をたのんだ。腹這いになり、片手に頬を載せた恰好で、ヴァンは恋人がグレースとアナグラム遊びをしている、傾げた首筋を見つめた。グレースは無邪気にも「昆虫［insect］」と切り出していた。

「サイエント［scient］」とアーダが書き留めながら言った。

「反則！」とグレースが反論した。

「反則じゃないわよ！　この言葉がちゃんとあるのは間違いないわ。彼は偉大なサイエントです。サンエイト博士は昆虫を専門にするサイエントでした」

グレースは鉛筆の消しゴムが付いた先で皺を寄せた額をとんとんと叩きながら考え込み、やっと思いついた。

「最高［nicest］！」

「近親相姦［incest］」とたちどころにアーダが言った。

「やーめた」とグレース。「あなたのちょっとした思いつきを確認するには辞書がいるもの」

しかし午後の陽射しは最も強烈な段階に入っていて、この季節一番に現れた性悪な蚊がアーダの向こう脛にとまったところを、目敏く見つけたリュセットがびしゃりと叩き潰した。馬車《シャラバンク》も肘掛け椅子や、バスケットや、口をもぐもぐさせているエセックス、ミドルセックス、サマセットといった従僕たちを乗せてもう去っていた。そして今、ラリヴィエール女史とフォレスティエ夫人は歌うように別れの挨拶を交わしていた。手が振られ、双子も年老いた家庭教師や眠たそうな若い叔母と一緒に馬車《ランドー》で運び去られた。とても黒い胴体をして青白く透き通った蝶が一頭、その後を追いかけ、アーダは「見て！」と叫んで、それが日本産の薄羽白蝶《ウスバシロチョウ》と密接に関係していることを解説した。するとラリヴィエール女史がだしぬけに、今度の新作を発表するときには筆名を使ってみようと言い出した。女史は二人の可愛い生徒を馬車《カレーシュ》まで導き、松の葉が花綵《はなづな》のように低く垂れ下がっているその下で、後部座席でいぎたなく眠りこけているベン・ライトを持っていたパラソルの先端で無《サン》造作《・ファソン》に突ついた。アーダは帽子をイーダの膝に放り投げるとヴァンが立っているところまで走って帰ってきた。森の空地で光と影がどんな旅程をたどるか疎かったので、彼は自転車を少なくとも三時間は照りつける陽光にさらしていた。アーダは自転車に乗るとキャッと悲鳴をあげ、危うく落っこちそうになり、ぐらぐらっとよろけてから体勢を取り戻した――すると後部タイヤがおかしな音をたててパンクした。

すっかり面目失墜した自転車は灌木の下に置き去りにされ、後でブティヤン・ジュニアが取りにくることになったが、これもまた使用人の一人である。リュセットは馭者台の席を譲らなかった（酔っぱらっていた馭者の提案に対して無表情に軽くうなずいて応じたのだが、馭者はその傍ら愛想のいい手で彼女のあらわな膝に触っていた）。それに折り畳み式の補助椅子《ストラポンタン》もなかったので、アーダはヴァンの硬い膝の上に腰掛けることで満足せざるをえなかった。

これが子供たちにとって初めての肉体的接触で、二人とも恥ずかしく思った。アーダは背中をヴァンに向けて腰を落ちつけ、馬車が大きく揺れると座り直し、さらに身体をもぞもぞと動かして、松の匂いがするたっぷりとしたスカートが紛れもなく散髪屋の掛け布そっくりにふわりと彼を包んでしまうのでそれを整えようとした。身動きの取れない恍惚状態に陥ったままヴァンは彼女の腰をしっかりつかんだ。太陽の熱い滴りが彼女のジャージーの縞模様とあらわな腕の裏側をすばやく動き、さらにその旅の続きに彼自身の身体というトンネルを通り抜けていくようだった。

「どうして泣いたんだい？」髪の香りと耳の火照りを吸い込みながら彼はたずねた。彼女は振り向いて、しばらくのあいだ、謎めいた沈黙の中で彼をまじまじと見つめた。

（本当に泣いたのかしら？　わからない――とにかく気が動転したことはたしかね。説明できないけれど、あの芸全体に、何か恐ろしいもの、残酷なもの、黒々としたものがあるような気がしたのよ、それに、そう、恐ろしいものが。後になってからの注釈。）

「ごめん」彼女が顔をそらすと彼は言った。「もうきみの前ではあんなこと二度としないから」

（ところで、その「紛れもなく」という言葉、わたし嫌い。これも後のアーダの筆跡による注釈。）

全身全霊で、沸騰して溢れ出しそうになっている若者は、彼女の身体の重みが道のでこぼこのたびに反応するのを感じながらそれを味わい尽くそうとしていたが、その重みをそっと二つに割ってその下に願望の核を押し潰すようにしていたのは、そこをどうしても制御しないとうっかり漏れでもして無垢な彼女が不思議がるといけないからだった。動物的な弛緩に身を任せてとろけてしまいそうだったが、すんでのところで家庭教師が話しかけてきて、その場を救ってくれた。哀れなヴァンはアーダの尻を右膝に移動させ、拷問の館で使われる符牒では「苦痛の角度」と呼ぶものを鈍らせた。欲望が成就されなかった沈痛な無感覚さで、馬車がガムレットの村を抜けていくときに、丸太小屋の列がゆっくりと通り過ぎていくのを彼は眺めた。

「いつ見ても飽きない《ミ・フェール》わねえ」とラパリュール女史が言った。「自然の豊かさと、人間生活の薄汚さとの、みごとな対比は。あのがりがりの《デシャルネ》百姓《ムジーク》の爺さんをごらんなさいよ、シャツには穴があいてるし、それにあの惨めな掘っ立て小屋《カバーン》も。それから、あのすいすい飛んでいる燕をごらんなさい！　自然はなんて幸せ、人間はなんて不幸せなんでしょう！　あなたたちからまだ新作の感想を聞いていなかったわね。ヴァンはどうだった？」

「よくできたおとぎ話ですね」とヴァン。

「おとぎ話ね」と慎重なアーダ。

「冗談じゃありません《アロン・ドン》！」とラリヴィエール女史が叫んだ。「正反対——あらゆる細部が現実的なのよ。ここに描かれているのはプチ・ブルのドラマで、階級的な悩みも、階級的な夢も、階級的な誇りも、すべてここにあるわけ」

（なるほど、それが作者の意図だったのかもしれない——致命傷の一個所《ポアント・アサシーヌ》を別にすれば。その物語には作品内世界での「リアリズム」が欠けていて、一銭たりともおろそかにしない几帳面な勤め人なら、まずなによりも、たとえどのようなことがあれ、必要なら未亡人に打ち明けるようなことに《キット・ア・トゥー・ディール・》なって《ア・ラ・ヴーヴ》も、失くしたネックレスの正確な値段はいくらだったのかきっと調べあげたはずだからだ。

い、そこがラリヴィエールのお涙頂戴ものの致命的欠点だったが、あのときの幼いヴァンとさらに幼いアーダは、全体の嘘くささを本能的に感じ取ってはいても、その点を探り当てることができなかったのである。）

駆者台でごそごそと音がした。リュセットが振り向いてアーダに話しかけた。

「お姉さんと一緒に座りたい。ここは座り心地がよくないし、この人嫌な臭いがするから《ムニェ・トゥート・ニィウドーブナ　イ・アト・ニィヴォー・ニィハラショー・パーフニェト》」

「もうじきつくわよ」とアーダが言い返した。「我慢しなさい《パチェルピー》」

「どうしたの?」とラリヴィエール女史がたずねた。

「べつに。臭うんだって《イル・ピュ》」

「まあ！　インド国王に仕えたことがあるって話、まったく怪しいものだわ」

＊1　これまた楽しいアナグラムで、『ロリータ』の著者が滑稽にも比較の対象として持ち出されてきた作家の名前を入れ換えている。ついでに言うと、その題名の発音は英語あるいはロシア語とはまったく関係がない（TLSの最近号で見かけた、無署名の謹厳居士には失礼ながら）。

＊2　モーパッサンと彼の短篇「首飾り《ラ・パリュール》」（上114）は、アンチテラには存在していなかった。

＊3　ヴァイオレット・インジゴ・ブルー・グリーン・イエロー・オレンジ・レッド。

14

次の日、だったか次の次の日だったか、家族全員は庭でハイ・ティーを楽しんでいた。アーダは草の上で犬にマーガレットの花冠をこしらえてやろうとしているところで、リュセットはそれを見守りながらクランペットをもぐもぐやっていた。マリーナは夫の麦藁帽をテーブルのむこうにいる夫の方に黙って差し出して、一分ほどその恰好のままでいた。ようやく夫は首を横に振り、睨み返してくる太陽を睨みつけ、カップと「トゥールーズ・エンクワイアー」紙を手にして、芝生の反対側にある大きな楡の下に置かれた素朴なベンチに引っ込んだ。

「あれはいったい誰かしら」と、透かし細工が施されたベランダの付柱の間から見える、車寄せの一部分を目を細めて眺めながら、サモワール（原始的ジャンルを思わせる狂人の妄想のように、周囲の世界の断片を映し出している）のうしろにいるラリヴィエール女史がつぶやいた。アーダの背後でうつむきに寝そべっていたヴァンは、本（アーダから借りた『アタラ』[*1]）から視線を離した。

洒落た乗馬ズボン姿の、長身で薔薇色の頬をした若者が、黒い仔馬から降りてきた。

「あれ、グレッグが新しく買ったばかりの、素敵な仔馬よ」とアーダ。

グレッグは、お坊ちゃんらしく屈託のない詫びの言葉を添えて、叔母が自分のバッグの中に入っているのを見つけたマリーナのプラチナのライターを持参していた。

「あらまあ、失くしたと気づく暇すらなかったわね。ルースはどうしてる？」

ルース叔母もグレースも急性の消化不良で寝込んでいるとグレッグが言った――「あなたの最高のサンドイッチのせいじゃなくて」と彼はあわてて付け加え、「藪の中で摘んだバーンベリーのせいなんです」

マリーナは従僕を呼んでトーストの追加を持ってこさせようと、真鍮の鈴をチリンチリンと鳴らしかけたが、ド・プレ伯爵夫人のパーティに行く途中ですのでとグレッグが遮った。

「立ち直るのが早い《スカロー》わねえ《ヴァタ》」とマリーナが言ったのは、二年前に伯爵がボストン・コモンで拳銃による決闘をして亡くなったことを指している。

「なにしろ、とても陽気な美人ですからね」とグレッグ。

「わたしより十も歳上なのに」とマリーナ。

ここでリュセットがこっちを向いてくれと言わんばかりに口を出した。

「ユダヤ人って何？」と彼女がたずねた。

「異端派のクリスチャンよ」とマリーナが答えた。

「どうしてグレッグはユダヤ人なの？」とリュセットがたずねた。

「どうして、どうしてって！」とマリーナ。「両親がユダヤ人だからよ」

「お爺さんお婆さんは？　ひいお爺さんお婆さんは？」

「ほんとに何も知らないのよ、ごめんなさいね。あなたの祖先はユダヤ人だったの、グレッグ？」

「いや、あまりよくわからないんです」とグレッグが言った。「ヘブライ人なのはたしかですが――

――鉤括弧付きのユダヤ人じゃありません――つまり、喜劇の登場人物とかキリスト教徒の商売人じゃなくて。祖先がタタールから英国に移住したのは五世紀前のことです。ただ、母の祖父はフランスの侯爵で、たしか、ローマ・カトリックの信者なのに銀行とか株とか宝石に狂っていましたから、みんながユダヤ人《アン・ジュイフ》と呼んでいたのかもしれないと思います」

「とにかく、宗教としてはそんなに古くないんでしょ？」とマリーナが言った（ヴァンの方を向いて、おしゃべりをインドの方向に持っていこうとぼんやり計画していたのは、モーゼか誰かがその蓮沼で生まれるずっと前から彼女がそこで踊り子をしていたからである）。

「誰が気にするもんか――」とヴァン。

「それにベルも」（リュセットは女家庭教師をそう呼んでいる）「痛いクリスチャンなの？」

「誰が気にするもんか」とヴァンが叫んだ。「そんな古臭い神話なんか、どうだって言うんだ――ユピテルかエホバ、尖塔か円蓋、モスクワのモスク、真鍮《ブロンズ》に坊主、聖職者に、聖遺物に、ラクダが白骨化した砂漠なんか。そんなもの、集合的精神が生み出す塵芥や蜃気楼にすぎないじゃないか」

「そもそも、このばかげた会話はどうやって始まったのかしら？」アーダは部分的に飾りを付けてもらったダッケルまたはタークシクに向かって小首を傾げながら、訳を知りたがった。

「悪いのはわたし《メー・ア・クルパ》」ラリヴィエール女史が威厳を取り繕って説明した。「ユダヤ人とタタール人は豚を食べないから、グレッグはハムサンドイッチをお気に召さないんじゃないかって、わたしがピクニックで言ったのはそれだけ」

「ローマ人も」とグレッグ。「昔々にクリスチャンのユダヤ人やバラビットたち、それに他の不運な人たちを磔刑にしたローマの植民者も豚肉に手をつけませんでしたが、僕は平気ですし、祖父母もそうでした」

　リュセットはグレッグが使った動詞に首をひねった。それを実例で教えてやろうと思って、ヴァンは両足首を揃え、両腕を水平に伸ばして、目玉をくるくるしてみせた。

「わたしが幼い女の子だった頃はね」とマリーナがキリキリして言った。「メソポタミアの歴史はほとんど揺り籠の中で教わったようなものよ」

「幼い女の子のみんながみんな、教わったことを学ぶとはかぎらないわ」とアーダがつぶやいた。

「あたしたちはメソポタミア人なの？」とリュセットがたずねた。

「僕たちはヒポポタミア人さ」とヴァン。「さあ」と彼は付け加えた。「今日はまだ農作業をやってないだろ」

　一日か二日前、リュセットは手で歩くやり方を教えてくれとせがんだのだった。ヴァンが彼女の足首をつかみ、彼女は赤くなった小さな手のひらでゆっくり前進して、ときどき顔から落ちてはうめいたり、一服して雛菊をかじったりした。ダックが抗議してキャンキャン吠えた。

「でも《エ・ブルタン》」と音に敏感な家庭教師が顔をしかめて言った。「悪い高利貸しが出てくるシェイクスピアの劇をセギュールが寓話に脚色したものを、わたしはこの子に二回も読んでやりましたよ」

「この子は、狂った王の独白をわたしが書き換えたものも知ってるわよ」とアーダ。

この美しき庭は五月に花咲き揃う
しかれども冬には
決して、決して、決して、決して、決して
緑ならず、緑ならず、緑ならず、緑ならず、緑ならず。
Ce beau jardin fleurit en mai,
Mais en hiver

Jamais, jamais, jamais, jamais, jamais
N'est vert, n'est vert, n'est vert, n'est vert, n'est vert.

「いやあ、素晴らしい」と感涙にむせんでグレッグが声をはりあげた。

「そんなに乱暴にしちゃ《エネルギーチ》だめ！」とマリーナがヴァン＋リュセットの方に向かって叫んだ。

「顔が紫色になってきました《エル・ドゥヴィャン・プールプル》よ」と家庭教師が口をはさんだ。「こんな卑猥な体操はあの子によろしくありません」

ヴァンは目で笑いながら、さめた人参スープみたいな足のちょうど甲の上を天使のように強い両手で握り、犂《すき》の役をしているリュセットを「耕機《こうき》使って」いるところだった。彼女の輝く髪は顔にかかり、スカートのへりの下からパンティが覗いていたが、それでも彼女はもっともっと耕青年をうながすのだった。

「そこまで《ブーヂェト》、そこまでにしなさい」とマリーナが農作業班に向かって言った。

ヴァンはゆっくりと彼女の足を下ろして服装を整えてやった。彼女はしばらくハアハア息をしながら横になっていた。

「その、乗ってみたいとおっしゃるのなら、いつでも喜んでお貸ししますよ。好きな時に、好きな時間だけ。どうですか？　それに、うちにはまだもう一頭黒馬がいますから」

しかし彼女は首を横に振り、曲げた首を横に振って、相変わらず雛菊を捻り合わせ綴り合わせているばかりだった。

「さてと」彼は起き上がりながら言った。「もう行かなくちゃ。さようなら、みなさん。さようなら、アーダ。あの楢の木の下にいるのはきみのお父さんだと思うんだけど、違うかな？」

「違うわ、楡の木よ」とアーダが言った。

ヴァンは芝生のむこうを見て、まるで独り言のように言った——男の子らしい自慢げな様子もかすかに含んで。

「叔父さんが読み終わったら、僕もあのツー＝ライス紙を読んでみたいな。昨日のクリケットの試合で、学校の代表選手として出場する予定になっていたんだ。ヴィーン体調不良、打席に立てず、リヴァーレーン惨敗、ってね」

＊1　シャトーブリアンの短い長篇小説。

15

ある日の午後、二人は庭の隅にある、枝がつやつやしたシャッテルの木に登っていた。ラリヴィエール女史と幼いリュセットは、雑木の気まぐれで遮られてはいるもののちょうど聞こえる範囲にいて、グレース・フープ遊びをしているところだった。ときおり、叢の上あるいは叢ごしに、目に見えないスティックからまたもう一本のスティックへと送り出され、滑走するフープがちらりと見えた。その季節では初めての蟬が何度も楽器の調律をしていた。黒に銀色が混じったスカイバブ種のリスがベンチの背もたれの上で松毬を味見していた。

青い体操服姿のヴァンは、木の叉のところまでなんとかよじ登り、敏捷な遊び友達（当然ながら、木の入り組んだ地図をはるかに熟知している）のちょうど真下に来たが、彼女の顔は見えず、まるで彼女が翅をたたんだ蝶をつかまえるときにするように、人差し指と親指で足首をつかんで無言の伝達を図った。すると彼女の剝き出しの足がすべって、二人は息を切らしながら枝の間で不恰好にもつれ合い、核果や葉が降り注ぎ、互いにつかまり合って、次の瞬間、二人がバランスらしきものを取り戻したとき、彼の無表情な顔と髪を短く刈った頭が彼女の両足の間に入って、最後の果実がドサリと落ちた――感嘆符をさかさにした点が落ちたようなものだ。彼女が身に着けていたのは、彼の腕時計と木綿のフロックだった。

(「憶えているかい?」

「ええ、もちろん、憶えているわ。あなたはここにキスしたでしょ、内側に——」

「するときみは悪魔みたいな膝で僕を締めつけだして——」

「何か支えになるものを探していたのよ」)

それは本当だったのかもしれないが、後の(それもずっと後の!)ヴァージョンでは、二人はまだ木にいて頬を紅潮させていたときに、ヴァンは唇に付いていた幼虫の巣の銀の糸を取り除き、だらしない着衣をしているのはヒステリーの一形態だと口にした。

「おっしゃいますけどね」とアーダはお気に入りの枝にまたがりながら答えた。「今じゃ誰でも知ってるとおり、ダイヤモンドの首飾り女史は、真夏の盛《ラルドゥール・ド・ラ・カニキュール》りにヒステリーの女の子がパンタレットを穿かないことになにも反対なんかしていないわよ」

「きみの真夏の盛りとやらを林檎の木と分かち合うのはごめんだね」

「これは本当は知恵の樹なの——クローリク先生の息子さんが管理と飼育の係を務めている、エデン国立公園から去年の夏に、錦にくるんで輸入された品種」

「管理だとか飼育だとか好きなようにすりゃいいけど」とヴァン(アーダの博物学講釈がずっと前から癇にさわりはじめていたのである)。「でも、絶対にイラクには林檎の木なんて生えてないだろ」

「正解よ、だけど、あれは本当の林檎の木じゃないから」

(「正解かつ不正解ね」とまたずっと後になってアーダが注釈を付けた。「たしかにその件については議論をしたけど、まだあのときには、あなたがそんなに下品な洒落を平気で言えるところまで行ってなかったはずよ。淫らさがこれっぽっちもない偶然のおかげで、最初のおずおずとしたキスをいわばまんまとせしめた時期だったんですもの！　まったく、情けないわね。おまけに、八十年前にイラクには国立公園なんかなかったし」「そのとおり」とヴァンが言った。「それに、わたしたちの果樹園にあったあの木には、毛虫はいなかったし」「そのとおりさ、幼虫ならぬ妖精のような愛しいおまえ」もうその頃には博物学も過去の遺物になっていた。）

　二人とも日記をつけていた。知恵の実を味見した直後に、おかしなことが起こった。アーダは孵化した直後にクロロホルム処理をした蝶を箱一杯に入れ、クローリク先生の家に向かう途中で、果樹園を通り抜けようとしていたとき、不意に立ち止まって声を出した（「畜生《チョールト》！」）。そしてちょうどそのときヴァンも、近くのパヴィリオン（ボーリング場などの娯楽施設があって、かつては他のヴィーン家の者たちによく使われていた）でちょっと射撃訓練をしようかと反対方向に向かって出発して、やはり急に立ち止まった。そして、みごとな偶然の一致で、二人ともおおあわてで家に戻って、各々の部屋で開けたままになっているはずの日記を隠そうとした。アーダはリュセットとブランシュの好奇心を恐れていたのだが（女家庭教師は怖くもなんともなくて、なにしろ病的なほど観察力がない）、実は勘違いだったことがわかった――最新の書き込みをした日記はちゃんと片付けてあったのだ。アーダには多少「嗅ぎまわる」癖があることを知っていたヴァンは、部屋でブランシュがすでに整えられたベッドを整えるふりをしているのを見つけ、ベッド脇のスツールには留め金を外した日記帳が置かれたままになっていた。彼はブランシュの尻を軽く叩くと、シャグリーン革装の日記をより安全な場所へと移した。それからヴァンとアーダは廊下でばったり出会い、文学史における小説技術進歩の初期段階であったならそこで口づけたところであろう。そうするとシャッテルの木のエピソードのささやかな続篇としてはぴったりだったかもしれない。実際にはそうはならずに、二人は各々の道をまた進んでいった——そしてブランシュは、思うに、私室に戻ってさめざめと泣いたのだろう。

16

二人が初めて放埒で半狂乱のような愛撫を交わすようになる前には、妙に狡猾で、こそこそと恥ずかしがるような短い期間があった。仮面を着けた暴漢はヴァンだったが、哀れな少年のふるまいを彼女が無抵抗に許容したのは、その破廉恥で怪物的ですらある本質を無言のうちに認めているように思えた。数週間経つと、求愛のこの段階をやむをえないものだったと笑って眺めるゆとりが二人にはできるようになる。とはいえまだこのときには、暗黙の前提になっている臆病さが彼女を不思議がらせ、彼を悩ませた——主な理由は、彼女が不思議がっていることを彼が痛いほどよくわかっていたからだ。

ヴァンにとって、アーダの側に処女の抵抗に近いものを目撃する機会は決してなかったものの——なにしろ、ちょっとしたことで怖がったり、潔癖すぎるような少女ではない（「わたし、這うも《ジュ・ラフォル・ド・》のだったらなんでも夢中になるの《トゥ・ス・キ・ランプ》」）、二度三度見た恐ろしい夢から、現実生活というか、少なくとも信頼するに足る生活における彼女の姿をたしかに想像することはできて、たとえば取り乱した表情で飛びのき、彼の欲望がぐらつくのもかまわず置き去りにして、女家庭教師か母親、あるいは巨漢の従僕（この家には存在しないが、夢の中では殺戮できる——尖った指輪を嵌めた拳で殴ることもできるし、血の詰まった袋みたいに穴だらけにしてやることもできる）を呼びに行き、その後ではもはやアーディス追放の運命は免れない――

（アーダの筆跡で。「潔癖すぎることはない」には断固反対。事実として不公平だし、想像としても不明瞭よ。ヴァンの余白注。すまない、プス、これはどうしても残しておかないと。）

――しかし、そのイメージを全意識からかき消そうと鼻であしらうように心がけたとしても、彼は自分のふるまいを誇らしく思えなかった。実際のアーダとの闇取引において、あんなことをあんなふうにして、あの公刊できない好感を覚えたのは、彼女の無知につけこんでいるのか、それとも、隠し事の犯人である彼が隠しているものを彼女が気づいているくせに、それを彼から隠すようにしむけているような気がしたものだ。

あれほどまでに軽やかで、あれほどまでに無言のままの、彼の柔らかな唇と彼女のさらに柔らかな肌との間に初めて接触が確立された後――あの陽光で斑になった木の高いところに登り、こっそりと木立ち聞きするのは迷子のアルディラしかいなかった――ある意味では何も変わっていないように見えたし、また別の意味ではすべてが失われたのだった。そうした接触は手触りを進化させる。触覚とは盲点なのだ。我々はシルエットで触れ合うのである。今後は、二人の他の面では怠惰な日々のある瞬間において、抑制した狂気が繰り返されるある状況で、暗黙の暗号が勃興され、二人の間にヴェールが引かれて――

（アーダ。アーディスでは今じゃほとんど絶滅種よ。ヴァン。誰が？　ああ、そのことか。）

それは、偽装の必要性からたえず愚かな疼きのレベルへと堕落してしまうものを彼が始末するまでは、決して取り外してはいけなかった。

（言うわね、ヴァンったら！）

後になってから、あの哀れを催すほどのいかがわしさについて彼女と議論したとき、欲望をあらわにして示したら彼の「小姐《アヴルニーン》」（後にブランシュがアーダのことを下卑たフランス語でこう呼ぶことになる）が、本当なのかお芝居なのか、突然激怒するのかもしれないと恐れたのかどうか、それとも陰気で姑息な戦略を取ったのは、秘かに味わわずにはいられないほど強烈で、堂々と犯すこともできないほど神聖な魅力を持った、汚れなき少女に対する憐れみと礼儀を考慮に入れたからだったのか、はっきりとわからなかった。けれども、何か変だ——それだけははっきりしていた。八十年前には嘆かわしくも猖獗を極めた、正体不明の慎みという正体不明の習わし、アルカディア並みに古色蒼然たる古のロマンスに埋もれた内気な求愛という耐えがたいほどの凡庸さ、そうしたムード、そうしたモードが、無言のまま彼が待ち伏せしたり、それを無言のまま彼女が許したりする背後に、疑いなく潜んでいたのだ。彼の用心深く細心な愛撫が始まったのは、正確にはあの夏のいつの日だったのか、記録は一切残っていない。しかし、ある瞬間には彼が背後で淫らなほどすぐそばに立っていて、熱い息をしながら唇を擦り合わせているのを彼女が勘づくと同時に、そうやって黙ったまま風変わりな近づき方をするのはきっと形もなく際限もない過去の遙か昔に始まったに違いないこと、そして、その過去においてその行為がお決まりのように繰り返されていたのを、彼女が黙認していたと認めてやらなければ、もう止めようがないことにも気づいていた。

猛暑の七月の午後には、アーダは日当たりのいい音楽室で、白い油布を敷いたテーブルのそばにある、象牙に似せた木製のひんやりしたピアノ・スツールに腰掛け、お気に入りの植物図鑑を開き、何か風変わりな花を絵具でクリーム色の紙に写生するのが好きだった。たとえば昆虫を擬態する蘭を選ぶと、それを驚くほど達者に拡大して描きはじめるのだ。また、ある種と別の種を掛け合わせ（図鑑に載ってはいないが理屈では可能）、こんなに幼くこんなに裸同然の恰好をした女の子にしてはほとんど病的とも思えるほど、奇妙なちょっとした変化やひねりを付け加えたりする。フランス窓から斜めに射し込む長い陽光が、カットガラスのタンブラーや、色に染まった水、それに錫製の絵具箱の表面で輝く――そして一方アーダは、眼状斑点や唇弁を細かく描き込みながら、熱中のあまりに口の端で舌先をくるりと巻き、太陽が見守るなか、幻想的な黒・青・褐色の髪をした少女が、今度は逆に「ヴィーナスの鏡」と呼ばれる蘭を擬態しているように見えた。ゆるやかな薄物の部屋着はたまたま背中の部分が深く切れ込んでいて、突き出た肩甲骨を前後に動かし頭を傾げながら背中を凹ませるたびに――たとえば、絵筆をしばし宙に浮かせたまま、濡れている作品の出来具合を眺めたり、左手首の外側で額にかかった髪を払いのけたりするときに――彼女の席ぎりぎりに近づいていたヴァンは、なめらかな背筋のくびれ《アンセリユール》を尾骨のところまで視線でたどり、彼女の全身から発散される熱気を吸い込むことができた。心臓をどきどきさせ、情けなくも片手をズボンのポケットに深く突っ込みながら――昂りを隠すために、十ドル金貨を六枚も入れた財布をそこにしまっていたのだ――彼は作品の上に屈み込む彼女の上に屈み込んだ。あたたかい髪と、熱いうなじに、渇いた唇をほんの軽く走らせる。それは少年がこれまでに経験した中でも、この上なく甘美で、この上なく強烈で、この上なく不思議な感覚だった。あの冬のあさましくも淋しい交渉のどこにも、この和毛のように柔らかな情愛を、この絶望的な情欲を再現するものはなかった。首筋のまんなかにある小さくて丸い歓びの核の上で永遠にとどまっていることもできたが、それは彼女が永遠に首を傾げたままでいてくれたらの話――そして、哀れな少年が狂おしさのあまりに我を忘れて身体をこすりつけることもなく、蠟のように動かなくなった唇による接触の恍惚感にそれ以上耐えることができればの話だ。剝き出しになっている耳にあざやかな朱が差し、握っている絵筆にだんだん麻痺状態が広がっていくのが、愛撫に圧力が増してきたのを彼女が感じている唯一のしるし――恐ろしいしるし――だった。無言のままで彼はこっそりと自室に引き返し、ドアに錠を掛け、タオルをつかみ、たった今置き去りにしたばかりの、手で囲った炎のように安全で輝いているイメージを呼び起こし、それを暗闇の中に運び込むのはただひたすら荒々しい手つきで捨て去るためでしかなかった。それが終わると、下半身がガクガクでふくらはぎの力も抜け、果てたままでしばらくいてから、ヴァンが陽光溢れる汚れのない部屋に戻ると、いまや汗できらきら光っている少女はまだ花の絵を描いているところだった。その驚くべき花は明るい色の蛾を擬態していて、その蛾もまたスカラベを擬態していた。

若者の情熱をどんなかたちであれ発散することが、ヴァンにとってたった一つの関心事だったとすれば、言い換えると、これが愛に一切関わり合いのないことだったとすれば、我らが若き友人は――たまさかの一夏のあいだ――ふるまいのいかがわしさと曖昧さに耐えることもできたかもしれない。しかしヴァンはアーダを愛していたので、その込み入った発散はそれじたいが終点にはなりえなかった。というよりはむしろ、分かち合えないが故に、行き止まりでしかなかった。おぞましくも覆い隠されているが故に。その先の段階で、険しい登山路の彼方に霞んで見える山頂のように、比べものにならないほど大きな陶酔感へと続いていき、それがきっと将来、アーダとの危険な関係において真の頂点になるという事態は起こりそうにないが故に。その真夏の一、二週間のあいだ、あの髪に、あの首筋に、来る日も来る日もバタフライ・キスをしたのに、唇が偶然彼女の肌にわずかばかり接触し、シャッテルの木の迷宮の中ではそれが官能的に認識されることもほとんどなかった、あの日の前日よりもさらに彼女から遠く離れてしまったようにヴァンは感じた。

しかし、自然とは動きと成長である。ある日の午後、たまたまそのとき裸足だったので、いつもより音をたてることなく、彼は音楽室にいる彼女の背後から忍び寄った――そして、振り向きながら、小さなアーダが目を閉じ、唇を彼の唇に押しつけて新鮮な薔薇のキスをしたものだから、ヴァンはすっかり有頂天になると同時に困惑した。

「あっちへ行ってちょうだい」と彼女は言った。「早く、早く、今忙しいんだから」そして彼が白痴のようにぐずぐずしていると、彼女は聖油式さながらに、彼の赤くなった額に絵筆で古代エストティの「十字の印」を切る真似をした。そして「これを終わらせないと」と付け加えながら、菫色がかった紫に染まった細い絵筆でオフリス・スコロパクスとオフリス・ウェエナエの合いの子を指し示し、「それに、もうすぐ着替えをしなくちゃいけないのよ、わたしたちの写真を撮ってくれって、マリーナがキムにたのんでるの——手をつないでにっこりしているところを」（にっこりしながら、またうしろを向いてグロテスクな花の方に戻る）。

17

書庫にあるいちばん大きな辞書には、「唇」の項目にこう記載されている。「開孔部を取り囲む一対の肉襞。」

最愛《ミレーイシイ》のエミール（とアーダはリトレ氏のことをこう呼ぶ）は、かく語る。「口腔の輪郭を形成す《パルティ・エクステリユール・エ・》る　外　面　的　肉　質　部《シャルニュ・キ・フォルム・ル・コントゥール・ド・ラ・ブーシュ》……単一の傷口の二つの縁《レ・ドゥ・ボール・デュヌ・プレ・サンプル》」（我々は単に傷口で話す。傷口が出産する）「そこは舐める部位である。《セ・ル・マンブル・キ・レーシュ》」エミールって最高！

ロシア語による小太りの百科事典には、「グバー」（唇）の意味として、古代リャースカの地方裁判所か北極湾しか挙がっていない。

二人の唇は、スタイルや色合いと肌合いの点で、ばかばかしいほど似ていた。ヴァンの上唇は、形の点で、まっすぐこちらをめがけて飛んでくる長い翼の海鳥に似ていたが、それに対して下唇のほうは、ぼってりして不機嫌そうで、普段の表情にどことなく野卑な感じを与えていた。そうした野卑さはアーダの唇の場合には見当たらないが、上唇の弓形と、尊大に突き出て不透明なピンク色をした下唇の大きさは、ヴァンの口を女声のキーで反復したものになっていた。

我らが子供たちの接吻期（延々とだらしない抱擁が続いた、とりたてて健康的ではない二週間）

のあいだ、何か奇妙な恥じらいの仕切りがあって、お互いの荒れ狂う肉体からいわば二人を切り裂いていた。しかし接触と接触に対する反応は、遠くで震動している必死の信号のように、やがては伝わるものである。果てしなく、少しずつ、こまやかに、ヴァンは唇で彼女の唇に触れ、発熱する花を前に後に、右に左に、生へ死へといたぶり、隠し隔てのない牧歌的ロマンスの軽やかな愛撫と隠された肉のおぞましい充血とのコントラストに酔いしれた。

他のキスもあった。「きみの口の中を味わってみたいんだ」と彼は言った。「小鬼ほどの大きさのガリヴァーになって、その洞窟を探検できたらなあ」

「わたしの舌を貸してあげてもいいわよ」と彼女は言って、そのとおりにした。

煮て、まだアツアツの大きな苺。彼はそれを思い切り吸い込んだ。しっかりと抱きしめて、口蓋を舐める。二人の顎がべとべとになった。「ハンカチ」と彼女は言って、あっさりと彼のズボンのポケットに手をすべり込ませたが、すぐにその手を引っ込めて、彼に自分でハンカチを取り出させた。ノーコメント。

(「なかなか気の利いたタッチだったよ」と、あのときの陶酔感と不快感を二人が思い返して、苦笑しながらも畏怖の念に打たれたとき、彼は言った。「でも、それで僕たちは多くの時間を失ったんだ――取り戻せないオパールを」)

彼は彼女の顔を学んだ。鼻、頬、顎――そのすべてに輪郭のやわらかさがあり(回想の中では、数々の形見の品やピクチャーハット、それにウィックローで買った驚くほど値段の高い高級娼婦たちと結びついている)、涙もろい讃美者なら彼女の横顔を描くのに、葦《パスカルトレッツア》*1――あの考えない人間――の青白い冠毛をすぐに想像するところだろうが、もっと子供らしく官能的な指なら、あの鼻に、頬に、顎に触れたくなるはずだし、事実そうしたのだった。追憶《リメンブランス》というものは、レンブラントに似て、色調は暗いが祝祭的なのである。追憶される人々は、その場にふさわしく盛装して、じっと座っている。記憶とは無限に続く五乗番街にあるデラックス写真館なのだ。あの日（頭の中で写真を撮った日）黒いビロードのバンドで髪を結わえていたおかげで、絹のような額と白墨で線を引いたような分け目では髪のつやがいっそう映えて見えた。髪はまっすぐ長く首筋に垂れ、その流れが肩で二手に分かれている。黒い真鍮色の流れごしに浮き上がる首筋のつやのない白さが、優美な三角形を形作っていた。

　彼女の鼻はほんの少し反っていて、反り具合を強調すればリュセットの鼻になり、ならしてしまうとサモエド犬の鼻になる。姉妹とも、大理石の死美人像を想わせる理想の美人になるには、前歯がほんの少し大きすぎるし、下唇がふっくらしすぎていた。それにいつも鼻づまりを起こしているので、どちらも（とりわけ後になって、二人が十五歳と十二歳のとき）横顔が少し夢見るようでぼうっとしているように見えた。アーダ（十二歳、十六歳、二十歳、三十三歳など）の肌のつやのない白さは、リュセット（八歳、十二歳、十六歳、二十五歳、終）の黄金色のつやとは比べものにならないほど珍しかった。どちらの場合も、長く糸を引いたような喉の線はマリーナから直接受け継いだものであり、知るすべもなく言葉に表すすべもない約束で感覚を刺激するのだった（母親はその約束を守らなかった）。

　目。アーダの濃い褐色の目。いったい（アーダがたずねる）目とは何かしら？　生きている仮面に空いた二つの穴。いったい（彼女がたずねる）別の血球や乳泡から生まれ、視覚器官も（たとえば）体内に寄生して、「棘」という漢字に似ているような生き物にとって、目とはどんな意味があるのかしら？　いったい、一対の美しい（人間の、狐猿《キツネザル》の、梟の）目があっても、それがタクシーの後部座席に転がっていたとしたら、何の役に立つのかしら？　しかし私はおまえの目を描写しなくてはならない。虹彩——黒褐色で、真剣な瞳のまわりには、琥珀色の塵または輻が同じ間隔で時間を刻むダイヤル配列で並んでいる。瞼——襞のよう《フ・スクラーダチク》（ロシア語では彼女の愛称の対格形と韻を踏む）。眼形——けだるい。ウィックローの娼館の女主人は、黒いみぞれが降ったあの悪魔的な夜、私の人生のなかで最も悲劇的かつ、ほとんど致命的なあの時点で（ヴァンは現在、なんと九十歳——アーダの筆跡）、彼女の哀れで愛おしい孫娘の「切れ長の目」について、妙に力を込めて語ったものだった。私はどれほど執拗な苦悩に苛まれながら、世界中のありとあらゆる娼館を訪ね、忘れられない愛しい人の痕跡と面影をしきりに追い求めたことだろうか！

彼は彼女の手を発見した（爪を噛む癖は忘れることにしよう）。手根骨のペーソス、思わずひざまずきたくなるような、涙が溢れて霞みそうになるような、やむことのない憧憬で苦しくなるような、指節骨の気品。彼は死にかけの医者のように彼女の手首をとった。静かな狂人である彼は、ブルネットの前腕に陰影をつけているかすかな産毛の平行線を愛撫した。そして指関節に戻る。さあ、指を見せてもらえますか。

「わたしはセンチメンタルなの」と彼女は言った。「コアラの解剖なら平気だけど、コアラの赤ちゃんはだめ。わたしが好きな言葉はダモゼル、エグランタイン、エレガント。わたしの長くて白い手にキスしてくれるあなたが大好き」

彼女の左手の甲には、彼の右手にあるのと同じ小さな褐色の痣があった。彼女が言うには——隠し立てして言ったのか、それとも軽はずみに言ったのか——それはきっと、マリーナから譲り受けたものに違いないとのことで、マリーナはちょうど同じ場所にある生まれつきの痣を、何年も前、恋していた下種野郎にそれが南京虫に似てると言われて、手術で切除してしまったという。

とても静かな午後には、二時二分《トゥー・トゥー》発トゥールーズ行きの列車がトンネル前にたてるトゥーッという音が、丘からこだまとなって返ってくるのが聞こえる。
「下種野郎というのはきつすぎるんじゃないか」とヴァンが言った。
「愛称のつもりで使ったのよ」
「それにしても。その男は誰だか、たぶん知ってると思うな。ウィットはあっても心はない男、それはたしかだ」

彼が見守るなか、施しを求めるジプシーの手のひらは長寿を求める施し主の手のひらに溶けて変わる。（いつになったら映画製作者たちは、私たちが到達した段階まで到達するんだろう?）樺の木の下で緑色の陽光を浴びて瞬きしながら、アーダは情熱的な占い師に向かって、これまた無垢な女の子であるツルゲーネフのカーチャ[*2]にもある、手のひらの丸い斑模様は、カリフォルニアでは「ワルツ」と呼ばれているのだと説明した（「なぜならセニョリータは一晩中踊り明かすから」）。

十二歳の誕生日に、アーダは爪を嚙むのをやめた（足の爪はやめなかった）が、これは一大決意の結果だった（二十年後に煙草をやめたときも）。なるほど、その埋め合わせを列挙しようと思えばできる——たとえば、クレクス・シャトーブリアンディ・ブラウンが飛ばないクリスマスに、甘い罪の誘惑に負けてしまうのがそうだ。今度こそはと新たな誓いを大晦日にたてることになったのは、アーダの指先にフランス辛子を塗って、そのまわりにウールでできた緑、黄、橙、赤、ピンクの頭巾をくくりつけますよとラリヴィエール女史が脅したからだ（黄色の人差し指とはおみごと《トルヴァイユ》）。

誕生日のピクニックの直後、可愛い恋人の手にキスすることがヴァンにとって愛着になったときに、彼女の爪はまだどちらかと言えば角張っていたが、当地の子供たちが真夏に体験するあの身悶えするような痒みに対処できるほど強くなっていた。

七月の最後の週になると悪魔のような正確さで決まって現れるのが、シャトーブリアンの蚊の雌である。シャトーブリアン（シャルル）とは、その蚊に初めて刺された人間ではなく……しかしこの憎い奴を初めて瓶に入れた人間で、仕返ししてやったという興奮の叫び声をあげながらブラウン教授のところに持っていくと、教授はいささかいい加減な原記載を書いた（「小さな黒い触肢……透明な翅……灯りの加減では黄色っぽく……窓を開けっ放しにするなら灯りは消しておくこと「印刷業者はドイツ人！」……」ボストン昆虫学会誌八月号、たいした速攻ぶり、一八四〇年）、パリとターニュの間に生まれた偉大なる詩人にして回想記作者とはなんの関係もない（そうだったらよかったのに、と蘭の交配が好きなアーダ[*3]が言った）。

我が子よ、我が妹よ
ターニュにありし楢の
太い幹を想え
山を想え
甘美さを想え――
Mon enfant, ma sœur,
Songe à l'épaisseur
Du grand chêne à Tagne;
Songe à la montagne,
Songe à la douceur —

――アーダとアーデリアの血、リュセットとルシールの（痒みで倍になった）血に対する飽くことのないむこう見ずな欲が特徴となった、綿毛が付いているような足をした昆虫が訪れた場所を、鉤爪もしくは爪で掻く甘美さを。

この「害虫」は不意に現れて不意に消えてしまう。剝き出しになった可愛い腕や足に、羽音の前ぶれもなく、いわばうっとりした沈黙のうちに蚊がとまり――それと比べれば、まったく地獄のような口吻をいきなり突き刺すのは、軍楽隊のシンバルがガシャーンと鳴る音に似てくる。刺されてから五分たって、黄昏の中、ポーチの階段と蟋蟀《コオロギ》が狂ったような音をたてている庭の中途で、燃えるような痒みが始まり、強健な者や冷静な者なら無視するが（せいぜい続いてたったの一時間だと踏んでいる）、弱い者、愛らしい者、艶かしい者ならここぞとばかりに掻いて掻いて一心不倫に*4（学食の流行語）掻きむしることになる。「いい気持《スラート》ち！《カ》」とプーシキンはユーコン地方に出現する別の種に関してこう叫ぶのがつねであったとか。誕生日の翌週、アーダの不幸な爪は石榴石色に染まったままで、とりわけ恍惚感のうちに無我夢中になって掻いた後のこと、血が脛を文字どおり滴り落ちていた――残念な光景だ、と心穏やかならぬ彼女の讃美者は独り言ちたが、それと同時に破廉恥にも魅了された――なぜなら我々は奇妙な世界の訪問者であり探検者であるからだ、当然、当然ではないか。

ヴァンの目には刺激的なほど繊細で、蚊の針にはあまりにも無抵抗に見えるアーダの青白い肌は、意外にも一反のサマルカンド絹のように丈夫で、自ら肌を摩耗させようとする度重なる試みにも耐えていたが、ヴァンが度を超したキスの最中にもう目撃しはじめていたように、エロティックな恍惚状態でアーダの黒い目にヴェールがかかったようになり、唇は開き、大きな歯が唾で上塗りされると、アーダは珍しい昆虫に刺されてできたピンク色のふくらみを五本の指で掻きむしるのだった――というのも、これは本当にきわめて珍しく興味深い蚊なのであり（記載したのは――まったく同時ではないが――二人の怒れる老人で、二着になったフィラデルフィアの鱗翅類学者ブラウンはボストンの教授よりはるかに優秀だった）、愛しい人が柔肌の渇きを癒そうとして、最初は真珠色、それからルビー色の縞を魅惑の足に残し、ほんの短いあいだ薬で鎮静されたような至福状態を得て、そこへまた、まるで真空へと流れ込むように、猛烈な痒さが新たな力を蓄えて雪崩込んでくる、そんな光景は珍しくもありかつ見とれてしまうものだった。

「いいか」とヴァン。「僕が一、二、三と数えても、きみが今すぐにやめなかったら、このナイフを開くからな」（ナイフを開く）「そして僕の足を切り裂いて、きみの足といい勝負にするから。ああ、お願いだ、きみの指の爪を食いちぎってくれ！　それだけはよしてくれ」

おそらくヴァンの血流は苦さに満ちたものだったので――あの喜びに満ちた日々ですらそうだった――シャトーブリアンの蚊は彼なんかに目もくれなかった。今日では、より涼しい気候と、コネチカット州カルーガやペンシルヴァニア州ルガーノの近辺同様、ラドール地域の美しく豊かな沼地を愚かにも排水工事したせいで、この蚊は絶滅に瀕しているようだ。（ぜんぶ雌ばかりの少数のサンプルが、運のいい捕獲者の血もそっくりそのまま、前述の生息地からすっかり離れた秘密の場所に最近集められたと聞いたわ。アーダの注。）

＊1　パスカルに scaltrezza（イタリア語で「機智」）および treza（プロヴァンス語で「穂状花序」）を加えたこの洒落では、フランス語の pas が彼の有名な言葉「人間は考える葦である」で roseau「葦」が pensant「考える」のを打ち消している。

＊2　ツルゲーネフの『父と子』に出てくる純情娘。
＊3　ここで彼女はボードレールとシャトーブリアンという二人のフランス作家を交配している。
＊4　学校の食堂で出されるスクランペット（クランペット）への言及。

18

耳喇叭期のみならず――ヴァンに言わせれば「もう、もう、もうロク時」――二人の青春時代(一八八四年夏)でもいっそうのこと、二人の愛の過去における進化(一八八四年夏)や、啓示を受けた初期段階、そして空白の多い時間記述における気まぐれな食い違いをはっきりさせることに、二人は学問的興奮を求めた。彼女が日記を数頁――主に植物学と昆虫学に関するもの――しか残していなかったのは、読み返してみると語り口が嘘くさくて凝りすぎのように思えたからである。彼が日記をすべて廃棄していたのは、不用意で偽物のシニシズムが混ざった、ぎこちない学生風の文体のせいである。こうして二人は口承や、共通する記憶の相互修正にたよらざるをえなかった。「それで、憶えてる、ほら[And do you remember/a tï pomnish' /et te souviens-tu]」(いつも決まってこの結尾を思わせる「それで」が付いていて、ちぎれた首飾りに通すビーズ玉を導入する)という文句は、真剣な議論の中で、二人が新たに文章を起こす場合の標準的な仕掛けになった。カレンダーの日付が議論され、出来事の順序が篩にかけられては古いほうへ移され、センチメンタルなメモが互いに見せ合われ、優柔不断や決断が熱を込めて分析された。二人の回想がところどころ一致しなかったとしても、個々の気質というよりはむしろ性別の故であることが多かった。二人とも人生の幼い失策によって道を逸らされたし、時間の智慧によって悲しみを味わわせられた。アーダはこうした初期段階をきわめて緩慢で散漫な成長と見なし、その成長は不自然かもしれないし、おそらく独特ではあっても、獣じみた衝動や恥辱感の衝撃を一切排除したなめらかな展開ぶりがとても楽しいと思いがちだった。ヴァンの記憶がついつい選び出してしまうのは個々のエピソードで、それは唐突で痛切な、ときには悔いの残る肉体的スリルが永遠に焼き付けられたものだった。彼女が予期も求めもしなかったのにたどりついた飽くことのない快感を、ヴァンが体験したのも、彼女が快感を得た頃になってようやくのことではなかったかという印象をアーダは持っていた。つまり、何週間も愛撫を積み重ねてからのことである。快感に対する生理的な反応を、以前にふけったことがあり、個人の幸せの栄光と風味にはほとんど無関係な、子供の頃の習慣に近いものだと彼女はお嬢様らしく退けてしまった。ヴァンはそれとは反対に、二人が恋人どうしになる以前に彼女には隠していた非公式の痙攣をすべて数え上げることができたばかりか、自慰の強烈な力と互いに契り交わした愛の圧倒的なやわらかさとの、哲学的かつ道徳的な区別を強調することもできた。

我々が以前の自分を思い出そうとすると、そこには決まって小さな人影がいて、長い影がまるで遅れてきてたよりなさげな訪問者のように、非の打ち所がなく狭まっていく廊下の遠い端にある灯りのついた敷居で立ち止まる。アーダがそこに見た自分の姿は、汚れてしまった花束を持っている、びっくりしたような目つきのみなしごだった。ヴァンがそこに見た自分の姿は、不恰好な蹄をして曖昧な排気管を手にした、たちの悪そうな若いサテュロスだった。「でもあのときはほんの十二歳だったから」とアーダは何か淫らな話題が持ち出されるとそう叫ぶのだった。「こっちは十五歳だったからな」とヴァンは悲しげに言った。

それでお嬢様は憶えているかしら、と彼はポケットから隠喩的にメモを取り出しながらたずねる、内気な若い「いとこ」（二人の戸籍上の関係）が、何層ものリンネルとウールに品位を保って包まれていて、お嬢様と接触しているわけではなくても、彼女の目の前にいると肉体的に興奮しているのに思い至った、まさしく初めてのときのことを？

率直に言ってノーよ、憶えていない、と彼女は言った――それどころか、憶えていられるわけがない――なぜなら、十一歳のとき、ウォルター・ダニエル・ヴィーンが「日・印、秘、版画集」とラベルが貼られているのが硝子扉ごしにはっきり見えるものを保管しているキャビネットを、家中の鍵を使って開けようとしたことが数え切れないくらいあったのに（その秘密の鍵を、ヴァンは瞬く間に見つけてやった――切妻壁の裏に紐でぶら下げてあったのだ）、まだ人間の交接方法についてはかなり漠然としていたからだ。観察力はもちろん優れていたし、さまざまな昆虫が交尾中《イン・コープラ》のところを仔細に調べたこともあるが、問題の期間には、哺乳類の雄の雄らしさのはっきりとした実例はめったに目にしなかったし、それが性機能という観念あるいは可能性に結びつかないままだった（例を挙げると、一八八三年、初めて通った学校で、ときどき女子便所で小便をしていた黒人用務員の息子の、やわらかそうに見えるベージュ色の突起物を眺めたときがそうだ）。

それよりまだ以前に観察した他の二つの現象は、愚かしいほど誤解を招くものだった。九歳の頃だったに違いないが、さる年配の紳士が（高名な画家であり、名前を明かすことができないし、明かすつもりもない）夕食に招かれてアーディス・ホールを訪れたことが数度ある。彼女の絵の先生であるミス・ウィンターグリーンはこの画家を大変尊敬していたが、実のところ、彼女の静物《ナチュール・モルト》画のほうが令名高い食わせ者の作品よりはるかに優れているという評価を受けていて（一八八八年および一九五八年にも）、この画家の十八番は小さな裸婦を決まって背後から描くことだった――無花果《イチジク》を摘んでいる、桃のような尻をしたニンフェットが背伸びするポーズ、あるいは岩

場をよじ登るガールスカウトたちが、はちきれそうなショーツ姿で──

「それは知ってるよ」とヴァンが怒って口をはさんだ。「誰のことを言ってるか、たとえ優美な才能が今日では不評を買っているとしても、ポール・J・ギグマンには学校の女の子やプールの女の子を好きな角度から描く歴とした権利がある、と記録に残しておこう。先を続けてくれないか」

毎回（とアーダは顔色一つ変えずに言った）ピッグ・ピグメントがやってきたときには、足音をたて、鼻息をならし、はあはあ言いながら階段を上り、あの太古の亡霊、大理石の客さながら徐々に近づいてきて、彼女を求め、大理石には似つかぬかぼそい、震える声で彼女の名前を叫ぶのを聞くと、彼女は縮みあがったものだった。

「爺さんもかわいそうに」とヴァンはつぶやいた。

彼の接触方法は、彼女が言うには、「この主題にアプローチするのだから《ピュイス・コナボルド・ス・テーム・ラ》、気分を害するような比較をするつもりはまったくない」けれど、彼女が何かを取ろうと手を伸ばすところを手伝ってあげようと、しつこく言うことだった──それは何でもよくて、彼が持ってきたささやかなプレゼントでも、ボンボンでも、あるいは単に彼が育児室の床から拾って壁の高いところに吊るした古い玩具でもいいし、クリスマスツリーで青く燃えているピンク色の蠟燭を吹き消してごらんと命じることもあり、小声で拒んでも画家は彼女の肘をつかんで持ち上げ、ゆっくりと時間をかけて、押したり、うなったり、いやあ、なんてきみは重たくて可愛いんだろうね、と言ったりする──それが延々と続いた後、ようやく夕食を知らせる銅鑼が鳴り響いたり、乳母がフルーツジュースのグラスを持って入ってきたりすると、いんちきな高い高いの途中で、彼女のちっちゃなお尻がやっと画家が着けているパチパチと糊の利いた雪白の胸当てへとたどりつき、彼が彼女を手放して、タキシードのボタンを留め直したときには、本当に関係者一同がほっとしたものだった。それで他にも憶えているのは――

「ばかげた誇張のしすぎだよ」とヴァンがコメントした。「おまけに、思うに、ずっと後になってから明らかになる後の出来事というランプの灯りの中で、人工的に再着色されている

他にも憶えているのは、思い出すだけで恥ずかしいほど顔が赤くなるが、かわいそうなピッグは心がひどく病んでいて「動脈が硬くなっている」のだと誰かが言ったときのことで、ともかく彼女にはそう聞こえ、もしかしたら「心が頑なになっている」だったかもしれない。しかし彼女はそのときですら、動脈がびっくりするほど長く伸びることも知っていて、それは黒馬のドロンゴが荒野のまんなかで、雛菊が一斉に見守るなか、そこの異変にすっかりしょげてばつが悪そうにしているのを見たことがあったのだ。たぶん、と悪戯っぽいアーダは言った（どれほど本心を語っていたのかは別問題）、ドロンゴの下腹部から、仔馬が黒いゴムのような片足を出してぶら下がっているのだと思ったが、それはドロンゴが牝馬ではなく、大好きな挿絵に出てくるカンガルーが持っているような袋を持っていないことがわからなかったせいで、後になって英国人の乳母にドロンゴがひどく病気なのだという説明を受けて、すべて納得が行ったという。

「なるほど」とヴァンが言った。「実に興味津々だな。でも僕が考えていたのは、僕も病気の豚か馬じゃないかときみが疑ったかもしれない、最初のときのことだ。思い返せば」と彼は続けた。「丸い薔薇色の灯りの中に丸いテーブルが置かれていて、きみは僕の横で椅子の上に膝を突いている。僕は椅子のふくらんだ肘掛けに腰を下ろし、きみはトランプで家を組み立てていて、きみの一挙一動は、もちろん、まるで夢遊病にかかっているみたいに拡大され、夢の中のように緩慢でも油断は一切なく、僕はきみのあらわな腕の女の子らしい匂いと、今では流行の香水が台無しにしてしまった、髪の匂いにすっかり酔いしれていた。この出来事の日付は六月十日頃だと思う――初めて

アーディスに着いてから、一週間と経たない雨の夜のことだ」

「トランプなら憶えているわ」と彼女が言った。「それに灯りも雨の音も――それからあなたが着ていた青いカシミアのセーターも――でも他にはなにも憶えていない、変だったり下品だったりすることは何も、それは後の話ね。それに、お嬢様の匂いを殿方《レ・メッシュー・ユーム》が吸い込むというのは、フランスの恋愛小説の中でしか起こらないこと」

「実を言うと、きみがデリケートな作業にいそしんでいるあいだに、僕はそうしたんだ。触覚の魔法。無限の忍耐。重力に忍び寄る指先。ひどく噛んだ爪。こんなメモばかりですまない、かさばってねばつく欲望の不快感を、本当にどうやって表現したらいいのかわからないんだ。つまり、カードの城が崩れたら、きみが降参という水しぶきをあげるロシア人風の仕草をして、僕の手の上に座り込むのを期待していたのさ」

「城じゃないわ。あれはポンペイの館で、お屋敷の内にはモザイクや絵画が飾ってあるの、お爺様の古い賭博用のトランプから絵札だけ抜き出して使っていたから。あなたの熱くて硬い手の上に、わたし座り込んだのかしら？」

「開いた手のひらの上にね。楽園の襞だな。きみはしばらくじっとして、僕の手のひらのカップにぴったり嵌っていた。それから手足を整え直して、またひざまずいたんだ」

「さっ、さっ、さっと、平たいピカピカのカードを集め直して、またカードの家を、またゆっくり作るため？　わたしたちって、とんでもなく堕落してたんじゃないの？」

「頭のいい子はみんな堕落しているのさ。これはきみも間違いなく憶えてると思うけど――」

「あのときじゃなくて、林檎の木、それからあなたがわたしの首筋や、その他あらゆるところ《エ・トゥー・ル・レスト》にキスしたときのこと。それから――待ってました《ズドラーストヴィチェ》、これぞクライマックス《アパフィオース》、燃える納屋の夜！」

19

古色蒼然とした謎々のようなもの（古薔薇叢書所収のストープチン夫人著*1『ソフィの詭弁《レ・ソフィスム・ド・ソフィ》』）。燃える納屋が屋根裏部屋より前だったかそれとも屋根裏部屋が最初だったか。あら、最初よ！　火事が始まったときには、もうわたしたちはずっと前からキスを許されるいとこ同士だったんですもの。事実、わたしは唇がひびわれて、ラドールからシャトー・ベニェのコールドクリームを入手していたところだったし。そして、私たちは別々の部屋で寝ているところを、火事だ《オー・フー》！　という彼女の叫び声で起こされた。七月二八日？　それとも八月四日？

　叫んだのは誰？　ストープチンが叫んだの？　ラリヴィエールが叫んだの？　ラリヴィエール？　答えて！　納屋が燃えてい《フランベ》ると叫んだのは？

　いや、彼女はゴウゴウと燃えていた――じゃなかった、グウグウと寝ていたよ。きっとあの娘だ、とヴァンが言う、手にマニキュアをしたあの女中、目に化粧するのにきみの水彩絵具を使っていた、というのがラリヴィエールの話で、彼女やブランシュにありもしない罪をなすりつけていたな。

　なるほど、そうだったのか！　でもマリーナのかわいそうなフレンチじゃない――やはり間抜けなブランシュよ。そうだわ、彼女はあわてて廊下を走ってきて、大階段のところで白毛皮のふち飾りが付いたスリッパを失くしたんだわ、英語版の灰娘《アシェット》[*2]みたいに。

「で、あなたは憶えているかしら、ヴァン、どれほどあの夜が蒸し暑かったか」

「決まってるじゃないか《イィショー・ブィ》！　あの夜は瞬きのせいで――」

あの夜は、就寝用の園亭の黒いハート形をした葉叢ごしに、遠くの幕光がまぶしく瞬いていたせいで、ヴァンは二本の百合の木をあきらめて自分の部屋へ寝に戻った。家の中の大騒動と女中のために、珍しい、目もくらむような、ドラマティックな夢をせっかく見ていたのに邪魔が入ってしまったが、中身が何だったのかは後になると思い出すことができず、大事に取ってある宝石箱の中にまだしまったままになっていた。いつものように素っ裸の恰好で寝ていたので、パンツを穿くべきか、それともタータンの膝掛けに身をくるむべきかと躊躇した。彼は第二のコースを選択し、マッチ箱をかたかたと振って、ベッド脇の蠟燭に火をつけ、アーダと幼虫の大群を助けにいこうとすばやく部屋を出ていった。廊下は暗く、どこかでダックスフントがキャンキャン吠えていた。次第に収まってきた叫び声を拾い集めてみたところ、どうやら燃えているのは、俗に「納言の納屋」と呼ばれる、三マイル離れたところにあるお気に入りの大きな建物らしいとヴァンは判断した。もし季節の終わりに火事が起こったのなら、五十頭の牛は干し草抜きで、ラリヴィエールはお昼のコーヒークリーム抜きになるところだった。ヴァンは軽んじられた気分になった。わしを置き去りにして、みんな出て行ってしまった、と『桜の園』の結末で老僕フィールスがつぶやくような気分だ（マリーナはラネフスキイ夫人にうってつけ）。

タータンをトーガのように巻きつけ、彼は黒い分身と連れ立って、書庫に通じる補助用螺旋階段を降りていった。窓の下にある毛羽立ったソファに剝き出しの膝を突くと、ヴァンは赤色の重いカーテンを開けた。

葉巻をくわえたダン叔父と、番犬どもをからかうダックをしっかり抱いている、ネッカチーフを巻いたマリーナが、伸ばした腕と揺れる角灯の合間を縫って、ラナバウト式小型車で——消防車みたいに真っ赤！——ちょうど出発するところだったが、車寄せのジャリジャリ軋むカーヴのところで、三人のフランス人女中をうしろに《アン・クループ》乗せて馬にまたがった三人の従僕に追い越されてしまった。屋敷の使用人たちはみな、火事（我々が住む、湿気て無風の地帯ではめったにない出来事）を見物に出かけてしまったらしく、入手可能あるいは想像可能なありとあらゆる乗り物を使った。四輪馬車《テレガ》、索道車、陸船車、タンデム式自転車、さらには時計仕掛けの荷車で、これは発明者であるエラスムス・ヴィーンを追悼して駅長が遺族に贈ったものだ。女家庭教師だけが（ヴァンではなく、アーダがもうそのときには気づいていたように）騒ぎのあいだじゅうぐっすりと眠り込んでいて、ヒューヒューガーガーと鼾をかき、隣の古い育児室では、幼いリュセットが目を覚まして横になったまましばらくじっとしていたが、夢の後を追いかけて最後の家具運搬用ヴァンに飛び乗った。

ヴァンは見晴らし窓のところで膝を突いたまま、葉巻の血走った目が後退して消えて行くのを見守った。その多発的出発は……代わりに続けて。

その多発的出発は、ほとんど亜熱帯と呼ぶべきアーディスの星を鏤めた天空を背景にすると実に壮観で、黒い木々のすきまは、納屋が燃えている現場あたりの遠いフラミンゴ色の火照りで薄く染められていた。そこにたどりつこうと思うと大きな貯水池をぐるっとまわる必要があり、冒険好きな馬丁か配膳係が水上スキーを履いたり、ロブ・ロイのカヌーに乗ったり、筏を使ったりしてそこを渡ろうとするたびに、あちらこちらで鱗のような光が散るのが見分けられた——筏でできる典型的な波紋で、日本の火蛇そっくりだ。そして今、前後に付いている車のランプの動きを芸術家の目で追うと、矩形をした湖の辺ABに沿って東に進み、頂点Bに達したところで急に向きを変え、短辺をのろのろと上がっていってから今度は西に向かって這い、姿も霞んでかすかな点となり、対辺の中間点まで来ると、北に大きくカーヴを切って見えなくなってしまった。

最後の二人となった料理番と夜警が、舵棒をおっ立てて手招きしているような、馬のいない二輪馬車か調教車（それとも人力車だったか？　ダン叔父は日本人の従僕を雇っていたことがある）の方へと芝生を小走りに横切ろうとしたとき、インクを流したような灌木のちょうどそこに、ナイトガウン姿のアーダが片手に火のついた蠟燭、もう片手に靴の片方を持って、まるで遅れた拝火教徒たちの後をこっそりついていくみたいに通り過ぎるのを見て、ヴァンは喜ぶと同時に驚いた。しかしそれは硝子に映った影にすぎなかった。彼女は見つけた靴を屑籠に放り込むと、ソファのところにいるヴァンに加わった。

「何か見える、ねえ、見える？」と黒髪の子供が何度もたずね、好奇心満々で顔を輝かせながら覗き込むと、彼女の琥珀のような黒い目の中で百もの納屋が炎上していた。彼は蠟燭を取り上げ、窓際のそれより長い自分の蠟燭のそばに置いた。「あなた裸なのね、ひどく下品」と彼女は見もしないで言って、その言葉にはなんの抑揚も非難めいた調子もなかったが、スコットランド人ラムセスたる彼ははだけたマントを締め直し、その横に彼女が膝を突いた。二人とも、窓枠で区切られたロマンティックな夜景画をしばらく眺めた。彼は彼女を愛撫しはじめていて、震えながら、じっと前を見つめたまま、盲人の指先でバチスト生地ごしに背骨の窪みをたどっていた。

「ほら、ジプシー」と彼女はささやいて、三つの人影を指さした――男が二人、そのうちの一人は梯子を持っていて、それから子供か小人が一人――辺りをうかがいながら、灰色の芝生を横切っている。彼らは蠟燭で照らされた窓を見るとすばやく逃げ出したが、背丈の低いのはまるで写真を撮るように後ずさり《ア・ルキュロン》していった。

「わざと家に残っていたの、あなたもそうだったらいいなと思ったから——人為的な偶然ってことかしら」と彼女は言った、もしくはそう言ったはずだと後になって彼女は言った——そのあいだも彼はなだらかな髪を撫でつづけ、ネグリジェをもみくちゃにしつづけたが、まだ手を下から差し込んでたくし上げるところまでは大胆になれず、その代わりに尻をこねまわすほどには大胆になって、とうとう、歯のすきまからかすかな音をたてながら、まるでカードの城が燃え落ちるように、彼女は踵の上に、そして彼の手の上にへたり込んだ。彼女が振り向くと、次の瞬間もう彼はあらわになった肩に口づけ、並んでいた列の背後にいたあの兵士みたいに身体を押しつけていた。

その男の話を聞いたのは初めてだな。私の前には老ニンフォボトムス氏しかいなかったとばっかり思い込んでいたよ。

前の年の春。町に出かけたとき。フランス演劇のマチネで。女史が切符を置き忘れてたの。あの哀れな男は、きっと「タルチュフ」が娼婦かストリッパーだと勘違いしたのね。

それはそんなに間抜けでもなかったわけだ、本当は《スキ・ネ・パ・シ・ベート・フォン》。わかった。あの燃える納屋の場面で——

え？

なんでもない。先を続けて。

ねえ、ヴァン、あの夜、わたしたちは蠟燭の灯りの中で並んでひざまずき、まるでひどく下手な絵に出てくる「祈る子供たち」みたいに、かすかに皺が寄っている、かつては樹上動物だった足の裏を二対見せていた——それに気づいたのは、クリスマスカードをもらう「おばあちゃん」じゃなくて、驚いてにんまりしている「蛇」なんだけど、あの瞬間に、ちょっとした純粋に科学的な情報をたずねたくてたまらなくなったのを憶えているわ、というのも、横をちらっと見たら——

今はだめだよ、ちょうど今は見られたものじゃないし、しばらくしたらもっとひどくなる（とか、だいたいそんなことを言った)。

彼女は本当にまったくの無知で、もう炎の色も失せた夜空みたいに純粋なのか、それとも何もかも経験していて、わざと知らん顔でゲームをする作戦に出ているのか、ヴァンは決めかねた。まあ、どちらだってかまわない。

ちょっと待って、今はだめだよ、と半分くぐもった苦しい声でヴァンが答えた。

彼女は食い下がった。ねえー、訊かせて、ねえー、教えて——

彼は肉付きのいい褶襞——我らが情熱的な兄妹の場合なら、肉の部具《パルチ・トレ・シャルニュー》——で、なめらかに流れ落ちる、(今みたいに頭をのけぞらせているときには)ほとんど下腹部までかかった黒い絹のような髪を愛撫し左右に分け開き、ベッドのぬくもりが残っている頸板状筋までたどりつこうとした。(ここでも他のところでも、他にも似たような一節があるけど、そこそこ綺麗な文体を、精神科医が学生時代に習って憶えている、漠然とした解剖学用語で染みをつけて汚してしまうなんて、余計なことじゃないの。後年のアーダの筆跡。)

「ねえー、訊かせて」ヴァンの貪欲な唇が青白く燃えているゴールに達したとき、彼女はそう繰り返した。

「訊かせてほしいの」と彼女ははっきり言ったが、すっかり我を忘れた状態でもあり、それというのも彼の勝手気ままな手のひらがもぞもぞと腋の下までたどりつき、親指が小さな乳首に触れていて、口蓋が疼くような感じだったからだ。ジョージ王朝時代の小説に出てくる、女中を呼ぶための鈴みたい——エレットリチタの存在なしには想像がつかない——

(反対。だめよ。その言葉はリトアニア語でもラテン語でも禁止。アーダの注。)

「——訊かせて……」

「じゃあ訊けよ」とヴァンが声をあげた。「その代わり、なにもかも台無しにしないでくれよ」

(きみを貪っているとか、きみに悶えているとか)

「それじゃ、どうして」と彼女は訊いた(要求した、問い質した、片方の炎がパチパチと音をたて、クッションが一つ床の上に落ちた)。「どうしてあなたはそこがそんなに太くて硬くなってるの、あなたが――」

「なってるってどこが? 僕が何って?」

そこで機知的かつ触知的に説明しようとして、彼女は彼の身体でベリーダンスを踊ったが、まだ辛うじてひざまずいている恰好で、長い髪が邪魔をして、片方の目は彼の耳を覗き込んでいた(もうこのときには、二人の相互体位関係がややこしいことになっている)。

「もう一回!」と彼は、まるで彼女が遠くにいる、暗い窓の中の影みたいに叫んだ。

「すぐに見せてちょうだい」とアーダはきっぱり言った。

彼がその場しのぎのキルトを脱ぎ捨てると、彼女の声の調子がたちまち変化した。

「あらまあ」と彼女は子供が子供に向かって言うように言った。「すっかり皮が剝けて赤くなってる。痛いの? ひどく痛い?」

「早く触って」と彼は嘆願した。

「かわいそうに、ヴァン」猫や、芋虫や、蛹になる幼虫に向かって話しかけるときにこのやさしい女の子が使う、かよわい声で彼女は続けた。「ええ、きっとひりひりするのね、もし触ったら痛みがやわらぐかしら、そう思う?」

「決まってるさ」とヴァン。「ばかもいい加減にしてくれ《オ・ネ・パ・ベート・ア・ス・ボアン》」(口語で粗野な言葉)

「起伏地図ね」とお茶目なおすましやさんが言った。「アフリカの河」彼女の人差し指が青ナイルを上流へたどって密林の中にもぐり、また河口へと旅をした。「これ何？ 赤茸の笠でもこんなにすべすべしてないわ。それよりも」（歴然とおしゃべりになって）「連想するのはゼラニウムというかペラルゴニウムの花ね」

「ええいもう、もちろんじゃないか」とヴァン。

「この手触り大好き、ヴァン、最高！ 本当に！」

「ぎゅっとつかんでくれ、ばかだな、僕が死にかけてるのがわからないのか」

　しかし我らが若き植物学者は、このモノをしかるべく手当てするにはどうすればいいか、皆目見当がつかなかった――そして今や極まったヴァンは、ネグリジェの裾に荒々しくそれを押しつけ、思わずうめき声をあげたかと思うと、悦楽の雫に溶けてしまった。

　彼女は愕然として下を見た。

「きみが考えているようなものじゃないよ」とヴァンは落ちついて言った。「これは小水じゃない。本当は草の樹液みたいにきれいなんだ。さて、ツイニナイルヲ鎮圧セリマルスピーク*3」

（ヴァン、どうしてあなたは、わたしたちの詩的で独特な過去を薄汚い笑劇に変えようと骨を折っているのかしら？ 正直に言うとね、ヴァン！ いや、私は正直だよ、事実はそういうものだったんだから。わたしは自分の立場がはっきりわかっていなくて、それであんなに生意気だったり生笑いしたりしたの。まあ、きみは勝手に言うがいい《パルレ・プール・ヴー》。私はね、アフリカの奥地へ、世界の果てへと旅をするあの有名な指先は、ずっと後になってからのこと、その旅程をすっかり暗唱できるくらいになっていたときのことだと断言できる。残念ながら間違いだ――もし記憶が同じだったら、別々の人間だということにはならない。事実はそういうものさ。でも、わたしたちは「別々」じゃない！考えることと夢を見ることとは、フランス語だと一緒よ。あの甘美さ《ドゥスール》のことを考えてよ、ヴァン！

もちろん、考えているさ、私は——あのときはただひたすらに甘美《ドゥスール》だったよ、愛しい我が妹、愛しい我が脚韻。それでよくなったわ、とアーダが言った。）

どうぞ、代わりを続けて。

今や動かなくなった蠟燭の灯りの中で、ヴァンは裸体を伸ばした。

「ここで一緒に寝よう」と彼は言った。「夜明けが叔父さんの葉巻に火をつけなおすまでには、みんな戻ってこないよ」

「ネグリジェがびしょびしょ《トランペ》」と彼女はささやいた。

「脱げよ、この膝掛けで二人分寝られるから」

「見ないで、ヴァン」

「ずるい」と彼は言って、アーダが髪を揺すりながらネグリジェを持ち上げて頭から脱ぐのを手伝ってやった。白墨のように白い身体は、神秘の点のところに炭で陰が一刷毛つけられていた。二本の肋骨の間には、おできのせいでピンク色の傷跡が残っている。彼はそこに口づけてから、両手を組んで仰向けに寝た。日焼けした身体におおいかぶさるようにして、彼女は蟻のキャラヴァン隊が臍のオアシスまで行列する様子を眺めていた。まだ年端も行かない男の子なのに、こんなに毛深いなんて。幼くて丸い乳房が彼の顔のちょうど真上にあった。医師として、そして芸術家として、性交後に煙草を吸うような俗物には私は断固反対である。とは言え、ぼんやり手を伸ばしても届かないくらい遠いところにあるキャビネットに、トルコ煙草トラウマティスが硝子箱に入れて置いてあるのを、ヴァンが気づいていなかったわけでもないことはたしかだ。のっぽの時計が何時とも知れぬ十五分を打ち、アーダはやがて、顎を拳に載せながら、奇妙に愚かしいが実に印象的にも、まずピクッと頭をもたげ、時計の針のごとく徐々に上昇して、重々しく上向きに振れる、男性復興ぶりを見守ることになった。

しかし、ソファベッドの毛羽は星を鏤めた空のようにくすぐったかった。何か新しいことが起こる前に、アーダは四つん這いになって膝掛けとクッションを整え直した。兎をまねる原住民の娘。熱い小さな湿原を背後から手探りして手のひらに収めると、彼は無我夢中になって男の子が砂の城を作るときの姿勢を取ったが、彼女は仰向けになって、いじらしくも、ロミオを迎え入れるときにはこうしなさいとジュリエットが教わったとおりに抱き合う態勢を整えた。彼女は正しかった。二人の恋物語で初めて、恩寵が、詩的な言葉を口にする天分が粗野な若者の上に舞い降りて、彼はささやきうめき、睦言をつぶやきながら顔に口づけ、三ヵ国語――全世界で最も偉大な三つの言語――で愛の言葉を叫んだが、ある秘密の愛称辞典はその言葉を土台にして作られ、何度も改訂を経てから、ようやく決定版が一九六七年に出ることになるのだった。彼が大声を出しすぎると、彼女はシーッと黙らせ、口の中にシーッと息を吐きかけて、今や四肢が大胆にも身体にからみつき、まるで我々の夜毎の夢の中で何年も愛の営みを繰り返してきたかのようだった――しかし性急な若い情熱（ホテルのベッドの端に腰掛け、偏骨な白髪の老言葉使いに成り果てたヴァンがこれを書き直しているうちに、溢れそうになっている浴槽のように満杯）は、最初に何度か盲滅法突いただけで持ちこたえられなくなった。それは蘭の花唇のところで破裂して、ブルーバードが警告の歌をさえずり、無骨な曙光の下で燈火がふたたびこっそりと元に戻り、蛍の信号が貯水池を取り囲み、点々とした馬車のランプが星になり、車輪が砂利道の上できしみ、犬がみな夜のお楽しみに大満足して戻り、料理番の姪であるブランシュがカボチャ色の警察車からストッキングを履いたままで飛び降りた（残念ながら、真夜中をとうの昔に過ぎている）――そして、我らが裸の子供たち二人は膝掛けとネグリジェをつかみ、お別れのしるしにソファをそっと撫でてやってから、そそくさと燭台を手に各々の何も知らない寝室へと帰っていった。

「で、おまえは憶えているかしら」と口髭に白いものが混じったヴァンは、ベッド脇のテーブルからカンナビア煙草を一本取り、黄青のマッチ箱をかたかた鳴らしながら言った。「私たちがどれほど怖い物知らずだったか、それに、ラリヴィエールの鼾がやんだかと思うと、また即座に家じゅうが揺れるほどの音をたてたこと、それに、鉄製の階段がどれほどひんやりしていたか、それに、私がどれほどどぎまぎしていたか――おまえの――どう言ったらいいかな？――抑制のなさのせいで」

「ばかねえ」とアーダが、壁側から振り向きもせずに言った。

一九六〇年の夏だったか？　エクスとアルデッツの間のどこかにある、満員のホテルだったか？　原稿のどの頁にも日付を書き込むようにしないと。私の見知らぬ夢想家たちに対して、もっと親切にならなくては。

＊1　旧姓ロストープチン、『ソフィーの不幸』（アンチテラでは『スワンの不幸』という名称）の著者である、セギュール夫人の代理。

＊2　フランス語の原典ではサンドリヨン。

＊3　アフリカ探検者が送った有名な電報。

20

翌朝、ベッドが殺風景だからというので気だてのやさしいブランシュが差し入れてくれた、深々とした枕の夢袋にまだ鼻面を突っ込んだまま（胸も張り裂ける悪夢の中で、睡眠という室内ゲームのルールに従って、ブランシュと一緒に手をつないでいたのだ——いやもしかすると、それはただ彼女がつけていた安物の香水の匂いにすぎなかったのかもしれない）、ヴァンは幸福感がノックをして部屋に入れてくれと催促しているのにたちまち気づいた。彼は愚かしい夢に出てきたジャスミンの残り香と涙にしがみつくことで、その正体を隠したものの輝きをゆっくり引き延ばそうとした。ところが幸福感は虎となって、まさしくやにわに飛びかかってきたのである。

新たに得られた特権の、あの浮き立つような喜び！　その欠片は睡眠中もそっくりそのまま残っていたらしく、最近見た夢の最後の部分で、空中浮遊の術をおぼえたことをブランシュに語り、魔法のように楽々と空中を踏み進むことができるおかげで、いわば地面から数インチ浮かんだところをたとえば三十フィートか四十フィートほど散歩するだけで（あまり距離が出すぎると怪しまれる）、走り幅跳びのあらゆる記録を塗り替え、観客席が興奮の坩堝と化すなか、ザンビアのザンボフスキイが両手を腰に当て、信じられないといった驚愕の面持ちで見つめていたのであった。

真実の勝利に愛情が丸みをつけ、純粋な解放をやさしさがなめらかに仕上げる。夢の中では栄光または情熱の兆候として現れないような感情だ。これから先（それが永遠に続けばと彼は願った）ヴァンが味わうことになる途方もない喜びの半分は、世間体や、男の身勝手や、道徳的な懸念から、これまで夢想することが妨げられていたありとあらゆる他愛のない愛撫を、おおっぴらに、好きなときに、アーダに注ぐことができるという確信に強さの源を持っていた。

週末になると、一日の三食すべてが、小、中、大の三度の銅鑼で告知される。今鳴った最初の銅鑼が食事室での朝食を告げていた。その響きで、これから二十六歩進めば若い共犯者とふたたび一緒になれる、彼女のかすかな麝香の匂いを自分はまだこの手の窪みの中に持っているのだ、という思いが掻き立てられ――そしてヴァンは、目もくらむような驚きに襲われた。あれは本当に起こったのだろうか？　僕たちは本当に自由になれたのだろうか？　中国の好事家が太鼓腹をゆすって笑いながら言うには、ある種の籠の鳥は、朝になると決まって起きがけに、自動人形のように、夢の続きで夢線型のダッシュをして、檻にぶつかり倒れるのだという（そして数分間意識を失ったままだ）――それでもこの虹色の囚人たちは、他のときには元気がよくて、従順でおしゃべりなのだ。

ヴァンは裸足の親指をスニーカーの片方に突っ込み、一方でその相棒をベッドの下から取り戻した。そして急いで下りていって、上機嫌そうなゼムスキイ公爵や、バルチコモアとコモの司教である、むっつりしたヴィンセント・ヴィーンの前を通り過ぎた。

だがまだ彼女は下りてきていなかった。陽光のしなだれた房のような黄色い花でいっぱいの明るい食事室では、ダン叔父が一人で餌を食べていた。田舎でちょうどいい暑さの日にはちょうどいい服装だ――つまり、藤色のフランネルのシャツとピケのチョッキの上に着込んだ飴棒縞の背広、青と赤のクラブタイ、金色の安全ピンで留めてあるとても丈の高いソフトカラー（もっとも、小綺麗な縞柄と色の塗りがどこもかしこも少しずれていて、四コマ漫画の印刷さながらなのは、その日が日曜だったからだろう)。ダン叔父は老舗のオレンジ・マーマレードを少し塗ったバタートーストの一枚めをちょうど食べ終わったところで、七面鳥のような音をたてて、口一杯に含んだコーヒーを味のついたパン屑もろとも飲み干す前にぐちゅぐちゅと入れ歯の掃除をしていた。自分で言うのもなんだが度胸はあるので、(くるくるまわる)赤い「口髭《ターシュイ》」をした叔父のピンク色の顔を直視することにも耐えられたが、巻き毛の赤いもみあげをした顎先のない横顔を見なくてもよかったのは幸いだった(とヴァンは、一九二二年に、あの膀胱豆《バグノディエ》の花をふたたび目にしたときに思った)。そこでヴァンは、食欲がないわけでもなく、おなかをすかせた子供たちのために用意されている、熱いチョコレートの入った青い水差しと棒状のパンを眺めた。マリーナはベッドで朝食をとったし、執事とプライスが食事をするのは配膳室の片隅だし(そう思うとなんとなく気分がよかった)、ラリヴィエール女史が正午まで食べ物に手をつけないのは、最後の審判を恐れる「ミディネット」(店ではなく宗派)で、聴罪司祭まで仲間に加わらせたほどだったからだ。

「叔父さん、僕たちも一緒に、火事の見物に連れていってくれればよかったのに」とヴァンはチョコレートをカップに注ぎながら言った。

「アーダが一部始終を話してくれるよ」と答えたダン叔父は、愛おしい手つきでもう一枚のパンにバターとマーマレードを塗った。「あの子は遠出で大喜びだったからな」

「あれ、一緒だったんですか?」

「そうさ——黒の大型馬車《シャラバンク》で、執事たちみんなとな。実に愉快だった、いやまったく《ラリー》」(インチキな英国式発音)

「でもそれは、きっと台所女中の一人だったんですよ、アーダじゃなくて」とヴァンは言った。

「気がつかなかったなあ」と彼は付け加えて、「ここにはそんなに何人もいたなんて――つまり、執事が」

「ああ、だろうな」とダン叔父が漠然と言った。彼は口中の掃除を繰り返してから、軽く咳払いをして眼鏡を掛けたが、まだ朝刊は届いていなかった――そこでまた眼鏡を外した。

そのとき突然ヴァンは、彼女の重く響く素敵な声が、階段の途中で上方に向かって「それ、書庫《ジュ・レ・ヴュ・ダン》の屑籠に入っているのを見たわよ《・ズュヌ・デ・コルベイユ・ド・ラ・ビブリオテック》」と言うのを聞いた――たぶんゼラニウムか、菫か、スリッパ蘭のことを指しているのだろう。写真家の用語を借りれば「手摺に佇むポーズ」があり、遠くで女中の嬉しそうな叫び声が書庫から聞こえた後で、アーダの声がこう付け加えた。「いったい、《ジュ・ム・ドマンド》誰がそこに置いたのかしら《キ・ラ・ミ・ラ》」それからすぐに《オシト・アプレ》彼女が食事室に入ってきた。

彼女が着ていたのは――示し合わせたわけでもなかったが――黒のショーツに、白のジャージーとスニーカーだった。髪は広くて丸い額からうしろにまとめ、太く編んである。下唇の下にできた吹き出物の赤みがグリセリンで光っているのが、斑になった白粉を通して見えた。本当に美人だとは言えないのは血色が悪いせいだ。彼女は詩集を一冊手にしていた。上の娘は容貌がいまいちでも髪は綺麗で、下の娘は美人でも髪が狐色がかった赤なんですよ、とマリーナがよく言っていたものだ。恩知らずの年齢、恩知らずの光、恩知らずの画家でも、恋人は恩知らずではない。熱愛が文字どおり波となって、彼を胃袋の底から天国へと浮かび上がらせてくれた。彼女を目にするスリル、そして彼女が知っているのを自分が知っているというスリル、さらには、まだ六時間も経っていない前に、二人があれほどまで思いのままに、汚らわしく、快楽に満ちて楽しんだことを、他の誰もが知らないのを自分が知っているというスリルは、恥ずべき副詞という道徳的矯正術で矮小化しようとしたところで、我らが未熟な恋人にはとても手に負えるものではなかった。いつもの朝の挨拶ではなく、そっけない「やあ」という言葉を言うのにひどくつっかえながら（おまけに彼女はそれを無視した）、彼は朝食に屈み込み、その一方で彼女の一挙一動を秘密の一つ目小僧の器官で観察していた。彼女は通りすがりに手にしていた本でヴィーン氏の禿頭を軽くピシャリとやってから、ヴァンとは反対側の彼の隣にガタゴトと椅子を動かして置いた。瞬きして、お人形のように可愛らしく睫毛をパチパチさせながら、彼女はチョコレートをカップにたっぷりと注いだ。すっかり甘くしてあったのに、それでも角砂糖を一個スプーンに載せ、カップの中に浸すと、熱い褐色の液体で角砂糖の水晶粒のような片隅が、そして全体が、沁みて溶けていく様子を楽しそうに見守っていた。

その間、一拍遅れた動作で、ダン叔父は禿頭に止まった架空の蠅を追い払い、上を見て、まわりを見て、そこでようやくやってきたアーダに気がついた。

「おや、アーダか」と彼。「ここにいるヴァンが、ぜひ知りたいことがあるそうだ。ヴァンと私が火事で忙しくしていたあいだ、おまえはいったいどうしてた？」

炎の照り返しがアーダの頬に忍び込んだ。ヴァンはこれまで（彼女のように透き通るほど白い肌をした）女の子が、いやそれを言うなら誰であれ、磁器であろうが桃であろうが、こんなに習慣的にたっぷりと朱に染まるのを見たことがなかったし、その癖が原因となったどんな行為よりもはるかに淫らに思えて、気になって仕方がなかった。むっつりしているヴァンに彼女はこっそりと愚かしい一瞥をくれてから、寝室でゴウゴウと燃えていたとかなんとか口にしはじめた。

「そんなはずはないだろ」とヴァンはきびしい口調で言った。「きみは僕と一緒に、書庫の窓から燃え盛る様子を眺めていたじゃないか。ダン叔父さんはまるでスカタン《オール・ウェット》なんだよ」

「アメリカニズム《メナジェ・ヴォー・ザメリカニスム》もほどほどにな」と叔父が言った――それから、袋の部分が硬くてピンク色をした子供用の捕蝶網をちっちゃな拳で王旗のように握りしめ、とことこと部屋に入ってきた無邪気なリュセットを、父親らしく大きく両手を広げて迎えた。

いけないなあというふうに、ヴァンはアーダに向かって首を横に振った。すると彼女は舌の尖った花弁を突き出してみせたので、今度は自分のほうの顔が赤くなったのを感じて、彼女の恋人は己に腹を立てた。特権なんて所詮はこの程度か。彼はナプキンをリングにはさみ、広間のはずれにある「小部屋《メスチェーチコ》」に退いた。

彼女も朝食を終えた後で、彼は甘いバターでおなかいっぱいになった彼女を踊り場で待ち伏せした。二人が計画を立てるのにはほんのわずかの瞬間しかなく、歴史的に言えば、すべてはまだ小説というものが牧師家の淑女たちやアカデミー・フランセーズの会員たちの手中にあった薄明期のことであり、それ故にそうした瞬間が貴重だったのである。彼女は立ったまま片方の膝を曲げてぼりぼり掻いた。二人は昼食の前に散歩に出かけて、人目につかない場所を見つけることに決めた。彼女はラリヴィエール女史に出された宿題の翻訳をやり終えないといけなかった。そこで彼女は下書きを見せた。フランソワ・コペ？　そうよ。

落葉がゆっくりと舞う。泥に落ちる前に、
木樵が見分けるのは、
銅色の葉なら楢、
血のような赤なら楓。
Their fall is gentle. The woodchopper
Can tell, before they reach the mud,
The oak tree by its leaf of copper,

The maple by its leaf of blood.

「『ゆるやかに散りゆく落葉（Leur chute est lente）』」とヴァン。「『名残として見分ければ（on peut les suivre du regard en reconnaissant）』——『木樵（woodchopper）』と『泥（mud）』というその希釈訳調は、言うまでもなく、まさしくローデン[*1]（取るに足らない詩人で翻訳家、一八一五—一八九五）そのものだな。この連の後半を生かすために前半を犠牲にするのは、ロシアの貴族が馭者を狼の餌にくれてやって、その後で橇から落っこちるようなものだろ」

「あなたって、ひどく悪口でばかじゃないの」とアーダ。「芸術作品だとか冴えたパロディだとか、そんなつもりじゃないのよ。お勉強しすぎのかわいそうな女子学生が、頭のいかれた家庭教師にきびしく取り立てられた身代金なの。膀胱豆の園亭で待っていてね」と彼女は付け足した。「きっかり六十三分後に行くから」

彼女の手は冷たく、首筋は熱かった。郵便配達の少年が玄関のベルを鳴らしていた。若い従僕で、執事の私生児であるバウトが、足音のよく響く広間の敷石を横切っていった。

日曜の朝には郵便の到着が遅いのは、バルチコモアやカルーガ、そしてルーガから来る新聞に日曜版付録がどっさりついているからで、それを老配達夫のロビン・シャーウッドが、あざやかな緑の制服姿で馬に乗り、眠りこけたこの田舎一帯をくまなく配達してまわるのである。ヴァンが校歌を鼻歌で歌いながら——まともに歌えるのはそれしかない——テラスの階段をスキップして下りていくと、鹿毛の老いぼれ馬に乗ったロビンが精悍な牡の種馬を押さえているところを目にしたが、それは日曜に助手を務めるハンサムな英国人の若者の馬で、薔薇の生け垣に隠れてささやかれる噂話によれば、老人はその子を職務上必要とされる以上に激しく可愛がっているとか。

ヴァンは三つめの芝生、それから園亭に着いて、この場面のために用意された舞台を慎重に点検し、「まるで田舎者が、刈り入れ時の道を一日中馬車に揺られ、雛菊や矢車草が車輪にひっかかってきらめきからまりしながら、オペラの開演より一時間早く到着してしまったようなものだった」（フローバーグ[*2]の『アーシュラ』より）。

紋白蝶とほぼ同じくらいの大きさで、それに加えてヨーロッパ産の青い蝶たちが、灌木のまわりをすばやくかすめるように飛んでは、垂れた黄色い花房に止まったりしていた。これほど込み入ってはいない状況の下で、これから四十年先、我らが恋人たちはヴァレのスーステン近くにある森の道に沿って、同じ蝶と同じ膀胱豆を驚きと喜びの目で眺めることになる。現時点では、彼は後になって回想で回収することになるものを収集してみたいと思い、芝生で大の字に寝そべりながら大きくて大胆な姫小灰《ヒメシジミ》を眺め、園亭の斑になった光の中でアーダの青白い手足を喚び起こすと身体が燃えたぎってきたものの、事実が空想に匹敵することは決してないと冷たく自分に言い聞かせた。木立のむこうにある広くて深い小川でひと泳ぎして、濡れた髪とちくちくする皮膚のままで戻ってくると、ヴァンは先ほど思い浮かべた生の象牙が正確に再現されて登場するというめったにないご馳走にありつき、唯一違っていたのは、彼女が束ねた髪をほどき、まぶしいコットンの短いドレスに着替えていた点で、それは彼が好きでたまらなくて、汚してやりたいとつい最近の過去に熱望したものだった。

昨夜は充分に味わい尽くせなかった足からまず攻めようと彼は心に決めた。弓なりになった足の甲のAからビロードのVまで、キスで包み込むのだ。そしてそれをヴァンがやり遂げたのは、アーディスとラドールの間に聳えている岩山の険しい斜面に接した、大庭園のすぐそばにある唐松林に、アーダと彼がもう大丈夫というくらい深く入り込むやいなやのことだった。

二人が回想で確認できなかったし、それどころか、確認しようと根気強く試みることすらしなかったのは、いったいどうやって、いつどこで彼が実際に彼女の「花を散らした」のかという問題だった——この卑語は、不思議の国のアーダがたまたま『フロディ大百科事典』で見つけた定義によれば、「処女の膣にある膜を男性器官ないしは機械的手段によって破ること」とあり、次の例が載っている。「彼の魂の美しさが花散らされる（ジェレミー・テイラー）」。それは膝掛けを敷いたあの夜のことだったか？　それとも唐松林でのあの日のことだったか？　それとももっと後になって、射撃場でか、屋根裏部屋でか、屋根の上でか、人目につかないバルコニーでか、浴室でか、あるいは魔法の絨毯の上でだったか（あまり楽じゃないけど）？　私たちには知る由もないし、知りたいとも思わない。

（わたしのあそこを、あなたはあんなにキスしたり噛んだり、突いたり刺したり、いじったりしたものだから、わたしが処女を失ったのはどさくさ紛れだったはず。でも真夏になる頃までには、わたしたちの祖先が「性器」と呼んでいたマシンは、後の一八八八年などのときと同じくらい、滑らかに動いていたのをはっきりと憶えているわよ、あなた。赤インクで書かれた傍注。）

＊1　二人の現代詩人を合わせた鞄語。
＊2　この偽引用では、フローベールの文体が模写されている。

21

アーダは書庫の自由な使用を禁じられていた。最新目録（一八八四年五月一日印刷）によれば、蔵書数は一四八四一冊で、その無味乾燥な目録ですら先生はアーダの手に渡そうとはしなかった――「変な考えを植え付けないように《プール・ヌ・パ・リュイ・ドネ・デ・ジデー》」。アーダは自分の本棚に、教科書や数冊の人畜無害な大衆小説と並んで、植物学や昆虫学の分類に関する書物を置きはしていた。しかし、誰か監督がいなければ書庫での閲覧を許されていなかっただけでなく、ベッドか園亭で読もうと借り出す本はすべて先生の点検を受け、インデックスカードのファイルに名前と日付のスタンプを押して「貸出中《アン・レクチュール》」と記入される仕組みになっていて、そのファイルはラリヴィエール女史が念入りに滅茶苦茶な状態で保管して、彼女のいとこであるフィリップ・ヴェルジェ氏がいわばやけっぱちの順序に並べたもので（疑問や、助けを求める言葉や、ときには愚痴までピンクや赤や紫の紙切れに走り書きしたものが挟み込まれている）、いまだに独身であるこの小型本のような老人は、病的なまでに無口で恥ずかしがりな男で、隔週に一度、鼠のようにこそこそっと入ってきては、数時間静かに仕事をする――それがあまりにも静かすぎて、ある日の午後、書架の高めの梯子が突然不気味なスローモーションでうしろに倒れ、書物を風車のように何冊も抱えててっぺんにいた彼は、梯子と本をつかんだまま床で仰向きになったのだが、そよりともしなかったので、他に誰もいないと思っていたうしろめたいアーダは（『千一夜物語』を抜き出して流し読みしてもさっぱり報われなかった）、倒れているヴェルジェ氏を、柔らかな肌をした宦官がこっそり開けたドアの影だと勘違いしたほどだった。

愛しい最愛のルネ《シェール・トロ・シェール・ルネ》*1と彼女が愛情のこもった冗談で呼んだヴァンとの親密の度が増したせいで、読書の状況はすっかり変わってしまった――いかなる禁止令がまだ中空に貼り出されていようと。アーディスへの到着後即座に、ヴァンはかつての女家庭教師に警告して（女史のほうでは、脅しをまともに受け取るだけの理由があった）、いつでも好きなだけ、「貸出中」の記録なしに、どんな書物でも、全集であれ、函入り小冊子であれ、初期刊本であれ、書庫から持ち出すことを許可されなかったとすれば、いまだに独身の女性で、ヴェルジェと同じ体裁と推定刊行年の、まったく隷属的でなんでも言うことを聞いてくれる父親の司書であったミス・ヴェルトグラードに命じて、十八世紀の放蕩者やドイツの性科学者の著作、さらにはシャーストラやナフザウィの全巻揃いを付録図版付き逐語訳版で、トランク一杯に詰めてアーディス・ホール宛に送り届けるからな、と脅した。当惑したラリヴィエール女史はアーディスの当主に相談したいところだったが、彼が思いがけなくも（そして、公平を期すなら、実際のところは冗談半分だった）女史にちょっかいを出したあの日（一八七六年一月）以来、重大な問題を彼と議論したことは一度もなかったのである。何事も本気で考えたことのない、愛すべきマリーナについて言えば、彼女が相談を受けて口にしたのは、自分がヴァンの年頃には、たとえばツルゲーネフの『煙』を読むことを禁じられたら、ゴキブリ退治用の硼砂《ほうしゃ》でも女家庭教師に盛ってやったわね、ということだけだった。それ以来、アーダが読みたいと思ったものや、読みたいと思いそうなものはなんでも、あちこちの安全な場所でどうぞご自由にとヴァンが置いてやることになり、ヴェルジェの困惑と絶望が読み取れる唯一の目に見える証拠といえば、黒ずんだカーペットの上のあちこちに、あくせく働いたそこかしこに彼がいつも残していく、雪のように白い奇妙な埃のようなものが増えたことしかなかった——それにしても、こんなに几帳面な小男に、なんという残酷な呪いがふりかかったことだろうか！

二年前、ラドゥーガにある点字クラブの後援を受けて催された、私設司書たちのための素敵なクリスマスパーティで、同情しやすい性質のミス・ヴェルトグラードは、クスクス笑っているヴェルジェと一緒におとなしい小さなクラッカーを引っ張ろうとしているときに（紐を引っ張っても何も音が鳴らなかったし、両端にフリルの付いた金色の包み紙は中をあけてもボンボンやチェーン飾りといった景品が出てこなかった）、有名なアメリカの小説家が最近『ケイロン』*2でどういうものかを書き、ロンドンの週刊誌*3でエッセイを書いている同病者が抱腹絶倒のスタイルで描いた、人目につく皮膚病を患っているところも一緒なのに気がついた。細かく気を配って、ミス・ヴェルトグラードはヴァンの貸出票を通じて、反応の鈍いフランス人に「水銀！」とか「紫外線ランプ《ホッヴィーンソンネ》が驚くほど効き目あり」といった簡潔な示唆をよく伝えたものだった。事情通の女史も、一巻本の医学百科で「乾癬」の項目を調べてみたが、この事典は亡き母親の遺品で、ちょっとしたいろいろな機会に彼女や教え子の助けになってくれたばかりでなく、「ケベック・クオータリー」誌に寄稿した短篇の登場人物たちにうってつけの病気を探すときに役立ってきた。今の場合、楽観的に推薦されている治療法は、「少なくとも月に二回は温かいお風呂に入り、香辛料を避けること」だった。これを女史はタイプで打ち、お見舞い用の封筒に入れていとこに渡した。最後に、アーダはクローリク医師がこの皮膚病について書いてよこした手紙をヴァンに見せた。それによれば（英語に直すと）「赤い発疹、銀色の鱗屑、黄色の瘡蓋ができる病気で、無害な乾癬患者（この皮膚病は感染しないので、他の点では健康この上ない人々である——実際のところ、私の恩師がよく言っていたとおり、その腫れ物のおかげで苺腫や肉芽腫にかからないのだから）は中世にらい病患者——そう、らい病患者——と混同され、スペインなど火の大好きな国では、数百万とはいかなくても数千人のヴェルジュやヴェルトグラードたちが、広場に立てられた磔柱に熱狂者たちによって縛り付けられ、火炙りにされて悲鳴をあげた」とある。しかし、彼らは当初予定していたように、このメモを小心な殉教者のインデックスでPSの項目にこっそり入れておくのはやめることに決めた。鱗翅類学者は鱗状疹のことになると途端に雄弁になるものだ。

哀れな司書が一八八四年の八月一日に涙ながらの辞表《デミシオン・エプロレ》を出した後、小説や、詩集や、科学的および哲学的な著作が気づかれることなく書庫をさまよい出ることになった。そうした書物たちは、ウェルズの楽しい物語に出てくる透明人間によって運ばれる物たちにいささか似て、芝生を越え、生け垣に沿って旅してから、アーダとヴァンが密会をしている場所でアーダの膝の上に着陸するのだった。二人は書物に興奮を求めたが、最良の読者というのはつねにそういうものだ。二人は多くの高名な著作の中にも、わざとらしく、退屈で、お手軽な誤情報があるのを見つけた。

シャトーブリアンにロマンティックな兄妹を描いた小説があり、アーダは九歳か十歳のときに初めてそれを読んだとき、「それ故に二人の子供たちは何の恐れもなく愛し合うことができた《レ・ドゥー・ザンファン・ブーヴェ・ドン・サバンドネ・オー・プレジール・サン・ゾーキュヌ・クラント》」という文章がよくわからなかった。今アーダが嬉々として参照するようになった（『美神の微笑《レ・ミューズ・サミューズ》』）評論集によれば、著者である卑猥な批評家は、「それ故《ドン》」という言葉が未熟な年齢の不毛性と虚弱な同族の不妊性の双方を指すと解説している。ところが、ヴァンに言わせれば作家も批評家も間違っていて、自分の論点を例証しようと、『性《セックス》と法《レックス》』という著作で自然の悲惨な気まぐれが共同体にもたらす影響を扱った章に恋人の注意を向けさせた。

当時この国では、「近親相姦」とは「不貞」を意味するだけではなく——これは法律主義《リーガリスティックス》というよりはむしろ言語学《リングィスティックス》の範疇に入る点である——（「近親相姦的同棲」などの用語で）人間の進化の連続性に対する干渉も暗に意味していた。歴史はとうの昔に「神の法」を持ち出す代わりに常識と通俗科学に頼るようになっていた。こうした点を考慮に入れれば、「近親相姦」を犯罪と呼べるかどうかは近親交配が犯罪的かどうかという問題とまったく変わらないことになる。ところがボールド判事が一八三五年の白子騒動ですでに指摘したように、北米とタタールのほぼ全域で、農場経営者や畜産家は繁殖の手段として近親交配を用いており、あまりにも厳格すぎる運用さえ避ければ、種あるいは品種に望ましい特徴を保持したり、刺激したり、安定化したり、ときには新たに作り出したりもする可能性が大であるという。もしあまりにも厳格に運用すると、近親相姦はさまざまな形態の衰弱や、不具者、虚弱者、「訥弁《とつべん》の突然変異」の出産や、ついには絶望的な不妊へとつながる。そこまで来ると「犯罪」の香りがするもので、無差別的近親交配の狂宴をきっちりと管理できる人間など誰もいないものだから（タタールのどこかで、五十世代にも渡って近親交配によりますます豊かな毛を持つ羊を産出してきたが、近年になって、無毛で五本足の交尾不能な仔羊が一頭生まれたことにより、突然その血統が断たれることになった——多数の農家の人間たちが打ち首に処せられても、まるまるとした羊の血統を甦らせることはできなかったという）、それなら「近親相姦的同棲」を全面禁止にしてしまうほうがおそらくましだろうというのだ。ボールド判事と追随者たちはこの意見に反対して、「起こりうる悪を避けるために、可能な利益を故意に抑制すること」は主たる人権の一つの侵害であるとした——人類の進化の自由という、他の生き物にはない自由を享受する権利である。不運なことに、ヴォルガの家畜と家畜家たちの珍事が噂になった後、はるかにちゃんとした記録が残っている三面記事的出来事《フェ・ディヴェール》が、論争も最高潮に達した頃、アメリカで起こった。「酩酊状態が常習となった労働者」と書かれている（「真の芸術家の定義にぴったりね」とアーダが陽気に言った)、ユーコンスクのイヴァン・イヴァノフというアメリカ人が、どういうわけだか――睡眠中の出来事だったと、本人および彼の大家族が主張している――五歳になるひ孫娘のマリア・イヴァノフを孕ませ、それからさらに五年後、またしても睡眠中の発作で、マリアの娘ダリアを妊娠させたという。十歳にしておばあちゃんになったマリアを囲んで、幼い少ダリアと赤ん坊のヴァリアがはいずりまわっている写真があらゆる新聞に載り、怒れるユーコンスクの目には、イヴァノフ家で現に生活している――必ずしも清い生活ではないが――大勢の人々の人間関係というものは家系図の笑劇と化し、それをもとにしておもしろおかしいパズルが山ほど作られた。六十歳の夢遊病患者はこの先さらに子供を作りまくる前に、古代ロシアの法律の定めるところによって修道院に十五年間監禁となった。釈放に際して、彼は名誉回復とばかりにダリアに結婚を申し込んだが、ダリアはもう胸のふくよかな娘に成長していて、彼女なりの悩み事も持っていた。記者たちはこの結婚式を大々的に書きたて、善意の人々(ニューイングランドに住む老嬢、テネシーワルツ大学専属の進歩派詩人、メキシコ系高校の全校生一同など)から贈り物が雨あられと降り注ぎ、その同日にガマリエル(当時は若き闘士の上院議員だった)が会議の席でテーブルを拳が痛くなるほどバシンと叩き、再審と死刑を要求したのであった。それは、言うまでもなく、ほんの気まぐれなジェスチャーにすぎなかった。しかし、イヴァノフ事件は「望ましい近親交配」という些細な一件に長い影を落としたのである。世紀の半ばごろには、いとこ同士のみならず叔父と姪の娘も近親結婚が禁じられるようになっていた。そしてエストティの豊穣な地区では、農夫の大家族が住む丸太小屋《イズバー》で、体格も性別もまちまちな十人余りの人間が、たった一枚のブリンみたいなマットレスの上で雑魚寝しており、夜には窓のカーテンを開けたままにしておくことと申し渡されているのは、石油たいまつを照らしたパト隊の便宜を図ってのことだという――「ピーピング・パット」

とは反アイルランド系タブロイド紙の揶揄である。

これもまたヴァンをおなかの皮がよじれるほど笑わせたのは、昆虫学に詳しいアーダのために、信頼するに足る『交尾の風俗史』から次の一節を発掘したときだった。「我らが清教徒知識人が交接の目的で採用し、ベグリ諸島の『原始的』ではあっても健康な心を持った住民たちが当然ながら嘲笑する、正常位には危険と愚弄が伴うことを、著名なフランスの東洋学者［延々たる脚注はここでは省略］が指摘しており、彼はセロミヤ・アモラータ・プパールという蠅の交尾の習性について次のように記述している。交尾は双方が腹部表面を押しつけ口器を接触させて行われる。性交の最後の震え《フリソン》が終わると、雌は雄の身体の内容物を興奮したパートナーの口から吸い取ってしまう。ひょっとすれば（ペッソン他を参照）［ここにもおびただしい脚注が付いている］、網状の物質に包まれた虫のおいしい足といったようなちょっとしたものや、あるいは花びらを赤羊歯の葉で丹念にくるんで結わえたようなただのしるしを（進化過程のでたらめな行き止まりなのか、それとも巧妙な始まりなのか——誰ぞ知る《キ・ル・セ》！）、ある種の雄の蠅（ただし明らかにフェモラータやアモラータほどマヌケではない）が交尾前に雌に持参するのは、若いご婦人の旺盛な食欲が誤った方向に向けられるのを防ぐ深慮遠謀ではあるまいか」

これよりさらに愉快なのが、カナダ人のソーシャルワーカーであるレアン・フィッチーニ夫人の「メッセージ」で、夫人は論文「避妊法について」をカスプカ方言で出版した（これはエストティ人と合衆国人が赤面しないようにという配慮。その一方で、専門分野でのかまととぶった同僚研究者を教育しようとしている）。引用すれば、「自然を欺くのに唯一の確實な方法は、快樂が溢れてきさうに成るまで、強健男がズッコンズッコンズッコンと營み續ける事である。其れから、最後の瞬間に、別の溝へと切り替へる事だ。然し女が燃えてゐるか巨體ならさうさう急には身體の向きを變へられないので、此の移行はトロヴァゴの體位を用ゐれば樂に成る」。そしてトロヴァゴとは末尾に付いた用語集のそっけない英語による解説では「パタゴニーからガスプまでアメリカ合衆国全土に渡り、地方社会で大地主に始まり最下等の家畜に終わるあらゆる階級によって一般的に採用されている体位」とある。故《エルゴ》に、正常位は煙と消ゆ、とヴァンは結論した。

「あなたの品のなさって天井知らずね」とアーダ。

「まあ、火炙りになるほうがまだましさ、ワガトモヨ《シェラミー》——だかなんだか知らないけど——にズルズルッと生のままで呑み込まれて、その上に緑色の小さな卵をいっぱい産みつけられるよりはね！」

矛盾しているようだが、「科学者《サイエント》」アーダは、大部の学術書に載っている、木版画で描かれた身体器官や、絵に描かれた陰気な中世の売春宿や、古代および現代に、肉屋やマスクを着けた外科医が執り行う、あれやこれやの赤子シーザーが子宮を切り裂いて取り出されるところの写真にはうんざりしていた。一方ヴァンは「博物学」が苦手で、あらゆる世界における肉体的苦痛の存在を狂信的に非難していたのに、拷問にかけられた肉体の記述と描写に際限なく魅惑を覚えた。他のもっと華やいだ分野では、二人は趣味も笑具もほぼ同じなのがわかった。好きなのはラブレーとカサノバ。大嫌いなのはサド侯爵、マゾッホ、ハインリッヒ・ミューラー[*4]。英語やフランス語のポルノ詩は、機知に富んでなるほどと思うこともときどきあったが、やがて不愉快極まりないと思うようになり、特に侵攻以前のフランスで修道僧や修道尼が性技を繰り広げるのは、気分が滅入るだけでなく理解不能だった。

ダン叔父の東洋猥画コレクションは、残念ながら芸術的に二流で柔軟体操的に無理だった。とりわけ爆笑物でいちばん高価な一枚では、愚かしい卵形の顔とおぞましい髪型をしたモンゴル女が、ぽってりして、ぽかんとした顔つきをした六人の体操家と性的につながっており、ショーウィンドウさながらの画面は衝立やら鉢植やら絹織物やら扇子やら瀬戸物で寿司詰めになっている。男たちのうち三人は、さぞや辛かろうと思わせる複雑にねじれた恰好で、娼婦の主要な穴を三つ同時に責めていた。年配の客二人は手で抜いてもらっていた。そして六人めの侏儒は娼婦の纏足で満足せざるをえなかった。さらに六人の好色家が女の直接の相方たちの菊門を犯し、さらにもう一人が娼婦の腋の下で身動きとれなくなっていた。ダン叔父は、まったく平然としているご婦人（どういうわけか、まだ衣の一部を纏っている）と直接ないしは間接につながっている手足やたるんだ腹を辛抱強く解きほぐし、この絵の値段と付けた題名「芸者と十三人の愛人」を鉛筆書きでメモに残している。ところがヴァンは、気前のいい画家が描き込んだ、解剖学的に見て説明のつかない十五個めの臍を見つけてしまったのだった。

あの書庫は忘れがたい納屋炎上の場面にうってつけの一段高い舞台を用意してくれた。硝子扉を大きく開け放ち、書物愛の長い牧歌を約束した。そしてそこの本棚にある長篇小説の一章となってもおかしくはなかった。ささやかなパロディがお堅いテーマに人生のコミック・リリーフを添えたのである。

＊1　シャトーブリアンの『ルネ』に出てくる妹の言葉。
＊2　ケンタウロス族の中の医者。アップダイクの最高傑作への言及。
＊3　アラン・ブライアンが「ニュー・ステイツマン」に書いていたコラムを指す。
＊4　『ポクサス』その他の作者。

22

妹よ、きみは憶えているかしら
青きラドール川とアーディス・ホール
My sister, do you still recall
The blue Ladore and Ardis Hall?

きみはもう忘れたかしら
あのラドール川に浸された城
Don't you remember any more
That castle bathed by the Ladore?

妹よ、きみは憶えているかしら
あのラ・ドールに浸された城
Ma soeur, te souvient-il encore*1

Du château que baignait la Dore?
妹よ、きみは憶えているかしら
あのラドールに洗われた古い城壁
My sister, do you still recall
The Ladore-washed old castle wall?

妹よ、きみは憶えているかしら
あの丘と、背の高い楢と、ラドール
Sestra moya, tï pomnish' goru,
I dub vïsokiy, i Ladoru?

妹よ、きみは憶えているかしら
あの高く伸びた楢の木と僕の丘
My sister, you remember still
The spreading oak tree and my hill?

ああ、誰が取り返してくれるのかしら
僕のアリーヌと大きな楢の木と僕の丘
Oh! qui me rendra mon Aline

Et le grand chêne et ma colline?

ああ、誰が取り返してくれるのかしら
僕のジルと大きな楢の木と僕の丘
Oh, who will give me back my Jill
And the big oak tree and my hill?

ああ、誰が取り返してくれるのかしら
僕のアデールと山と燕
Oh! qui me rendra, mon Adèle,
Et ma montagne et l'hirondelle?

ああ、誰が取り返してくれるのかしら
僕のルシール[*2]とラ・ドールとすばやい燕
Oh! qui me rendra ma Lucile,
La Dore et l'hirondelle agile?

ああ、誰が僕たちの言葉で再現してくれるのかしら
彼が愛し歌ったはかないものたち
Oh, who will render in our tongue

The tender things he loved and sung?

二人はラドールでボート乗りや泳ぎに出かけ、愛しい川のくねる流れに沿い、ラドールと韻を踏む言葉をもっと見つけようとして、丘を登りブライアント城の黒い廃墟にたどりつくと、塔のまわりにはまだ雨燕《アマツバメ》が飛んでいた。二人はカルーガへ旅行してカルーガ水を飲み、かかりつけの歯医者に診てもらった。ヴァンが雑誌をめくっていると、隣の部屋から「畜生《チョールト》」というアーダの悲鳴が聞こえ、彼女がそんな言葉を使うのを耳にしたのはそれが初めてだった。二人はお隣のド・プレ伯爵夫人の家でお茶をよばれた――伯爵夫人は足の悪い馬を売りつけようとして失敗に終わった。アーディスヴィルの遊園地に遊びに行き、特に楽しかったのは中国人の曲芸師に、ドイツ人の道化師、そして図体のでかいチェルケス人公女の刀呑みで、まず手始めに果物ナイフを一呑みしてから、宝石を鏤めた短剣へと移り、そして最後に紐もろとも呑み込んだのは、巨大なサラミソーセージだった。

二人は愛し合った――たいていは峡谷や渓谷で。

平均的な生理学者の目には、若い二人の精力は異常なものに映ったかもしれない。お互いに対する渇望は、もし数時間以内に日向であれ日陰であれ、屋根の上であれ地下室の中であれ、とにかくどこであれ、数度は満たされないと堪え難いほどになる。並外れた精力源を持ってはいても、若いヴァンは青白くて可愛いアモレット（フランス語方言の俗語）にはとてもついていけなかった。二人が肉の喜びを貪り尽くそうとするさまは狂気に達し、そのまま続けば若い命を縮めたかもしれないが、予測では栄光と自由の果てしない緑の流れに見えた夏が、もしかしたら花は枯れて色は褪せるかもしれないことを、そのフーガの疲労を、ぼんやりとほのめかしはじめた――自然の最後のよりどころとも言うべき、うってつけの頭韻で（花と蠅がお互いを真似る）、八月下旬には最初の休止が、そして九月初旬には最初の沈黙が訪れた。果樹園や葡萄園はその年とりわけ絵に描いたようだった。ラドールの近くのブラントームで開催された葡萄収穫祭からの帰り、ベン・ライトはマリーナとラリヴィエール女史を乗せて馬車を走らせている途中に放屁した後で解雇された。

それで思い出すことがある。アーディスの書庫では所蔵目録に「外秘」の項目で載っている中に、『禁断の傑作――国立美術館（特別部門）の秘部に所蔵の名画百点、ヴィクター国王陛下のために特製』と題する豪華な大冊があった（ミス・ヴェルトグラードの親切なはからいで、ヴァンはとっくに知っていた）。これはイタリアの巨匠たちが、あまりにも長寿で強壮なルネサンス期にあまりにも多数の敬虔なキリスト復活画を描きすぎて、合間の気晴らしに描いた、淫猥にして可憐なものである（カラー写真が美しい）。その書物じたいは紛失したか盗まれたか、それとも相当に奇怪なものも混じっているイヴァン伯父の所蔵品の中に紛れ込んで屋根裏部屋に隠されていたのだったか。ヴァンは思い浮かべている絵が誰の作品だったか思い出せなかったが、もしかすると若かりし頃のミケランジェロ・ダ・カラヴァッジオの作と伝えられているものだったかもしれない。額縁の付いていないカンヴァスに裸身の幼い男女が戯れている姿を描いた油絵で、場所は蔦だったか蔓で覆われた洞窟か、それとも小さな滝のそばだったか、そこにはブロンズ色や濃いエメラルド色に染まった葉と、透き通った葡萄のたわわな房が覆いかぶさり、その影と、水にくっきり映った果物と葉叢が、静脈の浮き出た肉体と魔法のように混ざり合っていた。

それはさておき（これは純粋に文体上の移行かもしれない）、彼が禁断の傑作の中に入り込んだような気分になったのは、ある午後のこと、みんながブラントームに出かけてしまい、アーダと彼はアーディス・パークの唐松植林地にある段々滝の縁で日光浴をしていたら、ニンフェットが彼と彼の細部が浮き出た欲望の上に身を屈めたときだった。彼女の長くてストレートな髪は、日陰では一様に青みがかった黒に見えるものの、今は宝石のような陽光の中で濃い鳶色の気配をあらわにし、濃い琥珀色と代わる代わる細い筋になって、窪んだ頬を衣のように覆ったり、盛り上がった象牙色の肩で優雅に割かれたりしていた。あの茶色の絹の手触り、光沢、そして匂いが、あの致命的な夏のまさしく始まりのときには五感を燃え上がらせたものだが、若い興奮が癒しようのない至福の源を他にも彼女の中に見出だしてからずっと後になっても、まだ強烈かつ痛切に効果を及ぼしつづけたのだった。九十歳になり、ヴァンは初めて落馬したときのことを、彼女が彼の上に身を屈め、彼が彼女の髪を我がものにしたあの初めてのときのことと変わらないくらいに、ほとんど思考の息づまりもなく思い出すことができる。髪が足をくすぐり、股間に忍び込み、脈打つ腹部一面に広がった。その髪を透かして画学生が目にしたのは、騙し《トロンプ・ロイユ》絵派の頂と言うべきもので、隆々として、色とりどりで、暗い背景から突き出し、集中したカラヴァッジョ風の光線によって浮き彫りにされていた。彼女は彼を愛撫した。彼女は彼にからみついた。かくして巻ひげは柱のまわりに巻きつき、きつくそしてまたきつく包み込み、その首筋に甘くそしていっそう甘く食い込み、ついにはたくましさを深紅の柔らかさに溶かしてしまうのだ。葡萄の葉に雀蛾の幼虫が食いちぎった三日月形の跡があった。有名な小蛾類研究者で、ラテン語やギリシャ語の名前を付ける種が切れて、メアリキスミー、アーダキスミー、オーキスミーといった学名をひねりだした人物がいた。アーダがキスをした。今度は誰の筆だろう？　つい劣情を催すあのティツィアーノ？　酔っぱらいのパルマ・ヴェッキオ？　いや、彼女はヴェネツィア派のブロンドとは大違い。ドッソ・ドッシかな？　ニンフに精根尽きた牧神？　失神しかけのサテュロス？　詰めたばかりの臼歯で舌が痛くないかい？　僕はそれで怪我したんだから。ごめん、冗談だよ、僕のサーカスのサーカシア。

一瞬にして、オランダ派が後を引き継いだ。娘が小さな滝の下にある滝壺に足を踏み入れ、豊かな髪を洗い、その髪をしぼる不朽の仕草に加えて、絞り取るように口元をすぼめる――それも不朽だ。

妹よ、きみは憶えているかしら
「ムーア人の」と称する、あの小塔
My sister, do you recollect
That turret, "Of the Moor" yclept?

妹よ、きみは憶えているかしら
城と、ラドール川と、なにもかも
My sister, do you still recall
The castle, the Ladore, and all?

＊1　シャトーブリアンが書いた六行六連詩「エレーヌに寄せるロマンス」（「私はなんと甘美な記憶を持っていることか」）の第三連の第一行で、この詩は一八〇五年、モン・ドールに旅行していた折に耳にした、オーヴェルニュ地方の曲に合わせて作られ、後に中篇小説『アバンセラージュ族の末裔』に挿入された。最後（第五連）の六行は"Oh! Qui me rendra mon Hélène. Et ma montagne et le grand chêne"と始

まる――この小説のライトモチーフの一つ。

＊2　シャトーブリアンの実際の妹の名前。

23

万事が順調に行っていたのも、ラリヴィエール女史が五日間、寝床の中でじっとしていることに決めるまでのことだった。葡萄祭で回転木馬に乗っていてぎっくり腰になったせいだが、おまけにそこは書き出した短篇（町長がロケット*1という少女を絞め殺す話）の場面設定に必要で、インスピレーションの疼きを保ちつづけるには寝床のぬくもり《ラ・シャルール・デュ・リ》に限る、と女史は経験から知っていたのである。その期間中、気質と容貌の点からすれば気立てのよさと清楚な美しさを持つブランシュには及ばない、二階の女中フレンチがリュセットの世話をすることになり、リュセットはなんとかして怠惰な女中の監視から逃れ、いとこや姉と一緒に遊ぼうとした。「あなたが行ってもいいとヴァンお坊ちゃまがおっしゃるのなら」とか、「ええ、茸採りにあなたが一緒に行くことに、アーダお嬢様はきっと反対なさらないでしょう」といった不吉な言葉が、自由気ままな愛にとっては弔鐘のようなものになったのだ。

幼いロケットがよく戯れる小川の土手を女史が気分よく寝ころがりながら描写しているあいだに、アーダは似たような土手に腰を下ろして本を読み、誘っているような常緑樹の木立（しばしば我らが恋人たちを匿ってくれた場所）や、胴が褐色に日焼けした、裸足のヴァンがジーパンの裾をまくりあげ、腕時計を探している姿にときおりじれったげな視線を送るのだったが、その腕時計はてっきり勿忘草《ワスレナグサ》の繁みの中に落としてしまったとヴァンは思い込んでいた（しかし実は、アーダが身に着けていることを忘れていたのだ）。リュセットは縄跳びの縄をほっぽり出して、小川の縁にうずくまり、胎児くらいの大きさのゴム人形を水面に浮かべていた。そのつるつるしたオレンジ色と赤色の玩具にアーダが悪趣味にも開けてやった小さな穴から、リュセットはときおり水をピューッと飛ばして遊んだ。魂を持たない物体が不意に見せるいらだちで、人形は流れに乗って逃げ出した。ヴァンは柳の下でジーパンを脱ぎ、逃げた人形を取り返してやった。その場をしばらく眺めていたアーダは、いつもたやすく魔法にひっかかってくれるリュセットに向かって、彼女、すなわちアーダは見る見るうちに竜に変身しているみたいで、鱗が緑色に変わりだし、ほらもうこれで竜になったわ、だからリュセットは縄跳びの縄で木にくくりつけないとね、あわやのところでヴァンが助けに来てくれるかもしれないわよ、と言った。どういうわけか、リュセットはその案に首を振ったものの、最後には力負けした。ヴァンとアーダは怒った捕虜をしっかりと柳の幹にくくりつけたままにして、すばやく追っかけっこをする真似をして「飛び跳ね」ながら、貴重な数分間を過ごそうと針葉樹の暗い木立の中に姿を消した。身悶えしたリュセットは縄に付いている赤い握りをなんとか引きちぎり、もう少しで縄がほどけそうになったそのとき、竜と騎士が飛び跳ねながら戻ってきたのだった。

彼女が女家庭教師に告げ口すると、先生はすっかり事のすべてを誤解してしまい（これは女史の新作についても言える）、ヴァンを呼び寄せ、衝立がしてあるベッドから、湿布と汗の臭いをさせながら、おとぎ話に出てくる囚われの姫君の役をさせてリュセットをのぼせあがらせることはやめなさいと言った。

翌日アーダは母親に、リュセットがひどく不潔でお風呂に入れる必要があること、そして先生がどう思おうが、風呂に入れてやる役は自分がするということを告げた。「いいわ《ハラショー》」とマリーナは言って（その傍ら、隣人と、その庇護を受けている若い男優を、とっておきのデイム・マリーナ風に出迎える用意をしていた）、「でも温度はちょうど三十五度にしないといけませんよ（これは十八世紀以来の習わし）、それから湯船につかるのはいくら長くても十分か十二分ですよ」

「名案ですね」とヴァンは言いながら、アーダがタンクを熱し、使い古した浴槽に湯を張ってタオルを二枚温めるのを手伝った。

まだわずか九歳で発育不足なくせに、リュセットは赤毛の少女たちによくある見せかけの思春期的徴候を免れてはいなかった。腋の下にはきらめく絹糸のような毛がかすかに点在し、お饅頭は銅の粉を吹いたようだ。

液体監獄の準備が整い、目覚まし時計には残り十五分の命が与えられた。

「まず先にこの子につからせる、きみが石鹸で洗ってやるのは後からだ」と熱に浮かされたようにヴァンが言った。

「ええ、ええ、ええ」とアーダが叫んだ。

「ぼくはヴァンだよ」と言ったリュセットは、湯船の中に立ってマルベリー石鹸を両足の間にはさみ、ぴかぴかしたおなかを突き出していた。

「そんなことしたら、男の子になっちゃうわよ」とアーダが叱った。「それにあまり笑えないわね」

そろそろと、リュセットはお尻を湯の中に沈めはじめた。

「あつー」と彼女。「熱すぎ！」

「冷めるわよ」とアーダ。「どっぷりつかって手足を伸ばしなさい。はい、これお人形さん」

「早くしろよ、アーダ、たのむから、勝手につからせておけよ」とヴァンが繰り返した。

「それからいいこと」とアーダ。「ベルが鳴るまで、この気持ちのいいお湯から絶対に出ちゃだめよ、そうしないと死んでしまうって、クローリク先生が言ってたわ。戻ってきて石鹸で洗ってあげるけど、それまで大声を出してわたしを呼んじゃだめ。わたしたちはリネンの数を数えて、ヴァンのハンカチを選り分けなくちゃいけないから」

歳上の二人は、L字型になった浴室のドアを内側から錠を掛け、側部の奥まった場所の、簞笥と使われていない古い洗濯物絞り機の間にある片隅へと退いて、そこだと浴室の姿見の海緑色をした目も届かないのだった。ところがその隠れ場所で、空の薬瓶が棚の上で愚かしくもカタコトとリズムを刻みながら、二人が激しくぎこちない営みをすっかり終えないうちに、リュセットがもう浴槽からよく響く声で呼び、女中がドアをノックしていた。ラリヴィエール女史がお湯も持ってきてちょうだいとたのんだらしい。

二人は他にもありとあらゆる手を試した。

たとえばある日のこと、リュセットが手のつけられない面倒者になり、鼻水を垂らし、四六時中ヴァンの手を握り、キャンキャンまとわりつく犬さながらにヴァンと一緒にいたいというのが文字どおりオブセッションと化していたとき、ヴァンは相手を説得するためのありったけの技量と魅力と言葉巧みさを奮い起こし、二人だけの秘密だよと言わんばかりに声をひそめて言った。「いいかい。この茶色の本は、僕が宝物にしているものなんだ。学校の制服に、この本を入れる特製のポケットを作ったくらいなんだよ。これを盗もうとする悪ガキがいっぱいいてね、何度喧嘩したことか。ここにあるのはね」（頁をうやうやしく繰りながら）「英語で書かれた短い詩のうち、とびきり美しくて有名なのを集めた詩集に他ならないんだ。たとえば、この短い詩はね、四十年前に桂冠詩人ロバート・ブラウンが涙を流しながら書いたもので、この老紳士が空高く断崖絶壁で糸杉の下に立ち、関係者一同には忘れられない光景の、ニース近くのトルコ石のように青い泡立つ波を見下ろしている姿を、僕の父が指さして教えてくれたことがあるんだよ。題名は『ピーターとマーガレット』。それじゃ、そうだな」（まじめくさった顔つきで、どうしようかとアーダの方を向き）「四十分あげよう」（「一時間たっぷりあげなさいよ、この子はミロントン、ミロンテーヌ[*2]でも憶えられないんだもの」）――「わかった、一時間たっぷりあげるから、この八行を暗記すること。きみと僕は」（声をひそめて）「おばかさんの幼いリュセットが何でもできるってことを、意地悪でうぬぼれなお姉さんに証明してやろうじゃないか。もし」（彼女のボブヘアーに唇で軽く触れながら）「もしもね、いいかい、きみがこの詩を暗唱できて、ひとつの間違いもしないでアーダを仰天させたとしたら――『ここ』と『そこ』、『これ』と『あれ』とか、細かいところに注意するんだよ――もしそれができたとしたら、この貴重な本をきみにあげよう」（「一本の羽根を見つけて、素顔のピーコックに会うという、あの詩を憶えさせたほうがいいんじゃないの」とアーダがそっけなく言った。「そっちのほうがもう少し難しいから」）「いやいや、この子と僕はもうあのささやかなバラッドに決めたんだ。これでよしと。さあ入って」（ドアを開けながら）「僕が呼ぶまで出てきちゃだめだよ。そうしないとご褒美はおあずけ、一生後悔することになるからね」

「ああ、ヴァンったら素敵」とリュセットは言って、ゆっくりと自分の部屋に入り、興味深げな目つきで魅力的な見返しを眺めると、そこには彼の名前が大胆な飾り書きで書かれ、彼の大胆な飾り文字、それに彼の自筆の素晴らしいインク画が添えられている――黒いアスター（インクの染みから成長したもの）、ドーリア式の柱（もっと卑猥な模様をごまかしたもの）、葉を落としているほっそりした木（教室の窓から見える景色）、男子生徒の横顔数点（チェシュキャット、ゾグドッグ、ファンシータート、そしてアーダに似ているヴァン自身）。
ヴァンは屋根裏部屋で待つアーダのもとへと急いだ。そのときには、己の妙案に大いにうぬぼれていたものだ。十七年後、彼はそれを思い出し、運命の予兆を感じて震えることになるのだが、それはリュセットが、パリからキングストンの彼の住所へと郵送された、一九〇一年六月二日付けの彼に宛てた最後の手紙の中で、「念のため」としてこう書いていたときだ。

「わたしが何年も大切に持っていたのは――まだアーディスの育児室にあるはず――あなたがくれた名詩選です。それと、あなたが暗唱するようにと言った短い詩も、まだ一語違わず、荷造り業者がわたしの持ち物を踏みつけ、梱をひっくり返し、さあ行く時間だ、行く時間だと声が呼んでいる、わたしの混乱した頭の中でも安全な場所に置いてあります。その詩をブラウンの詩集で見つけて、八歳だったときの頭の良さをもう一度褒めてやってちょうだい、あの遙かな日、空の小瓶みたいに棚の上のどこかでカタコト鳴っているあの日に、あなたとご機嫌なアーダがしてくれたように。さあ、この先を読んでね。

「ここに、と案内人が言った、野原がありました、
そこに、と彼が言った、森がありました。
これがピーターのひざまずいた場所、
あれが王女の立っていた場所。

違う、と客が言った、
老案内人よ、幽霊はきみのほうだろう。
麦畑も楢の木も死に絶えたかもしれないが、
彼女は僕のそばにいる」

＊1　モーパッサンの「ロックの娘」に対応する。
＊2　よく知られている歌のリフレイン。

24

ヴァンが残念に思ったのは、レットロ災*1（ヴァンヴィテッリの古いジョーク！）が世界中で禁止され、その名前そのものがヴィーン家とドゥルマノフ家がたまたま属している上層上流階級（英国的およびブラジル的意味で）の家庭では「禁句」になってしまい、欠くべからざる「有用物」だけは——電話、自動車——他に？——手の込んだ代用物に取って代わられてしまったので、庶民が舌を垂らし、猟犬よりもはあはあ息を切らして（なにしろ長い文章なので）ほしがるようなあまたの製品、たとえばテープレコーダーとか、ヴァンやアーダの祖先たちのお気に入りだった玩具（ゼムスキイ公爵は女子生徒を集めたハーレムのベッドごとにそういう玩具を一つ置いていたという）といった取るに足らない物がもう製造されなくなり、唯一の例外地域は秘密生産の「ミニレーチイ」（「しゃべる尖塔《ミナレット》」）を開発したタタールだけになってしまったことだった。我らが博学なる恋人たちが、普通の嗜みと普通の習わしによって、かつて魔法の屋根裏部屋で発見した謎の箱をまた動くように修理することを許されたとしたら、ジョルジョ・ヴァンヴィテッリのアリアのみならず、ヴァン・ヴィーンが恋人と交わした睦言も録音したかもしれない（八十年後に再生するつもりで）。例としてここでお読みいただくのは、二人が今日聞くことになったかもしれないものだ——おかしさと、恥ずかしさと、悲しさと、驚きを覚えながら。

（語り手＝二人があまりにも未熟であり、また多くの点で運命的なロマンスの接吻期に入った直後のあの夏の日のこと、ヴァンとアーダは銃器館またの名を射撃場へと向かう途中だったが、以前二人はその上階に、色褪せたビロードに残っている黒い跡の形から判断すると、かつては拳銃や短剣が入れてあった曇り硝子のケースが置かれた、小さな東洋風の部屋があるのを見つけていた——小綺麗だが陰気な奥の部屋で、黴臭く、窓の下にはクッションを置いた腰掛けがしつらえられ、脇の棚には金目梟《キンメフクロウ》の剝製があり、その横にはとうの昔に亡くなった誰か老庭師が置いていった空のビール瓶があって、今はないその銘柄の製造年は一八四二年と印されていた。）

「鍵束をじゃらじゃらさせないで」と彼女が言った。「リュセットに見られてるのよ、あの子いつか絞め殺してやりたいわ」

二人は木立を抜け、洞窟を通り過ぎた。

アーダが言った。「正式には、わたしたちは母方のいとこで、いとこ同士は特例が認められれば結婚できるのよ、もし最初の五人の子供を断種すると誓約したら。でも、おまけに、わたしの母の義理の父親はあなたのおじいさんの弟だったし。そうでしょ？」

「そう聞いてるけど」とヴァンはおだやかに言った。

「それほど遠く離れているわけでもないわね」と彼女は考えこんで言った。「違う？」

「それほど離れていたら、それで充分さ」

「変ねえ——その言葉、あなたがオレンジ色の文字で口にする前に、わたし小さな紫色の文字で書かれているのが見えたわ——あなたが話すほんの一秒前に。話す《スポーク》、煙《スモーク》。遠くで大砲の音がする前に見える煙みたいに」

「肉体的には」と彼女は続けて、「わたしたちはいとことというよりは双子みたいなもので、双子はもちろんのこと兄妹同士でも結婚できないし、しつこく別れなかったら、刑務所に入れられたり『転換』されたりしてしまうのよ」

「ただし」とヴァン、「特例を認められたいとこ同士なら別なんだろ」

（ヴァンはもう扉の鍵をあけているところだった――その緑の扉を、二人は後になって各々の夢の中で、骨のない拳で何度も何度も叩くことになる。）

それとはまた別で、森の道や田舎道に沿って自転車に乗っていたときのこと（何度か小休止あり）、納屋炎上の夜の直後で、屋根裏部屋で植物標本集を見つけ、それまで二人ともはっきりとはしないもののおもしろがりながら、道徳的というよりは身体的にうすうす感じていたものの確証を得る前のことだったが、ヴァンはスイス生まれで少年時代に二度外国に行ったことがあるのを何気なく口にした。わたしも一度行ったことがある、と彼女が言った。夏はたいていアーディスで過ごすの。冬はたいていカルーガにある町中の家にいるわ――かつてはゼムスキイの館《チェルトーク》だった二階建ての家。

一八八〇年、十歳だったヴァンは、シャワー室が付いた銀色の列車に乗って、父と、父の美人秘書、その秘書の十八歳になる白い手袋をした妹（ヴァン・ヴィーンの女家庭教師兼乳搾り女のちょい役を務めていた）、そして彼の汚れなく天使のようなロシア人家庭教師であるアンドレイ・アンドレーヴィチ・アクサコフ（「AAA」）と一緒に、ルイジアナ州やネヴァダ州にある歓楽地に旅行したことがあった。記憶によれば、ヴァンが喧嘩をした相手である黒人の若者に対して、プーシキンやデュマにはアフリカ人の血が流れているんだぞとAAAが説明したら、その若者がAAAに向かって舌を出し、こんなおもしろい技は見たことがなかったので、いちばん早く訪れた機会にヴァンが真似をしてみると、フォーチュン家の令嬢二人のうち歳下のほうに平手打ちを食い、元に戻しなさい、お坊っちゃま、と言われたのだった。他にも憶えているのは、ヴァンの父親が三曲しか吹けないうちの一曲を口笛で吹きながら通り過ぎたのを見て、ホテルの広間にいた、タキシードの下に腹飾り帯を着けているオランダ人がもう一人の客に向かって、あいつは有名な「キャムラー」だと言っているのを耳にしたことだった（ラクダ乗りのことか？――シャモー革が最近輸入されたことだし。違う、「ギャンブラー」だ）。

寄宿学校に通う日々が始まる前には、二つの空き地にはさまれた（マンハッタンのパーク・レーン五番地）フィレンツェ様式の瀟洒な父親の邸宅が、ヴァンにとっては海外旅行に出かけないかぎり冬のあいだの住居になっていた（やがて両脇に巨大な衛兵が立ち上がり、今にもそれを強制連行していこうとすることになる）。ラドゥーガレット、つまり「別のアーディス」で過ごす夏はここ、アーダのアーディスで過ごす夏よりもはるかに冷えて退屈だった。冬も夏もそこで過ごしたことが一度だけある。それは一八七八年のことだったに違いない。

もちろん、もちろんよ、とアーダは思い出して、だってあなたを初めてちらりと見たのがそのときだったんですもの。ちっちゃな白の水兵服に、青い水兵帽をかぶって。（申し分のない天使《アン・レギュリエ・アンゲロチエク》だな、とヴァンがラドゥーガ特有の決まり文句で注釈をはさんだ。）彼が八つで、彼女が六つのとき。ダン叔父が思いがけないことに、古い領地を再訪問したいという意志を表明したのだった。土壇場になって、ダンがやめておけと言ったのにもかかわらず、マリーナも行くと言い出し、フープを手にした幼いアーダをフーよっこらしょと担ぎ上げて馬車《カレーシュ》に乗せた。彼女の想像では、おそらくラドーガからラドゥーガまで列車に乗ったと思うのは、首に警笛をぶら下げた駅員がプラットフォームを歩いていき、停車している鈍行の客車を通り過ぎながら、どれもがカボチャが変貌した一枚窓の駅馬車を六台つなげたような各車両の窓を六枚ぜんぶ、ばたんと音をたてて次から次へと閉めていくところを憶えているからだ。ヴァンが口をはさんだとおりそれは「霧の中の塔」（印象的な記憶を彼女はそう呼ぶ）で、それから車掌が動き出そうとする列車の各車両の踏み板の上を歩きながらまたドアをぜんぶ開け、切符を渡し、鋏を入れ、回収し、親指を舐め、釣りを渡す、大忙しだが、それもまた「藤色の塔」。ラドゥーガレットまで行くのはモーター付きの車《ランドーレット》を呼んだのだろうか？十マイルだったかしら、と彼女が言った。十 哩《ヴェルスタ》だろ、とヴァンが言った。彼女は誤りを認めることになった。ヴァンのほうはと言えば、彼の想像では外に出て、家庭教師のアクサコフ、それからバグロフの孫息子と一緒に、鬱蒼とした樅林の中を散歩《ナ・プログールケ》している最中だったが、隣に住むこの少年はヴァンがいじめたりつねったりひどくからかったりしていた子で、おとなしくていつも黙っているくせに、土竜《モグラ》*2をはじめとして毛皮のあるやつならなんでも黙って虐殺する癖があり、おそらくは心の病なのだろう。ところが屋敷に着いてみると、ディーモンにしてみれば女性陣がやってくるとは予期していなかったことがただちに明らかになった。彼はテラスでゴールドワイン（甘口のウイスキー）を飲んでいて、一緒にいたのは彼の話では養子にした孤児だというが、この美しい野薔薇のようなアイルランド娘が、かつてアーディス・ホールに短期間勤めていたあつかましい台所の下働きで、誰だかわからない紳士（今では誰でも知っている）に陵辱された女だと、マリーナはたちどころに見破った。当時、ダン叔父は女たらし風にいとこの真似で片眼鏡をしており、そいつを嵌め込んでローズをしげしげ眺めようとしたが、おそらく彼も彼女にたらしこまれていたのだろう（ここでヴァンは話し相手を遮って、言葉に気をつけろよと言った）。パーティは散々だった。孤児が物憂げに真珠のイヤリングを外してマリーナの鑑定に差し出した。閨房でのうたたねから覚めたバグロフ爺さんがひょっこり入ってきて、マリーナを高級娼婦《グランド・ココット》と勘違いしてしまったらしい、というのは後になってマリーナが哀れなダンに食ってかかる機会を得たときに口にした推理だ。一晩泊まる代わりに、マリーナは憤然としてその場を去り、アーダを呼んだが、「お庭で遊んでおいで」と言われていたアーダは、一列に並んだ樺の若木の白い幹に、ローズから拝借した口紅で生肉のような赤い数字をぶつぶつ言いながらこつこつ書き込んでいるところで、それがどんなゲームの下準備だったのか、今となっては思い出せない——残念だな、とヴァンが言った——そのとき彼女の母親が彼女をかっさらうようにして、ダンを置き去りにしたまま——亭主の腹に一物あろうが、ええいままよ、ってわけだな、とヴァンが茶々を入れた——同じタクシーでまっすぐアーディスへ連れて帰り、家に着いたのは夜明け時だった。でも、とアーダは付け加えて、かっさらわれてクレヨンを失くしてしまう前に（マリーナが地獄の犬にくれてやる《ク・チェルチャーム・サバーチム》とばかりに投げ捨てたのだった——それで思い出すのはローズが連れていたテリア、ダンの足にしつこくまとわりついていた）、素敵な眼福を得たのはちっちゃなヴァンの姿で、もう一人の可愛い男の子と、ブロンドの顎髭を生やし、白いブラウスを着たアクサコフと一緒に、家まで歩いていくところだった、それと、あそうだ、フープを忘れていた——違った、まだタクシーの中に置いてあったわ。しかし、個人的に言えば、ヴァンはその訪問のことどころかその年の夏のことをこれっぽっちも思い出せなくて、というのも父親の暮らしは、とにかく、いつでも薔薇園だったし、手袋をはめていない美しい手で愛撫されたことが彼自身にも一度ならずあったからだが、そんな話はアーダは聞きたくないという。

さてそれでは一八八一年はどうだったかと言えば、姉妹はそれぞれ八—九歳と五歳になり、リヴィエラ、スイス、そしてイタリアの湖畔地方に連れて行かれ、マリーナの友人で演劇界の大物であるグラン・D・デュ・モン（このDは母親の旧姓デュークも表し、アイルランドの田舎地主だった《デ・オブロー・イルランデー・》よね《クワ》）も慎重を期して、次の地中海特急か次のシンプロン号か次のオリエント号か、とにかくヴィーン家の三人と、英国人女家庭教師と、ロシア人の乳母と二人の女中を乗せている豪華列車《トラン・ド・リュクス》の次の列車で旅行していて、その一方で半ば離婚状態のダンは赤道直下のアフリカのどこかへ出かけ、虎をはじめとして（驚いたことに見かけなかった）、車の通り道を横切るように訓練されている、悪名高い野生動物たちを写真に撮ることが目的だったが、モザンビークの荒野にある旅行代理店業者の優雅な邸宅に住むぽってりした黒人娘たちもついでに撮るつもりだった。アーダがもちろん記憶しているのは、妹と「ノートの見せっこ」をしたときのことで、旅行日程や、目にもあざやかな植生、ファッション、ありとあらゆる店が立ち並ぶ屋根付きの通り、ジュネーヴにあるマンハッタン・パレスのレストランで隅のテーブルからじっと彼女を見つめていた、黒い口髭を生やして日焼けしたハンサムな男、といったことはリュセットよりもはるかによく憶えていた。ところがリュセットは、ずっと幼いくせに、つまらないことや、小さな「塔」に小さな「樽」、過去の我楽多《ビリューリキ・プローシラヴァ》を山ほど憶えていた。この《セット》リュセットは、『ああ、このリーン《アー・セット・リーン》』（大衆小説）に出てくる女の子みたいに、「直観力と、愚鈍さと、純朴さと、狡猾さのまぜこぜ」だった。ところで、彼女は告白した、というかアーダが彼女に告白させたという、ヴァンが勘ぐっていたとおり、本当はまったく逆だったことを——二人が囚われの乙女のところに戻ってきたとき、彼女があわてふためいたのは、自由の身になろうともがいていたわけではなく、実際には、縄をほどき唐松のすきまから二人を覗き見していた後で、もう一度縄を縛り直そうとしていたからだと。「なんてことだ！」とヴァン、「それで石鹸があんな角度だったのか！」まあ、そんなことどうでもいいじゃないの、誰が気にするっていうの、アーダが望むのはただ、あのかわいそうな子がアーダの現在の年齢になっても幸せでいることだけ、愛しい、愛しい、愛しい、愛しいあなた。ヴァンが望むのは、藪の中に停めておいた自転車のきらきらした金属が葉叢のすきまから覗いて、森道を行く通行人に見つかることがなければということだった。

その後、二人は彼らの道筋がどこかで交わったことがあるか、それともヨーロッパにいたあの年にしばらくほぼ平行線を描いていたのかを定めようとした。一八八一年の春、十一歳のヴァンはロシア人の家庭教師と英国人の従僕と一緒に、ニースにある祖母の別荘で数ヵ月過ごし、一方ディーモンのほうはモクバにいるダンよりもキューバではるかに楽しいひとときを過ごしていた。六月に、ヴァンはフィレンツェ、ローマ、そしてカプリに連れていかれ、そこに父親も短いあいだ顔を見せた。親子はまた別れて、ディーモンはアメリカへと船出し、ヴァンは家庭教師と一緒にまずガルダ湖に面したガルドーネに行き、そこでは大理石に刻まれたゲーテとダヌンツィオの足跡をアクサコフがうやうやしく指さし、それから秋になるとレマン湖を見晴らす山腹のホテルにしばらく泊まった（カラムジンやトルストイも散策したことがある場所）。マリーナは一八八一年を通して、自分がいる場所とおよそ同じ地域のどこかにヴァンがいるのではないかと思っただろうか？　おそらくなかっただろう。姉妹は二人ともカンヌで猩紅熱にかかり、マリーナは大公爵《グランディー》と一緒にスペインにいた。お互いの記憶を念入りに合わせてみた後で、ヴァンとアーダが得た結論としては、曲がりくねったリヴィエラの道のどこかですれ違った可能性もないわけではなく、乗っていたのが借りた幌《ヴィ》馬車《クトリア》だったとすれば、二人の記憶では色は緑で、馬も緑の馬具を付けていたし、あるいは別々の列車だったとすれば、どちらも同じ方向に進んでいたのかもしれず、片方の寝台車の窓辺にいる少女は平行に走る列車の褐色の寝台車を見つめ、それがきらめく海原の方へと次第に分かれていき、線路の反対側では少年が海を眺めていた。こうした偶然性はあまりにも軽すぎてロマンティックだとは思えなかったし、スイスの町の波止場を歩いていてあるいは走っていてお互いに通り過ぎたことがあったかもしれないという可能性にも、とりたててはっきりとしたスリルを覚えることはなかった。しかしヴァンがあの過去の迷路に背想のサーチライトを何気なく向けると、そこでは鏡張りになった狭い通路が異なる分岐を取っているだけではなく、異なるレベルにも伸びていて（自動車がビュンビュン通り過ぎる陸橋のアーチの下を騾馬が荷車を引いて通るようなものだ）、気がついてみると、まだ漠然としたままで片手間ではあったにせよ、成熟して大人になってから取り憑いて離れなくなる学問分野に取り組んでいたのであった――すなわち、空間と時間、空間対時間、時間によってねじれた空間、時間としての空間、空間としての時間、といった問題だ――そして空間が時間から離脱するのは、人間の思考が最後の悲劇的勝利を収める瞬間だ。我死す、故に我在り。

「でもこれは」とアーダが叫んだ。「確かよ、これはリアリティ、これは純粋な事実じゃないの――この森、この苔、あなたの手、わたしの足にくっついている天道虫、これを奪い去るなんてできないでしょ？　（そうなるし、そうなったのだ。）これはすべてここで集まったのよ、どれほど二人の道筋がねじ曲がり、お互いに騙し合い、もつれ合ったとしても。それは必然的にここで出会ったんだわ！」

「自転車を探さなきゃ」とヴァンが言った。「『森のまた別の場所』で迷ってしまったんだ」

「ねえ、まだ戻らないでおきましょうよ」と彼女が叫んだ。「ねえ、もう少し待って」

「でも、僕たちが何処辺りの何時辺りにいるのか、確かめておきたいんだ」とヴァン。「哲学的に必要なんだから」

　日は暮れかけていた。きらめく陽光の名残りがどんよりした空の西に細片となってとどまっていた。愛想良く友達に挨拶した後で、まだ微笑みを顔にべったり塗りつけたまま道を渡る人間を、誰でも見たことがあるはずだ――そして原因に気づかず、結果を狂気の沙汰と取り違えたらしい他人にじろじろとにらまれて、微笑みがすっかり曇ってしまうところを。この隠喩をひねりだしてから、ヴァンとアーダはようやく家に戻ることに決めた。ガムレットを通り過ぎるときに、ロシア酒場《トラクティール》が目に入ってつい食欲が刺激され、二人は自転車を降りて薄暗い小さな酒場に入っていった。受け皿からじかにお茶を飲もうとして、それを大きな手でつかんで下卑た口元に高く持ち上げている馭者は、プレッツェルのように数珠つながりになった古い小説群からそっくりそのまま抜け出してきたような人物だった。このむしむしした穴倉で他にいるのはスカーフをかぶった女だけで、足をぶらぶらさせている赤シャツ姿の若者に向かって、さっさと魚のスープを片付けてくれないかいと説得していた《ウガヴァリヴァーユシチャヤ》。その女が実は酒場の女主人で、立ち上がり、「エプロンで両手を拭きながら」、アーダ（女主人には誰だか一目でわかった）とヴァン（小さな女城主の「いい人」なんだろうと想像したのは、外れていなくもなかった）にビトーチキという小さなロシア風「ハンバーガー」を出した。二人ともがつがつとそれを六つずつ平らげた――そしてジャスミンの繁みから自転車を引っぱり出し、また漕ぎつづけた。カーバイド式のランプを灯す必要があるほど暗くなっていた。アーディス・パークの暗がりにたどりつく前に、二人は最後にもう一度小休止を入れた。

いわば抒情的偶然によって、二人が出くわしたのは、めったに使わないロシア風の硝子張りベランダで、マリーナとラリヴィエール女史が夕べのお茶を飲んでいる光景だった。小説家は今ではすっかり元気を取り戻していたが、まだ花柄のネグリジェ姿のまま、最初の清書をすませた（明日にはタイプ打ちをする予定の）新作短篇を、トーケーを啜っているマリーナにちょうど朗読し終わったところで、悲しい酒《ル・ヴァン・トリスト》の気分になったマリーナは、「赤ら顔でたくましい首筋をした精力たっぷ《オ・クー・ルージュ・エ・ピュイサン・ド・ヴフ・アンコール・》りの男やもめ《プラン・ド・セーヴ》」の紳士が「許されざる貪欲《グルトヌリ・アンパルドナーブル》」の瞬間に少女を強姦し、いわばその餌食となった娘が震え上がったのを見て震え上がり、娘の喉を少し強く押しつけてしまい、挙句の果てに自殺したことにすっかり感極まっていた。

ヴァンは牛乳を一杯飲み、突然甘美な疲労感の波が手足に押し寄せるのを感じて、これはさっさと寝床に就いたほうがいいなと思った。「残念ね《タン・ピ》」とアーダが言って、旺盛な貪欲ぶりでケクス（英国のフルーツケーキ）に手を伸ばした。「ハンモックは？」と彼女はたずねた。しかし足元がふらついているヴァンは首を横に振り、マリーナの憂鬱な手にキスをしてから退いた。

「残念ね《タン・ピ》」とアーダは繰り返し、きりのない食欲ぶりで、分厚いケーキの一切れの卵黄色をした粗い表面と、豊富な盛りつけ――レーズン、アンジェリカ、砂糖漬けにしたサクランボ、レモン――にバターをこってり塗りはじめた。

目をまるくしてうんざりしながらアーダの動作を追っていたラリヴィエール女史が言った。「夢でも見てるのかしら《ジュ・レーヴ》。あんな食べられたものじゃない汚らわしい英国産のケーキなんかに、ま《イル・ネパ・ポッシーブル・コン・メット・デュ・プール・パルドゥシュ・トゥト・セット・パット・ブリタニーク》だバターを塗るなんて、ありえないことだわ《マッス・アンディジェスト・エ・ィモンド》」

「それにまだこれが最初の一切れ《エ・ス・ネ・ク・ラ・プレミエール・トランシュ》」とアーダ。

「ミルク《レ・カイエ》にシナモンを一振りしてほしくない？」とマリーナがたずねた。「ねえ、ベル」（とラリヴィエールの方を向いて）「この子は赤ちゃんだったときに、それを『砂をまいた雪』だとよく言っていたものよ」

「この子が赤ちゃんだったときって、あるもんですか」とベルはきっぱり言った。「なにしろよちよちができる前に、仔馬を乗りまわしてその背骨を折ったんですからね」

「ねえ」とマリーナが不思議そうにたずねた、「運動好きのあの子があんなにすっかり精根尽きてしまうなんて、いったい何マイルも乗っていたの？」

「たったの七よ」とアーダは口一杯に頬張りながらにっこりして答えた。

＊1　Lettrocalamity。電磁石を表すイタリア語 elettrocalamita の言葉遊び。

＊2　マイナー作家セルゲイ・アクサコフ（一七九一―一八五九）の『バグロフの孫息子の幼年時代』への言及。

25

晴れた九月の朝、木々はまだ青々としてはいるものの、アスターや春紫苑《ハルジオン》がもう溝や窪みを乗っ取っていた日に、ヴァンは寒いメイン州ルーガに戻る前に二週間を父親と三人の家庭教師たちと過ごすためにNAのラドーガに向けて出発した。

ヴァンはリュセットの両方のえくぼに、それから首筋にキスをした——そしてマリーナを見つめている乙にすましたラリヴィエールにウィンクを送った。

別れの時。みんなが彼を見送った。化粧着《シラフローク》*1姿のマリーナ、ダックを（代わりに）可愛がるリュセット、前の晩署名入り本を贈ったのにヴァンがそれを置き去りにしたことをまだ知らないラリヴィエール女史、たんまりチップをはずんでもらった召使たち二十人（その中にはカメラを手にした台所手伝いのキムもいる）——ほとんど家中総出と言ってよく、例外は頭痛がするのでと言ったブランシュと、病気の村人を訪問する約束をしたので出られないと言って失礼を詫びた、約束をきちんと守るアーダだった（あの子は本当に心根のやさしい子なんだから——そうマリーナがいかにも嬉しそうに、いかにもよく気のつく母親のように、よく口にしたものだ）。

ヴァンの黒いトランクと黒いスーツケース、それから黒いキングサイズのダンベルが、自家用車の後部に積み込まれた。ブテイヤンがだぶだぶの船長帽をかぶり、葡萄青色のゴーグルを着けた。

「尻をどけてくれよ《ルムヴェ・ヴォトル・ボトム》、僕が運転するから」とヴァンが言って、一八八四年の夏も終わりになった。

「心地よい乗り心地ですよ」とブテイヤンが奇妙で古風な英語で言った。「タイヤはみな新品です《トゥ・レ・プヌー・ソン・ヌフ》が、通り道には石がごろごろですし、若者はスピードを出しすぎますので。お気をつけにならないと。荒野に吹く風は遠慮がないと申します。野の百合が荒野に託するがごとく《テル・アン・リス・ソヴァージュ・コンフィアン・オ・デゼール》――」

「滑稽な召使とは、えらく古くさい役まわりじゃないか」とヴァンがそっけなく言った。

「いいえ、お坊っちゃま」とブテイヤンは帽子に手をかけながら答えた。「いいえ。ただわたくしめ《トゥ・サンプルマン》は、お坊っちゃまとお相手の女性が大好きなだけでございます《ジェム・ビャン・ムッシュー・エ・サ・ドモアゼル》」

「もし」とヴァン。「ブランシュのことを考えてるんだったら、ドリールの詩から引用する相手は僕じゃなくて、おまえの息子のほうがいいんじゃないか、そのうちに彼女を孕ませるだろうからな」

年寄りのフランス人はヴァンを横目で見て、唇を嚙んだ《パジェヴァール・グバーミ》が、何も言わなかった。

「ここでしばらく車を停めよう」とヴァンは、アーディスを越えてすぐのところにある、フォレスト・フォークに差しかかったときに言った。「親父の土産にちょっと茸《ボリート》でも採ろうかと思ってね、親父にはおまえの挨拶をきっと伝えておくよ(ブテイヤンがうやうやしい仕草をしていた)。このハンドブレーキはきっと――ええい、畜生――ルイ十六世が英国に移住する前に使ってたやつに違いないな」

「油を注さないといけませんな」とブテイヤンは言って、腕時計を見た。「九時四分の列車に乗るには、たっぷりと時間がございます」

ヴァンは深い藪の中に飛び込んだ。身に着けていたのは、シルクのシャツ、ビロードのジャケット、黒い半ズボン、星印の拍車が付いた乗馬靴だった——この恰好では klv zdB AoyvBno wkh gwzxm dqg kzwAAqvo a gwttp vp wifhm ポプラでできた自然の園亭にいるアーダのもとにたどりつくにはとても便利とは言えなかった。xliC mujzikml その後で彼女が言った。

「そう——忘れないために。これが手紙でやりとりするときの暗号コード。暗記したら、一人前のスパイみたいに呑み込んでしまうのよ」

「どっちから出すときでも局留めにしよう。週に三通は書いてほしいな、僕の白い恋人よ」

ネグリジェ同然にひらひらの、あの派手なフロックを着ているのを見たのはこれが初めてだった。髪は編んであり、チャイコフスキイの歌劇『オネーギンとオリガ』に出てくる、手紙の場面の若いソプラノ歌手マリア・クズネツォヴァにそっくりだねと彼は言った。

アーダは女らしい精一杯の努力で、嗚咽を感極まった叫びに変えることで押さえてそらそうとして、ポプラの幹に止まった忌々しい昆虫を指さした。

(忌々しい？　忌々しいですって？　その昆虫はね、新しく記載された珍種中の珍種、立羽蝶ニンファリス・ダナウス・［ナブ］なのよ、色はオレンジ・ブラウンで、前翅端は黒と白、第一発見者であるネブラスカ州バビロン大学のナボニダス教授も気がついていたように、大樺斑蝶《オオカバマダラ》を擬態するのに直接ではなく、大樺斑蝶の偽物としてよく知られているうちの一つ、樺色一文字蝶《カバイロイチモンジ》を経由するの。アーダの殴り書き。)

「明日になったら、きみは緑の捕蝶網を持ってここに来るんだろう」とヴァンは苦々しく言った。

「僕の蝶々さん」

彼女は彼の顔じゅうに口づけ、手に口づけ、それからもう一度唇に、瞼に、やわらかな黒髪に口づけた。彼は彼女の足首に、膝に、やわらかな黒髪に口づけた。

「ねえいつ、あなた、今度はいつ？　ルーガで？　カルーガ？　ラドーガ？　どこで、いつ？」

「そんなことはどうだっていい」とヴァンは声をはりあげた。「どうだって、どうだって——貞節を誓ってくれるかい、僕に貞節を誓ってくれるかい？」

「そんなに唾を飛ばさないで、あなた」とアーダは弱々しく微笑んで、ドダとテチを拭き取りながら言った。「わからない。わたしはあなたが大好き。それ以上に他の誰かを愛することなんて一生ないわ、いつだってどこだって、ここの永遠であろうが、テラの永遠であろうが、ラドーガであろうが、わたしたちの魂の行き先だというテラであろうが、決して。でもね！　でも、あなた、わたしのヴァン、わたしは生身の女なの、それもひどく生身の、わからないわ、率直に言ってるだけ、わたしに何ができるっていうの《キ・ビュィ・ジュ》？　そうだ、お願いだから訊かないでね、学校に、わたしに恋している女の子がいて、もう自分でも何言ってるのかわからない——」

「女の子なんてどうでもいい」とヴァン。「男がきみに近づいてきたら殺してやる。昨日の晩、それを詩に書いてきみに贈ろうとしたけど、僕には詩は書けないんだ。書き出しはね、書き出しだけしかないんだけど。アーダ、我らが愛欲と園亭——後はただ霧の中、勝手に後を想像してみてくれ」

二人は最後にもう一度抱き合って、それから彼はうしろを振り返りもせず飛ぶように去った。メロンにつまづき、丈の高い生意気な茴香《ウイキョウ》*2の首を乗馬鞭で荒々しく刎ねながら、ヴァンはフォレスト・フォークに戻った。お気に入りの黒馬モリオが、若いムーア人に手綱を取られて、帰りを待っていた。褒美として一握りのステラ金貨を馬丁に与えてから、馬に乗って走り去ったヴァンの手袋は涙に濡れていた。

＊1　ロシア語、化粧着を表すドイツ語 Schlafrock より。
＊2　マーヴェルの「庭」とランボーの「記憶」の一節への言及。

26

別離の第一期に手紙のやりとりをするとき、ヴァンとアーダは暗号を発明して、ヴァンがアーディスを去ってからの十五ヵ月のあいだに改良を続けていった。別離の期間全体はおよそ四年に及ぶことになり(「わたしたちの黒い虹」とアーダは名付けた)、一八八四年九月から一八八八年六月まで で、耐えきれないほどの至福だった二度の短い中断(一八八五年八月と一八八六年六月)と二度の偶然の出会い(「雨の格子ごしに」)を含む。暗号を解説するのは退屈なものだ。とはいえ、多少の基本事項は不承不承ながらここで述べておかねばならない。

一文字でできている単語はそのままにしておく。それより長い単語だと、各文字はアルファベットでそれに続く、二番めとか、三番めとか、四番めといった順序にある文字で置き換えられ、順序は単語の文字数に対応する。こうして、四文字語の「love」は「pszi」になり(「p」はアルファベット順で「l」から四番め、「s」は「o」から四番め、などなど)、それに対してたとえば「lovely」(この場合、単語が長いため、アルファベットが足りなくなってしまうともう一度最初からやり直し、というケースが二つある)は「ruBkrE」になるが、ここで大文字にしたのは溢れて新しいアルファベットへと流れ込んだものである。たとえばBが「v」を表すのは、そこから数えてwxyzABと六番めの文字で置き換えるからであり（「lovely」は六文字）、「y」はさらにもっと行ってzABCDEとなる。宇宙理論の啓蒙書（平明でわかりやすく、くだけたおしゃべり口調ですいすいと始まる）には恐ろしい瞬間があり、いきなり数式が雨後の筍のように生えだして、我々の脳味噌をお先真っ暗にしてしまうものだ。ここではそんなところまで立ち入らないからご心配なく。我らが恋人たちの暗号の解説（この「我らが」というのはそれなりにいらだちの元になるかもしれないが、どうかお気になさらずに）にもう少し注意を払い、もう少し反感を抑えて読んでいただければ、どれほどおつむの弱い読者であろうが、「溢れ」て新しいABCに流れ込む云々を理解していただけるものと信じている。

不運なことに、面倒が起こった。アーダが提案した改良案には、たとえば書き出しは暗号化したフランス語で始め、それから初めて二文字語が出てきた後は暗号化した英語に切り替え、初めて三文字語が出てきた後またフランス語に戻り、さらに変化を持たせて切り替えを繰り替えなおすというのがあったのだ。こうした改良によって通信文は書くよりも解読するほうが難しいほどになり、特にどちらの通信者とも、やむにやまれぬ恋心に駆られて、後で思いついたことを挿入し、文句を削除し、挿入を書き直しては削除を元に戻し、暗号文を複雑にしすぎたせいだけではなく表現しようのない苦悩と格闘していたせいもあって、そこには綴りの間違いやら暗号化の間違いがあったのだからなおさらである。

一八八六年から始まる別離の第二期になると、暗号は大幅に変更された。ヴァンとアーダのどちらも、マーヴェルの「庭」七十二行とランボーの「記憶」四十行をまだ暗唱できた。そこで二人はこのテキスト二つから、必要な単語にある文字を選んだ。たとえば、12.11. 11.2.20. 12.8とは「love」のことで、「l」とそれに続く数字はマーヴェルの詩の行数、次の数字はその行で何番めの文字かを指し、12.11. とは「二行目の十一番目の文字」という意味になるのだが、この説明でよくおわかりになったことと思う。そして、紛らわしい変化を持たせたいときには、ランボーの詩が使われ、一行を表す文字を大文字にするだけでよかった。繰り返すが、こういうことを解説するのは厄介なもので、解説が読んでおもしろいのは例文に誤りを探すという目的のためだけに限られる（申し訳ないが、その努力は徒労に終わります）。ともかく、これは最初の暗号よりもさらに重大な欠陥を含んでいることがわかった。機密保持の必要性から、二篇の詩を印刷したものでも手書きにしたものでも持っているわけにはいかなくなり、どれほど二人の記憶力が驚異的であっても、間違いは増えていく運命にあったからである。

一八八六年の途中に、二人は以前と同じくらい頻繁に手紙を書き合い、週に一通は下らなかった。それでも奇妙なことに、（とても長い長距離伝話ととても短い出会いがあった後の）一八八七年一月から一八八八年六月までの別離の第三期になると、二人の手紙は少なくなり、アーダの場合はたったの二十通（一八八八年の春にはわずか二、三通）、ヴァンから来たのはその約二倍程度にしぼんでしまった。この間の通信をここに一切引用することができないのは、手紙がすべて一八八九年に破棄されたからだ。

（この短い章は全面的に削除したらどうかしら。アーダの注。）

27

「マリーナはおまえのことをとても褒めていて、もう秋の気配が感じられる《ウジェー・チューストヴーエッツァ・オーセニ》と言っているよ。いかにもロシア的だな。おまえのお祖母さんは、毎年同じ時期になると、たとえアルミラ荘で過ごす季節のいちばん暑い日でも、その『もう秋の気配が感じられる』という文句を決まって繰り返したものだ。そのアルミラ（Almira）というのが海のアナグラムで、べつに自分の名前を並べ替えたわけじゃないのを、マリーナは気がついたためしがないな。おまえは実に元気そうじゃないか、わしの息子《スィーノク・モィ》よ、だがな、マリーナの娘二人におまえがうんざりしていることくらい、たやすく想像がつく。そこでだ、提案がある――」

「いや、すごく気に入ったよ」とヴァンがさも満足げに言った。「特に、幼くて可愛いリュセットが」

「わしの提案はだな、今日カクテルパーティがあるから一緒に行かないか。主催するのは、ド・プレ少佐とかいう素性不明な人物の、遣り手の未亡人で、この少佐は最近亡くなったわしらの隣人と詳細不明ながら血のつながりがあるらしく、射撃の名手ではあるが広場では光の具合が悪く、それにお節介な屑屋がタイミングの悪いときに大声をあげたそうだ。とにかく、その遣り手で影響力もある未亡人は、わしの友達に喜んで力を貸してくれるそうで」（ここで咳払い）「聞いたところでは、コーデュラという芳紀十五歳になる娘がいて、おまえが一夏じゅうアーディス森の幼子たちと目隠し鬼をさせられた、その埋め合わせをきっとしてくれると思うんだが」

「僕たちが遊んだのは、たいていスクラブルかスナップだったよ」とヴァン。「その困っている友達って、歳は僕と同じくらい？」

「彼女は未来のドゥーゼといったところかな」とディーモンはそっけなく答えた。「で、これはいわゆるプロモ・パーティだからな。おまえはひたすらコーデュラ・ド・プレと一緒にいること。わしはコーデリア・オリアリーとそうするから」

「了解《ダコール》」とヴァン。

コーデュラの母親は、熟れすぎ、着飾りすぎ、褒められすぎの喜劇女優で、ヴァンをトルコ人の曲芸師に紹介してくれたが、その曲芸師は美しいオランウータンのような手に黄褐色の毛を生やし、山師を思わせるようなぎらぎらした目をしていた――しかし実際には山師なんかではなく、所属する円形競技場では偉大な芸人だった。話しぶりや、熱心な青年に惜しみなく分け与えてくれるトレーニングのコツに、ヴァンはすっかり魅了され、妬み、野心、敬意などといった若者らしい感情にすっかり呑み込まれていたので、丸顔で、背が低く、ずんぐりむっくりで、濃い赤色をしたウールのタートルネックのセーターを着ているコーデュラや、背中の剝き出しになっている部分に父親然とした手をしきりに軽く載せながら、ディーモンが役に立ちそうなあれこれの客の方へと引き回して紹介している、息を呑むような美貌の若い女性にも、割く時間はほとんどなかったのである。ところが、まさしくその晩に、ヴァンはコーデュラと書店でばったり出くわしてしまい、彼女がこう言った。「ところで、ヴァン――そう呼んでもいいでしょ？ あなたのいとこのアーダはわたしの学校友達なんですもの。あ、そうだ。ねえ、教えてちょうだい、あの気難しいアーダにあなたは何をしたのかしら？　アーディスから寄こした最初の手紙でいきなり、アーダが滔々と褒めまくったの――あのアーダが褒めまくりよ！――どれほど可愛くて、頭が良くて、風変わりで、どうしようもなく魅力的で――」

「あの子もばかだなあ。いつの話？」

「六月だったと思う。後でまた手紙を書いてきたけど、その返事ったら――というのも、わたしあなたにすっかり焼き餅焼いちゃって――もうめちゃめちゃに！――質問の山を浴びせたからなの――とにかく、その返事が要領を得なくて、ほとんどヴァン抜きだったの」

　彼は彼女をそれまでよりもしげしげと眺め回した。たしかどこかで読んだはずだが（その気になれば正確な題名を思い出せるかもしれないな、チルチルじゃない、それは『青い髭』に出てくる）、若くて一人きりの女性（もちろん男物仕立ての上着を着ている老カップルなら誰の目もごまかされない）がレズビアンだと見破るには、三つの特徴の組み合わせに注目すればいいという。すなわち、かすかに震える手、鼻風邪にかかったような声、ふとした機会でやむをえず見せてしまった魅力（たとえば素敵な肩だとか）をこちらがいかにも惚れ惚れとした目つきでつい眺めたら、うろたえて後ずさりするようなあの目つき。そのどれもコーデュラには当てはまらず（そうか、ルイ・ピエールの『ミチレーヌ、小さな島《プチット・アイル》』だった）、ひどく恰好の悪いタートルの上に「ガルボトッシュ」（ベルト付きの雨合羽《マッキントッシュ》）を着て、両手を深くポケットに突っ込み、こちらをにらみ返すような視線を向けている。短くした髪は乾いた藁と湿った藁の中間のような色合いだ。ライトブルーの虹彩は、フランス領エストティに五万といる色素に乏しい家族たちの目に似ている。口元は、気取ってすぼめた恰好で閉じているときには人形のように可愛く、肖像画家が「大鎌状の皺」と呼ぶものが二本、意識的に浮かび上がるが、これは良くて縦長のえくぼであり、悪くすると、林檎を積んだ荷車を押す、フェルト靴を履いた娘たちの冷えきった頬にできる皺になる。今みたいに唇が開いたときは、歯列矯正具がちらりと覗くが、彼女はすぐに気づいて口を閉じてしまった。

「いとこのアーダはね」とヴァン。「まだ十一か十二の幼い女の子だから、本の中に出てくる人物を別にしたら、誰かに恋をするには早すぎるんだ。うん、僕も彼女は可愛いと思ったな。ちょっと青鞜派っぽいところはあるかもしれないし、おまけに、生意気で気まぐれだけど――それでも、うん、可愛いよ」

「そうねえ」とつぶやいたコーデュラの口調には、もの思いにふけるような微妙なニュアンスがあって、この話題は閉じてしまうつもりなのか、それとも開いたままにしておくのか、それとも新しい話題の扉を開けるのか、ヴァンには判断がつかなかった。

「きみの連絡先は？」と彼はたずねた。「リヴァーレーンに来ることある？　きみ処女？」

「ごろつきとはデートしないから」と彼女は落ちつきはらって答えた。「でも、アーダを通してだったらいつでもわたしに『コンタクト』できるわよ。わたしたちは同じクラスじゃないの、いろんな意味で」（笑）「彼女はちょっとした天才で、わたしはただのアメリカ人らしい両向性格者にすぎないけど、わたしたちは同じ上級フランス語のグループに登録していて、その上級フランス語グループは同じ寄宿舎を割り当てられているから、ブロンド十二人と、ブルネット三人、それから赤《ラ・》毛《ルース》一人は、寝言でフランス語がしゃべれるの」（独笑）

「おもしろいな。わかった、ありがとう。偶数ということは二段ベッドということなんだろうな。じゃ、またな、ごろつき風に言うと」

アーダに宛てた次の暗号による手紙でヴァンは、アーダが不必要な罪悪感を覚えながら口にしたレズビアン相手《レズビアノーチカ》とはコーデュラではないのかとたずねた。それくらいだったら僕はきみの可愛い手に嫉妬するよ。アーダの返事は「なんてくだらない、そのなんとかさんの名前なんか出さないで」だったが、共犯者を匿うとアーダがどれほど猛烈な嘘つきになるかヴァンはまだ知らなかったにもかかわらず、釈然としない思いが残った。

彼女の学校の校則は、狂っていると言えそうなくらいに古風で厳格だったが、それでマリーナがノスタルジックに思い出したのは、ユーコンスクにあるロシア貴族女子学院のことだった（そこで彼女は、アーダやコーデュラやグレースがブラウン・ヒル校でやったよりも、楽々となんの罰も受けずに校則を破り続けた）。女子生徒が男の子と会うのを許可されるのは、ひどいお茶とピンク色のケーキをいただきながらで、場所は女校長の応接室、それが学期ごとに三回か四回であり、さらに十二歳か十三歳の女子生徒なら誰でも、学校から数ブロック離れたところにある認可済みのミルク・バーで、第三日曜に、身持ちの固さには定評がある年長の女子生徒の同伴付きなら、紳士の子息と会ってもいいことになっていた。

ヴァンはそういうかたちでアーダに会う心構えをして、どんな独身女性が一緒にやってこようが魔法の杖を一振りしてスプーンか蕪に変えてやろうと思っていた。こうした「デート」は少なくとも二週間前に被害者の母親の承認を受けなくてはならない。話しぶりがソフトな校長のミス・クレフトが伝話をかけると、マリーナは、アーダがいとこと外出するには付き添いは必要ない、一日がかりの散歩を夏じゅうただ一人付き合ってくれたのがそのいとこなのだから、と答えた。「まさしくそこが問題なんですのよ」とクレフトは反論した。「若い男女が二人して散歩すると、からみあう傾向がきわめて高いものですし、それに棘は必ず蕾のそばに生えると申しますから」

「でも、あの二人は兄妹も同然なんです」と思わず口走ったマリーナは、大勢の愚かな人間たちがそう考えるように、「同然」という言葉が両方向に働くと考えていた――つまり、言明の真実さを減らし、自明の理を真実のように聞こえさせるという働きである。「それが余計に危険度を増すんですよ」とソフトなクレフト。「とにかく、妥協することにして、コーデュラ・ド・プレに第三者になってもらいましょう。あの子はイヴァンに一目置いているし、アーダにはベタ惚れ――だから味の引き立て役にしかなりませんが」（陳腐な俗語――当時でもすでに陳腐だった）

「まったく、お笑い草《フィグリ・ミグリ》ね」と受話器を置いた後でマリーナが言った。

暗い気分で、何が待ち受けているのかわからないままに（戦術的な予備知識があれば苦難に面と向かうのに役立ったかもしれない）、ヴァンは学校の小道でアーダを待つことにしたのだが、そこは物寂しい裏道で、水溜まりが陰気な空とホッケー場の塀を映し出していた。地元の高校生が、「ばっちりキメて」、校門の近くで少し離れて立っているのは、デートの相手を待つお仲間だ。

ヴァンがもう少しで駅に戻ろうとしかけたときにアーダが現れた――コーデュラと一緒に。なん《ラ・ボンヌ》たる驚き《・シュルプリーズ》！　ヴァンは大袈裟に心がこもったような言葉で挨拶した。（「可愛いいとこさん、最近どう？　やあ、コーデュラじゃないか！　お目付け役はどっちなんだい、きみかそれともヴィーン嬢？」）可愛いいとこが着飾っているのは、光る黒のレインコートにダウンブリムの防水帽と、まるでこれから誰かを危難か海難から救出するところみたいだ。小さな丸い絆創膏も、顎の片側にできたにきびを隠しおおせてはいない。息はエーテルの匂いがした。彼女の気分は彼の気分よりも険悪だ。雨が降るんじゃないかな、と彼は快活そうに言ってみた。すると本当にそうなった――それも激しく。あなたのトレンチコートは洒落てるわねとコーデュラが言った。わざわざ傘を取りに帰るほどでもない――素敵な目的地がすぐそこの角をまわったところにあるから、と。角は丸くないだろ、とヴァンは言ったが、これはまあまあの冗談。コーデュラが笑った。アーダは笑わなかった。

どうやら生存者はゼロらしい。

行ってみるとミルク・バーはひどく混雑していたので、アーケードの下を通って鉄道駅の喫茶店まで歩くことに決めた。わざと事実を無視したことを一晩中悔やむことになるのはよくよくわかっていた（しかしどうすることもできなかった）――中心的な、悩ましい事実だ――つまり、この三ヵ月近くもアーダに会っていなくて、彼女から来た最後の手紙には激しい情熱の炎が燃え、約束と希望を伝えるかよわいメッセージの中で暗号文の泡がはじけて、暗号化されない愛情のふてぶてしくも神々しい一行があらわになっていたという事実を。二人はあたかもこれまで会ったことがないかのように、これがお目付け役によって仕組まれたブラインドデートであるかのようにふるまった。奇妙な、悪意に満ちた思いが頭の中で渦巻いた。一体全体――べつにそれが一大事だというわけではないが、人間の自負心と好奇心に関わる問題だ――一体全体、この二人は何を企んでいたのだろう？　この二人の野放しになった女の子たちは、先学期、今学期、昨晩、毎晩、パジャマの上だけという恰好で、異常な寄宿舎に忍び声や歓び声が聞こえるなか。たずねてみようか？　ちょうどいい言い方を見つけられるだろうか？　アーダを傷つけないようにしながら、その一方で、この黒髪で蒼白く、石炭色で珊瑚色、ひょろ長い足でのろのろ足の、とろけるような絶頂を迎えるとすすり泣く子を焚きつけた、同衾娘をどれだけ彼が軽蔑しているかわからせるような言い方を。つい先ほど、船酔いになりながらも任務を果たしているような飾り気のないアーダと、林檎腐爛病にかかっていても勇敢なコーデュラが、まるで足枷を嵌められた二人の囚人が征服者の面前に引っ立てられるように、こちらに向かって一緒に歩いてくるのを見たとき、ヴァンは騙されていることに対する仕返しとして、つい最近学校で起きた、ホモセクシュアルというか偽ホモセクシュアル騒動（コーデュラのいとこである上級生が、折衷派の監督生の部屋で男子に変装した女子と一緒にいるところを見つかった）を、上品な言葉遣いながらも微に入り細を穿って話してやろうと心に誓った。そして二人がたじろぐ様子を眺め、これに匹敵するような話をぜひ聞かせてもらおうじゃないか、と言ってやろう。その衝動はすでに萎えていた。それでもまだ彼は、少しのあいだ退屈なコーデュラを厄介払いして、退屈なアーダがきらめく涙に溶けるような、何か残酷な言葉を見つけられたらと思っていた。しかしそれは彼の自尊心《アムール・プロープル》から発したもので、彼らの汚らわしい愛《サール・アムール》*1からではない。ヴァンは死んでも口から駄洒落を離しませんでした。それにどうして「汚らわしい」のか。プルースト的呵責を感じるだろうか？　まったく感じない。その逆だ。二人が互いを愛撫し合っている秘画が、倒錯的な悦楽を伴って、彼をちくりちくりと悩ませつづけていたのだ。内心の血走った目の前で、二重に映って豊かになったアーダは、からまりもつれて双子になり、彼が与えるものを与え、彼が奪うものを奪う。コラーダ、アーデュラ。このずんぐりむっくりの女伯爵令嬢が初体験のときのあの小娘娼婦に似ていることにはっと気づいて、よけいに疼きが激しくなった。

話題が勉強や教師の話になると、ヴァンが言った。

「こんな文学上の問題があるんだが、アーダ、きみと、それからコーデュラ、きみの意見を伺いたいんだ。僕たちが教わっているフランス文学の教授の説では、マルセルとアルベルチーヌの恋愛の描き方にそもそも、哲学的でそれゆえ芸術的な、由々しい欠陥があるというんだ。語り手が同性愛者で、アルベルチーヌのぽっちゃりした頬は要するにアルベールのぽっちゃりした尻だということを、もし読者が知っているとしたら描き方が納得できる。ところが、芸術作品を味わい尽くすために、そういうことだとか、作者の性的嗜好について読者が多少なりとも知っておくことは、前提にもならないし要求もされないとしたら、描き方がチンプンカンプンというわけだ。教授が言うには、プルーストの性的倒錯を読者が何も知らないとしたら、ヘテロの男性が嫉妬心からホモの女性に目を光らせる細かな描写はありえない、というのも普通の男性なら、恋人が女性の相手と戯れているのを見ても、快感と言ってもいいほどの愉快な気分になるだけだからだ。作者の汚れ物を調べた洗濯女《ケルク・プティット・ブランシシューズ》もどきでないと味わえないような小説なんて、芸術的に見て失敗作だ、というのが教授の結論なのさ」

「アーダ、この人なんの話してるの？　見たことがあるイタリア映画の話？」

「ヴァン」とアーダがくたびれた声で言った。「うちの学校じゃ、フランス語上級コースはせいぜい進んでラカンやラシーヌまで、というのをわかってないのね」

「じゃもういい」とヴァン。

「あなたはマルセルに入れ込みすぎよ」とアーダがつぶやいた。

鉄道駅には半ば私用の喫茶室があり、学校の愚かしい後援を受け、駅長の妻によって管理されていた。入ってみると空っぽで、いるのは黒いビロードを着た細身の女性だけ、黒いビロードの美しいピクチャーハットをかぶり、「トニック・バー」でこちらに背を向けて座り、一度も振り向かなかったが、トゥールーズ[*2]から来た娼婦ではないかという思いが脳裏をかすめた。びっしょり濡れた三人は良さそうな隅のテーブルを見つけ、陳腐な安堵のためいきをつきながらレインコートを脱いだ。アーダが海難防止用の帽子を脱ぎ捨ててくれれば、という期待は虚しく終わった、というのも彼女はひどい頭痛のせいで髪を短く切っていたからだし、瀕死のロミオ役を演じていると思われたくないからだった。

（小《プティ》プルーストをやってから今度は大《グラン》ジョイスをやるのね。アーダの美しい筆跡で。）

（まあ先を読んでみてくれ。これぞV・Vなんだから。この女性に注目！　ベッドを吸い取り紙《ビュヴァール》代わりにしたヴァンの殴り書きで。）

アーダがクリーム壺に手を伸ばしたとき、ヴァンがその手をつかんで調べようとすると、その手は死んだ真似をしていた。私たちが思い出すのは、一瞬私たちの手のひらに翅をしっかり閉じて止まっていたかと思うと、ふいに手の中には何もなくなってしまった、あの黄縁立羽《キベリタテハ》のことだ。彼女の爪が今では長く尖っているのを、彼は満足そうなおももちで見つめた。

「尖りすぎてはいないかい、どう思う、きみ」と彼は、とっとと「化粧室」に消えてくれればよかったのに、虚しい希望となった、おばかな《ドゥーラ》コーデュラにあてつけのつもりで言った。

「あら、そんなことないわ」とアーダが言った。

「きみはだね」と話をやめられなくなったヴァンが続けた。「きみはだね、幼気な者を撫でてやるときに、ひっかいてしまったりしないかい？　きみの幼気な女友達の手を見てごらんよ」（その手を取る）「この華奢な短い爪を見てごらん（冷たく無邪気で、従順な手！）。彼女だったら最高級の絹にでも爪をひっかけたりしないよね、めったに、そうだろ、アーデュラ――じゃなかった、コーデュラ？」

女の子たちがくすくす笑って、コーデュラはアーダの頬にキスをした。自分がどんな反応を予期していたのか、ヴァンにもよくわからなかったが、その単純なキスで安堵と失望を味わった。雨の音が車輪の大きくなる響きにかき消された。彼は腕時計をちらりと見た。そして壁に掛かっている時計をちらりと見上げた。これで失礼と彼は言った――列車が来たから。

「いいのよ」とアーダは、へりくだった詫びの言葉に対する返事で書いていた（ここは要約）。「わたしたちはてっきり、あなたが酔っぱらってるんだと思ってた。でも、もう二度とブラウン・ヒルに招いたりはしませんからね、あなた」

＊1　トルストイの『復活』から拝借した洒落。
＊2　トゥールーズ＝ロートレック。

28

ふりかえってみれば、一八八〇年は（アクワはまだ生きていた——どうにか、どこかで！）、彼の長い、あまりにも長い、決して長すぎることのない生涯の中でも、最も記憶力があり才能にも恵まれた年だった。そのとき彼は十歳。父親はまだ西部にぐずぐずしていたが、あらゆる若き天才ロシア人の例に漏れず、ヴァンは西部の彩り豊かな山々にすっかり魅了されたのだった。彼はオイラー型の問題を解いたり、プーシキンの詩「首なし騎手」[*1]をわずか二十分足らずで暗記することができた。白いブラウスを着用し、猛烈に汗をかいているアンドレイ・アンドレーヴィチとともに、彼はピンク色の断崖が投げかける菫色の日陰で何時間も寝そべりながら、ロシアの大作家からマイナー作家までの作品を読んで過ごした——そしてレールモントフ[*2]のダイヤモンド型をした四歩格の詩に、それとは別の世界で、父親がいかに空を飛翔し女性たちを愛したかという、誇張されてはいてもおおむね称賛的な言及を解読したのであった。彼が懸命に涙をこらえようとし、AAAががぼってりした赤い鼻をかんだのは、ユタ州のモーテルで、土の上にトルストイが農民のように裸足でつけた足型が保存されているのを見せられたときのこと、そこでトルストイはナヴァホ族の酋長にしてフランスの将軍のご落胤であり、自宅のプールで泳いでいるところをコーラ・デイに射殺されたミュラットの物語を執筆したのだった。[*3] それにしても、ソプラノ歌手コーラのあの美声！ ディーモンはヴァンを西コロラドのテルライドにある世界的に有名なオペラハウスに連れていき、そこでヴァンは地上最高の国際ショーを楽しんだ（そしてときには大嫌いになることもあった）——英国の無韻詩で書かれた劇、フランスの押韻二行連句で書かれた悲劇、巨人や魔術師や脱糞する白馬が出てくる、耳をつんざくようなドイツの音楽劇だ。彼はいろいろとささやかな趣味——手品、チェス、縁日での超超軽量級ボクシング試合、曲乗り——に熱中する時期を経験したし、それにもちろん、決して忘れることができないのは、あのあまりにも早熟すぎた手ほどきのことで、若くて愛らしい英国人の女家庭教師がミルクセーキとおねんねのあいだに達者な手つきで愛撫してくれたのであり、その先生はペチコート姿にちっちゃな乳房で、半裸のような恰好をしていたのは、彼女の妹、そしてディーモンと、ディーモンのカジノ旅行仲間であり、ボディガードにして守護天使、モニターにしてアドヴァイザーである、いかさまトランプ賭博からすっかり足を洗ったプランケット氏と一緒に、どこかのパーティに出かけるために着替えの途中だったからである。

プランケット氏は、波瀾万丈だった歳月の盛夏には、名人いかさま師《シューレル》の一人であり、英国とアメリカの双方では「賭博の魔術師」と品のいい言い方で呼ばれていた。四十歳のとき、ドローポーカーの一戦の最中に、心臓発作で気絶していかさまが露見したことがあり（なんとしたことか、ひどく負けが込んでいた男に、汚らしい手で彼のポケットを探る機会を与えてしまったのである）、それで数年間刑務所暮らしをして、祖先が信仰していたローマ・カトリックに改宗し、刑期を終えるとただちに布教活動に手を染め、手品の入門書を書き、あちこちの新聞でブリッジ欄を担当し、警察御用達の探偵業までやった（二人の屈強な息子が警察に勤めていたから）。時の猛威にさらされ、いかつい顔の造作にも外科手術の手が加わったせいで、灰色の顔は以前より魅力的になったとは言えないにしても、少なくとも誰の目にも見分けがつかなくなり、彼だとわかるのは昔仲間数人になってしまったが、いずれにせよ、その昔仲間ですら今では寒気がすると言って同席を忌避していたのだ。ヴァンにとって、彼はキング・ウィングよりもはるかに魅惑的だった。ぶっきらぼうでも気だてのやさしいプランケット氏は、その魅惑を利用したいという誘惑に打ち勝つことができずに（誰しも人から好かれることは好きなものである）、今ではすっかり純粋で抽象的になり、それゆえ真正なものとなった芸の手練手管をヴァンに手ほどきすることにした。プランケット氏に言わせれば、手鏡や下品な「袖口レーキ」といった器具類の使用は必然的に露見へとつながり、それはゼリーやモスリン、ゴム手などが職業的霊媒師としての経歴に傷をつけ、短命に終わらせてしまうのとまったく同じであるという。彼がヴァンに教えたのは、まわりに何か光る物を置いている男がいかさまをしているらしい、と疑ったときの見破り方である（なかには立派なクラブの会員もいる、こうした素人のことを、玄人は「クリスマスツリー」とか「綺羅綺羅星」と呼んでいる）。プランケット氏は手先の早技しか信じなかった。秘密のポケットは役に立つ（ただし、それをひっくり返されて不利な証拠になることもある）。いちばん大切なのは、カードの「手触り」であり、カードを手のひらに隠す微妙なコツであり、指先の器用さ、フォールス・シャッフル、カードのスプレッド、パック・ルーフィング、配札でのカードの仕込み、そしてとりわけ手先の機敏さで、こうした技術は何度も練習すれば文字どおりの消失奇術へ、あるいは逆向きなら、ジョーカーが忽然と現れたり、ツーペアがキング四枚に変身したりするような手品に変貌を遂げるのである。絶対に必要不可欠なのは、こっそりカードをもう一組使うなら、手が仕込まれていない場合に捨て札を記憶しておくということだ。二ヵ月のあいだヴァンはトランプ手品を練習し、それから他の趣味へと移った。修行中の彼は呑み込みが早く、学んだことは小瓶に入れてラベルを貼り、涼しい場所に保管しておいた。

一八八五年、私立中等学校での教育を終えると、彼は父祖たちの母校である英国のチョーズ大学に進学し、ときおりロンドンやリュート*4（海峡の向こう側にある、あの真珠の灰色をした美しくも悲しい都会のことを、裕福ではあるが洗練されすぎてはいない英国人植民者たちはそう呼んでいた）へ遊びに出かけた。

一八八六年から七年にかけての冬のある日、気が滅入るほどに寒いチョーズで、二人のフランス人と、ここでディックと呼んでおくことにする学生仲間の一人とでポーカーをしていたときのこと、場所はセレニティ・コートにある後者の小綺麗な家具付きの部屋だったが、そこで気づいたのは、双子のフランス人が負け続けているのは、どうしようもなく酔っぱらってご機嫌だからというだけでなく、御前様《ミロール》がプランケットの語彙で言えばあの「クリスタルの脳タリン」こと、鏡張りの男だからであるという事実だった——形や角度がさまざまな小さい反射面が、こっそりと腕時計や指輪の表面で光る仕掛けで、藪に潜む雌の蛍よろしく、テーブルの足や、袖口や襟の折り返しに取り付けられ、さらには灰皿の縁にも置かれていて、そばの支えに載せられたその位置をディックは素知らぬ風を装って変えつづけていた——そうしたすべては、どんないかさま師に言わせても、余計なばかりか愚かですらあった。

好機到来を待っているうちに数千ポンド負けて、ヴァンは昔学習したことを実践に活かしてみようと意を決した。ちょうどみんなが一息入れているところ。ディックは立ち上がり、隅にある通話管のところまで行って、ワインの追加を注文した。不運な双子は一本の万年筆を互いに渡し合い、悲惨な受け渡しの途中で何度も何度も万年筆を親指で押しながら負けを計算しているところだったが、その額はヴァンの分を超えていた。ヴァンは一組のカードをポケットに忍ばせ、立ち上がってたくましい肩の凝りをほぐした。

「なあ、ディック、合衆国の賭博師で、プランケットという男に会ったことあるかい？　僕がつきあっていた頃には、頭が禿げて顔は灰色をした奴だったけど」

「プランケット？　プランケット？　おれの生まれる前の話じゃないか。たしか、牧師か何かになった奴じゃなかったかな？　なんでまた？」

「父の親友の一人でね。大芸術家さ」

「芸術家？」

「そうさ、芸術家だよ。僕も芸術家。たぶん、きみも自分では芸術家だと思っているんだろうな。そう思っている人間は多いから」

「芸術家って、いったいどういう意味だ？」

「地下望遠鏡だよ」とヴァンはただちに答えた。

「その文句は、現代小説からの引用かな」とディックが言って、煙草をせわしなく何度か吸ってから捨てた。

「ヴァン・ヴィーンからの引用さ」とヴァン・ヴィーン。

　ディックはゆっくりとテーブルに戻った。召使がワインを持ってやってきた。ヴァンは便所に行って、老プランケットがよく言っていた用語を使えば「デッキの積み込み」を始めた。思い起こせば、この前にトランプ手品をやったのは、ディーモンに手品をいくつか披露したときのことだった——父は二人がポーカー好きなのを快く思っていなかった。ああ、そうだ、それから頭のおかしくなった奇術師が監房にいるときに慰めてやったこともあったなあ、重力とは至高の存在者の血液循環と何か関係がある、というのが彼のお気に入りの妄想だった。

ヴァンは自分の腕前を――そして御前様の愚かさを――疑ってはいなかったが、それを長時間にわたって保つことができるかどうかは自信がなかった。思えばディックも哀れな奴ではないか、素人いかさま師であることを別にすれば、愛すべき穀潰しであり、生気のない顔にしまりのない身体をしている――吹けば飛ぶような奴で、あっさりと言ってのけたところでは、もし親戚が彼の（多額でつまらない）借金の返済を拒みつづけたとすれば、オーストラリアに移住して、そこでまた新たな借金をこしらえながらその傍ら小切手を偽造するはめになるとか。

いちばんうるさい借金相手をなだめるのに必要な最低額という海岸線から、今ではわずか数百ポンドしか離れていないというのは、実に欣快の至り《コンスタテ・アヴェック・プレジール》だねと彼は餌食どもに言ってから、すぐさま容赦のない速攻で哀れなジャンとジャックの金を巻き上げつづけ、純正のエースが三枚という手が来たところで（これはヴァンが愛おしい手つきで配ったもの）、ヴァンがすばやくかき集めた九の四枚に敗れた。続く一戦は、巧みなブラフとさらにもっと巧みなブラフの一騎打ちだった。そして必死になってピカピカキラキラしている若い御前様に、まあまあいいが凄くいいとまではいかない手をヴァンが気前よくすべり込ませてやっているうちに、ディックの受難は不意に終わりを告げた（霧の中でロンドンの仕立屋が無念さに両手を揉み絞り、有名な高利貸しであるチョーズのセント・プリーストがディックの父親に面会を求める）。ヴァンがこれまで見たこともなかったような大金が賭けられた後で、ジャックがわびしい「一色《クルール》」（と彼は死にかけの男がささやくように言った）を見せると、ディックはストレートフラッシュをさらし、それに対して宿敵はロイヤルストレートフラッシュだった。巧妙な策略をディックの愚かしいレンズからここまで何の造作もなく隠しおおせていたヴァンは、「虹色の象牙」――詩才溢れるプランケット――をごっそりかっさらって胸元にかき抱いたとき、彼の、つまりヴァンの、手の中に隠し持った二枚めのジョーカーをディックがちらっと見るのを目撃するという光栄に浴した。双子はネクタイとコートを着け、これで失礼すると言った。
「ぼくも失礼するよ、ディック」とヴァンは言った。「きみは水晶球のお世話になりっきりなのが残念だったな。よく思うんだが、それのロシア語での呼び方が——たしか僕たちには共通するロシア人の祖先がいるんだったよな——ドイツ語で『学生』を表す言葉からウムラウトを取ったのと同じなのは、いったいどうしてなんだろうね」——そしてこう軽口を叩いているあいだにヴァンはすばやく小切手を書いて、歓喜のあまりにびっくり仰天しているフランス人兄弟に払い戻しをしてやった。それから彼はカードやチップをひとつかみして、ディックの顔目がけて投げつけた。その爆弾がまだ宙を飛んでいるときに、こんなに残酷で陳腐な仕草をしたのを後悔したのは、惨めな男がなんのまともな反応もできず、ただじっと座ったまま片目を手で覆い、もう片方の目で壊れた眼鏡を調べていたからで——その目は少し出血していた——双子のフランス人はハンカチを二枚押しつけようとし、それをディックは愛想良く何度も押しのけていた。薔薇色の曙が緑のセレニティ・コートで寒さに震えていた。労多き懐かしのチョーズよ。[*5]
（ここに拍手を表す印をぜひ付けておかないと。アーダの注。）
その朝の残りの時間、ヴァンは血が煮えたぎる思いで、熱い風呂に長いことつかってから（世の中で最高の助言者、激励者にして霊感源であり、それに比肩するのは言うまでもなく便座しかない）、いかさまに遭ったいかさま師に詫び状の筆を執ろうと一念発起した——発起というのがうってつけの言葉だ。着替えているときに使いの者が持ってきたC卿からの手紙を読むと（C卿はリヴァーレーン在学時代にヴァンの級友だった一人のいとこに当たる）、寛大なディックは借金の返済の代わりに、一族郎党が入会しているヴィーナス・ヴィラ・クラブへの紹介状を書こうと申し出ていた。こんな報償は、十八歳の若造には望み得ないものだ。まさしく楽園への切符。ヴァンはいささか太り過ぎの良心と取っ組み合いの格闘をした（かつてのギムナジウム時代の同級生のように、二人ともにやにや笑いながら）——そしてその結果、ディックの申し出を受け入れた。

（ねえ、ヴァン、もっとはっきりさせてくれないかしら、どうしてあなた、ヴァンは、男性の中でも最も誇りが高くて清潔な人なのに——わたしはべつに卑しい肉体性のことを言っているんじゃないの、わたしたちはみなそんなふうに身体ができているんだから——でもどうしてあなた、潔癖なヴァンが、あの大失敗の後でも相変わらず「ピカピカキラキラ」してたに決まってる、悪党の申し出を受け入れることができたのかしら。説明してちょうだい、第一《プリモ》に、あなたがひどく働きすぎだったということ、そして第二《セクンド》に、あの悪党が、いかにも悪党らしく、あなたが決闘を申し込むはずがないから、それでいわば安全だと高をくくっている、そう思うのがあなたには耐えられなかったということを。そうでしょ？　ヴァン、聞こえてる？　わたしが思うに——）

　ところがディックは、事件の後で長いこと「キラキラ」していなかった。五、六年後、モンテカルロで、ヴァンが戸外のカフェのそばを通り過ぎようとしていたら突然肘をつかまれ、見ると喜色満面で赤ら顔をした、それなりにちゃんとした身なりのディック・Cが、格子模様の手摺のペチュニアごしに身を乗り出していたのだった。

「ヴァン」とディックが声をあげた。「おれはあんなくだらない鏡からすっかり足を洗ったぞ、祝ってくれよ！　いいか、唯一の安全な方法は、印をつけることだ！　待ちなったら、話はまだあるんだから、信じられない話なんだが、貴金属ユーフォリオンを顕微鏡で見ないとわからないほど小さなペン先にしたものが発明されたんだ——いいか、本当に顕微鏡で見ないとわからないほどなんだぞ——そいつを親指の爪の下に差し込んでおくと、肉眼ではわからないが、それでつけた印を、掛けている片眼鏡のごく小さな部分が拡大して見せてくれる仕掛けになっていてね、対戦の途中で手に入ってくるカードに、次から次へと蚤を殺したような印をつけるわけさ、そこがこの方法の美しいところでね、なんの準備も、なんの小道具も必要なし、なんにも！　印だ！　印だ！」とおめでたいディックがまだ叫んでいるのをうっちゃらかして、ヴァンは去っていった。

＊1　メイン・リードの小説の題名が、ここでは「青銅の騎手」の作者プーシキンにあてがわれている。
＊2　「悪魔」の作者。
＊3　トルストイの小説の主人公ハジ・ムラート（カフカスの族長）が、ここではナポレオンの義弟に当たるミュラ元帥や、フランスの革命指導者で、入浴中にシャルロット・コルデーに暗殺されたマラーと混ぜ合わされている。
＊4　パリの古称リュテスより。
＊5　ボードレール風。

29

一八八六年の七月半ば、ヴァンが「豪華」客船（今ではその白い威容でドーヴァーからマンハッタンまでたどり着くのに丸一週間かかる！）の船上で卓球大会に勝利を収めつつあった頃、マリーナと二人の娘、女家庭教師、そして女中二人はロシアの流感《インフルエーンツァ》の似たような段階にあり、ロサンジェルスからラドールまで汽車で行く途中、あちこちの駅でがたがた震えていた。七月二十一日（嬉しい彼女の誕生日！）に父親の家でヴァンを待っていたのは、シカゴから届いた水路伝報だった。「ダアダイスト　カンシャ　カンジャ　二四ト七ノアイダニトウチャク　ドーリスニカケテアエル　グッドバイ　アタリ」

「アクワがよく送ってきた小さな青い蝶《ガルビャーンキ》（プチ・ブルー*1）を思い出して、胸が痛むな」とディーモンはためいきをついて言った（機械的に書簡を開封しながら）。「やさしいアタリーというのは、わしが知っている娘かな？　おまえは好きなだけわしをにらみつけてもいいが、これは医者が医者に宛てた伝報じゃないだろ」

ヴァンは朝食室のブーシェの天井画を見上げ、嘲笑混じりの感嘆で頭を振りながら、ディーモンの慧眼ぶりに対してひとこと言った。そう、そのとおりだよ。僕はバドウィッグ（グッドバイのアナグラムだよ、わかる?)まで大陸禁断旅行をして、レットハム(わかる?)とは反対方向にある村に出かけ、お馬さんかパパさんしか描かないドーリスだかオドーリスという絵描きの狂女と会うことになっているのさ。

アーディスからおよそ二十マイル離れた、ラドール川べりの寒村マラハールにたった一軒ある宿屋に、ヴァンは偽名(ブーシェ)で部屋を借りた。悪名高い蚊というかそのいとこ《クーザン》と一晩中格闘したのは、アーディスの蚊よりもこちらの蚊のほうが彼を好いてくれたせいだった。踊り場にあるトイレは、しゃがむ人間用のばかでかい足型二つの間に空いた黒い穴で、糞便の飛び散った跡が付いている。七月二十五日の午前七時に、彼はマラハール郵便局からアーディス・ホールに伝話をかけ、バウトにつながったが、バウトはブランシュとつながっている最中で、ヴァンの声を執事の声だと勘違いしてしまった。

「いい加減にしてくれよ、パパ」と彼はベッド脇の水路伝話器にどなりつけた。「今取り込み中なんだから!」

「ブランシュを出してくれ、このばか」とヴァンが吠えた。

「あ、申し訳ございません《パルドン》」とバウトが大声を出した。「しばらくお待ちを《アン・モマン》、旦那様《ムッシュー》」

ポンとボトルの栓を抜く音が聞こえ(朝の七時に白ワインを飲んでいるなんて!)、ブランシュが伝話口に出てきたが、アーダに送信する凝った暗号文をヴァンが口にしはじめたところで、屋敷の中でもいちばん明瞭な受話器が動かなくなった気圧計の下で震えて泡をたてている育児室から、一晩じゅう警戒態勢《キ・ヴィーヴ》を敷いていたアーダ本人がもう返事した。

「四十五分後にフォレスト・フォーク。唾を飛ばしてごめん」

「塔!」と、甘く鳴り響く彼女の声が答え、それは青天の飛行士が「ロジャー」と言うようなものだった。

　彼が借りたバイクは、サドルがビリヤードクロス張り、ハンドルには気取った偽真珠細工という立派なマシンで、それに乗り、狭い「森道」を木の根っこでバウンドしながら進んでいった。最初に目にしたのは、乗り捨てられた彼女の自転車の星のような輝きだった。そのそばに両手を腰にあてて立っている彼女は、黒髪の白い天使で、ぼんやりとした恥じらいの表情を浮かべてあらぬ方を見やり、テリークロスのローブと寝室用スリッパという恰好だ。すぐそばの繁みに抱きかかえて連れ込むと、彼女の身体の火照りが感じられたが、二度の情熱的な痙攣が終わると彼女は小さな茶色の蟻を身体中につけたまま立ち上がり、よろけてほとんど転びそうになり、ジプシーたちが二人のジープを盗んでいくとか口走ったときになって、ようやく彼は彼女がどれほど病気かを悟ったのだった。

　獣じみてはいても、美しい密会だった。いくら思い出そうとしてみても――

（いいわよ、わたしも思い出せないもの。アーダ。）

　――二人が言った言葉はひとことも、一つの問いも、一つの答えも思い出せなかった。彼は急いで彼女をできるだけ家の近くまで送り届け（自転車は羊歯の繁みに蹴飛ばしておいた）――そしてその晩、ブランシュを伝話で呼び出すと、お嬢様《マドモワゼル》はひどい肺炎《ユヌ・ベル・プヌモニ》にかかっておいでです、お気の毒《モン・ポーヴル・》に《ムッシュー》、と彼女はわざとらしくささやいた。

　アーダは三日後にすっかり回復したが、彼は英国に戻る同じ船に乗るためにマンに帰らねばならなかった――サーカス一座の巡業に加わるためで、あの人たちをがっかりさせるわけにはいかない。

　父が見送りにきてくれた。ディーモンは黒髪をさらに黒く染めていた。嵌めているダイヤモンドの指輪がカフカスの尾根のように輝いている。青い眼状紋が入った、長くて黒い翼のようなマントが、海のそよ風にたなびいて揺れていた。人々が振り返って見た《リューヂィ・アグリャーディヴァリシ》。眉墨にカスベク・ルージュを塗りたくり、フラミンゴボアの襟巻というつかのまのタマーラは、どうすれば悪魔の恋人をもっと喜ばせられるか決めかねている様子だった――ただ喘ぎ声をたてるだけでハンサムな息子に目もくれずにいるか、それとも彼女がつけているカフカス産の香水グラニアル・マザ[*2]一瓶七ドルに我慢がならず、むっつりしているヴァンにも青髯譲りの淫蕩の血が流れているのを認めてやるか。（ねえ、この章がここまででいちばん好きよ、ヴァン、なぜだかわからないけど、大好き。それに、ブランシュは若い恋人に抱かれたままにしておいていいのよ、まったくどうでもいいことなんだから。アーダの最も愛情のこもった筆跡で。）

＊1　気送管郵便（青い便箋に書かれた速達便）を表すパリっ子の俗語。

＊2　レールモントフの「悪魔」に出てくる、カズベク山の「グラニ・アルマーザ」（ダイヤモンドの磨かれた面）から名付けられた香水。

30

一八八七年二月五日、「ランター」（いつもだとあてこすりや揚げ足取りだらけのチョーズの週刊誌）の無署名による編集後記で、マスコダガマの演技は「ミュージックホールに通うすれっからしの観客もうならせるほどの、最も想像力豊かで突飛な曲芸」だと書かれた。ランタリヴァー・クラブでも数度再演が行われたが、プログラムや広告には「変な外人」としかなくて、その「曲芸」がいったいどういうものか、その芸人は何者かをほのめかす手がかりは一切ない。マスコダガマの友人たちが慎重かつ巧妙に流した噂のせいで、黄金のカーテンのむこうからやってきた謎の訪問者ではないかという憶測に人々が飛びついたのも、とりわけちょうどそのとき（つまり、クリミア戦争開戦前夜）タタールからやってきていた近隣友好大サーカス団のうち、少なくとも六人の団員──三人の踊り子、言葉を話すという老いぼれ山羊を連れた病気持ちの老いぼれ道化師、それから踊り子の亭主の一人である、化粧係（疑いなく多重スパイ）──は、フランスと英国の間、新たに建設された「海峡トンネル」のどこかですでに亡命を果たしていたからだ。普段だと女王や妖精を美少年が演じるようなエリザベス朝演劇ばかり上演していた演劇クラブで、マスコダガマが華々しい成功を収めたことは、とりわけ諷刺漫画家たちに大きな影響を与えた。チョーズの学部長、地元の政治家、国家の政治家、そしてもちろん黄金軍団の現支配者は、時事漫画家によってマスコダガマとして描かれた。グロテスクな模倣者（実はマスコダガマ本人で、自分の演技の凝りすぎたパロディをやってみせたのだ！）がオックスフォード（近くにある女子大学）で地元のならず者たちからブーイングを食らった。抜け目のない記者は、舞台のカーペットに皺が寄っていることに彼が悪態をついたのを耳にして、記事の中で彼の「ヤンキー風の鼻声」について触れた。親愛なる「ヴァスコダガマ」殿はヴァンの祖先とちょうど左右対称に分かれた家系の子孫でもある、ウィンザー城の所有者から招待状を受けとったが、それを辞退したのは、誤植から推測するに、チョーズの密偵の一人が仮名を見破ったのではないかと恐れたからである（この想像が間違っていたのは、後になってからわかった）――密偵とは、おそらく、精神科医P・O・チョムキンをアイダホ州セバストポル出身の精神錯乱者ポチョムキン公爵の短剣から最近救った人物と同一だろう。

最初の夏休みのあいだ、ヴァンはチョムキンの指導の下に、チョーズの有名な診療所で「テラー―孤独者の現実かそれとも集合的な夢か？」という野心的な論文の作成にいそしんだが、ついに完成を見ることはなかった。神経症患者に多数取材したなかに、寄席芸人や文学者もいたし、知的には明晰でも精神的には「いかれてる」宇宙論研究者が三人はいて、テレパシーによって共謀していたり（彼らは会ったこともなく、お互いの存在すら知らなかった）、いつどうやってかは誰にもわからないが、おそらく、禁じられている「伝波《オンジュラス》」みたいなものを使って、緑色をした世界が空間の中で回転し、時間の中で螺旋を描いているのを発見したといい、その世界は物質と精神の観点からすれば我々の世界とそっくりで、彼らはそれを記述するのに特定の同じ細部を持ち出すのだが、まるで同じ通りで行われているカーニバル・ショーを三人が三つの別々の窓から眺めているようなものだった。

彼は空いた時間を放蕩三昧に費やした。

八月のいつだったか、有名なロンドンの劇場でクリスマス休暇のあいだと冬季の週末ずっと、マチネーと夜の部に出ないかと契約の申し出を受けた。それを快諾したのは、危ない研究から逃れる完全な気晴らしがぜひ必要だと思っていたからである。チョムキンの患者たちが苦しんでいる特殊な妄想癖には、若い研究者にも感染しやすい何かがあったらしい。

必然的に、マスコダガマの名声はアメリカの津々浦々まで響き渡った。たしかに仮面を着けてはいても、愛する親戚や忠実な従僕の目はごまかしようのない写真一枚が、一八八八年の第一週に、ラドール、ラドーガ、ラグーナ、ルガーノ、そしてルーガの新聞に一斉に掲載された。しかしそれに付いている記事は載らなかった。ヴァンの特異な芸を特徴づける、ある種の不気味な震えをうまく描き出すことができたのは、詩人の技、そして詩人のみ（「特に黒鐘楼派の詩人だな」とは洒落好きの言）だったはずである。

幕が上がると舞台はがらんとしている。それから、劇場特有のサスペンスとも呼ぶべき鼓動五拍の後に、ダルウィーシュのドラムに合わせ、何か巨大で黒いものが舞台の袖から飛び出してくる。彼の豪快で強引な登場ぶりに観客席の子供たちは深いショックを受け、ずっと後になってからでも、眠れずにすすり泣く暗闇の中で、あるいは激しい悪夢の白光の中で、神経質な男の子や女の子たちは各自の秘かな沈着物を付け加えながら、「原初的不安」に似た何か、形を持たない汚らわしさ、名状しがたい翼の飛び交う音、不気味な舞台から吹く洞窟の風となってやってくる耐えがたい体温の膨張を、ふたたび生で体験するのだった。派手な色のカーペットが敷かれた空間を照らすぎらぎらした光の中へ、八フィートは優にありそうな仮面を着けた巨人がいきなり現れ、コサック舞踏団が履くようなやわらかいブーツで舞台を大股に走る。「ブールカ」に似た、大柄でけばだった黒いマントが、不気味なシルエット《シルエット・アンキエタント》（ソルボンヌの女性記者の表現——新聞の切り抜きはすべて保存してある）を首から膝まで、というかそういうふうに見える身体の部位をすっぽり覆っている。てっぺんに乗っかっているのはカラクル帽。髭もじゃ顔の上半分は黒い仮面で隠れている。この不気味な巨像がしばらく舞台をふんぞり返って歩きまわり、それから歩き方が檻に入れられた狂人のように落ちつかないものになり、そこでぐるりと向きを変え、オーケストラのシンバルが打ち鳴らされる音と天井桟敷からあがる（おそらくやらせの）恐怖の叫びに合わせて、マスコダガマは宙で一回転したかと思うと、逆立ちの姿勢になるのだ。

この奇怪な姿勢のまま、帽子を足裏の肉球代わりにして、彼はポゴ・スティックに乗ったみたいにぴょんぴょん跳ね——そして突然ばらばらになる。汗で光るヴァンの顔は、硬直させて伸ばした腕にまだ履いているブーツの両足から覗き、にやにや笑っている。それと同時に本物の足が、皺くちゃの帽子と髭だらけの仮面を着けた偽の頭を蹴り落とす。この魔法のような逆転で「館内は一斉に息を呑んだ」。熱狂的な（「耳をつんざくような」、「陶酔したような」、「まさしく嵐のような」）拍手が続いて巻き起こる。彼は飛び跳ねながら舞台裏に消える——そして次の瞬間にはまた舞台に戻り、今度は黒いタイツに身を包み、逆立ちのままジグを踊っているのだった。

ここでかなりの紙幅を費やして彼の芸を記述しているのは、「珍芸」に属する芸人がとりわけ早く忘れられやすいというだけではなく、そのスリルを分析したいと願うからである。クリケット場で奇跡的な捕球をしても、サッカーで豪快なゴールを叩き込んでも（彼はそのどちらの競技でも大学代表選手だった）、リヴァーレーン校での初日にいちばん図体のでかいガキ大将をノックアウトしたというような、もっと前の武勇伝でも、マスコダガマが体験したような満足感をヴァンに与えたことはかつてなかった。その満足感は野心を成し遂げたときの温かい吐息とは直接に関係はないものの、高齢になって、なんの認められた業績もない人生をヴァンが振り返ったとき、若い頃ほんの一時期に周囲で渦巻いた凡庸な喝采と露骨な嫉妬というものを、当時実際に感じたよりもさらに嬉しい気持ちで、彼は愉快に歓迎したのであった。その満足感の本質は、後になってV・Vが何かを言葉で表現しようとするときに自らに課した、途方もなく難度が高い、一見ばかげているように見えるほどの課題から得られる満足感と同質のもので、表現したいものは表現されるまではぼんやりとした存在（あるいはまったく存在していないもの――すぐそこに出かかっている言葉が後方に投げかけた影の幻にすぎない）でしかないのである。それはアーダが作るカードの城だった。それは隠喩を逆立ちさせることであり、芸の難度のためにではなく、滝《アーディス》が上昇したり太陽が逆に昇るところを知覚するためだった。すなわち、ある意味で、時間の矢先に対する勝利なのだ。従って、重力に打ち勝つことから若きマスコダガマが得た恍惚感は、批評眼のない人間や、社会問題のコメント屋、モラリスト、アイデア商売人などといった連中には生まれつきまったく無縁な、芸術的啓示から得られる恍惚感と似ていた。舞台の上のヴァンは、後年になって彼の文章術が演じることになるものを、身体的に演じていた――これまでの芸人にはなかったような、子供を怖がらせるアクロバットの曲芸だ。

両手歩行によるえもいわれぬ肉体的快楽は取るに足らない要素ではなく、手袋をはめずに踊るさなか、カーペットが手のひらを孔雀色の斑点に染めるのは、彼が初めて発見した色彩豊かな下降世界を反射しているように思えた。最後の巡回公演で結びに踊ったタンゴにはパートナーがあてがわれ、そのクリミア出身のキャバレーダンサーは、背中に深く切れ込みが入った、スパンコール付きのひどく短いドレスを着ていた。彼女はロシア語でタンゴのメロディを歌った。

アルゼンチンの焼けつく空の下、
マンドリンの熱い吐息に合わせ。
Pod znóynïm nébom Argenínï,
Pod strástnïy góvor mandolínï.

華奢で赤毛の「リタ」（本名は教えてくれなかった）は、チュフト・カレ出身のカライ派ユダヤ教徒で、そこでは乾燥地の岩場にクリミアハナミズキ《キジーリ》が黄色い花を咲かせるのだと郷愁たっぷりに語ったことがあるが、彼女は十年先のリュセットに奇妙にも似ていた。二人が踊っているあいだ、ヴァンの目には、彼の手のひらの動きにリズムを合わせて、すばやく向きを変えては進む彼女の銀色の上履きしか見えていなかった。彼はリハーサルのときに埋め合わせをして、ある夜デートに誘ってみた。彼女は腹を立てて断り、夫（化粧係）を熱愛しているし、英国は大嫌いだと言ってのけた。

チョーズは手の込んだ悪戯をする連中がいることで有名だが、規則が厳格なことでもまた有名だった。マスコダガマが何者かという謎は大学当局の関心を呼ぶことになり、結局正体がばれてしまった。指導教官は老いぼれた陰気なホモセクシュアルで、ユーモアの欠片もなく、大学生活のあらゆるしきたりに盲目的な敬意を払う男だったので、気分を害しやすく礼儀正しい態度をほとんど見せないヴァンに向かって、チョーズの二年次には大学での勉強とサーカスの二兎を追うようなことがあってはならない、もしどうしても寄席芸人になりたいと言うのなら退学処分にする、と指摘したのだった。この老紳士はディーモンに手紙を書いて、ご子息には哲学と精神医学があるのですから、曲芸学はあきらめるようにおっしゃってください、とりわけヴァンは（狂気と永遠の生命に関する論文で）ダドリー賞を受賞した（それも弱冠十七歳で！）最初のアメリカ人なのですから、とたのむことまででした。そしてヴァンは自尊心と自制心の妥協点をまだ見つけ出せないままに、一八八八年六月の初め、アメリカに向けて旅立った。

31

ヴァンは一八八八年にアーディス・ホールを再訪した。予期もされず、招かれもせず、必要ともされずに彼が到着したのは曇った六月のある日の午後だった。ポケットにはゆるくとぐろを巻いたダイヤのネックレスが入っていた。脇の芝生から近づいていくと目に入ったのは、何か新しい生活の一場面が未知の映画のためにリハーサルされているところで、自分の出る幕はなく、自分のために演じられているわけでもない。盛大なパーティはどうやらお開きになるところのようだった。流行の虹色の飾り帯が付いている黄青のヴァース《イエローブルー・ヴァース》[*1]のドレスを着た三人の若い女性が取り囲んでいるのは、やや太り気味、やや伊達者っぽく、やや禿げかけの若い男で、シャンパングラスを手にして立ち、応接間のテラスから腕をあらわにした黒の服を着ている娘を見下ろしていた。ポーチの前では、白髪の運転手によって古いラナバウトがクランクを巻かれるたびにびくりとして震えているところで、あらわな両腕は大きく伸ばされ、彼女の大伯母に当たるフォン・スカル男爵夫人の白いケープを広げて捧げ持っていた。その白いケープを背景にして、アーダの長身になった姿が黒く輪郭を浮かび上がらせている——黒の洒落たシルクのドレスには、袖もなく、飾りもなく、思い出もない。歳を取って動作が緩慢な男爵夫人は片方の腋の下を、そしてもう片方の下を手探りした——何を探しているのだろう？　松葉杖か？　それとももつれた腕輪のほつれた端か？――そしてマント（捧げ持つ役は、甥の娘から遅れてきた新米の従僕に移っていた）を受け取ろうと半分向き直ったときに、アーダも半分向き直り、まだ宝石に飾られていない首筋を白く見せながらポーチの階段を駆け上がっていった。

　ヴァンも後を追って中に入り、ホールの柱の間を通り、招待客の群れを抜けて、チェリー色の美酒《アンブロージア》が入ったクリスタルの水差しが置かれている離れたテーブルの方に向かっていった。アーダは流行には無頓着にストッキングを履いていなかった。ふくらはぎはたくましくて蒼白く、（ここに小説の幻のための覚書があるので引用すると）「黒いドレスの襟ぐりの深さが、見憶えのある肌のくすんだ白さと、目新しい髪型になったホーステールの猛々しい黒さを、際立った対照に見せていた」。

　互いに反発しあって、失神しそうな秘められた思いが彼をまっぷたつに切り裂いた。悪夢の迷宮の中で明々と記憶している、ベッドと子供用洗面台を備えた小さな部屋にたどり着くやいなや、目新しくなめらかな長身の美人となった彼女もきっとそこに加わるという圧倒的な確信。そして陰の面では、彼女がすっかり変わってしまい、彼が願望するものを嫌い、それをいけないことだと決めつけ、新たなおぞましい状況を説明してくれるときの苦痛と狼狽――つまり、二人とももう死んでいるとか、映画撮影のために借りられた家の中で単にエキストラとして存在しているのだと。

　ところがワインやアーモンドやあけっぴろげな己を差し出す手が、夢の探求を妨げた。ヴァンに気づいて不意にかけられた声にもかかわらず、彼は歩みを早めた――ダン叔父が大声をあげて、見知らぬ客人に彼の方を指さしたのだが、相手は不思議な目の錯覚に驚いたようなふりをしていたのだった――そして次の瞬間、化粧を塗り直し、赤いかつらをつけ、すっかり酩酊して涙もろくなったマリーナが、チェリーウォッカ臭い唇で彼の顎や他の無防備な部分にべっとりキスをして、ロシア式の愛情表現である、半分牛が啼いているような、半分うめき声のような、息苦しい母親の音をたてていた。

彼はふりほどいて夢の探求を続けた。彼女はもう応接間に移動していたが、肩の表情から、緊張した肩甲骨から、彼のことを意識しているのをヴァンは知った。彼はべっとりして耳鳴りがする耳を拭い、グラスを差し上げてみせた金髪の太った男（パーシー・ド・プレ？　それともパーシーには兄貴がいたっけ？）に軽く会釈した。カナダ人の服飾デザイナーが「創作」した、トウモロコシ色と矢車草色の夏物を着た四人目の乙女がヴァンを呼びとめ、可愛らしく口を尖らせて、憶えていらっしゃらないのと告げたが、それは本当だった。「くたくたでね」と彼は言った。「僕の馬がラドール橋で腐っていた板の穴に蹄を取られて、仕方なく射殺したんだ。それで八マイルも歩いてくるはめになったのさ。僕は夢を見ているのかな。そしてきみも夢見る夢子さんなのかな」。「違うわよ、わたしはコーデュラ！」と彼女は叫んだが、彼はその場を離れていた。

アーダの姿は見当たらなかった。彼はつい切符のように手に持っていたキャビアのサンドイッチを捨てて、配膳室に入っていき、新たな従僕となったバウトの兄に向かって、昔の部屋に案内するように、それから四年前、子供のときに使っていたゴム製のバスタブを持ってくるようにと命じた。それから誰かの予備のパジャマも。乗っていた列車がラドーガとラドールの間にある野原で故障して動かなくなり、二十マイルも歩いてきたのさ、手荷物がいつ届くか見当もつかないよ。

「ちょうど届いたところでございます」と本物のバウトが、親密かつ陰鬱な笑みを浮かべて言った（ブランシュに袖にされたのである）。

風呂に浸かる前にヴァンが狭い開き窓から首を伸ばすと、正面のポーチの両脇に植えられた月桂樹とライラックが見え、そこから愉快に騒ぎながら去っていく客たちの声が聞こえた。そこにアーダがいたのだ。彼女はグレーのトップコートをひっかけ芝生を歩いて去って行こうとするパーシーの後を走って追いかけているところで、ヴァンの頭の中では、パーシーが移動するその光景が、かつて彼女とヴァンが足の悪い馬やリヴァーレーンのことで話し合った、厩舎のそばにある放牧地のつかのまの記憶とすぐさま二重映しになった。突然日光が射してきてできた陽溜まりでアーダは若者に追いついた。彼が立ちどまり、彼女が話しかけて、いらいらしているときか機嫌が悪いときにするように、頭をつんとそらした。ド・プレは彼女の手に口づけた。フレンチキスだが、まあいい。彼女が話しているあいだ、口づけたその手をじっと握り、そこにまた口づけたのは、やっちゃいけないこと、おぞましいこと、耐えられないことだった。

持ち場から離れて、ヴァンは裸のままで、脱ぎ捨てた衣服をがさごそとやった。ネックレスが見つかった。氷のような激怒に駆られ、引きちぎってばらばらになった三十個か四十個のきらめく霰玉のうちいくつかは、ちょうど部屋に勢いよく飛び込んできた彼女の足元に転がり落ちた。

彼女の視線が床にさっと走った。

「なんてことを——」と彼女は言いかけた。

ヴァンは落ちつきはらって、ラリヴィエール女史の有名な作品から落ちの文句を引用した。「でもね《メ・マ》、かわいそうなきみ《ボーヴル・アミ》、そのネックレスは模造品だったんだ《エ・レテ・フォース》」——それはつらい嘘だった。しかしこぼれたダイヤを拾い上げる前に、彼女はドアに鍵を掛けて彼を抱きしめ、すすり泣いた——肌とシルクの感触はまさしく人生の魔法だったが、それにしてもなぜみんな僕を出迎えるときに涙を流すのだろう？　それとももう一つ教えてほしいんだけど、あの男はパーシー・ド・プレ？　そうよ。リヴァーレーンを放校処分になった？　だと思う。すっかり変わったな、豚みたいに太って。たしかにそうね。あいつがきみの新しい愛人《いろ》なのか？

「いいこと」とアーダ。「ヴァン、これから下品な物言いはやめてちょうだい――つまり、永遠にやめるのよ！　わたしには過去も現在も未来もたった一人の愛人《いろ》、たった一匹の獣、たった一つの悲しみ、たった一つの喜びしかないんだから」

「きみの涙をかき集めるのは後まわしだ」と彼は言った。「もう我慢できない」

彼女の開いた唇は熱く震えていたが、ドレスをたくしあげようとすると尻込みして、残念な断りの言葉をつぶやいたのは、ドアが生き返ったからだった。外で二つの小さな拳がドアを叩いている音が聞こえ、そのリズムには二人ともよくよく聞き憶えがあった。

「やあ、リュセット！」とヴァンが声をはりあげた。「今着替えてるところだから、あっち行って」

「やあ、ヴァン！　あなたじゃなくて、アーダに用事があるの。降りてきなさいって言ってるわよ、アーダ！」

物も言えずに一瞬で、今置かれた苦境のあらゆる面を表現する必要に迫られると（「ほら、やっぱりわたしの言ったとおりでしょ、そういうものよ、どうしようもないわ《ニチィヴォー・ニィ・パヂェーライェシ》」）、アーダが使う仕草の一つは、目に見えないボウルを縁のところから底まで、両手でまあるく描き、それから悲しそうにお辞儀をするというものだった。部屋を出て行く前に彼女がしたのがその仕草である。

この場面が、数時間後になるともっと楽しい調子で反復された。夕食の席にアーダが着てきたのは真紅のコットンドレスで、二人が夜に逢ったとき（場所は、カーバイドのランタンにぼんやり照らされた、古い物置）、美しい裸身をさらけだそうとあまりに激しい勢いでジッパーを下ろしたので、危うくドレスをまっぷたつに引きちぎってしまうところだった。二人がまだ荒々しく睦み合っているところへ（同じベンチに、同じタータンの膝掛けを敷いて――持ってきたのは正解だった）、外のドアが音もなく開いて、ブランシュがあつかましい幽霊のように音もなく入ってきた。自分用の鍵を持っていて、バーガンディ出身のロエスという夜警との逢い引きから戻ってきたところで、立ち止まってばかみたいにポカンと口を開けて若いカップルを見つめた。「次回はノックしてくれよ」とヴァンは含み笑いをしながら言ったが、わざわざ一呼吸入れることもしなかった――実を言えば、魅惑的な亡霊の出現をおもしろがっていたのである。彼女が纏っているのは、アーダが森で失くした白い毛皮のマントだった。まったく、彼女はすっかり美人になって、彼を貪るような目つき《エル・ル・マン》で眺めていた《ジェ・デ・ジュ》――しかしアーダがばたんとランタンの灯りを消してしまったので、ぶつぶつと詫びながら、ふしだらな娘は手探りで廊下へと出ていった。彼の恋人は思わずくすくす笑い、ヴァンも愛の営みの再開にとりかかった。

二人は延々とそこにとどまり、すっかり離れられなくなり、なぜ彼らの部屋が明け方まで空っぽだったのかと誰かが不思議がってもなんとでも説明できると思っていた。朝一番の光線が道具箱を新鮮な緑色に塗ると、とうとう食欲に動かされて、二人は起き上がり静かに配膳室へと赴いた。「どう、ぐっすり眠れた《シトーヴィースパルシャ》、ヴァン《ヴァーン》？」とアーダは母親の声をみごとに物真似してから、母親の英語で先を続けた。「あなたの食欲から判断して。それに、これはまだ序の口の朝食《ブレクフェスト》らしいわね」

「いてて」とヴァンがうなった。「膝小僧が！　あのベンチはひどかったな。それにおなかがぺこぺこ《ホングリイ》だ」

二人は向かい合って朝食のテーブルに着き、新鮮なバターを塗った黒パン、それからヴァージニアハム、それから原産のエメンタールチーズをむしゃむしゃ頬張った――それと、壺に入った透明な蜂蜜。陽気ないとこ二人が、昔のおとぎ話に出てくる子供たちみたいに「冷蔵庫を漁り」、明緑色の庭では暗緑色の影が鉤爪を引っ込めるあいだに鶫《ツグミ》が甘い声で口笛を吹いていた。

「演劇学校のね」とアーダ、「先生が言うには、わたしは悲劇より笑劇のほうが向いてるんですって。本当のことを知ってくれたら！」

「知るべきことなんか何もないさ」とヴァンは言い返した。「何も、何も変わっちゃいないんだ！でもそれは全体的な印象で、あそこじゃ暗すぎて細かいところまでわからなかったから、明日になったら僕たちの小島で調べてみることにしよう。『妹よ、きみは憶えているかしら……』」

「もうやめて！」とアーダ。「あんなのはぜんぶやめにしたんだから。折々の詩《プチ・ヴェール》も、蚕《ヴェール・ド・ソワ》も……」

「おいおい」とヴァンが声をあげた。「脚韻の中には、子供の頭で考えたにしては、素晴らしい曲芸もあったじゃないか。『ああ、誰が取り返してくれるのかしら《キ・ム・ランドラ》、僕のルシールと大きな楢の木と《マ・ルシール・エ・ル・グラン・シェーヌ・アンド・ジー》僕の丘《・ビッグ・ヒル》』。幼いルシールはね」と彼はアーダがしかめ面をしているのを冗談でときほぐそうとして付け加えた。「幼いルシールはとっても可愛くなったから、きみがそんなに癇癪を起こしてばかりいるなら、あの娘に乗り換えちゃうぞ。きみが初めて僕に対して怒ったときのことを憶えてるよ、あれは僕が彫像に石を投げて、小鳥を怖がらせたときだった。記憶ではね！」

記憶とは相性が悪いの。召使たちがもうじき起きてくると思うから、そうしたら何かあたたかいものが食べられるわ。あの冷蔵庫《フリッジ》、つまらない《ファッジ》ものばかりだもの、ほんとに。

「どうしたんだ、急に悲しくなったの？」

ええ、悲しいの、と彼女は答え、ひどい厄介に巻き込まれていて、自分が清い心だとわかっていなければこの悩みで気が狂ってしまうかもしれないという。いちばんいいのは寓話で説明してみること。彼女は彼がそのうち見る映画に出てくる女の子のようなもので、悲劇の三重苦に直面していて、たった一人の本当の恋人、矢の先、苦痛の先端を失わないでおこうと思えばそれを押し隠さなければならない。秘かに彼女は三つの悩みと同時に格闘している――哀れな所帯持ちの男とずるずる続いている退屈な情事を終わらせること。それよりもっと哀れで、魅力的な若いおばかさんとの狂ったアヴァンチュールを、蕾のうちに――べとべとして赤い蕾のうちに――摘み取ってしまうこと。そして、彼女の命そのものであるたった一人の男性の愛を壊さないようにすること、その人は哀れみが及ぶような、彼女の貧しくも女らしい哀れみが及ぶような人ではない、というのも脚本に書いてあるとおり、彼の自尊心は二匹の蛆虫どもの想像が及ばないほど豊かで誇り高いから。

クローリクが早すぎる最期を迎えた後で、あの蛆虫どもをきみは実際にどうしたんだい？

「ああ、放してやったわ」（大きな漠然とした仕草）「追い出して、ちょうどいい植物の上に戻してやり、蛹の状態で埋葬し、早く逃げるのよと言ってやったわ、鳥が見ていないうちにね――あるいは、見ていないふりをしているうちに。

「それで、寓話をさっさと後片付けしてしまいましょうか、なにしろあなたは話を遮ってわたしの思考を逸らせるコツを心得ているんですもの、わたしはある意味で三つの個人的な悩みに引き裂かれていて、その主な悩みはもちろん野望なの。生物学者に絶対なれないことはわかっているし、這う生き物に対する興味は大きいけれど、すべてを投げ打つほどじゃない。これから先も蘭や茸や菫が大好きなのは変わらないことはわかっているし、相変わらず一人で出歩いて、森の中を一人でさまよい、小さな一人ぼっちの百合を摘んで一人で戻ってくる姿をあなたは目にすると思うわ。でも花は、どれほど魅力的でも、捨てる覚悟ができたらすぐに捨てなくちゃ仕方ない。残るは、大きな野望にして最大の恐怖。これ以上はない紺碧の下、これ以上はないほど遠くにある、これ以上はないほど困難な、ドラマティックな登頂の夢よ――たぶん成れの果ては百もいる蜘蛛みたいなオールドミスの一人になって演劇学校の生徒に教えているんでしょうね、あなたがしつこく言い張るように、いつもわたしの目の前には、二流の女優でも平気な顔をしている、哀れなマリーナというおぞましい見本がいるんですもの」

「そのオールドミスのくだりはくだらないな」とヴァン。「それでも僕たちはなんとかうまくやってのけられるさ、巧妙に偽造した書類ではだんだん離れた親戚になって、最後にはただの同姓にまで小さくなってしまうとか、最悪の場合でも、きみが僕の家政婦になり、僕はきみが看護するてんかん患者となって、ひっそりと一緒に暮らせばいい、そうすれば、きみのチェーホフに出てくるように、『空一面きらきらしたダイヤモンドでいっぱいになる』はずだ」

「ダイヤモンドはぜんぶ見つかったの、ヴァン伯父さん？」*2と彼女はためいきをつき、悲しげな頭を彼の肩に載せながらたずねた。これですべて告白してしまったのだ。

「まあね」とそれに気づかずに彼は答えた。「僕みたいに、埃が積もりに積もった床の上をあれだけ丹念に調べたロマンティックな登場人物はいないんじゃないかな。きらきらしたちっちゃなやつが一個、ベッドの下に転がって、そこには綿毛と黴の処女林ができているよ。そのうちラドールに車で出かけたら元どおりに直してもらうつもりだ。買うものがたくさんあるからな――きみの新しい水泳用プールを祝してゴージャスなバスローブ、クリサンセマムという名前のクリーム、決闘用拳銃一組、折り畳み式のビーチマットレス、できれば黒がいい――そうすればきみが引き立つからな、ビーチじゃなくてあのベンチで、それに僕たちのラドール島で」

「ただね」と彼女は言った。「あなたが土産物屋で拳銃を探したりして笑い者になることには賛成しないわ、特にアーディス・ホールには古いショットガンやライフル、それにリヴォルバー、それに弓と矢がいっぱいあるんだから――ほら憶えてるでしょ、あなたとわたしが子供の頃、よくそれで練習したじゃない」

ああ、憶えてるよ、もちろん憶えてる。子供の頃、たしかに。事実、ついこの前の過去のことを幼年時代のように思ってばかりというのは、実に不思議なものだな。というのも、何も変わっちゃいないからなんだ——きみが一緒にいるからね、そうだろ？——敷地と女家庭教師がちょっとましになったことを計算に入れなければ、何一つ。

そうよ！　それってびっくりじゃない？　ラリヴィエールが才能開花して、大作家として胸を張ってるのよ！　今話題沸騰、カナダのベストセラー作家！　彼女が書いた「首飾り《ラ・リヴィエール・ド・ディアマン》」は女子校の古典になり、ゴージャスな筆名「ギョーム・ド・モンパルナス（Monparnasse）」（「t」を落としたのは親しみ《アンチーム》やすさを狙ったもの）はケベックからカルーガに至るまで広く知られている。彼女が独特の英語で書いているように、「名声が降ってわき、ルーブルが転がり込んでドルが流れ込んだ」（どちらの通貨も当時はエストティランド東部で使われていた）。ところがイーダは、「ビリティス」での演技を見たときからマリーナにプラトニックな癒しようのない恋をしていたので、マリーナを見捨てるどころか、文学に溺れすぎたせいでリュセットの教育がおろそかになっていると自分を責めた。その結果、突発的な教育熱に駆られてリュセットに関心を注ぐようになったが、それはいたいけなアーダ（これはアーダの言葉）が十二歳のとき、彼女の学校での最初の学期の後で女史から受けたものよりもはるかに大きかった。ヴァンはなんておばかさんだったことか。コーデュラを疑うなんて！　純潔で、気立てがよくて、頭の悪いコーデュラ・ド・プレを。アーダが二回、三回と、別の暗号で説明したのは、彼女が彼から文字どおり引き裂かれていたときに、淫らでやさしい学校友達を作り話でこしらえたということで、いわば先まわりしてそういう女の子の存在を仮定していたにすぎないのに。彼女が彼からもらいたかったのは、言ってみれば無記名小切手だったのだ。「それなら、きみは手に入れたよ」とヴァンは言った。「ただし、今では廃棄されて、今後更新されないけどね。でも、どうしてデブのパーシーを追いかけたりしたんだ、何がそんなに大切だったんだ?」

「ええ、とっても大切よ」とアーダは言って、下唇についた蜂蜜の一滴を舐めた。「彼のお母さんから伝話がかかっていて、家に帰るところだからと母に言っておいてくれとたのまれたんだけど、それをすっかり忘れちゃって、あなたのところに駆け寄ってキスをしたの!」

「リヴァーレーンじゃ」とヴァン。「そういうのを『ドーナツ真実』とよく呼んでいたな。真実のみ、すべて《ホール》の真実を述べることを誓います、といってもその真実に穴《ホール》があいていたりするのさ」

「あなたなんか大嫌い」とアーダは叫んで、彼女の言い方では「警告の蛙顔」をしてみせたのは、ブテイヤンが戸口に現れたからで、口髭を剃り、コートもなし、ネクタイもなしで、ぱんぱんの黒いズボンを胸のところまで引き上げる深紅のズボン吊りをしていた。執事はコーヒーを持ってくることを約束してから姿を消した。

「でも訊きたいことがあるの、ヴァン、ちょっと訊きたいことが。一八八四年の九月以降、ヴァンはわたしに対して不実を働いたことが何度あるの?」

「六百十三回」とヴァンは答えた。「相手はみな娼婦ばかりで、少なく見積もって二百人はいたけど、僕を愛撫しただけさ。それはただの『手コキ』(記憶に残らない冷たい手による、インチキで取るに足らないしごき)でしかないから、きみに対してまったく貞淑であり続けたわけだよ」

　執事が今度はすっかり正装して、コーヒーとトーストを持ってやってきた。それと「ラドール・ガゼット」紙も。そこにはマリーナが若いラテン系の男優にじゃれつかれている写真が載っていた。

「ちぇっ!」とアーダが叫んだ。「すっかり忘れてた。彼が今日やってくるの、映画人を連れて、わたしたちの午後はきっと台無し。でもわたし、すっかり気分がよくなって快適だわ」と彼女は付け加えた（三杯めのコーヒーを飲んでから）。「まだ七時十分前ね。庭園で素敵なお散歩に出かけましょうよ。あなたにも見憶えがあるかもしれない場所が、まだ一つか二つあるから」

「僕の恋人」とヴァン。「僕の幻の蘭、僕の愛しい膀胱豆！　僕は二晩も寝ていないんだ。最初の晩は次の晩を想像するだけで眠れなかったし、実際に次の晩になると想像以上だった。しばらくはきみの顔を見るのもうんざりだな」

「あまりうまい賛辞じゃないわね」とアーダは言って、トーストのおかわりをたのもうと鈴を鳴らした。

「賛辞ならきみに八回送ったよ、ちょうどあるヴェネチア人が――」

「下品なヴェネチア人なんかに興味ないわ。あなたってすっかり口が悪くなったのね、ヴァン、なんだか別人みたい……」

「ごめん」と彼は言って立ち上がった。「自分でも何を言っているかわからないんだ。くたくたに疲れているから、昼食のときにまた会おう」

「今日は昼食なしよ」とアーダ。「プールサイドでいいかげんな軽食と、一日中うっとおしい飲み物ばかり」

彼は絹のような髪に口づけしたかったが、ちょうどそのときブテイヤンが入ってきて、トーストの量が足りないことでアーダがきびしく叱責しているあいだに、ヴァンはこっそりと逃げ出した。

＊1　この文句は ya lyublyu vas（ロシア語で「僕はきみを愛している」）と音が似ている。

＊2　チェーホフの劇『ワーニャ伯父さん』への言及。我々はこれからダイヤモンドでいっぱいになった空を見ることになる。

32

撮影台本はもう準備ができていた。マリーナは古代ギリシャ風のローブに苦力帽《クーリー》という恰好をして、中庭で長椅子にもたれて台本を読んでいた。映画監督のG・A・ヴロンスキイは、年配で禿げあがり、でっぷりした胸には白髪混じりの胸毛がもじゃもじゃ生えている男で、ウォッカ・トニックを啜るのとタイプ原稿をフォルダーからマリーナに渡すのをかわるがわる繰り返していた。椅子の反対側に、マットの上で足を組んで座っているのはペドロといって（姓不詳、芸名記憶になし）、うんざりするほどハンサムな、素っ裸同然の若い俳優で、耳はサチュロス、目は狐、鼻孔は大山猫というこの男は、マリーナがメキシコから連れて帰り、ラドールのホテルに飼っているペットだった。

プールの縁で寝そべっていたアーダは、恥ずかしがりやのダックスフントにカメラの前で後足立ちのまともなポーズを取らせようと一所懸命になっていたが、一方、才能はなくても他人から好かれる若い音楽家フィリップ・ラックは、リュセットにピアノのレッスンをするときだと緑のビロードのスーツで決めてくるのに、だぶだぶのトランクスを穿いているとなんとも情けなくばつが悪そうな表情で、べろを出している厄介な犬と、彼女の半分前屈みになった姿勢のおかげで水着の端から覗いている胸の谷間を、なんとか写真に撮ろうとしていた。

ここでカメラをドリーで移動させて、数歩離れたところで、中庭のアーチ形になった紫の花輪の下にいる別の集団へと移れば、ミディアム・ショットで収めることができるかもしれないのは、若い音楽家の妊娠中の妻が水玉模様のドレス姿でゴブレットに塩味のアーモンドをいっぱい入れているところや、我らが高名なる女流小説家が、藤色の髪飾りが付いたドレス、藤色の帽子、藤色の靴という颯爽たるいでたちで、リュセットに縞馬模様のヴェストをむりやり押しつけようとするが、リュセットは女中から聞き憶えた乱暴な言葉を難聴気味のラリヴィエール女史にはちょうど聞こえないような口調で吐きながら、そのヴェストを何度も突き返そうとしている場面である。

リュセットはトップレスのままだった。張りがあってなめらかな肌はねっとりした桃のシロップの色で、柳緑色のショーツに包まれたちっちゃなお尻が愉快そうに揺れ、小豆色のボブヘアーとふっくらした胴体には太陽がつやつやと輝いていた。女らしいまるみはまだかすかで、ヴァンは眉をひそめながらも、彼女の姉がまだ十二歳にもならないときにもうすっかり豊かな発育を遂げていたことを複雑な気分で思い出した。

彼はその日の大半を自分の部屋でぐっすり寝て過ごし、そのときに見た長くてとりとめのない憂鬱な夢は、いわば無意味なパロディのように、アーダと過ごした激しい「カサノヴァ的」な夜となぜか不吉な朝の語らいを再現していた。今、時間の窪みや高みを幾度となく経た後でこれを書いていると、どうしようもなく型にはまったようにしか書けない私たちの会話と、退屈な悪夢を見ているときに若いヴァンに取り憑いて離れなかった、あのあさましい背信行為に向けられた憤懣の低いつぶやきを、切り離すのはそう簡単ではない。それとも、自分は夢を見ていたという夢を見ているのだろうか？　グロテスクな先生は本当に『呪われた子供たち《レ・ザンファン・モーディ》』という小説を書いたのだろうか？

軽薄な木偶《でく》の坊たちによって映画化されることになり、脚色を相談中なのだろうか？　原作の「今半月の一冊」と騒々しい惹句よりもさらに凡庸になって？　夢の中で思ったように、彼はアーダを嫌悪しただろうか？　そのとおり。

今、十五歳になっているアーダは癪にさわるほど、絶望的なほど美しかった。身だしなみはだらしないが。ほんの十二時間前、薄暗い物置で、彼はアーダの耳に謎々をささやいたところだったのだ。「デ」で始まる、ゴシック小説にはうってつけの薬品ってなあんだ？　彼女は癖と服装が風変わりだった。日光浴をする気がまったくなくて、リュセットをカリフォルニア化している日焼けの色は、アーダの長い手足とごつごつした肩胛骨の破廉恥なまでの白い肌にはこれっぽっちも見当たらなかった。

もはやルネの妹ではなく、（モンパルナスによって実に抒情的に呪いをかけられた）異母兄妹でもない、遠い親戚となった彼女は、丸太でもまたぐみたいに彼の上をまたいで、恥ずかしそうにしている犬をマリーナに返した。これから撮る場面ではどうやら誰かに拳固で殴られる運命らしい男優は、片言フランス語で汚い言葉を吐いた。

「聞いちゃだめよ《デシュ・ゾルスト・ニヒト・ツフェーレン》」とアーダは、『呪われた子供たち』を載せているマリーナの膝に戻してやるとき、ドイツ語を解するはずの犬にそうささやいた。「犬の前でそんなふうにしゃべるものじゃないわよ《オン・ヌ・パルル・パ・コム・サ・ドゥヴァン・タン・シャン》」とアーダはペドロに向かって一瞥もくれずに付け加えたが、ペドロはかまわず立ち上がり、股倉を整えてから、アーダより先にヌルジンスキイさながらの跳躍でプールに飛び込んだ。

彼女は本当に美しかったのだろうか？　少なくとも、いわゆる魅力的だったのか？　彼女は憤慨であり、拷問だった。愚かな娘はまとめた髪にゴムキャップをかぶり、首筋に黒いほつれ毛や逆毛がはみだしているのはどうも見たことがなく、ぼんやりと病院を連想させるもので、あたかも看護婦の職にありついて、もうこれから二度と踊ったりしませんと言っているかのようだった。色褪せて、青みがかったグレーのワンピースの水着は、片方の尻の上に脂の染みがつき、穴が一つあいているし——獣脂に飢えた幼虫がかじってできたのか——それに、なんの気兼ねもなく楽しむにはあまりにも短すぎるように思えた。彼女は湿った綿と、腋毛、それと狂ったオフィーリアのように、睡蓮の匂いがした。二人きりならこうした些細な事柄をヴァンが気にすることもなかったのだろうが、男っぽい俳優がそばにいると、すべてが卑猥で、味気なく、耐えられないものに見えた。さてここでプールの縁に戻ろう。

我らが青年は、例外的なまでに気難し屋《ブレズグリーフ》で（ちょっとしたことでも気にするし、すぐに腹をたてる）、他の男二人と塩素殺菌したチェレスティーノ（「あなたのお風呂を海の色に」）の数立方メートルを分かち合う気にはまったくなれなかった。彼は断じて日本人ではないのである。いつも身震いしながら思い出すのは、予備校の室内プールで、鼻水を垂らす奴、胸に吹き出物がいっぱいある奴、おぞましい男の肉体と偶然に接触したり、怪しげな泡が小さな悪臭弾みたいにボコッと破裂したり、そしてとりわけ何食わぬ顔で、ずるそうな得意満面の笑みを浮かべた、まったく吐き気を催すような奴が、肩まで水に浸かりこっそり小便をしているのである（あのヴェール・ド・ヴェールは三歳年上だったが、彼はそいつをどれほどぶちのめしてやったことか）。

不潔な水浴でペドロとフィルが鼻を鳴らし戯れているとき、彼は用心して水しぶきがかからない離れた場所にいた。しばらくするとピアニストが、水面に浮かび上がって卑屈な笑いで汚い歯茎を覗かせながら、タイル張りになった縁で身体を伸ばしているアーダをプールに引きずり込もうとしたが、彼女はちょうど拾い上げたばかりの大きなオレンジ色のビーチボールを抱きしめて、必死につかもうとする手を逃れ、その楯で彼を押しのけてから、ボールをヴァンに向かって投げたのに、ヴァンは手で軽く払いのけ、ギャンビットには手を出さず、ふざけているギャングたちを無視してギャンブラーを嘲った。

すると毛むくじゃらのペドロが縁に上がってきて、哀れな娘にちょっかいを出しはじめた（そいつの平凡な口説き文句は、実際のところ、彼女の悩みのうちには入らなかった）。

「きみのちっちゃな穴、塞がないといけません」と彼が言った。

「いったい何の話？《ク・ヴーレ・ヴー・ディール》」バックハンドの強打を一発お見舞いする代わりに、彼女はたずねた。

「失礼ながら、チャーミングな秘所を触らせていただきますよ」と愚か者は食い下がり、水着の穴に濡れた指を押し当てた。

「なんだ、そのことだったの」（肩をすくめ、それでずり落ちた肩紐を直しながら）「気にしないで。またの機会にしといて。すっごく素敵な、新しいビキニを着てくるから」

「またの機会には、ペドロ抜きで？」

「おあいにくさま」とアーダが言った。「さあ、かしこいワンちゃん、コークでも取ってきて」

「で、きみは？《エ・チュ》」とペドロはマリーナが座っている椅子を通り過ぎるときにたずねた。「スクリュードライヴァーのお代わり？」

「ええ、そうして、ただしグレープフルーツを入れてちょうだい、オレンジじゃなくて、それからズッケロも少し。これどういうことかしら」（とヴロンスキイの方を向いて）「この頁じゃわたしは百歳みたいなしゃべり方をしてるのに、次の頁に行ったら十五歳みたい。これがもしフラッシュバックだったとしたら——そうか、たぶんフラッシュバックなのね」（彼女はフレッシュベックと発音した）「レニーだったか、ルネだったかは、ここでこんなこと知ってちゃまずいんじゃないの」

「実は知らないのさ」とG・Aが叫んだ。「これは冗談半分のフラッシュバックだから。とにかく、このレニー、すなわち恋人その一は、彼女が恋人その二と別れようとしていることをもちろん知らないし、その一方で彼女のほうは、その三の豪農家とデートを続けたものかどうか、ずっと思案しているんだ、わかったかな？」

「そうね《ヌー》、どうも話が込み入ってる《エータ・シトータ・スラジノーヴァタ》けど、グリゴリイ・アキーモヴィチ」とマリーナが言って頬を掻いたのは、まったくの保身術から、自分自身の過去のはるかに込み入った《スロージヌィイ》絵模様をいつも無視する癖があったからである。

「先を読んでくれよ、先を、なにもかも明らかになるから」とG・Aが台本をぱらぱらとめくりながら言った。

「ついでに言っておきますけどね」とマリーナが言った。「彼を詩人だけならまだしも、バレエのダンサーにしてしまったことに、イーダが反対しなければいいんだけど。ペドロはダンサー役ならみごとにこなせると思うけど、フランス語の詩を暗唱できるような柄じゃないから」

「もし猛反対するのなら」とヴロンスキイ。「電信柱でも突っ込みやがればいいのさ——しかるべき穴に」

「電信柱」という猥褻語を聞いて、ぴりっとした冗談が秘かに好きなマリーナは、アーダ風に文字《パカチーフシシ・サ・スメフー》通り笑いころげた《・ヴローヂェ・アードゥイ》。「でも冗談は抜きにして、いったいどうやってなぜ彼の奥さんが——つまり、恋人その二の奥さんが——そんな状況《パラジェーニエ》を容認できるのかわからないわね」

ヴロンスキイは指先と爪先を広げた。

「その状況とかってどういうことなんだい《プリチョーム・トゥート・パラジェーニエ》？ 彼女は亭主が浮気してるなんておめでたいくらいに知らないし、おまけに、自分がオツムテンテンのズングリムックリだから、粋なエレーヌと太刀打ちしようたって無理なことくらいわかってるのさ」

「わかるけど、きっとわからない人もいるわよ」とマリーナが言った。

一方、ラック氏はまた浮かび上がってきて、プールの端にいるアーダと合流したが、両生類のようによっこらしょと陸に上がる途中で、だぶだぶの水泳パンツが危うく脱げそうになった。

「失礼ですが、イヴァン、あなたにも冷えたロシア産のコークを取ってきてあげましょうか？」とペドロが言った——本当はとてもやさしくて愛想のいい青年なのだ。「だったらきみはココアナッツにしたらどうだい」とヴァンは意地悪な返事をして哀れな牧神をからかってみたが、もちろん相手にはさっぱりわかるわけがなく、愉快そうにくすくす笑って自分のマットに戻った。とにかくも、クローディアスはオフィーリアに言い寄らないのだ。

憂鬱なドイツ人青年は自殺をかすかに思い浮かべるほどの厭世的な気分になっていた。妻のエルジーと一緒にカルガーノに戻らなければならないが、この妻はエクスレハー医師の見立てでは「三《ドライ》週間先にミズ子《ドリプレット》を産みそう」な女だった。二人の故郷であるカルガーノには、この性欲があり余った哀れな女がいい仕事に就いていたムザコフスキイ・オルガン店で素敵な職場パーティが開かれ、その帰り道、「互いに我を忘れた」瞬間に、愚かなエルジーが公園のベンチで彼にすべてを与えたという思い出があって、彼はカルガーノが大嫌いなのだった。

「いつ発つの？」とアーダがたずねた。

「森曜日[*1]——あさって」

「そう。よかった。じゃさよなら、ラックさん」

かわいそうなフィリップはうなだれて、濡れた石に指で悲しい由無し事を描きながら、重い頭を横に振り、見るからに嗚咽をこらえていた。

「思うんだが……思うんだが」と彼は言った。「人間というものは次の台詞を忘れたただの役者のようなものじゃないかな」

「そう思う人が多いって聞いたことあるわ」とアーダが言った。「それってきっと恐《フル》ろし《ヒトバール》い気分でしょうね」

「救いようがないのかな？　もう希望はないんだろうか？　僕は死にかけているのかな？」

「もう死んでるわよ、ラックさん」とアーダが言った。

このおぞましい会話の最中に、彼女は横目でちらちらと見ていたが、ようやく今、純粋で怒り狂ったヴァンがかなり離れたところにある百合の木の下に立ち、片手を腰に当て、頭をうしろにそらせて、ビールを瓶からがぶ飲みしている姿を目にした。彼女は死体を浮かべたプールの縁から離れ、百合の木の方に移動していったが、自分の小説がどんな目にあったのかもまだ知らないまま、デッキチェア（その木製の肘掛けからずんぐりした指がピンク色の茸みたいに生えている）でうたた寝している女流作家と、若い女主人《シャトレーン》の「白く輝く美しさ」が言及されている濡れ場を読みながら、首を傾げている主演女優との間を通っていくという回り道作戦を選んだ。

「でも」とマリーナが言った。「『白く輝く』なんてどうやって演技で表現できるの、白く輝く美しさってどういう意味？」

「色白の美人ということだよ」とペドロが、そばを通り過ぎたアーダを見上げながら助け船を出した。「そのためなら大勢の男たちが、自分の逸物を切り落としてもかまわないと思うような美しさだな」

「わかった」とヴロンスキイが言った。「脚本をさっさと片付けてしまおう。彼がプールサイドの中庭を離れていく場面だが、この映画はカラーにしようかと考えているので——」

ヴァンはプールサイドの中庭を離れて、大股で立ち去った。脇の通路に入ると、そこは庭の森へと通じる道で、知らず知らずのうちに大庭園本体へと移行している。やがて彼は、アーダがあわてて追いかけてくるのに気づいた。片肘を上げ、腋の黒い星をあらわにしながら、彼女が水泳帽を脱ぎ捨て、頭をさっと一振りすると、解放された黒髪が雪崩を打った。そのうしろから、リュセットがカラーで小走りについてくる。姉妹たちが裸足なのを憐れんで、ヴァンは砂利道からビロードのような芝生へと進路を変えた（英国小説で最高傑作の一つに出てくる、透明白子人間に追われてエロ博士[*2]が取った行動を逆にしたもの）。二人は「二番めの林」で彼に追いついた。リュセットは、通り過ぎるときに立ち止まり、姉の水泳帽とサングラスを拾い上げた——幾度となく歌《サ》われ《ン》た娘《グラス》のサングラス、そんなものを捨てるなんて破廉恥な！　我が几帳面で幼いリュセット（きみのことは決して忘れはしない……）は、切り株の上に捨ててあるビールの空き瓶のそばにその二つを置いてから、また小走りに進み、それから戻ってきて、切り株にしがみついて鼾をかいているピンク色の茸を調べた。二度見てびっくり、二重露出。

「あなたが怒ってるのは——」追いつくとすぐにアーダが切り出した（あのピアノ調律師は使用人も同然で、やさしくしてあげなければいけないのだと言い訳は考えてあったし、何か心臓病を抱えているらしいとか、品のないかわいそうな奥さんがいるらしいとか話すつもりだった——ところがヴァンがそれを遮ってしまった）。

「僕は抗議する」と彼はその言葉をロケットのように発射した。「抗議したいのは二点。ブルネットなら、たとえだらしないブルネットでも、鼠蹊部を人目にさらす前にちゃんと剃っておくべきだし、育ちのいい女の子なら、たとえ魅力的な身体をあまりにも短すぎる布切れで、それも蛾に食われた穴があいていて、くさい臭いのするぼろ布で包むことになったとしても、獣じみた助平男にあばら骨を突っつかせるような真似をしちゃいけない」「まったくもう！」と彼は付け加えた。「どうして僕はアーディスに帰ってきたりなんかしたんだろう！」

「約束するわ、約束する、これからはもっと気をつけて、いやらしいペドロを近づけないって」とアーダは言って嬉しそうに勢いよくうなずき、みごとなまでの安堵のためいきを吐き出して、それがずっと後になってから初めてヴァンに拷問のような苦しみを与える原因になるのだった。

「ねえ、待ってえ！」とリュセットがキャンキャン吠えた。

（拷問ですって、わたしのかわいそうな人！　拷問だなんて！　そう！　でもすべては海の藻屑と消えてしまったんですもの。アーダの最後のメモ。）

美しいアルカディアの絵図さながらに、三人が倒れ込んだのは垂れる杉の大木の下にある芝生で、異常に生育した枝が二つの黒い頭と一つの金色に燃えるような赤い頭の上に東洋風の天蓋を広げ（本書のように、自分の肉体でできた松葉杖であちこちが支えられていた）、それはちょうど私たちが無軌道で幸せな子供だったとき、あの暗くてあたたかい夜に、おまえと私の頭上に広がっていたのと同じだった。

ヴァンは仰向けに寝転がりながら、思い出に酔って、両手をうなじのうしろにあてがい、目を細めて葉叢のすきまからレバノンブルーの空を見つめた。リュセットは彼の長い睫毛を愛しく眺めながら、剃刀負けしやすい首筋と顎の間にできものやぶつぶつが炎症を起こしている繊細な肌を気の毒に思った。アーダは思い出の記念写真に残る横顔をうつむけ、憂いに満ちたマグダラのマリアのような髪を（垂れる影と共鳴して）青白い腕に垂らし、拾った蠟のように白い金蘭の黄色い喉元をぼんやりと調べながら座っていた。彼なんか大嫌い、大好き。彼は意地悪、わたしは無防備。いつもつきまとう、好意に満ちた小うるさい小娘の役回りを演じるリュセットは、両方の手のひらをヴァンの毛深い胸に置き、どうして怒っているのとたずねた。

「きみに対して怒ってるんじゃない」とようやくヴァンは答えた。

リュセットは手にキスして、それから襲いかかった。

「やめろよ！」彼女が裸の胸でじゃれると、ヴァンは言った。「冷たくて気持ち悪いじゃないか」

「嘘よ、あたし熱いのに」と彼女は口答えした。

「缶詰の桃二切れみたいに冷たいよ。さあ、お願いだからどいて」

「どうして二切れなの？　どうして？」

「そうよ、どうして」と嬉しさに震えてアーダは大声を出し、そして屈み込むと口にキスをした。

彼は起き上がろうともがいた。今や二人の少女がかわるがわる彼にキスをして、それからお互いにキスをしあい、それからまたせわしなく彼を攻めたてた――アーダは危険な沈黙を守ったまま、リュセットは小声でキャッキャと喜びながら。私はモンパルナスの中篇小説で『呪われた子供たち《レ・ザンファン・モーディ》』がいったい何をしたのか、何を言ったのか憶えていない――たしか二人はブライアントの城に住んでいて、出だしのところで蝙蝠が一匹ずつ小塔の円窓《オイユ・ド・ブフ》から夕暮れの中へと飛び出していく場面があったと思うが、この子供たちも（その本当の姿を中篇作家は知らなかった――そこがうまい点だ）、仮にあの台所の写真魔、覗き屋キムが必要な器材を持っていたとしたら、なかなか楽しめる映画に撮れていたかもしれない。こういうことは書きたくないもので、言葉で描写すると仕上がりが美的観点からして実に不適切になってしまうものだが、究極の黄昏時に（そこでは些細な芸術的失敗も、オレンジ色の空の中、昆虫もいない不毛な荒野ですばしっこく飛びまわる蝙蝠よりもかすかにしか映らない）思い起こさずにいられないのは、リュセットの露のようなささやかな貢献が、唯一にして主要なる女の子によるほんのかすかな接触（現実のものであれ想像上のものであれ）に対するヴァンの不変な反応を、萎縮させるよりもむしろ膨張させたということだ。絹のようなたてがみを彼の乳首や臍の上に雪崩打たせたアーダは、ありとあらゆる手管を使って今鉛筆を持つ私の手を震えさせ、さらには、あの愚かしいほど遙かな過去に、ヴァンがこらえようにもこらえきれないさまを無邪気な幼い妹に気づかせ記憶に留めさせることで、快感を得ていたように見えた。押し潰された肉花は、今ようやく二十本のくすぐったい指先によって、黒い水泳パンツのゴムベルトの下に、嬌声とともに押し込まれた。それは飾りとしてはたいした値打ちがなく、ゲームとしては不適当で危険だった。彼は可愛い拷問者たちを払いのけ、逆立ちして歩き去ったが、その姿はカーニバルの鼻を黒い仮面で隠したようだった。ちょうどそのとき、先生が息せき切って叫びながらその場に登場した。「いとこがいったいあなたに何をしたの《メ・ケス・キル・タ・フェ トン・クーザン》？」女史が心配して同じ質問を繰り返すなか、リュセットは、アーダがかつて流したのと同じ、まったくいわれのない涙を流しながら、藤色の袖が付いた両腕の中に飛び込んだのであった。

＊1　「木曜日」をラックはこう発音した。

＊2　ウェルズの『透明人間』で、透明人間を裏切る友人のことを、hを落として発音する癖のある警官はこう定義した。

33

翌日は霧雨で始まり、それも昼食の後にはやんだ。リュセットは陰気なラック氏に最後のピアノレッスンを受けていた。ヴァンとアーダが二階の通路で偵察していると、ポロン・ポロン・ポロンという音が何度も聞こえてきた。ラリヴィエール女史は庭にいるし、マリーナもあわただしくラドールに出かけていったので、リュセットが「そばにいないのが耳でわかる」のをいいことに、二階の化粧室へしけこもうとヴァンは提案した。

化粧室の隅には、リュセットが初めて乗った三輪車が置かれていた。クレトン更紗のカバーが掛けられたソファベッドの上にある棚には、リュセットの「手を触れてはだめ」な宝物がいくつか載せてあり、その中には四年前に彼が贈った名詩選がぼろぼろになって残されていた。ドアには鍵が掛からなかったが、ヴァンは矢も楯もたまらなかったし、あと少なくとも二十分くらいは、あの音楽も壁みたいにしっかりと持ちこたえてくれるはずだ。アーダのうなじに唇をめり込ませていると、不意に彼女が身体をこわばらせ、指を立てて警告した。重くてゆっくりとした足音が、大階段を上ってくるところだったのだ。「追っ払って」と彼女がささやいた。「畜生《チョールト》」とヴァンはつぶやくと、着衣を整えて踊り場に出ていった。重い足取りで上がってくるフィリップ・ラックは、喉仏を上下させ、髭も剃らず、顔色も悪く、歯茎を剥き出して、片手を胸に当て、もう片方の手でピンク色の巻紙をつかんでいたが、音楽はまるで機械仕掛けみたいに勝手に続いていた。

「下のホールにもありますよ」とヴァンは、相手が不運にも胃痙攣か吐き気を催したのかと思い込んでいるか、思い込んでいるふりをしているかのような口ぶりで言った。しかしラック氏はただ「お別れを言いにきた」だけだった——イヴァン・ディモノーヴィチと（情けなくも、ノのところにアクセントを置いて）、アーダ嬢《フロイライン》、マドモワゼル・イーダ、それからもちろん奥様にも。残念ながら、ヴァンのいとこと叔母は町に出かけているけれども、お友達のイーダだったら薔薇園で書き物をしているはずだから、フィルもきっと見つけられますよ。本当に？　絶対に本当ですとも。ラック氏は深いためいきをつきながらヴァンに握手して、上を向き、下を向き、不思議なピンク色の紙筒で手摺を軽く叩いてから、モーツァルトがたよりなさそうになりかけた音楽室へと戻っていった。ヴァンはしばらくじっとして、聞き耳を立てててつい顔をしかめてから、ようやくアーダのところに戻った。彼女は膝の上に本をのっけて座っていた。

「きみに触ったりする前に、右手を洗っておかないと」と彼は言った。

彼女は本気で読書をしていたわけではなく、神経質そうに、怒ったように、ぼんやりと頁を繰っているだけで、それはたまたま例の古い名詩選だった——彼女はいつ何時でも、本を手に取れば、どんなものであれ、水生動物がもとの小川に戻されたみたいに自然な動作で「本の淵から」するりともぐりこんで、たちまちのうちに没頭してしまうのに。

「あんなにべとべとして、ぐんにゃりして、汚らしい前足をつかんだのは生まれて初めてだよ」とヴァンは言って、罵りながら（階下の音楽はもうやんでいた）、蛇口が付いている育児室の手洗いに行った。窓から覗くと、ラックがごつごつした黒いブリーフケースを前籠に押し込んでから自転車を漕ぎ、そしらぬ顔の庭師に向かって帽子を取って会釈しているのが見えた。その無駄な仕草が長続きしないうちに、不器用なバランスが崩れて、道の反対側にある生け垣を激しくかすめ、衝突してしまった。しばらくのあいだ、ラックは水蠟木《イボタノキ》の垣根ともつれあった状態のままで、ヴァンは下りていって助けにかけつけたものかどうかと思案した。身体の具合が悪いのか酔っ払っているのかわからない音楽家に庭師は背を向けていたが、ありがたいことに、音楽家はようやく垣根から這い出して、籠にブリーフケースを入れ直していた。ゆっくり自転車で去っていく姿を見ていると、訳のわからない怒りがこみあげ、ヴァンは便器に唾を吐いた。

戻ってみるともうアーダは化粧室にいなかった。バルコニーにいて、リュセットのために林檎の皮を剝いていた。親切なピアニストは、林檎一個とか、食べられない西洋梨一個とか、小さいプラム二個をいつもおみやげに持ってきていた。いずれにせよ、その林檎が最後の贈り物なのだった。

「先生が呼んでるよ」とヴァンはリュセットに言った。

「待たせておけばいいじゃないの」とアーダは言って、のんびりと「理想的な皮剝き」を続け、その黄色がかった赤い螺旋をリュセットは夢中になっておごそかに見守っていた。「ちょっと仕事があるから」とヴァンは思わず口にした。「どうしようもなく退屈で。書庫にいるよ」

「わかったわ」振り向きもせずに、リュセットが澄んだ声で返事をした――そして剝き終わった花綱をつまみあげると、歓喜の声をあげた。

元の場所へ戻すときに置きまちがえた本を探し出すのには三十分かかった。やっと見つけたのはよかったが、よく見るとそれは注釈を付け終わってもういらなくなった本だった。しばらくのあいだ、彼は黒いソファベッドに寝そべっていたが、そうしているのも激しいオブセッションの圧力を増すだけのように思えた。蝸牛状の階段で上階に戻ることにした。その途中で、苦悩とともに思い出したのは、何か途方もなく魅惑的で絶望的なまでに二度と取り戻せないもの、それは「納屋炎上」の夜に燭台を手にして階段を駆け上がってくる彼女の姿で、記憶の中では永遠に大文字で記されている——彼女の臀部、ふくらはぎ、動く肩や流れる髪の背後からついていく、ゆらめく光に照らされた彼と、黒い幾何学模様の巨大な波になった影が二人に追いつこうとして、螺旋状の上り道を黄色い壁に沿って進んでいく姿だ。いま彼は、三階のドアが反対側から錠が掛けられていることに気づき、また書庫へと下りて（つまらないことに腹をたてたせいで、記憶はもう抹消されていた）、大階段を使わねばならなかった。

眩い陽光がバルコニーのドアに射している方へと近づいていくと、アーダがリュセットに何か説明しているのが聞こえた。それは何か愉快なことで、何の話かと言えば——私は憶えていないし、ここででっちあげるわけにもいかない。アーダには思わず笑い出す前に文章を終わらせようと急ぐ癖があったが、ときどき、今みたいに、ぷっと吹き出して言葉がはじけ飛んでしまうこともあり、その後でまた話を続けようとして、笑いを噛み殺しながら余計にあわてて文章を結び、最後の言葉の後には、響きがよくて、喉にかかった、エロティックで親密な笑い声が三重のさざ波となって続くのだった。

「それじゃあね、可愛い子ちゃん」と彼女は、えくぼのあるリュセットの頬にキスしながら付け加えた。「お願いがあるんだけどな。走っていって、もうミルクとビスケットの時間でちゅよって、いけないベルに言ってやってちょうだい。早く《ジーヴァ》！　そのあいだ、ヴァンとあたしは浴室か、それともどこかいい鏡のある部屋に行ってるから——散髪してあげるのよ。ひどく伸びてて。そうでしょ、ヴァン？　そうだ、いい場所があった……。さあ、行って行って、リュセット」

34

シーリーハム杉の下での戯れは失敗だった。分裂症気味な先生に監視されているとき、あるいは本を読んで聞かせるか、散歩につれていくか、寝かしつけてやるとき以外だと、いつでもリュセットはお邪魔虫になった。夜になると――マリーナが辺りにいて、たとえば、にわかに緑づいた庭のそこかしこで輝き、ヘリオトロープやジャスミンの吐息に灯油の臭いを混ぜている、そんな新しいランプの金色の球の下で、客人と一緒に酒を飲んでいたりしなければ――恋人たちはさらに深い闇の中へこっそりと忍びだし、肌を刺すような真夜中の微風《ナクトゥールナ》が吹いてきて、卑猥な夜警ソールの言葉を借りれば「女の葉叢をめくりあげる《トルーサン・ラ・レメ》」ように木葉を裏返すまで、ずっとそこにいるのだった。あるとき、エメラルド色のカンテラを手にしたソールは二人にたまたま出くわしてしまったことがあるし、幻のようなブランシュが、口封じの金をしっかり握らせてあるこのたくましい老蛍ともっとつつましい隠れ場所で交接しようと赴く途中に、くすくす笑いながら二人のそばをこっそり通り過ぎたことも数度ある。だが、おあつらえむきの夜まで一日中待つのは、我らがせっかちな恋人たちにとってはとても耐えられることではなかった。過去にはよくあったように、昼食時になる前にすっかり消耗してしまうことも往々にしてあった。それでもリュセットは、どんな衝立の陰にでもこっそり忍んでいて、どんな鏡からでもひょっこり覗いているようだった。

二人は屋根裏部屋を試してみたが、すんでのところで床に裂け目があることに気がつき、そこからかすかに覗ける洗濯物絞り機が置かれた部屋の片隅では、二番女中のフレンチがコルセットとペチコート姿で行ったり来たりしているのが見えた。二人は部屋を見まわしてみた——そして、割れた箱やら突き出している釘だらけのこんな場所で愛し合ったり、天窓をくぐり抜けて、赤銅色の手足をした緑の小鬼なら巨大な楡の木の股に腰掛けてやすやすと監視できそうな、屋根の上でよくも愛し合ったものだなとさっぱり腑に落ちなかった。

それでもまだ射撃場がある、傾斜した屋根の下にある、東洋風のカーテンが掛けられた隠れ家が。ところがそこも今では南京虫だらけで、気の抜けたビールの臭いがぷんぷんするし、薄汚れてべとべとするので、ここで服を脱いだり小さなソファを使おうとは夢にも思わない。ヴァンがそこで見た新しいアーダは象牙のような太腿と尻だけで、その尻をしっかりとつかんだまさしく初めてのとき、激しい悦びを覚えている真っ最中に、こちらも性反応の収まりつつある興奮でまだ窓台を手でつかんでいたアーダが、窓台のむこうを見るようにと肩ごしに命じたのは、そこへリュセットが近づいてきたからだ——縄跳びをしながら、灌木の中の小道に沿って。

こうして邪魔が入るのが次も二度、三度繰り返された。リュセットはたえず近くへ近くへと寄ってきて、杏茸《アンズタケ》を摘んで生のまま食べるふりをしていたかと思うと、飛蝗《バッタ》をつかまえようと屈み込んだり、少なくとも暇つぶしに遊んでいるか気の向くままに何かを追いかけているような自然な動作を遂行するのだった。立入禁止の園亭の前にある、雑草が繁った遊び場のまんなかまで進んできてから、夢見るような純真さを装って、そこで古いブランコの板を揺すりはじめるのだが、そのブランコは、すっかり葉を落としている部分があるもののまだ健康な楢の老木「ツルツル」の、長くて高い枝からぶら下がっていた（その老木は――ああ、憶えてるわよ、ヴァン！――一世紀も前の、アーディスを描いたピーター・ド・ラスト作の石版画にも現れていて、そこでは四頭の牝牛と、ぼろを着て片方の肩を剝き出しにした若者を日陰に入れてやっている、まだ若い巨木だった）。我らが恋人たちが（あなたは作者を表す所有格が好きなのね、ヴァン）ふともう一度外を見ると、リュセットは不機嫌なダッケル犬をブランコに乗せて揺らしてやっているところだったり、いるはずのない啄木鳥《キツツキ》を見上げたり、さまざまに可愛く顔を歪めながらゆっくりと灰色の輪が付いたブランコ板に乗り、まるでこれまでやったことがないみたいにおずおずそっと漕いでいるところで、そのあいだ愚かな犬は錠が下ろされた園亭の扉に向かって吠えているのだった。ブランコの勢いを徐々につけるのが舌を巻くほど巧みだったので、ありったけのそばかすを火照らせたまんまるい薔薇色の顔が空高く舞い上がり、緑色をした二つの眼が驚くべき連結馬車《タンデム》にぴったりと向けられた瞬間を、アーダと騎馬武者が一度たりとも目撃しなかったのは、絶頂に登りつめて盲目になっていたので無理もないことだろう。

影になったリュセットは、芝生から屋根裏部屋まで、門番小屋から厩まで、プールのそばにある近代的なシャワー室から二階にある古めかしい浴室まで、どこへでも二人の後をついてまわった。びっくり箱さながらにトランクの中から飛び出した。散歩に連れていけとせがんだ。一緒に「馬跳び」じゃなくて「馬乗り」をしようと食い下がった――そしてアーダとヴァンはうんざりした顔と顔を見合わせるのだった。

そこでアーダは一計を案じたが、それは簡単でもなく、気の利いたものでもなく、そのうえ逆効果になった。おそらくわざとそうしたのか。（削除して、削除よ、お願い、ヴァン。）その案とは、ヴァンがアーダの面前でリュセットを撫でてやりながら、それと同時にアーダにキスをするとか、アーダが森に出かけているあいだに（「森に出かける」「植物狩りをしている」）リュセットを愛撫したりキスして、リュセットを騙そうというのである。アーダが断言するには、これが一石二鳥だという——思春期の子供の嫉妬心を緩和すると同時に、もっとどっちつかずの戯れの真っ最中に見つかった場合のアリバイにもなるというのだ。

こうして三人はあまりにも頻繁かつ徹底的に抱擁し愛撫したものだから、とうとうある日の午後のこと、長期の使用に耐えてきた黒いソファの上で、彼とアーダは性的興奮を抑えきれなくなり、かくれんぼをして遊ぼうというばかげた口実を使って、製本済みの「カルーガ・ウオーターズ」紙や「ルガーノ・サン」紙が保管されている物置にリュセットを閉じ込め、我を忘れて愛し合い、そのあいだリュセットは扉を叩き声をあげ足で蹴り、しまいに鍵が外れて落ち、鍵穴は怒りの緑に変色したのだった。

アーダの考えるところでは、こうした怒りの発露よりももっと不愉快だったのは、リュセットが腕や膝やからみつくのにもってこいの尻尾でヴァンにしっかりとしがみついているときに、恍惚感に打ちのめされたような表情を見せることで、まるでヴァンは木の幹というか、それも歩きまわる木の幹になったようで、姉から思いっきり平手打ちを食らわないとリュセットは引き剝がせなかった。

「認めざるをえないわね」とアーダは、二人が赤いボートに乗って川を下り、ラドールの小島にある垂れ柳がカーテンのようになった場所へと向かっているときに、ヴァンに言った。「恥ずかしいし悲しいけど認めざるをえないわ、ヴァン、せっかくの名案もミスショットだったって。あの子、いやらしいことばかり考えているんじゃないかしら。それに、あなたへののぼせ方ときたら犯罪的。あなたが同腹の兄で、同腹の兄といちゃつくのは法律違反でまったく忌まわしいことだと言ってやろうかしら。グロテスクで気味の悪い言葉を使うとあの子が怖がるのはわかってる。わたしも四歳のときに怖がったもの。でももともと頭の悪い子だから、悪夢や種馬から守ってやらないといけないし。それでもまだ言うことを聞かないのなら、いつだってマリーナに告げ口するという手があるわ、わたしたちが瞑想したり勉強したりするのを邪魔するって言って。でももしかしたら、あなたは気にしていないんじゃない？　もしかしたらあの子に興奮するんじゃない？　そうでしょ？　興奮するって、白状する？」

「今年の夏は、前の夏よりずっと悲しいな」とヴァンは小声で言った。

35

ここ柳の小島は、青きラドール川の中でもいちばん静かな支流にあり、片手には湿原、そしてもう片手には遙か彼方、楢の木が立ち並ぶ丘にロマンティックにも黒々と、ブライアント城が見晴らせる。その卵形の隠れ場所で、ヴァンは新しいアーダを比較研究の対象にしてみた。並べてみるのは簡単で、それというのも、まったく変わらない青い流れの背景に置いてみると、四年前つぶさに知っていた少女が心眼にくっきりと浮かび上がってきたからだ。

額の部分は狭くなったように見えるのは、背が伸びたせいだけでもなく、髪型を変えたからで、大胆にも巻き毛を前に垂らしている。今では染み一つないその白さは、歴然とつや消しを施したような色合いを帯び、そこにかすかな皺が走っていて、まるでこの歳月のあいだ顔をしかめることが多かったように見えてしまうのだ、かわいそうなアーダ。

眉毛は相変わらずふさふさとして、濃かった。

目。目は艶めかしい二重瞼のままだった。睫毛は、積もった黒玉の塵に似たまま。開いた虹彩は、インドの催眠術師みたいな位置のまま。瞼も、つかのまの抱擁のとき緊張して大きく見開きつづけることができないまま。しかし、林檎を食べたり、見つけたものをまじまじと眺めたり、動物や人間の声に聞き入ったりするときの目の表情は変化していて、あたかも遠慮や悲しみの層が新たに堆積したようで、瞳を半ば覆い隠し、つややかな眼球も愛らしく長い眼窩の中で昔日よりずっと落ち着かない動きを見せるのだった。「視線が決してあなたの上にとどまることはないのに、あなたを射抜く」マドモワゼル・ヒプノクシュ。

鼻はヴァンのようなヒベルニア風の輪郭に従ってはいなかったが、骨はよりくっきりとしていて、先端はより強く反っているように見え、かすかな縦溝が入っているのは十二歳のアイルランド小娘だったときに見た記憶がなかった。

強い光線に照らされると、黒っぽい絹のようなかすかな産毛（前腕部に生えているものの親戚）が今では鼻と口の間に見分けることができたが、彼女の話では、秋の季節になれば最初の化粧のときに処理される運命なのだという。軽く塗った口紅のせいで、口元には能面のように無表情な感じが出ていて、それが対照的に、大はしゃぎするかおなかをすかして、ぬめぬめと輝く大きな歯やこってりと赤い舌と口蓋を覗かせるときに、その美しさに打たれるショックをいや増すのだった。

首は、かつても今も、彼にとっては最も繊細で最も強烈な喜びであり、とりわけ髪をほどいて流れるままにまかせると、つやのある黒髪の束が偶然ばらばらになり、そこからあたたかく、白い、素敵な肌が垣間見えるときがそうだ。できものや蚊に刺された跡に悩まされることはなくなったが、腰のすぐ下のところから脊椎骨と平行に走っている、一インチくらいの長さの切り傷の薄い跡を彼は見つけ、それは去年の八月にできた深い傷のせいで、気まぐれなハットピンがつけたか、それともここにおいでと誘っているような干し草に紛れていた、棘のある枝がつけたものだろう。

（あなたって容赦ないのね、ヴァン。）

その秘密の小島（日曜日にやってきたカップルは立入禁止――そこはヴィーン家専用になり、

「侵入者はアーディス・ホールから来た狩猟者に撃たれることもある」とダンの文言で立札が静かに宣告している）では、植生は垂れ柳三本、一房になった榛《ハンノ》の木《キ》、多くの野草、蒲《ガマ》、著莪《シャガ》、それから紫色の唇をした双葉蘭数株から成り、その蘭に屈み込んでアーダが仔犬か仔猫を相手にするように猫撫で声を出した。

そうした神経過敏な柳に守られて、ヴァンはさらに検査を続けた。

肩は耐え切れないほど優雅だ。僕の妻がそんな肩をしていたら、肩紐なしのガウンを着ることを絶対に禁止するところだが、どうして彼女が妻になれるだろうか？　モンパルナスの滑稽な物語の英語版で、レニーがネルにこう言う。「僕たちの不自然な関係に射す忌まわしい影は、空にまします我らが父が堂々たる指先でお示しになる、地獄の底までもついてまわることになるだろう」。奇妙な理由で、中国語からの翻訳よりも平易なフランス語からの翻訳の方が拙劣になるものである。

乳頭は、今ではツンとして赤く、周囲に細かな黒い毛が生えていたが、彼女が言うには恰好悪い《ウンシックリッヒ》からすぐに抜いてしまうという。そんなおぞましい言葉をいったいどこで憶えたんだろう、と彼は不思議に思った。乳房は可愛らしく、青白くてふくよかだったが、かつての少女の、形らしい形にもならないどんよりした蕾をつけた、あの小さくやわらかなふくらみのほうがなんとなく好ましかった。

若くて平らな腹部の見憶えがあって特徴的な美しいくびれ、その素晴らしい「演技」、腹斜筋の率直で熱のこもった表情と、臍の「微笑み」は前と同じだった――ベリーダンサーの芸を表す専門用語から拝借。

ある日、彼は髭剃り道具一式を持ってきて、三ヵ所の体毛を処理する手助けをしてやった。

「さてこれから余はシェヘルなるぞ」と彼は言った。「そしておまえは余のアーダ、それからあれがおまえのお祈り用の緑のカーペットじゃ」

小島に何度か出かけた記憶は、絡まった模様となってあの夏の記憶の中に彫り込まれ、解きほぐすことはもうできない。二人が見たのは、抱き合ったままそこに立っている彼ら自身の姿で、身に纏っているのは動く葉影しかなく、さざ波の反射を動く嵌め込み模様にした赤いボートが二人を運び去っていくのを見守りながら、何度も、何度もハンカチを振っていた。そしてボートが遠ざかりながらもまた彼らの下に漂いつつ戻ってきたり、オールが屈折効果で短くなったり、祭の行列が進むにつれて輻が車輪とは逆回転しているように見えるストロボ効果のように、さざ波の陽班が逆向きに動いていたりというような現象のせいで、混ぜこぜになった場面の不思議さはいっそう強まった。時間は二人を騙し、片方に憶えている質問をさせて、もう片方に忘れている答えを口にさせ、あるとき、青い流れで黒の複製ができている小さな榛の木の繁みの中に二人はガーターを見つけ、それはたしかに彼女のもので、彼女も否定はできないが、そんなものを身に着けていたはずがないとヴァンが断言するのは、魔法の小島まで出かけた夏の旅に彼女はストッキングを履いていなかったからだ。

素敵な強い足はたぶん前より長くなっていたが、それでもまだ、ニンフェットだった歳月のなめらかな青白さとしなやかさを保っていた。彼女はまだ足の親指をしゃぶることができる。右足の甲と左手の甲には、小さくて目立ち過ぎはしないがそれでも決して消えることのない聖なる母斑があり、それとまったく同じもので彼の右手と左足にも自然が署名を残している。彼女は爪に「シェヘラザードのラッカー」（八〇年代のとてもグロテスクな流行）を塗ろうとしたが、身だしなみの面ではだらしなくて忘れっぽい性格のせいで、マニキュアが剝がれ落ち、恰好の悪い染みが残ってしまったので、ヴァンは前の「ピカピカなし」の状態に戻してくれとたのんだ。その代償として、ラドールの町（小粋な保養地）で金のアンクレットを買ってやったが、激しい逢瀬を繰り返しているうちに彼女はそれを失くしてしまい、気にすることはないさ、またいつか別の恋人が拾ってくれるよと慰めたら、思いがけずわっと泣き出した。

　彼女の頭の良さ、天才ぶり。もちろん四年間で彼女は変化したが、彼もまた同時的段階を踏んで変化していたので、二人の脳と感覚は波長が合ったままで、それはどんな別離があろうとつねにそのままのはずだ。どちらももう一八八四年当時の生意気な天才児《ウンダーキント》ではなかったが、書物から得た知識という点では二人とも同年代の人間をはるかに凌ぎ、その差たるや二人が子供だったときよりもっと開いていた。そして学歴という点では、アーダ（一八七二年七月二十一日生まれ）は私立学校の課程をすでに終えており、二歳半年長であるヴァンのほうは、一八八九年の終わりまでに修士号を取得したいと思っていた。彼女の会話は軽快なきらめきを多少失ったかもしれないし、彼女が後に「実を結ばない運命《プスタツヴェートナスチ》」と呼ぶことになるものの、最初のかすかな影がここで見分けられる――少なくとも、振り返ってみればの話だ。しかし、生まれつきのウィットの質が深まり、不思議な「超経験的」（これはヴァンの造語）底流が内的に倍加して、それでごく簡単な考えをごく簡単に言うときでも表現が豊かになったようだった。彼女の読書ぶりは彼に負けず劣らず貪欲で見境なしだったが、どちらもそれぞれ「お気に入り《ペット》」と言ってもよさそうなテーマを持つようになっていた――彼の場合なら精神医学におけるテラ学の分野、彼女の場合なら演劇（特にロシア演劇）で、彼にしてみれば「ぴったり《パット》」に思えるができれば一時の気まぐれにしてもらいたかった。花狂いは相変わらず続いていた、やれやれ。しかし、クローリク先生が自宅の庭で心臓発作を起こして死亡した（一八八六年）後、彼女は飼育中の生きている蛹をぜんぶ蓋の開いた棺に入れ、彼女の話によれば、そこでクローリク先生はまるで生きている《イン・ヴィーボ》みたいに、ぽってりとピンク色をして横たわっていたという。

性愛面では、それを除けば悲しく優柔不断な青春期にいるアーダは、異常なまでに情熱的だった幼年期よりもさらに積極的で反応が良くなった。症例を一つ一つじっくり研究するタイプのヴァン・ヴィーン博士は、情熱的な十二歳のアーダに匹敵するような、非行少女でもなく、淫乱症でもなく、知的には高度に発達していて、精神的には幸福な、普通の英国の子供をファイルの中に発見することはできなかったが、派手なロマンスや老人の回想録に描かれているように、フランスやエストティランドの古城で似たような少女が花開き、そして薹《とう》が立ってしまうことはよくよくある。彼女に対する彼自身の情熱は、ヴァンにとって研究分析がさらに困難な問題だった。ヴィーナス・ヴィラで遊んだときの愛技の一つ一つをつぶさに思い出し、それより前にも、ランタやリヴィダの川に浮かぶ娼館へ行ったときのことを思い出してみると、アーダに対する反応のほうがそういうすべてを凌駕していることに彼が満足したのは、彼女の指か唇が怒張した血管をほんの軽くなぞるだけで、手練手管の若い娼婦がじらすようにゆっくりと行う「愛撫《ウィンズロー》」よりもずっと強烈で、しかも本質的に異なる「快感《デリチア》」が得られるからだ。それでは、正確無比な諸芸術や純粋科学における想像力の奔放な飛翔よりもさらに高いレベルへと、この動物的行為を引き上げるものはいったい何か？アーダとのセックスで、疼き、炎《アゴーニ》、至上の「リアリティ」の苦悩を発見したのだ、と言うだけでは充分ではないだろう。リアリティは鉤爪のように着けている引用符を失くしてしまったのだ、というほうがまだしもである――独立的で独創的な頭脳の持ち主たちが、狂気や死（これは狂気の親玉）を振り払おうとして、物にしがみついたり物を引きちぎったりせざるをえないような世界では。一、二度の痙攣ですむのなら彼は無事だった。裸になった新たなリアリティはいかなる触手も錨も必要とはしない。その持続は一瞬だが、彼と彼女が愛し合うことが肉体的に可能なかぎり何度でも反復できた。瞬時のリアリティの色と炎は、ひたすら、彼によって認識されたアーダの実体にのみ依存していた。それは貞操とか、広義の貞操の虚しさとは一切関係がない――実際のところ、後になってヴァンが振り返ると、あの夏に激しい愛の営みを繰り返していたあいだ、彼女がこれまでも、そして今でも、むごたらしいほど彼に対して不実だったことを、ずっと彼も知っていたように思えた――それはちょうど彼女のほうも同じことで、彼にそう言われるずっと前からわかっていたのは、二人が別れていたあいだ、張りつめた男性が数分間借りるという生きた機械をしばしば使用していたという事実であり、その話は彼女が十歳か十一歳のとき、『ハムレット』とグラント船長の『極小銀河』*1の合間に読んだ『売春の歴史』三巻本に、おびただしい木版画と写真付きで載っていたのである。

この禁じられた回想録を、秘かにぞくぞくしながら（彼らとて人間なのだ）、書庫の秘かな片隅で（そこには腐りかけた猥本作者の無駄口や、枕物語や、法螺貝話がうやうやしく保管されている）読もうとする未来の研究者諸氏のために、著者はここで付言しておかねばならないと思い、寝たきりの老人がゲラ刷りの余白に、英雄的にも少々の訂正を付け加えておくのは（というのも、このくねくねとした長い蛇が、作家の苦悩にとって最後の一筆になるからだ）［この文章の末尾は判読できないが、幸いなことに、次の段落が別のメモ用紙に殴り書きされている。編者注］。

……彼女の実体の歓喜に関することである。永遠の星明かりの中では、私の、つまりヴァン・ヴィーンの、そして彼女の、つまりアーダ・ヴィーンの、北アメリカのどこかで、十九世紀に行われた結合が、ピンの先ほどしかない惑星の一兆分の一のそのまた一兆分の一の意義しか持たないと本気で考えてしまいそうな驢馬どもは、どこか他で《アユール》、どこか他で《アユール》、どこか他で《アユール》、といなくがいい（英語の単語では擬声語的要素が満たせないだろう。老ヴィーンは親切なのである）、なぜなら彼女の実体の歓喜は、リアリティという顕微鏡で覗けば（それこそ唯一のリアリティだ）、精妙な橋架から成る複雑なシステムであることがわかり、皮膜と大脳皮質の間で、その橋架を諸感覚が――笑い、抱きしめられ、花を空中に投げながら――渡っていき、それが過去でも現在でもつねに記憶の一形態であり、その知覚の瞬間でさえそうなのだ。私はすっかり衰えた。私の文章はひどいものだ。私は今夜にも死ぬかもしれない。もう私の魔法の絨毯は、林冠や、口を開けた雛鳥や、彼女の珍中の珍たる蘭の上をかすめて飛ぶこともない。挿入。

＊1　テラではジュール・ヴェルヌの『グラント船長の子供たち』として知られている。

36

言葉にうるさいアーダがかつて言ったことによれば、調べものであれ、芸術であれ、表現以外の必要に迫られて言葉を辞書で引くのは、装飾用にいろいろな花を寄せ集めること（これには、乙女が小首を傾げた図のように、多少はロマンティックなところもあるとアーダは認めた）と、別々の蝶の翅を寄せ集めてコラージュ風の絵にすること（つねに下品だし、しばしば犯罪的）との中間に位置するのだという。それとは逆に、彼女がヴァンに語ったところによれば、言葉のサーカス、「芸達者な言葉」、「チンみたいに珍妙な言葉」などは、うまい文字謎とか閃きのある洒落をひねりだすのに高級な頭脳労働を必要とするから許されてしかるべきだし、ぶっきらぼうな辞書であろうが親切丁寧な辞書であろうが、その助けを借りることを排除すべきではないというのだ。

彼女が「フラヴィータ」を認めていたのはそういう理由からだった。名前の由来はアルファヴィートという、運と実力を試す古いロシアのゲームから来ていて、アルファベットの文字をごちゃまぜにしたり並べ直したりするものである。このゲームは一七九〇年頃にエストティとカナディで流行し、一九世紀の初めに「マッドハッター」たち（ニューアムステルダムの住民をかつてそう呼んだ）が復活させ、しばらく下火になったものの、一八六〇年頃にみごとなカムバックを遂げ、それから一世紀が経過した今、またしても流行っていると人の噂に聞くが、今度は「スクラブル」という名前で、元のかたちとはまったく別個にある天才が発明したらしい。

アーダの子供時代に出まわっていたロシア産の主な変種は、大きな田舎屋敷で、百二十五枚の文字板を使って遊ぶものだった。ゲームの目的は、二百二十五のマス目があるボードで、言葉の横列または縦列を作ること。マス目のうち、二十四マスは茶色、十二が黒、十六がオレンジ、八が赤、その他は山吹色（すなわちフラヴィドで、ゲームの元の名称に合わせてある）になっている。キリル・アルファベットのどの文字にも、点数が与えられている（稀なロシア語のFが十点で最高、よくあるAが一点で最低）。茶色のマスは文字の基本点が二倍になり、黒だと三倍になる。オレンジは言葉全体の合計点を二倍にするし、赤は合計を三倍にする。リュセットが後に思い出すことになるのは、言葉の点数を二倍、三倍、さらには九倍（二つの赤マスを通っている場合）にして姉が勝利を収めたときのことであり、それが一八八八年の九月、カリフォルニアで、彼女が連鎖球菌感染による激しい瘧《おこり》に襲われたときに、譫妄状態の中で奇怪なまでの数値に膨れ上がったのであった。

ゲーム開始時点で、競技者は駒が伏せて入れてあるところから七枚ずつもらい、手番がまわってくると単語をボードに並べる。場にはまだ何も出ていない第一手めには、手持ちの駒から二枚もしくはぜんぶを、七角形の星印が描いてある中央のマス目を含むように並べるだけでいい。その後は、場に出ている文字の一つを触媒にして、横または縦に単語を作るのがルールである。一文字ずつおよび一語ずつで計算して、得点を最も多く獲得した者が勝ち。

我々三人の子供たちが一八八四年に一家の古くからの知り合い（マリーナのかつての愛人たちはそう呼ばれていた）であるクリム・アヴィドフ男爵からもらったセットは、盤がサフィアン革製の大きな折り畳み式、箱一杯に入っている駒はずっしりした黒檀製で、プラチナの文字が嵌め込まれ、そのうちの一文字だけがローマ文字で書かれていて、ジョーカー駒二枚のJという文字だった（この駒を手に入れると、ジュピターあるいはジュロウジンと署名が入った白紙小切手をもらったみたいにわくわくする）。余談になるが、ヴェネツィア・ロッサのグリッツ・ホテルで、名前の最初の一文字を落として小辞《パルティキュル》[*1]に使うとは利口だなと冗談口を叩いた不運な英国人旅行者を、アッパーカットで門衛詰め所まで殴り飛ばしたことがあるのも、やはり親切ではあるが気難しいアヴィドフその人であった（この話は当時の際どい回想録によく出てくる）。

七月になると、十枚あったAも九枚に減り、Dも四枚から三枚になっていた。営々《えいえい》と探しても見つからなかったAはとうとう前垂れを着けた肘掛け椅子の下から出てきたが、Dはどこかに行ったままだった――これはそのアポストロフィを付けた分身の運命をなぞったもので、こう推測したウォルター・C・キーウェイなる御仁はその直後、切手が貼られていない二枚の葉書もろとも、真鍮のボタンが付いたフロックコートを着た、何ヵ国語もしゃべれるのに唖然として言葉も出ない男の腕の中に倒れ込んだのであった。ヴィーン家のウィットときたら、まったくとどまるところを知らないのね（余白に書き込んだアーダの注）。

チェスでは一流の指し手であるヴァンが――彼は一八八七年に、ミンスク生まれのパット・リシン[*2]（ノースカロライナ州のアンダーヒルおよびウィルソン郡でチャンピオンだった男）とチョーズでマッチを行って勝利を収めることになる――不思議に思っていたのは、いわば遍歴の騎士ならぬ遍歴の乙女とでも言うべきアーダのチェスの腕前が、せいぜい古い小説かよくある雲脂《ふけ》止め薬品のカラー広告に出てくるお嬢様程度にとどまっていることで、広告の中では美しいモデル（どう見てもチェスのようなゲームには不向き）が、他の点では申し分のない服装をした対戦相手の肩の辺りをじろじろ見つめていて、盤上では細かく精緻に彫られた白と深紅のララ・ルークのチェス駒がとんでもない大渋滞を引き起こしており、こんな駒はいくらマヌケでも使う気にはなれない——たとえ頭をぼりぼり掻きながら、単純きわまりない思考の面汚しにしかならないものをひねり出すのに、たんまり金をはずまれたところで。

たしかにアーダは、ときおり捨駒の手筋をなんとか思いつき、たとえばクィーンをタダ取りに差し出したりした——もしその駒を取ってくれれば、二、三手先にうまく勝ちになる。ところが、彼女は問題の一面しか見ていなくて、知恵がまわらなくなる奇妙な倦怠感のうちに、華麗な捨駒がもし取られなかったとしたら必然的に負けになってしまうような、誰にでもわかる返し技を見落とすのだった。それでもスクラブルだと、この向こう見ずで無力なアーダが一種の精妙な計算機に変貌し、おまけに途方もない運にも恵まれるので、洞察力、先読みの力、そして偶然を味方にする点において、当惑するヴァンをはるかに凌ぎ、およそうまくなさそうな食材の欠片から涎の出そうな長い単語を作り出すのである。

彼にすればスクラブルはくたびれるゲームで、終わりに近づくと着手も早くていい加減になり、愛用の辞書では「稀」とか「廃」になっているが当然通用する単語の可能性を調べてみる気も起こらなかった。やる気はあっても、まだ初心者で気まぐれなリュセットについて言えば、十二歳のくせにヴァンの控え目な助言をもらうありさまで、ヴァンがそうしていた主な理由は、時間の節約になるし、育児室に追いやってしまえば、後はアーダと甘美な夏の日の三度目か四度目のささやかな花盛りを楽しめるという、至福の瞬間が少しでも近づくからだった。とりわけ退屈なのは、この単語やあの単語が認められるかどうかで、姉妹が口論するときである。固有名詞と地名は禁じ手になっていたが、判定の難しい場合には際限のない悲嘆を引き起こすこともあり、リュセットが最後の五枚（箱にはもう一枚も残っていなかった）で作ったあざやかなＡＲＤＩＳに固執する姿を見るのはいじらしかった——それが「矢先」という意味だと先生から教わったことがあるが、残念ながらギリシャ語だったのだ。

特にうんざりするのは、怒ったり軽蔑したように、怪しげな言葉を多くの辞書で引くときで、その辞書は腰掛けたり、立ったり、寝そべったりする姿勢で、姉妹のまわりや、床の上、リュセットが膝をついている椅子の下、ソファの上、盤と駒が載っている大きな円卓の上、そばにある箪笥の上に置かれている。愚直な『オジェゴフ』（大型で、青くて、装幀がひどく、五二八七二語収録）に対して、小さいが無味乾燥なゲルシジェフスキイ博士[*3]ご愛用版の『エドマンドスン』、嫌われ者になっている縮刷版の口数の少なさに対して、『ダーリ』四巻本のめったにないほどの度量の広さ（「わたしの大好きなダーリア」とアーダは、この長い顎髭を生やしたやさしい民族学者から、今は使われなくなった卑語を見つけ出したときにつぶやいた）——そうしたすべては、ヴァンが科学者としてスクラブルとプランシェットのある側面に奇妙な類似性を発見してはっとすることがなかったら、どうしようもなく退屈だっただろう。それに気づいたのは一八八四年八月のある晩、育児室のバルコニーに出て落日の空を眺めていたときのことで、夕焼けの最後の炎が貯水池の隅を蛇のように横切り、最後まで残っていた雨燕《アマツバメ》たちを急きたて、リュセットの銅色をした巻き毛の色合いをさらに濃く染めていた。すでにモロッコ革の盤が、インクの染みやら、組み文字やら、刻み目だらけの、松材でできたテーブルの上に広げられていた。可愛いブランシュも、耳朶と親指の爪のところで夕暮れのピンク色に染まり、侍女たちが「ミニヴァーの麝香」と呼んでいる香水の匂いをぷんぷんさせているが、まだ必要のないランプを持ってきていた。札を引いてアーダが先手に決まったらしく、一枚ずつ、機械的に考えもせずに、蓋を開けた駒箱から七枚の「配牌」を引いてくるところで、駒箱には牌が伏せて置かれ、見えているのは何も書かれていない黒い背中だけで、黄色いビロードでできたそれぞれの枠に収まっている。彼女は牌を引きながらしゃべっていて、何気なくこう言っていた。「ここに置くんだったら弁天ランプの方がずっといいと思うけど、ケロシン（kerosin）油が切れてるのね。ペットちゃん（とリュセットに呼びかけて）、いい子だから、呼んできてくれない――ええっ、何これー！」

彼女が引いてきて、スペクトリク（各競技者の前に置いてある小さくて細長い漆塗りの板）で並べ直している七枚の牌S、R、E、N、O、K、Iが、すばやく、いわば自発的な配列となって、牌を適当に集めてきたときに偶然口にされた文章のキーワードを作り上げていたのである。

そしてまた別のときには、書庫の小部屋で、雷が鳴っていたある晩（納屋が燃える数時間前）、リュセットの手札がおもしろいことにVANIADAと並び、そこから彼女が取り出したのは、ちょうど泣きべそをかきながら小声で口にした言葉が指している、まさしくその家具だった。「でも、あたしだって、長椅子《ディヴァーン》に座りたいんだけど」

すぐその後で、未来永劫にわたる楽しさを約束しているかに見えるそうしたゲームや、玩具や、休暇中にめばえた友情にはよくあることだが、フラヴィータも赤銅色や真紅の木々をたどって秋の靄へと消えていった。それから黒い箱がどこかに置き間違えられて、忘れられた――そして四年後、一八八八年の七月中旬にリュセットが町にやってきてそこで父親と数日を過ごした直前に、たまたま再発見された（銀食器の箱に混じって）。三人の若いヴィーンたちがフラヴィータのゲームを囲んだのは、それが最後のことになる。たまたまアーダの記憶に残る記録的な勝利で終わったからか、それともヴァンが「時間の裏地《うらじ》をちらりと見《み》る」（これは、後にヴァンが書くことになるように、「予兆や予言の通俗的定義としては最高」）という、まったく実現しなかったわけでもない期待を込めてメモを取ったからか、ともかくそのゲームの最終戦は記憶にしっかりと焼き付いたのである。

「これじゃなにもできない《ジュ・ヌ・プー・リヤン・フェール》」とリュセットが泣きわめいた。「なんにも《メ・リヤン》——こんなにばかな文字《ブッフシュターベン》じゃ、REMNILK、LINKREM……」

「ねえ」とヴァンがささやいた。「簡単だよ《セ・トゥ・サンプル》、その二つの音節を移動すれば、昔のマスコヴィにあった城塞ができるよ」

「あら、だめよ」とアーダが、こめかみの高さのところで指を一本振る、独特の仕草を見せながら言った。「だめ。その素敵な言葉はロシア語にはないの。発明したのはフランス人。第二音節はなし」

「幼い子には情けをかけてやったら？」ヴァンが口をはさんだ。

「情け容赦なし！」とアーダが叫んだ。

「そうだな」とヴァン。「ちょっとしたクリームだったらいつでも作れるな、KREMとかKREMEで——もっといい手があるぞ——KREMLIがある、ユーコン地方の監獄が。アーダのORHIDEYAを突き抜けていけばいい」

「ばかな蘭（orchid）、でしょ」とリュセット。

「それじゃね」とアーダ。「アーダチカは、もっとばかなことやってあげましょうか」そして、肥沃な最上列の七マス目にいつの時点か撒かれていた点数の低い文字を足がかりにして、アーダは喜びの深いためいきをもらしながら、形容詞TORFYaNUYuを作ってみせ、それがFで茶色のマスを通り、赤マスを二つ通り（三七×九＝三三三点）、ボーナス五〇点が付き（一手で手札の七枚ぜんぶを置いたため）、合計三八三点になって、ロシア語のスクラブルで一語が獲得した最高点を出した。「ほら！」と彼女は言った。「ふぅー！　大変だった《パ・ファシル》」そしてアーダは白い手の薔薇色に染まった拳で黒い銅色の髪を額から払いのけ、まるで余計になった恋人を毒杯で殺した話を物語るお姫様のように、乙にすました、歌うような声でそのとんでもない高得点を数え直していたが、一方リュセットは、人生の不公平さに対して無言のうちに激しく抗議するかのように、ヴァンをじっとにらみつけていた――そして盤をもう一度見直して、やったといわんばかりに突然声をあげた。

「それって地名じゃないの！　使えないのよ！　ラドール・ブリッジを過ぎて一つめの小さな駅の名前よ！」

「そうよ、ペットちゃん」とアーダが歌うような声を出した。「ペットちゃんの言うとおり！　そう、タルフィナーヤ、あるいはブランシュの言葉だとラ・トゥルビエールは、たしかに、わたしたちのサンドリヨンの家族が住んでいる、綺麗だけどじめじめした村のこと。でもね、お嬢ちゃん《モン・プチ》、わたしたちの母国語だと――いや、《ク・ディ・ジュ》わたしたちみんなの母方の祖母の言語だと――豊かで美しい言語なのよ、いくらペットちゃんはカナダ系フランス語が好きだと言っても、それを無視しちゃいけないわ――このごく普通の形容詞は『泥炭の《ピーティ》』という意味で、女性形容詞の対格なの。そう、あの一手だけで四〇〇点近く稼いだことになるわ。残念――もうちょっとだったのに《ニィ・ダチャヌーラ》」

「もうちょっとだったのに《ニィ・ダチャヌーラ》、ですって！」リュセットはヴァンに文句を言って、鼻の孔をふくらませ、憤りで肩をふるわせた。

ヴァンはリュセットの椅子を傾け、すべり落ちて出て行ってくれるように催促した。十五回戦ほど戦って、彼女の最終得点はかわいそうに姉の最後の妙手の半分にもならなかったし、ヴァンも似たりよったりだったが、そんなことはかまうものか！　アーダの腕に走っているつや、その窪みに浮かぶ薄青い静脈、ランプ傘の羊皮紙（日本の竜がいる半透明の湖景）のそばで茶色っぽく光っている髪の、木が焦げたような匂い、それらすべてが、過去、現在、未来において、ちびた鉛筆を握りしめる緊張した指先が加算したよりも、無限倍の得点を叩きだしていたのだ。

「負けた人はまっすぐベッドに行くこと」と楽しそうにヴァンは言った。「そしてそこにじっとしていること、そしたら僕たちは下りていって——きっかり十分で——大きなカップ（濃い青のカップ！）に入れたココア（甘くて、濃くて、皮がはらないカドベリー・ココア！）を持ってきてやるよ」

「どこにも行きたくない」とリュセットは言って、腕組みした。「第一、まだ八時半だし、第二に、どうして厄介払いしたがるのか、その訳を知ってるもの」

「ヴァン」とアーダは少し間をおいてから言った。「お願いだからマドモワゼルを呼んできてくれない？　脚本のことで母と一緒に仕事している最中だけれど、いくらばかな脚本でも、頑固なこの子よりばかってことはないわね」

「先ほどの興味深い発言がどういう意味なのか、知りたいんだけどなあ」とヴァン。「たずねてみてくれないか、アーダ」

「彼女をのけ者にして、わたしたち二人きりでスクラブルをするんじゃないかって思ってるのよ」とアーダ。「それか、あの東洋の体操をするんじゃないかって、ほら憶えてるでしょ、ヴァン、あなた手ほどきしてくれたじゃないの、きっと憶えてるわね」

「ああ、憶えてるとも！　きみも憶えてるとおり、僕の体操の先生、名前憶えてるよな、キング・ウィングが教えてくれたことを、きみにやって見せたんだっけ」

「二人ともいっぱい憶えてるのね、フン」とリュセットは言って、日焼けした胸をはだけ、両足をふんばり、両手を腰に当てた恰好で、緑のパジャマ姿で彼らの前に立ちはだかった。

「たぶんいちばん簡単な——」とアーダが言いはじめた。

「いちばん簡単な答えは」とリュセットが言った。「あなたたち二人が、なぜあたしを厄介払いしたいのか、その理由をどうしても話すわけにはいかないってことよ」

「たぶんいちばん簡単な答えは」とアーダが続けた。「ヴァン、あなたがこの子のお尻を思いっきりバシバシと叩いてやることね」

「じゃやってみてよ！」とリュセットは叫んで、誘うようにうしろ向きになった。

ヴァンは絹のようになめらかな頭のてっぺんをそっと撫でて、耳のうしろにキスしてやった。すると、わっと大嵐のように泣き出しながら、リュセットが部屋を飛び出していった。すぐにアーダはドアに鍵を掛けた。

「あの子ってまったく頭がおかしくて、どうしようもないジプシーのニンフェットね」とアーダ。

「でも、これから先、もっと気をつける必要があるわ……すごく、すごく、すごく……もっと気をつけないと、あなた」

＊1　de または d。

＊2　「愛国者」（patrician）の言葉遊び。人気のある批評家で、ミンスクなどで話されるロシア語に通じているとか自称する人物に対して、パドガーレッツ（ロシア語で underhill）がこの言葉を当てはめたことを思い出す方もいるかもしれない。ミンスクとチェスは『記憶よ、語れ』の第六章（p.133, N.Y. ed. 1966）にも出てくる。

＊3　ここでは、スラブ研究者の名前が、もう一人のスラブ研究者チジェフスキイとごっちゃになっている。

37

外は雨。書庫の出窓から眺めるうっとうしい景色の中で、芝生はいっそう青く、そして貯水池はいっそう灰色に見えた。黒のトレーニングウェア姿で、二つの黄色いクッションに頭をもたれて、ヴァンは寝そべりながらラットナーのテラ論を読んでいたが、なんとも難しくてうんざりする。七月というよりは十月初旬といったほうがよさそうな午後の消え行く陽射しの中、大きな古い地球儀に鞣色《なめし》で描かれたタタールの禿頭の上にある、秋を告げるかのごとく時を刻むのっぽの柱時計にときおり目をやった。アーダは、彼が気に入らない時代遅れのベルト付きマッキントッシュを着て、ハンドバッグをストラップで肩に掛け、カルーガに出かけてしまって一日中いない——公式的には服を試着するため、非公式的にはクローリク先生のいとこである婦人科医のザイツ［Seitz］（あるいは「Zayats」と、彼女が頭の中で翻字したのは、「ラビット」先生と同じで、この名前もまたロシア語の発音における兎グループに属していたから）に診察してもらうためだった。愛技にふけった一ヵ月のあいだ、ときには奇怪とも言えそうだが、議論の余地なく信頼するに足る、必要な予防策をヴァンが怠ったことは一度たりともなかったし、奇妙ではあるが古くから伝わる理由でラドール郡では床屋でしか販売を許可されていない、鞘のような避妊具を入手したはずなのに。それでもやはり心配になり――そして心配になったことに腹を立てた――ラットナーが本文中では兄弟惑星の客観的実在性を気のない口ぶりで否定しているくせに、目立たない注釈（章と章の間に置かれているので不便きわまりない）で嫌々ながらその説を受け入れているところがうっとうしく、唐松の植林を背景にして鉛筆で描いたような平行線で斜めに降っているのが見える雨もうっとうしかったが、その林は、アーダの説によれば、マンスフィールド・パークから拝借してきたものだという。

五時一〇分前に、静かに入ってきたバウトが携えていたのは、灯りのついた灯油ランプと、部屋へおしゃべりに来ないかというマリーナからの誘いだった。バウトは地球儀のそばを通り過ぎるときに軽く触れてみて、指についた埃にしかめ面をした。「世の中は埃だらけですな」と彼は言った。「ブランシュは故郷の村に送り返さないと。頭がおかしいし、悪い女ですよ《エ・レ・フォル・エ・モヴェーズ》、あの娘は《セット・フィーユ》」

「わかった、わかったよ」とヴァンはつぶやいて、また本に戻った。バウトが愚かな刈り上げ頭をしきりに振りながら部屋を出ていき、ヴァンはあくびをしながら、ラットナーを黒いソファから黒いカーペットへとすべり落ちるがままにまかせた。

もう一度見上げると、柱時計は時を打つ力を蓄えているところだった。彼は急いでソファから起き上がり、ブランシュがたった今入ってきて、アーダお嬢様がまた「ビール塔」[*1]（地元の連中が彼女のあわれな村を冗談でこう呼ぶ）まで乗せていってくれなかったと、マリーナに告げ口してほしいとたのんだことを思い出していた。しばらくのあいだ、短くてぼんやりした夢が現実の出来事と密接に溶け合っていたせいで、連合軍が上陸したばかりだという（書庫のテーブルの上に大きく広げられていたラドールの新聞にはそう書いてあった）、偏菱形をした半島の上にバウトが指を置いていたのを思い出したときですら、アーダの失くしたハンカチでブランシュがクリミアをすっかり拭っている姿をまだはっきりと思い浮かべることができた。彼は螺旋階段をよじのぼり、育児室の便所にたどりついた。家庭教師と哀れな生徒があのおぞましい「ベレニス」の一節を暗誦している声が遠くから聞こえてきた（鴉が鳴いているようなコントラルトと、まったく無表情な小さい声が交互に繰り返される）。そして、最年少の十九歳という年齢になったら兵役を志願するつもりだと先日言ったのは、あれは本気かどうか、ブランシュかむしろマリーナがたぶんたずねるだろうと思った。さらに一分ほど考えたのは、（自分の研究からよくよく知っているように）一つは一重鍵括弧、そしてもう一つは二重鍵括弧に入った二つのリアリティを混同するのは、のっぴきならない狂気の兆候であるという悲しい事実だった。

すっぴんで、くすんだ色の髪をして、いちばん古いキモノに身を包み（愛人ペドロが突然リオに発ってしまったのだ）、マリーナは山吹色をした布団を掛けたマホガニー製のベッドで横になり、このところお気に入りの馬乳入り紅茶を飲んでいた。

「座って、お茶《チャーイク》でも一杯飲んだら」と彼女は言った。「牛のほうなら小さい水差しに入っていると思うんだけど。ほら、思っていたとおり」。そしてヴァンが染みだらけの手に口づけ、イヴァニリイチ*2（ためいきをつくような音をたてる、革張りの古いクッション）に腰を下ろすと、「ヴァン、言っておきたいことがあるんだけどね、もう二度と言うこともないと思うから。ベルが、ぴったりの言葉を見つけるいつもの才能を発揮して、『いとこ同士は危険な関係《クジナージュ・ダンジェリュー・ヴォワジナージュ》』という格言《アダージュ》を引用して——格言《アディッジ》ね、いつもこの言葉をとちってしまうのよ——『あちこちの隅でキスしてばかり《コン・サンプラセ・ダン・トゥー・レ・コワン》』とぼやいていたわ。それって、本当？」

ヴァンの想像力が返事の前に閃いた。マリーナ、それはとんでもない誇張なんです。頭のおかしい家庭教師がそれを見たのは一度だけ、それもアーダを抱えて小川を渡ったときで、キスをしたのも彼女が足の親指を怪我したから。僕は世界中でいちばん悲しい物語に出てくる有名な乞食なんです。

「くだらない《エルンダー》」とヴァン。「彼女は一度、僕がアーダを抱えて小川を渡るのを見て、僕たちがつまづいて重なり合った《スパティカユーシチィエシャ・スリヤーニエ》のを誤解したんですよ」

「アーダのことを言ってるんじゃないわよ、ばかねえ」とマリーナがせわしなくお茶をポットから注ぎながら、かすかに鼻で嘲って言った。「ロシアのユーモア作家アゾフに言わせれば、エルンダーの語源はドイツ語の『ここでもあそこでもない《ヒーア・ウント・ダー》』から来ているというわ。アーダは大きな子だし、大きな子には大きな子なりの悩みがあるのよ。ラリヴィエール女史が言っているのは、もちろんリュセットのこと。ヴァン、そういう甘ったるい遊びはやめてちょうだい。リュセットは十二で、ウブだし、他愛のない遊びだってことはわかってるけど、それでも《アドナーカ》まだ蕾の幼い女の子に対しては、ふるまいにどれほど気を使っても《ヂェリカートナ》使いすぎるということはないわ。隅について言うと《ア・プロポ・ド・コワン》、グリボエードフの『知恵の悲しみ《ゴーリエ・オト・ウマー》』という詩劇があって、たしかプーシキンの時代に書かれたものだと思うけど、主人公がソフィーに対して子供の頃に遊んだことを思い出させる場面があって、そこでこう言うの。

僕たちは何度一緒に隅に座ったことだろう
それにどんなやましいことがあるだろう?
How oft we sat together in a corner
And what harm might there be in that?

ところがロシア語だとこれが少し曖昧で、もう一杯どう、ヴァン?」（彼は頭を横に振りながら、父親譲りで、それと同時に片手を挙げた）「というのも、ほら、——そう、どうせもう残ってなかったし——二行目の i kazhetsya chto v etom というのは、部屋の片隅を指さして、『それもあの隅だったか』という解釈もできるからよ。想像してみてちょうだい——わたしがその場面をユーコンスクのカモメ劇場でカチャロフとリハーサルしていたとき、コンスタンチン・セルゲーヴィチ・スタニスラフスキイが実際、男優にそのささやかなくつろいだ仕草《ウユートニェンキィ・ジェースト》をさせたの」

「興味津々ですね」とヴァン。

犬が入ってきて、潤んだ茶色の目をヴァン方向に向け、窓に寄っていって、まるで小さな人間みたいに雨を見つめ、隣の部屋にあるいつもの汚いクッションへと戻っていった。「あの種類の犬にはどうも我慢がならないんですよ」とヴァンが言った。「ダッケル恐怖症かな」

「でも女の子は——あなた女の子好きかしら、ヴァン、たくさん女の子いる？ あなたの哀れな叔父さんみたいに、稚児好みじゃないんでしょうね。うちには先祖にひどい変態が多少はいたけど——どうして笑うの？」

「いやべつに」とヴァン。「僕は女の子が大好きなのをはっきりさせておきたいだけなんです。初体験は十四歳のとき。でも誰が僕のエレーヌを取り返してくれるかしら《メ・キ・ム・ラ・ン・ド・ラ・モ・ネ・レ・ー・ヌ》？ 髪は鴉の濡れ羽色、肌はスキムミルクのような女の子でした。後で肌がもっとクリームのような娘もたくさんものにしましたよ。それにどんなやましいことがあるでしょう《イ・カージェッア・シトー・ヴ・エータム》？」

「なんて不思議で、なんて悲しいの！ 悲しいというのは、あなたの人生をほとんど何も知らないからよ、あなた《モイ・ドゥーシカ》。ゼムスキイ家の人間はひどい放蕩者《ラズヴラートニキ》ばかりで、一人は年端もいかない女の子が趣味だったし、もう一人は牝馬の一頭にいかれてしまって《ラフォレ・デュヌ・ド・セ・ジュマン》ね、変わったやり方でその馬を縛りあげたのよ——どうやったかなんて訊かないでちょうだい」（そんな恐ろしいことは知らないという、両手を使った仕草）「厩舎でデートしたときに。それはそうと《クスターチ》（ア・プロポ）、独身男性がどうやって遺伝形質を伝えるのか、わたしにはさっぱりわからないわ、遺伝子がチェスのナイトみたいに跳べるんだったら話はべつだけど。この前あなたと指したときは、もうちょっとで勝てそうだったから、また一度やりましょうね、今日はだめだけど——今日はひどく悲しい気分だから。あなたのことを本当に知りたくてたまらない、なんでも、本当になんでもよ、でももう遅すぎる。回想というのはいつだって少しは『様式化《スティリザヴァーヌィ》』されているって、あなたのお父さんはよく言ってたけどね、魅力的で憎たらしい人だけど、それで今、もしあなたが古い日記を見せてくれたとしても、もうわたしには本物の感情的な反応をでっちあげることはできないわ、今のわたしみたいに、どんな女優でも涙を流すことくらいはできるけど。ほら（ハンカチを取り出そうと枕の下をごそごそ探って）、子供がまだほんの赤ん坊《タキーエ・マリュートキ》のときだと、たとえ二日間でもその子なしに暮らすなんて想像できないのに、後になると大丈夫になって、それが二週間になり、さらに後には何ヵ月にも、灰色の年月にも、暗黒の何十年にもなり、それからキリスト教徒にとっての永遠という茶番《オペラ・ブーフ》になるわけよ。ほんの短い別れでも、死後の楽園ごっこの練習みたいなものじゃない——これ、誰の言葉だったかしら？　わたしが言ったのか。それからあなたの服装は、とてもよく似合ってるけど、どこか葬式《トラーウルヌィ》くさいわねえ。なんだかグダグダ言っちゃって。ばかみたいに涙なんか流したりしてごめんなさい……。ねえ、なんでもいいから、あなたのためにわたしにできることないかしら？　何か思いついて！　綺麗な、新品同様のペルー製のスカーフがあるんだけど、あの頭のおかしい男の子が置き忘れていった、それなんかほしくない？　いらない？　趣味に合わないって？　じゃあもう行っていいわ。それから憶えておいてね——哀れなラリヴィエール女史には一言も言っちゃだめよ、あの人べつに悪気はないんだから！」

アーダはちょうど夕食前に戻ってきた。悩みとは？　化粧品入れをストラップで引きずりながらけだるそうに彼女が大階段を上ってくるところに、彼はばったり出会った。悩みとは？　煙草の臭いがするのは、（彼女が言うように）喫煙用の車室で一時間過ごしたからなのか、それとも（彼女が付け加えたように）病院の待合室で自分も一、二本煙草を吸ったせいなのか、それとも（これは彼女が言わなかったが）誰だかわからない恋人がヘビースモーカーで、開いた赤い口からもうもうと青い霧が湧きだしているからなのか。

「それで？　万事オーケーだった《トゥ・ェ・ビャン》？」とヴァンは軽いキスの後でたずねた。「もうこれで悩みなし？」

彼女は本気かどうか、彼をにらみつけた。

「ヴァン、ザイツのところに伝話をかけてきちゃだめじゃないの！　彼はわたしの名前すら知らないんだから！　約束したじゃない！」

間。

「かけてなんかいないよ」とヴァンは静かに答えた。

「そりゃよかった《タント・ミュー》」とアーダは廊下でコートを脱ぐのを手伝ってもらいながら、同じ作り声で言った。「ええ《ウィ》、万事オーケー《トゥ・エ・ビャン》。ねえヴァン、嗅ぎまわるのやめてくれない？　実を言うと、帰り道の途中でアレが始まったの。通してくれない、お願い」

彼女なりの悩みとは？　母親が勝手に作り出したことなのか？　ありきたりの文句か？　「人間誰しも悩みあり」？

「アーダ！」と彼は叫んだ。

彼女は（いつも鍵が掛かっている）ドアの鍵を外す前に振り返った。「何？」

「トゥーゼンバッハ、[3] どう言っていいかわからず。『今日はまだコーヒーを飲んでいない。コーヒーをいれるように言っておいてくれ』。すばやく立ち去る」
「笑っちゃうわね！」とアーダは言って、部屋に入ると鍵を掛けた。

＊1　「トゥルビエール」［Tourbiére］に掛けた洒落。
＊2　円いクッションはトルストイの『イワン・イリッチの死』で素晴らしい役回りを演じ、未亡人の友達が腰を下ろそうとすると深いためいきをつく。
＊3　ヴァンが暗唱しているのはチェーホフの『三人姉妹』に出てくる不運な男爵の最後の言葉で、男爵は命取りになる決闘に出かける前に、なんと言っていいのかわからないが、イリーナに対して何かを言わなければという衝動に駆られる。

38

七月中旬に、ダン叔父はリュセットを連れてカルーガに出かけた。そこでリュセットはベルやフレンチと一緒に五日間滞在する予定になっていた。リャースカのバレエ団とドイツのサーカスが公演中で、女子生徒による陸上ホッケーや水泳の対抗戦はどんな子供にとっても見逃せないものだし、心は子供のままのダン叔父ときたら、この季節になると決まって儀式のようにそういう試合を観戦していたのだ。おまけにリュセットは、食事も進むし気分も快適なのに、異常なほど体重や体温が変化するので、原因を探るためにタラス病院で一連の「検査」を受けなければならなかったのである。

リュセットと一緒に帰宅する予定になっていた金曜の午後、ダン叔父はカルーガの弁護士もアーディスに呼ぶつもりで、珍しいことにディーモンもやってくることになっていた。話し合うのは「青い」土地（泥炭地）の売却に関する一件で、そこはいとこどうしの共同所有になっていて、二人とも別々の理由で処分したがっていたのだ。ダンが計画を練りに練ったときには必ずどこか齟齬が生じるもので、弁護士は夜遅くにならないと来られないと言うし、ディーモンが到着する直前にいとこはマリーナに空路伝報を送って、ダンとミラーを待たなくてもいいから「ディーモンに夕食を出す」ようにと言い伝えた。

この突発事《コントレタン》（必ずしも不愉快ではない驚きを表すのに、マリーナがおどけて使う言葉）でヴァンはすっかり嬉しくなった。その年、父親にはほとんど会っていなかったのだ。父親に対する愛情は軽い信心と言えるもので、少年時代には崇拝していたこともあり、寛容だが知識もついた若者になった今では堅く尊敬していた。さらに年が経つと、かすかな反発（己の不品行に対して抱いたのと同じ感情）が愛情と尊敬に混じるようになる。しかしその一方で、大人になるにつれて、どのような状況であれ、父親のためなら躊躇なく、誇りと喜びをもって命を捨ててもかまわないという思いが強くなったのである。マリーナは、一八九〇年代後半の惨めなまでに耄碌した時期に、亡きディーモンの「犯罪」について、恥ずかしくうんざりするような話にいたるまで延々と語りつづけたものだが、そんなときヴァンは二人に対して哀れみを感じたものの、マリーナに対する無関心と父親に対する畏敬の念は変わることがなかった——それは年代記としておよそ信じられない一九六〇年代の今に至るまで続いている。安っぽい頭とひからびた心しか持ち合わせていない、一般論しか口にできない人間には、こうした事態や似たような事態の中で予測できないほど変わった一個人が出現することを決して説明できないだろう（これは、私のライフワークに浴びせかけられたありとあらゆる批難中傷に対する、最高に痛快な仕返しだ）。そういう突発的な一個人の出現なしには芸術も天才も存在しない、と最後にひとこと宣言しておこう、くたばれあほまぬけども。

ディーモンが近年アーディスを訪れたのはいつだったか？　一八八四年四月二十三日（ヴァンが初めて夏をそこで過ごすという話が提案され、計画され、決定された日）。一八八五年の夏に二度（ヴァンは西部の州で登山をしていたし、ヴィーン家の娘たちはヨーロッパに滞在中だった）。一八八六年の六月か七月、ディナーに一度（そのときヴァンはどこにいたのか？）。一八八七年の五月に数日（アーダはエストニアかカリフォルニアであるドイツ人女性と一緒に植物狩りをしていた。ヴァンはチョーズで女狩り中だった）。

　ラリヴィエール女史とリュセットがいないのをいいことに、ヴァンは居心地のいい育児室でひとしきりアーダと戯れた後、車道がよく見えないほうの窓から顔を出しているところで、ちょうどそのとき父親の車のエンジン音が高らかに鳴り響いた。ヴァンは大急ぎで走って下りた――スピードを出しすぎて階段の手摺の熱で手のひらが火傷しそうなほどで、その楽しさは子供の頃に似たようなことがあったのを思い出させた。玄関ホールには誰もいなかった。ディーモンは脇のポーチから中に入り、陽光をまぶした音楽室にもう陣取って、特注のセーム革《ザムシーンカ》で片眼鏡を拭きながら、「酒前酒」のブランデー（古くからのジョーク）が出てくるのを待っていた。髪は烏の濡れ羽色に染め、歯は猟犬みたいに白い。綺麗に切り揃えられた黒い口髭に、濡れた黒い目をした、なめらかでつやつやしている浅黒い顔から、眩いばかりの愛情を表す笑みがこぼれ、それをヴァンも返し、どちらもありきたりの文句を口にしてばつの悪さをなんとか隠そうとした。

「やあ、父さん」

「やあ、ヴァン」

いかにもアメリカ風《トレ・ザメリカン》。校庭。車のドアをばたんと閉めて、雪の中をやってくる。いつも手袋をして、オーバーは決して着ない。「手洗い《バスルーム》」はいいの、父さん？　我が祖国、素敵な祖国。

「『手洗い』はいいの？」とヴァンは、悪戯っぽく目を輝かせてたずねた。

「いや結構、風呂なら朝に入ってきたから」（時の流れを示す、かすかなためいき。父もまた、リヴァーレーンで親子夕食会があったときのこまごまとしたことをすべて憶えていて、すぐに律儀にも便所をすすめたこと、親切な先生たち、まずい食事、細切り肉のクリーム煮、神よアメリカを救いたまえ、ばつの悪い息子たち、下品な父親たち、バハミューダ諸島で同じようにヨットやら、ヤックやら、狐狩りをしている英国の貴族とギリシャの大公の話。このピンク色に甘くまぶした合成料理を、わしの皿からおまえの皿にこっそりと移してもいいかな？　「気に入らないんだね、父さん！」（ひどく傷ついたようなそぶりで）。神よアメリカ人の哀れな味覚を救いたまえ。

「お父さんの新車、音がすごくいいね」とヴァン。

「そうかい？　たしかに」（あのゴルニションのことをヴァンにたずねてやろう――可愛い小間使《カミェリースタチカ》を表す、フランス・ロシア語で最下級の卑語）「それでどうだい、元気にしているか。この前に会ったのは、おまえがチョーズから戻ってきたときだったな。離れ離れに暮らしているのは無駄だ！　わしらは運命の道化なんだ！　ミカエル学期が始まる前に、パリかロンドンで一ヵ月、一緒に過ごそうじゃないか！」

ディーモンは片眼鏡を外し、タキシードの胸ポケットにあるレースのフリルが付いた流行のハンカチで目を拭った。本当に悲しくて自制するとき以外だと、涙腺がすぐ活発になるのだ。

「お父さんは憎たらしいほど元気そうだね。特に、襟のボタン穴に挿してあるその新鮮なカ《ォ》ーネー《ィ》ション《ェ》なんか。最近あまりマンハッタンには行ってないみたいだね――どこでそんなに日焼けしはったん？」

ヴィーン家の血筋に流れる自家製の洒落《パン》。

「実は《ア・プロポ》アカプルコヴァに旅行してきたんだ」とディーモンは答え、不必要にも不本意にも（彼の子供たちにも悩みの種になっていた、ただちに細部を呼び起こすときのあの特殊な脳震盪を覚えながら）思い出したのは、金魚鉢で泳いでいる菫色と黒色の縞模様をした魚、それとよく似た縞模様のソファ、石造りの床に置き去りになった縞瑪瑙製の灰皿の縞を浮きたたせる亜熱帯の太陽、オレンジジュースの染みがついた古雑誌『パヴェーサ《プレイボーイ》』の束、持って来た宝石、夢見心地の娘の声で「可《プチ》愛い黒んぼ《・ネーグル》、花咲く野辺に《オ・シャン・キ・フルロンヌ》」と歌っている蓄音機、そしてとても値が張り、とても不実で、まったく申し分のない若いクレオール娘の素敵な腹部だった。

「なんて名前だったか、あの人も一緒に行ったの？」

「なあ、おまえ、正直に言うが、呼び方が毎年だんだん複雑になってきていてな。それよりももっとわかりやすい話をしようじゃないか。飲み物はどこかな？ 通りすがりの天使が約束してくれたんだが」

（通りすがりの天使？）

ヴァンがベルを鳴らす緑の紐を引っぱると、美しいメロディの知らせが配膳室の方に向かって流れ、音楽室の隅で、たった一匹だけシクリッドが囚われている、青銅の縁取りをした古い型の小さな水槽が交唱するようにぶくぶくと泡をたてた（不気味な、おそらく自動的に空気を注入するようになっている反応で、仕掛けを知っているのは台所手伝いのキム・ボアルネしかいない）。「夕食がすんでから、彼女を呼び出させようか」とディーモンは思った。あちらでは何時だろう？ たいして役に立たないし、心臓に悪い。

「知ってるかどうかは知らないけど」父親が掛けている椅子の太い肘にふたたび腰を下ろしながら、ヴァンが言った。「ダン叔父さんが弁護士やリュセットと一緒に来るのは、夕食が終わってからだよ」

「結構」とディーモンは言った。

「マリーナとアーダはすぐに下りてくる――夕食は四人分になるね《ス・セラ・アン・ディネ・ア・カートル》」

「結構」とディーモンは繰り返した。「おまえは実に立派になったな――靴墨を塗ったみたいな黒い髪をしている年配の男性に使うお世辞も必要ないほどだ。タキシードもよく似合っている――というよりは、息子が着ている服は自分のなじみの仕立屋が仕立てたものだと気づくのは、実に気分がいいものだな――祖先の癖が自分にも遺伝しているのに気づくようなものだ――たとえば、これは（左の人差し指を額のてっぺんのところで三回振って[1]）母親がやっていた仕草で、うちとけた、含むところのない拒否を表す。その遺伝子はおまえに受け継がれなかったらしいが、わしは床屋で禿げたところにクレムリンを塗られるのを拒否したとき、姿見の中にその癖が映っているのを見たことがあるのさ。他にも誰がそれを受け継いでいるのか、おまえも知ってるだろう――わしの叔母のキティがそうだ、ほら、あの娼婦好きのおぞましい爺さん、作家のリョーフカ[2]・トルストイと離婚してから、銀行家のボレンスキイと結婚した」

ディーモンはディケンズよりウォルター・スコットのほうが好きで、ロシアの小説家を高く評価していなかった。いつものように、ヴァンは誤りを正しておくのがいいだろうと考えた。

「ものすごく芸術的な作家だよ、お父さん」

「おまえはものすごく可愛い子だなあ」とディーモンは言って、また甘い涙を流した。そして力強く形のいいヴァンの手に頬ずりした。ヴァンが口づけた父親の毛深い拳は、まだ目には見えないグラスをもうつかんでいるようだった。アイルランド系の男性的な気性の激しさを受け継いではいても、ヴィーン家の中でロシア人の血が流れている者はみな、愛情をあらわにする場面になると無類のやさしさを見せるのだが、それを言葉で表現するのはいささか下手なのだ。

「おいおい」とディーモンが叫んだ。「どうしたんだ――おまえの手のひらの幅ときたら、まるで大工並みじゃないか。もう片方の手を見せてごらん。なんとまあ」（つぶやきながら）「金星丘が変形しているし、生命線にも傷が入っているが、とんでもなく長いな……」（ジプシーの占い師の声色になって）「おまえは長生きしてテラにたどりつき、帰ってきたときには前よりも賢くて愉快な男になっているぞ」（普通の声に戻って）「手相見のわしにもわからないのは、この生命線の奇妙な姉妹線だ。その乱れ方といったら！」

「マスコダガマか」とヴァンは眉を吊り上げながらつぶやいた。

「ああ、もちろんそうだった、わしも鈍い（ばかだ）なあ。それでどうなんだ――アーディス・ホールは気に入ったか？」

「大好きだよ」とヴァン。「僕にとってはラドールに浸る城《シャトー・ク・ベニエ・ラ・ドール》さ。傷ついた奇妙な生命の続くかぎり、ここで暮らしてもかまわないよ。でもそれは高望みだろうね」

「高望みだって？ どうかな。ダンがここをルシールに遺してやりたがっているのは知っているが、ダンは欲ばりだし、こっちはこのところ金回りがよくて、どれくらい欲ばりな相手でも満足させられるからな。わしがおまえくらいの歳だったころ、世の中でいちばん素敵な言葉は『ビリヤード』と韻を踏むものだと思っていたが、この歳になってそれが正しかったとわかったよ。もし本当にこの土地がほしいなら買ってやってもいい。マリーナにちょっと圧力をかけることだってできる。言ってみれば、上に乗っかるとシューッとためいきをつくクッションみたいなものだ。まったく、ここの召使たちはマーキュリーじゃないな。あの紐をもう一度引っ張ってくれ。そう、ダンに売らせることもできるだろう」

「なかなか腹黒いね、父さん」と喜んだヴァンは、やさしくて若い子守娘のルビーから学んだ俗語を使ったが、そのルビーが生まれたミシシッピ地域では、行政長官や、篤志家、さまざまな「宗派」とやらの高僧などといった、名誉も金もある人々がたいてい、船に乗って初めてメキシコ湾にたどりついた西アフリカの祖先たちのような、黒い肌か黒っぽい肌をしているのである。

「どうかな」とディーモンは物思いにふけった。「値段はせいぜい二百万ドル、そこからダン叔父に貸してある金を差っ引くし、おまけにラドールの牧草地の分も差っ引くことになるからな、なにしろあそこは荒れ放題で、少しずつ処分していかなくてはならん、もしも我らが郡の恥《ストゥィート・イ・スラーム》とも言うべき、あの新しい製油工場を地主たちが爆破しなかったらの話だが。わしはとりたててアーディスが好きだというわけではないが、べつにかまわんよ、周辺地域は大嫌いだがね。ラドールの町もすっかり低俗になってしまったし、賭博にも昔の風情がない。まわりにいるのはありとあらゆる変人ばかりだ。アーミニン卿もかわいそうにほとんど気が狂っている。先日競馬場で、ある女性と立ち話をしていたんだが、何年も前に餌食にしたことがある女性でな、そうそう、わしがいないときにモーゼズ・ド・ヴェールが彼女の亭主を寝取られ男にして、わしがいるときに決闘でそいつを撃ち殺したずっと前のことだ――おまえもこんな警句を聞いたことがあるだろう、それもきっとこの口から――」

(次に出てくるのは「父親の繰り言」だ。)

「――でもな、父親の繰り言を我慢して聞くのが孝行息子というものさ――ところでその女性が言うには、彼女の息子とアーダがよく会ったりなんやかやしているそうだが。本当か?」

「それほどでもないよ」とヴァンは言った。「ときどき会ってはいるさ――いつものパーティでね。二人とも馬が好きだし、競馬も好きだけど、それだけのことさ。なんやかやなんて、まったくありえない」

「結構! どうやら、重々しい足音が近づいてくるようだ。プラスコヴィ・ド・プレは俗物のいちばん悪いところを持っている。つまり誇張癖だよ。やあ、ブテイヤン。おまえはフランスワインみたいにいい血色をしてるじゃないか――だが、アメ公が言うように、わしたちはもう若くはなれないんだし、わしの可愛い小間使はどうやらもっと若くて運のいい男に横取りされたようだな」

「やめてよ《プラシュー》、父さん《パーパチカ》」とつぶやいたヴァンは、父親のわかりにくい冗談が使用人の気にさわらないかといつも恐れていたが、自分自身がときどきあまりにもそっけないのを気にしていた。

ところが――物語でお決まりの古めかしい言い回しを使えば――フランス人の老執事は前のご主人様を熟知していて、紳士らしいユーモアを意に介さなかった。彼の手には、ヴィーン氏の簡単な言いつけを取り違えて花瓶を割ってしまったブランシュの引き締まった若いお尻を引っ叩いた、心地よい感触が残っていた。低いテーブルにトレイを置いてから数歩退き、指はトレイを運ぶ恰好に曲がったままで、ようやくそのときになって初めて、ディーモンの歓迎の言葉にうやうやしくお辞儀をして答えた。旦那様はいつもお元気でいらっしゃいますか？　もちろんだとも。

「ディナーのワインには、こちらのシャトー・ラトゥール・デストクをボトルでもらおうか」とディーモンは言った。そして執事が通りがけに《アン・パサン》くしゃくしゃの小さなハンカチをピアノの上から取り除きながら、もう一度お辞儀をして部屋を出て行くと、こう言った。「アーダとは仲良くやってるか？　あの娘はもう――十六歳なんだろ？　とても音楽好きでロマンティックじゃないか？」

「僕たちは親友だよ」とヴァン（なんらかの形でこういう質問が出てくることを予想して、前もって入念に答えを準備してあった）。「僕たちはたとえば、普通の恋人どうしとか、いとこどうしとか、兄妹どうしよりも、はるかに共通点が多いんだ。つまり、本当に分かちがたいのさ。どちらも読書量が多くて、彼女はお爺さんの蔵書のおかげでびっくりするくらい独学してる。この辺りの花や鳥の名前だったらぜんぶ知ってる。おまけに、とってもおもしろい女の子なんだ」

「ヴァン……」とディーモンは言いかけて、思いとどまった――この数年のあいだ、こうして言いかけては思いとどまったことが何度あっただろうか。いつかはどうしても言わなくてはならないが、今はちょうどいい時ではない。彼は片眼鏡を嵌めて、ボトルを調べた。「ところで、おまえもこういうアペリティフを飲みたいか？　わしの親父はリレトーフカとあのイリノイ・ブラットだけなら飲むのを許してくれた――まったくひどいしろものさ、マリーナの口癖を借りれば、ここだけの話《アントラヌー・スヴァジ》＊3だがな。おまえの叔父さんは、書斎の書籍収納箱のうしろに秘密の隠し場所を持っていて、そこにこのロシア産ウィスキー《ウスカエ・アド・ルスクム》よりはましなウィスキーを隠してるんじゃないか。まあいい、予定どおりにコニャックを飲もう、まさか下戸《フィリウス・アクワエ》＊4じゃないんだろうな」

(洒落のつもりではなかったが、調子に乗るとつい口をすべらせてしまうものだ。)

「いや、僕はクラレットでいいよ。後でラトゥールを飲みまくる《ナリャーグ》。禁酒主義者なんかじゃないし、おまけにアーディスの水道水はおすすめじゃないから！」

「マリーナに言っておいてやらないといかんな」とディーモンは口をすすぎ、ゆっくりと飲み干してから言った。「亭主もティタリーをがぶ飲みするのをやめて、フランス産かカリフランス産のワインだけにしておけと――あんなちょっとした発作を起こした後じゃ。最近町で会ったことがある、マッド街のそばだ、ごく普通の調子でこっちに向かって歩いてきて、わしの姿を一丁先で目にするやいなや、ぜんまい仕掛けのネジが切れだして、こちらにたどりつく前に立ち止まってしまった――まさしく立ち往生！　まったくまともじゃないな。まあいい。お互いの恋人どうしは会わせずにおこう、とチョーズで昔よくそう言っていたな。コニャックが肝臓に悪いなんて考えてるのはユーコンの連中だけ、あいつらはウォッカしか口にしないんだから。ともかく、おまえがアーダととても仲良くやっているのは嬉しいよ。結構なことだ。ついさっき、あそこの通廊で、実に美人の女中と出くわしたんだがな。その娘は顔も上げずにフランス語で返事しおった、こっちが――すまないが、日除けをちょっと下ろしてくれるかな、そう、それでいい、日光が射し込むのは、特に入道雲の下からだと、弱い目に良くないからな。弱い心室にも。おまえはああいうタイプが好きか、ヴァン、小さな頭をうなだれて、首筋を剝き出し、ハイヒールで、小走りに逃げていき、尻をくねらせる、ああいう娘はどうなんだ、え？」

「その――」

（僕がヴィーナスの最年少会員なのを教えてやろうか？　お父さんも会員なのかな？　しるしを見せて？　やめておこう。作り話で。）

「その、灼熱の恋が終わって一休みしているところなんだ、ロンドンで、僕が一緒にタンゴを踊っているのを見ただろ、あの相手、ほら、お父さんが最後のショーを観に飛行機で駆けつけたときのことだよ――憶えてる？」

「もちろん、憶えてるとも。妙だな、おまえがそんな言い方をするなんて」

「お父さん、ブランデーの飲み過ぎじゃないかと思うんだけど」

「わかった、わかった」とディーモンは言いながら、微妙で口に出せない疑問と格闘していたが、それは似たような憶測が（どこか裏口から入ってきたとして）無造作にもマリーナの頭の中からつい押し出してしまったものだった。というのも、無造作とはつねに無数と同義語であり、空っぽのおつむほど満杯なものはない。

「当然ながら」とディーモンは続けた。「一夏をのんびりと田舎で過ごすのは大いに結構なことだ……」

「広々とした戸外での暮らしとかね」とヴァン。

「若者が父親の飲み過ぎをたしなめるというのは信じられんことだな」とディーモンは言って、浅いグラスに四杯目のブランデーを注いだ。「そうは言っても」と彼は、脚の細い、金縁のグラスを弄びながら続けた。「戸外での暮らしも、夏のロマンスがないとひどく憂鬱なものになるかもしれんし、たしかにこの辺りではまっとうな娘もそう多くは見かけんからな。あのアーミニン家の、とても気品のある可愛いユダヤ娘《ユヌ・プチット・ジュイヴ・トレ・アリストクラティク》がいたが、たしかもう婚約しているとか。ところで、ド・プレ夫人の話では、息子が入隊して、もうじき海外でのあの嘆かわしい軍事作戦に参加するというが、あんなもの我が国は無視すりゃよかったのに。後に残した恋敵はいるのかな？」

「そんなばかな」と正直なヴァンは答えた。「アーダはちゃんとしたお嬢さんだよ。あの娘には恋人なんかいるものか――僕を除いてはね、言うまでもなく《サ・ヴァ・サン・デュール》。えーっと、えーっと、えーっと、父さん、誰だったたっけなあ、サン・ディール（sans dire）の代わりにサン・デュール*5（seins durs）と言ったのは？」

「そうだ！　キング・ウィングだ！　フランス人の奥さんをもらって、気に入ったかとたずねたときのことだった。それはともかく、アーダについていい話を聞かせてもらったな。馬が好きだ、とおまえは言ってたが」

「そうだよ」とヴァン。「それに、ここのお嬢さんたちが好きなものはなんでも――舞踏会に、蘭に、『桜の園』も」

　そこへ当のアーダが駆け込んできた。はいはいはい、やってきたわよ。輝いて！

　ディーモンが虹色に輝く翼を担い、立ち上がりかけてまた腰を下ろし、片手でアーダを包み込み、もう片手でグラスを持ち、アーダのうなじから髪へとキスをして、芳しい香りに顔をうずめた姿には、伯父が見せる愛情以上のものがあった。「うっわあ」と彼女は叫んだ（思わず出た幼い頃の隠語を聞いて、ヴァンは父親が味わっているように見える感動《ウミリェーニエ》を、愛情《アタンドリスマン》を、とろけるような恍惚感を、父親よりももっと激しく感じた）。「お会いできるなんてとっても嬉しいわ！　雲をかき分け！　タマーラの城に舞い降りたり！」

（ローデンの意訳によるレールモントフ。）

「この前お目にかかる光栄に浴したのは」とディーモンが言った。「あれは四月だったか、おまえはレインコートに白と黒のスカーフを着けて、歯医者帰りでなにやら砒素の臭いをぷんぷんさせていたな。パールマン先生は喜ばしいことに受付嬢と結婚したよ。さてと、本題に入ろうか。おまえのドレスは合格点だな」（袖なしの黒のワンピース）「ロマンティックな髪型はまあまあ、素　足《ナ・バスー・ノーグ》にパンプスというのはあまり気に入らない、ボー・マスク香水も——だが《パス・アンコール》な、そのどぎつい口紅だけは断じていかん。時代遅れのラドールじゃ流行っているのかもしれんが。マンやロンドンじゃ話にならん」

「わかったわ《ラードナ》」とアーダは言って、大きな歯を剝き出し、胸元から取り出した小さなハンカチで唇をごしごしと拭った。

「それも田舎くさいな。黒い絹の小物入れでも持ちなさい。さてと、わしがどれほど千里眼か教えてやろうか。おまえの夢は、コンサート・ピアニストになることだろ！」

「違うよ」とヴァンは憤然として言った。「まったくの見当違い。アーダはこれっぽっちも弾けないんだから！」

「かまわんさ」とディーモンが言った。「観察がつねに推理の母だとは限らんからな。それでも、ベヒシュタインの上に置いてあるハンカチにはなんの下品なところもない。そんなに顔を赤らめなくてもよろしい。息抜きに戯れ歌をひとつ。

いいなずけが戦場に赴きしとき

哀れにして気高き令嬢イレーヌ・ド・グランフィエーフは
ピアノの蓋を閉じ……象を売り払いぬ。
Lorsque son fi-ancé fut parti pour la guerre
Irène de Grandfief, la pauvre et noble enfant
Ferma son pi-ano . . . vendit son éléphant.

「令嬢《アンファン》というのは本物だが、象はわしの創作だ」

「まさか」とアーダが笑った。

「偉大なコペは」とヴァン。「もちろんひどいものだけど、とてもいい小品があって、それをこの大公爵令嬢アーダは英語にねじ曲げたことが何度かあるんだよ、そこそこの出来で」

「まあ、ヴァンったら！」と珍しいことにアーダが悪戯っぽく口をはさみ、塩味のアーモンドを一つかみした。

「さあ、聞かせてくれ、聞かせてくれ」とディーモンが、アーダの掬った手からナッツを一粒拝借しながら叫んだ。

巧みに交錯する動作のハーモニー、一族再会の場面のうちとけた陽気さ、決してからまることのないマリオネットの糸――こうしたすべては、筆で描くは易く思い描くは難し。

「古くからある語りの技法をパロディにできるのは」とヴァン。「とてつもなく偉大で非人間的な芸術家だけかもしれないけれど、有名な詩を換骨奪胎しても許されるのは、近い親戚だけじゃないかな。というわけで、いとこ――誰かさんのいとこ――の苦心作に付ける前置きとして、プーシキンから一くさり引用させてもらおうかな、邪道な押韻だけど」

「蛇道な押韻ですって！」とアーダが叫んだ。「意訳は、わたしの意訳でも、遠志通《オンジロツウ》が訛ってお通じに化けてしまったようなもの——可憐な朱砂蓮《シュシャレン》の成れの果てがこれだなんて」

「わしのささやかな必要にも、ささやかな友人たちの必要にも、それで充分すぎるほど充分だよ」とディーモン。

「それじゃやってみるよ」とヴァンが続けた（その不運な植物は、昔はラドール地域の住民には、蛇に嚙まれたときの薬というより、年端もいかない娘の安産用お守りだと考えられていたので、いささか卑猥なほのめかしではないかと感じたが、まあいい、無視することにして）。「その詩なら、たまたま手元に残しておりました。[*6] しかも、今ここに持っております。それでは読みますよ。『ゆるやかに散りゆく落葉《ルール・シュート・エ・ラント》』、もう後はおわかりのはず……」

「わしなら続けられるぞ」とディーモンが口をはさんだ。

「ゆるやかに散りゆく落葉
名残として見分ければ
銅色の葉は楢にして
真紅の葉は楓なり

“Leur chute est lente. On peut les suivre
Du regard en reconnaissant
Le chêne à sa feuille de cuivre
L’érable à sa feuille de sang

「最高ね！」

「そうさ、そこまではコペで、ここからはいとこ」とヴァンは言って、暗唱した。

“Their fall is gentle. The leavesdropper
Can follow each of them and know
The oak tree by its leaf of copper,
The maple by its blood-red glow.”

「ちぇっ！」と訳詞者が口にした。

「とんでもない！」とディーモンが叫んだ。「その『落葉者』(leavesdropper)なんて、素晴らしい掘り出し物じゃないか」彼がアーダを引き寄せると、アーダはラウンジチェアの肘に腰を下ろし、その火照った赤い耳に、彼はぶあつい濡れた唇をべっとりと豊かな黒髪ごしに押し当てた。ヴァンは身震いするほどの喜びを感じた。

さて今度はマリーナ登場の番、あざやかな明暗対照《キアロスクーロ》の中、スパンコールをあしらったドレスを纏い、顔は熟年俳優が希望するソフトフォーカスで、両手を前に差し伸べ、背後に従えたジョーンズは二本の燭台を捧げ持ちながら、礼を失しない範囲で、影の中にいる茶色いふわふわしたものに向かって、あっちへ行けと脚でうしろに蹴る奇妙な動作を繰り返していた。

「マリーナ！」とディーモンは感極まったようなおざなりの声をあげ、一緒に長椅子に腰掛けたときに彼女の手を軽く撫でた。

リズミカルにゼーゼーと息をしながら、ジョーンズは美しい竜がからみついた燭台の一本をきらきら光る飲み物が置かれた低いサイドテーブルの上に置き、もう一本をディーモンとマリーナが愛想のいい挨拶を終わりにしはじめたところへ持って行こうとしたが、マリーナはすばやく合図して、縞の熱帯魚のそばの台座に置かせた。もう日の残りもピクチャレスクな廃墟さながらになっていたので、相変わらずゼーゼーいいながら彼はカーテンを閉めた。ジョーンズは新入りの召使で、とても有能だが、くそまじめで動作ものろく、まわりの人間は彼の規則と喘息に徐々に慣れていくしかなかった。何年も後になって、彼は私のために一肌脱いでくれ、その恩は決して忘れることがないだろう。

「あの娘は命取りの娘《ジュヌ・フィーユ・ファタル》だな、色白の、男の心を虜にする美人で」褒めている当の本人に聞こえているかどうかも気にしないで（実は聞こえていた）、ディーモンはかつての愛人にこう打ち明けたが、アーダは部屋のむこうでヴァンが犬を隅に追いつめる手助けをしているところだった——そしてその最中に、脚が上の方まで見えすぎていた。我らが旧友は、再会した一族並みに興奮して、古い白毛皮のスリッパを楽しそうに口にくわえ、マリーナの後から駆け込んできたのだ。スリッパはブランシュのもので、彼女はダックをさっさと部屋に連れて行くようにと言われていたのに、いつものことながらうまく閉じ込めておくことができなかったのである。子供たちは二人とも、寒気がするような既視感を覚えた（実際には、芸術的回想の中で眺めれば、二重の既視感になる）。

「お願いだから、ばかな真似はやめて《パジャールスタ・ベズ・グルーパスチェイ》、とりわけ召使のいる前では《ド・ヴァン・レ・ジャンス》」とすっかり舞い上がったマリーナが言った（祖母たちそっくりに、最後の「ス」を響かせて）。仰向けの恰好で胸を張っているダックと、哀れにも玩ばれているスリッパを抱え、魚みたいに口を半開きにした従僕がゆっくりした動作で出て行くと、彼女は続けた。「まったく、この辺の娘たち、たとえばグレース・アーミニンとかコーデュラ・ド・プレと比べたら、アーダなんかツルゲーネフの小説に出てくる乙女か、もっと悪くするとジェイン・オースティンに出てくるミスみたいなものね」

「わたしはファニー・プライスなの」[*7]とアーダが口を添えた。

「階段の場面だろ」とヴァンが付け足した。

「二人だけの冗談なんか気にしないでおきましょう」とマリーナがディーモンに言った。「この子たちの遊び事やら隠し事は、さっぱりわけがわからないんだから。ただし、ラリヴィエール女史が書いた素晴らしい脚本には、古い公園で奇妙なことをする不思議な子供たちが出てくるんだけれど――でも、今夜はあの人に文運隆盛の話をさせてはだめよ、そんなことになったらもう致命的」

「きみの亭主があんまり遅くならなきゃいいんだが」とディーモンが言った。「ほら、夏だと、八時を過ぎれば絶好調じゃなくなるからな。ところで、リュセットはどうしてる？」

ちょうどそのとき、ブテイヤンがドアの両扉をものものしい身ぶりでさっと開き、ディーモンはマリーナに（ロシアの三日月パン形《カラーチコム》に）腕を曲げて差し出した。ヴァンは、父親の前ではついつい見るに堪えない悪ふざけに走りたくなり、アーダの手を取ろうとしたが、彼女は姉貴ぶって気兼ねなく《サン・ジェン》その手首をぴしゃりと払いのけたのは、ファニー・プライスなら褒めてくれなかっただろう。

典型的な、あまりにも典型的な従僕で、マリーナ（そして短いロマンスのあいだにG・A・ヴロンスキイ）がどういうわけか「茸《グリーブ》」と仇名を付けているもう一人のプライスが、食事の合間に喫煙するのを好むディーモンのために、食卓の上座に縞瑪瑙の灰皿を置いた――ロシア古来の一服だ。サイドテーブルには、これまたロシア風に、赤、黒、灰色、ベージュ色をしたオードブルの盛り合わせや、ナプキンに包んだキャヴィア《サルフェータチナヤ・イクラー》とグレイビード《イクラー・スヴェージャヤ》のポット、そのそばには華やかに盛られた、汁気たっぷりの酢漬け茸が、「白」および「薄樺色」とあり、かたやスモーク・サーモンのピンク色がヴェストファリア・ハムの鮮紅色と競っていた。別のトレイの上では、さまざまな風味のウォッカの小瓶《ヴォーダチキ》が輝いていた。フランス料理もショーフロワとフォアグラが並んでいる。窓は開いていて、そよともしない黒々とした繁みでは、蟋蟀《コオロギ》が不吉なほどの速さで鳴いていた。

それは——小説的構造を続けるなら——延々とした楽しい美食の場であり、話題のほとんどは内輪の軽口や気楽な雑談にすぎないものの、その一族再会の席は記憶の中で、奇妙に意味深い、心地よいばかりとも言えない体験として宙吊りのまま残ることになる。ピナコテカで見た絵に一目惚れしてしまったり、他の点では無意味な幻想の中にある夢のようなスタイル、夢のような細部、色彩と輪郭に溢れる意味を記憶していたりするのと同じように、その夕食の場は宝物になった。そのパーティの席では誰もが、読者ですら、（なんとしたことか、貴重なコルク栓を潰してしまった）ブテイヤンですら、最高の姿を見せたわけではないことは言っておかねばならない。かすかにただよう茶番劇と嘘くささが瑕瑾《かきん》となり、天使も——もし天使がアーディスを訪れたらの話——すっかり安心してはいられなかった。とはいえ、どんな芸術家も見逃せない素晴らしいショーなのであった。

テーブルクロスと蠟燭の炎に呼び寄せられた臆病な蛾や大胆な蛾の中には、幽霊に指し示されて、懐かしい「翅友達」がたくさんいることにアーダは気づかずにはいられなかった。青白い侵入者たちは、どこか光る表面で繊細な翅を広げることとしか考えていなかった。ギルド組合員愛用の毛皮を纏い、天井にぶつかる奴。ふさふさした触角を持つ、太鼓腹の放蕩者。そしてお呼びでないのに現れた、赤い腹に黒のベルトを巻いている雀蛾が、ゆったり飛んだりすばやく飛んだり、何も音を立てなかったり羽音を立てたりしながら、蒸し暑い夜の暗闇から食卓へと飛び込んでくるのだった。

家族四人が卵形の食卓に着席し、花やクリスタルの食器とともに輝いていたのは、一八八八年七月中旬の蒸し暑い闇夜、ラドール郡アーディスでのことだったのを、忘れないでおこう、決して忘れないでおこう——劇の中の一場面みたいに見えるかもしれない、いやきっとそう見えたはずだ、庭のビロードのような桟敷席に陣取った（カメラかプログラムを手にしている）一観客にとっては。マリーナのディーモンとの三年間にわたる情事が終わってから、十六年が経過していた。一八七〇年の春に二ヵ月、そしてまた、一八七一年の中頃にほぼ四ヵ月と、さまざまな長さの間断はあったが、情愛と苦悶をつのらせただけだった。マリーナのすっかりかたくなになった顔立ち、その服装、スパンコールを鏤めたドレス、苺ブロンド色に染められている髪に付けたきらきら光るネット、赤く日焼けした胸に、黄土色と栗色を塗りすぎたメロドラマ風の化粧を見ていると、漁色歴の中で他のどの女性よりも熱烈に彼女を愛したことがある男でも、マリーナ・ドゥルマノフの美しさが持っていた潑剌とした魅惑やリリシズムをこれっぽっちも思い出せなかった。思えば気が滅入る——過去の完全な崩壊、その巡回宮廷とお付きの楽団員たちの解散、現在の疑わしい現実性を記憶の疑いない現実性と関連づけることの論理的不可能性。アーディス屋敷の前菜用テーブル《ザクーサチヌィ・ストール》に盛られたオードヴルや美しく彩色された食堂も、あの頃の習慣だった遅い夕食《プチ・スペ》と結びつかない——もっとも、最初の三品はいつもだいたい同じだった——つやつやした仔鹿色のヘルメットをぴったりとかぶった酢漬けの若茸、灰色の数珠玉のような取れたてのキャヴィア、ペリゴール・トリュフをスペードのエース形に添えた鵞鳥のレヴァーペースト。

ディーモンはぷりぷりするイクラを載せた黒パンの最後の一切れを口に放り込み、ウォッカの最後の一杯をごくりと飲み干してから、まるで彫り物のようなカルヴィル種林檎と細長いパースティ種葡萄[*8]を盛った大きなブロンズの鉢をはさみ、長円形テーブルの端にマリーナと面と向かって着席した。元気な肉体がすでに摂取したアルコールは、いつものように、彼がフランス風に「封印された扉」と呼ぶものをふたたび押し開けるのに役立ち、そして今、ナプキンを広げている最中の男なら誰でもそうするように、知らず知らずのうちに口をぽかんとあけながら、マリーナの星を鏤めたような気取った髪形を眺めていたときに、なんとか現実化しよう（その言葉の稀な十全たる意味で）、むりやりに官能の中心に置くことでその現実性を我が物にしようとした事実とは、ここにいるのがかつて耐え切れないほどにまで愛した女だということ、彼をヒステリックにそして移り気に愛し、床に敷いた敷物やクッションの上で愛し合おうと言い張り（「チグリス・ユーフラテス渓谷の立派な人々はみなそうしてるわ」）、出産の二週間後に雪の斜面をボブスレーで滑り下りたり、オリエント急行で五個のトランクに、ダックの祖父、それと女中一人を従えて、彼が剣での決闘で受けた刀傷（約十七年が経過した今でも、八番めの肋骨の下に、白い蚯蚓《みみず》腫れとして残っている）のせいで療養していたステラ・オスペンコ医師の病院《オスペダーレ》に現れたりした、あの女なのだ。実に不思議なことに、子供の頃に好きだった親友や太った叔母と長い別離の後で再会すると、たちどころに、人間的な温かみのある友情がそっくりそのままよみがえるが、かつての愛人の場合は決してそういうことは起こらないものだ――全面的破壊作業で、愛情の人間的部分が非人間的情欲の埃とともにすっかり一掃されてしまうらしい。彼はマリーナを見つめて、このポタージュは申し分ないと褒めたが、彼女は、太り気味の、たしかに人はよくても、落ちつきがなく気難しい顔をして、鼻に、額に、何から何まで、茶色っぽい化粧オイルを塗りたくり、それを本人としては化粧パウダーより「若返り」の効果があると思い込んでいるこの女は、結婚式の前夜に、最後の、まさしく最後の喧嘩の後で、気絶したふりをしている彼女を腕に抱え、ラドールの別荘からタクシーまで運んでくれたブテイヤンよりもずっと赤の他人に見えた。

　もともと人間に変装した木偶であるマリーナが、そうした気の咎めを感じなかったのは、いわば「第三の視力」（個人的で、魔法のように細密な想像力）を欠いていたからで、それは他の点ではごく常識的で迎合的な人間でも持っていることがよくあるが、これがないと記憶（深遠な「思想家」や技巧的天才の記憶ですら）は、率直に言えば、紋切り型か切り抜き頁でしかない。我々はマリーナに対して手厳しい言葉をかけたくない。結局のところ、我々の手首やこめかみで脈打っているのはマリーナの血なのだし、我々が頭痛を覚えるのはたいてい彼女から受け継いだもので、彼からではないのだ。とはいえ、我々は彼女の愚鈍な魂だけは容赦できないのである。食卓の上座に座り、楽しそうな二人の若者、右手には「青　年《ジュヴナイル》」（映画用語では）、左手には「無邪気な娘《アンジェニュ》」をはべらせている彼女と差し向かいになった男は、去年のクリスマスにプラスリン家のパーティで彼女と隣どうしになったときの、ほとんど同じ黒のジャケット（ブランシュが廊下から持ってくるようにと言いつけられていた花瓶から、明らかに拝借したらしいカーネーションを除けば）を着た、同じディーモンとまったく変わりはない。彼女と会うたびに感じる目もくらむような亀裂、地質学的断層のとんでもないごちゃまぜである、あのおぞましい「人生の驚異」とやらは、たまさかの出会いの点線として彼女が受けとめているものでは、どうしても橋を渡すことができなかった。「哀れな」ディーモン（枕を交わした男たちは、みなそういう称号を付けられて引退する憂き目になる）が彼女の目の前に現れるときは人畜無害な幽霊のようで、場所は劇場のロビーの「鏡と扇の間」だったり、共通の友人宅の客間だったり、一度リンカーン動物園で出会ったりしたこともあり、そのとき彼は籐のステッキで藍色の尻をした猿を指し、彼女に挨拶しなかったのは、上流社会の原則に従ったもので、ちょうど高級娼婦を連れていたからだった。さらに前、もっともっと前のどこかに、銀幕で堕落した頭によって陳腐なメロドラマに安全にも変化させられていたのは、彼女の三年間にわたるあわただしい間隔でのディーモンとの逢瀬であり、いわば『灼熱の恋』（出演した中で唯一のヒット作の題名）、大邸宅での激愛、椰子と唐松、彼の真心からの献身、彼のとんでもない癇癪、別れ、仲直り、青列車、涙、裏切り、狂った姉の脅し、無力なのはたしかだが、それでも湿気と暗闇のせいで熱が上がる夜には、虎の爪跡のような痕跡を夢のカーテンに残していった。そして背景の壁には、懲罰の影（ばかげた法律上の補足説明も付いている）。こうしたすべてはただの風景であり、簡単に荷造りして「地獄」とラベルを貼り、輸送されてしまう。そしてごく稀に、何か記憶を呼び覚ますものがやってくる――たとえば、トリック撮影でクローズアップになった、男女二人の左手が――何をしているのだろう？　マリーナにはもはや思い出せなかった（たった四年しか経過していないのに！）――連弾か？――いや、二人ともピアノは習っていない――壁にうさちゃんの影を作っているのか？――いい線、もうちょっと、だがまだ間違い。何かを測っているところ？でも何を？　木に登っているところ？　つるつるした木の幹を？　でもどこで、いつ？　いつか、過去もちゃんと整理整頓しておかないと、と彼女は思った。お化粧直しをして、撮り直して。映画には「ワイプ」や「インサート」がつきものだ。感光したフィルムにそれとわかる傷がついていたら修正してやる必要がある。シークエンスの「溶暗」と、不必要で、恥ずかしい「映像」をトリミングする作業をうまく合わせてやれば、たしかな安心が保証される。そう、いつか――カチンコを手にした死が場面を終わりにする前に。

今夜、マリーナはメニューを考えたとき、彼の好物だとまあまあ正確に記憶しているものを出すという自動的な儀式に満足していた――ゼリョーヌィイ・シチーで、これはビロードのような緑のスイバとホウレンソウのスープであり、つるつるした固茹で卵が入っていて、指が火傷しそうな、とってもやわらかくて、肉か人参かキャベツをたっぷり詰めたピロシキを添えて出す――ピア・ラッシュ・キーと発音され、ここでは永代の名物なのだ。その後で出そうと決めていたのは、パン粉をまぶした鱸《ズダーク》のボイルドポテト添え、それから蝦夷雷鳥《リャーブチキ》に、料理本の言うところではプルーストの「食後のむかつき」が決して起こらないという特別なアスパラガス《ベズハーンカ》だった。

「マリーナ」と最初のコースの終わりにディーモンがささやいた。「マリーナ」と彼はもう少し大きい声で繰り返した。「そんなつもりは毛頭ないんだがな」（これは彼好みの言いまわし）「ダンの白ワインの好みや、きみの召使たち《ド・ヴォ・ドメスティーク》のふるまいについて、批判がましい口を聞くつもりは。きみも知ってのとおり、私はそんなつまらないことを言うような男じゃないし、それに……」（身振り）。「でもな、きみ」と彼はロシア語に切り替えて話を続けた。「ピロシキを持ってきたあいつ《チェラヴェーク》――新入りの、でっぷりして、目がある《ズ・グラザーミ》――」

「誰だって目はあるわよ」とマリーナがそっけなく言った。

「いや、あいつの目ときたら蛸みたいで、出す食事にからみつきそうな目つきだったぞ。だがそれはよしとして。あいつは息をゼーゼーいわせてるじゃないか、マリーナ！　息切れ《アドゥィーシカ》か何かの病気じゃないか。クローリク先生に診てもらえ。こっちまで気が滅入るよ。まるでポンプみたいなリズムでゼーゼーやられちゃな。こっちのスープまで波立つ始末だ」

「ねえ、お父さん」とヴァンが言った。「クローリク先生には大したことはできないよ、だって、お父さんもよくよく承知のとおり、彼は死んでいるんだし、それにマリーナが召使たちに息をするなと命令することもできないよ、だってそれも承知のとおり、召使たちは生きているんだもの」

「ヴィーン家血筋のウィットか、いやまったく」とディーモンがつぶやいた。

「そのとおりよ」とマリーナ。「なんらかの手を打つことはお断りしますわ。おまけに、かわいそうなジョーンズは喘息持ちなんかじゃなくて、ただ喜んでもらおうと気をもんでいるだけなんですから。強健そのもの、アーディスヴィルからラドールまでわたしを乗せてボートで往復してくれたこともありましたよ、それも楽しそうに、あの夏何度も。あなたってひどい人ね、ディーモン。わたしはあの人に『息をぜいぜいさせるな《ニィ・プィフチーチェ》』なんて言えませんし、台所係のキムにも、こっそり写真を撮るななんて言えません——あのキムって、ほんとにスナップ写真魔だけれど、それを除けば可愛くて、やさしい、まじめな子なの。それにフランス人女中にも、どういうわけか知らないけれど、ラドールでも有数の会員制仮面舞踏会から招待状が舞い込むのを、いいかげんにしろなんて言えません」

「そいつは興味津々だな」とディーモンが言った。

「助平おやじ！」とヴァンが嬉しそうな声をあげた。

「ヴァン！」とアーダが言った。

「わしは助平青年さ」とディーモンがためいきをついた。

「ねえ、ブテイヤン」とマリーナがたずねた。「上等な白ワインは、他にどんなのがあるかしら——おすすめはどれ？」執事はにっこりして、とびっきりの銘柄をささやいた。

「そう、そうだ」とディーモンが言った。「ねえ、おまえ、一人でディナーを仕切ろうたってそりゃ無理だよ。ところでボートの話だが——おまえはボートの話をしたよな……。言わせてもらうが《モワ キ・ヴ・パルレ》、一八五八年のローイング・ブルーのメンバーだったのを知ってるか？ ヴァンはサッカーのほうが好きだが、まだカレッジ・ブルー程度なんだろ、そうだったよな、ヴァン？ テニスでもわしのほうがうまい——もちろん、ローン・テニスじゃない、あんなものは牧師向きの遊びだから、そうじゃなくて、マンハッタンで言うところの『コート・テニス』だ。他には何かあるかな、ヴァン？」

「お父さんはフェンシングではまだ僕を負かせるけど、射撃だったら僕のほうが上手だよ。この魚、本物の鱸《ズダーク》じゃないね、パパ、とてもおいしいけど」

（ヨーロッパ産を入手するのがディナーに間に合わなくて、マリーナはそれにいちばん近い大きな目の魳《カマス》すなわち「ドリー」を選び、タルタルソースと茹でた新ジャガイモを添えて出したのだった。）

「うまい！」とディーモンがバイロン卿のドイツ産白ワイン《ホック》を賞味しながら言った。「これで聖母の涙の失点回復だ」

「ちょっと前にヴァンに話していたんだがな」と彼は声を大きくして続けた（マリーナは耳が遠くなったのではないかという妄想を抱いていたせいで）。「おまえの亭主のことだ。あいつは杜松《ネズ》の香りをつけたウォッカを飲み過ぎなんじゃないかな、実際のところ、ちょっと惚けておかしくなってきているから。先日、パット・レーンの四番街側をたまたま歩いていたら、おぞましいタウンカーに乗って猛スピードでやってきてな、あいつが持っている古くさい二人乗りの、操縦桿が付いたやつだよ。で、かなり遠くからわしに気がついて、手を振ると、車はガタガタいいだして、とうとう半丁離れたところで停止してしまい、あいつは尻をもぞもぞさせて車をなんとか動かそうとしているんだがどうにもならない、ほら、まるで三輪車から降りられなくなった子供みたいなものでな、そこであいつのところまで近寄ってみたら、エンコをしているのはハードパンじゃなくて、あいつの機能のほうだというたしかな印象を持ったのさ」しかしディーモンが、歪んだ心の善良さを発揮してマリーナに話さずにおいたのは、能なしのダンが、お抱えの美術品鑑定家エイクス氏には内緒に、ディーモンのギャンブル仲間から数千ドルで、ディーモンの賛同を得て、コレッジョの贋作を二点買ったという事実だった――そしてそれを許しがたいツキで、同じくらい能なしの収集家に五〇万ドルで転売したというのだから、この双子惑星で正気というものになんらかの意味があるなら、これはいとこが間違いなく返済しなければいけない借金だとディーモンが考えたのも無理はない。そして逆に、マリーナがディーモンに話さずにおいたのは、この前の病気以来、ダンが手を出している病院の若い看護婦のことだった（ついでに言うと、ある記憶に残る機会に、ダンが「半分ロシア人の血が混じっている、生物学に興味のある子に、何か素敵なものを」贈る手助けをしてほしいとたのんだ相手が、お節介焼きのベスこと彼女である）。

「まことにかたじけない《ヴー・ム・コンブレ》」とディーモンはバーガンディを指して言った。「ただ、本当のところ《プラーヴダ》、蝦夷雷鳥の肉の食事にシャンパンではなくて赤ワインを飲んでいるところを見られたとしたら、母方の祖父だったらテーブルを立ってるだろうな。実に素晴らしいよ、きみ（蠟燭の炎と銀器ごしに投げキッスを送って）」

ローストの蝦夷雷鳥（というか、こちらでは「山雷鳥」と呼ばれている新大陸亜種）には砂糖漬けにした苔桃《コケモモ》（こちらでは「山苔桃」）が添えられていた。その茶色い肉の特にジューシーな一切れを口にすると、ディーモンの赤い舌と丈夫な犬歯の間に散弾の小球がはさまった。「ディアーヌ《ラ・フェーブ・》の豆か《ド・ディアーヌ》」と彼は言って、それをゆっくりと皿の端に置いた。「車のほうはどうなってる、ヴァン？」

「はっきりしないんだ。父さんのみたいなローズリーを注文したら、クリスマスまでには届かないって。それでサイドカー付きのシレンティアムを探そうとしたら見つからなくて、戦争のせいらしいけど、戦争とバイクにどんなつながりがあるのかは謎だね。でもまあ僕たちはなんとかやってるよ、アーダと僕は、バイクに乗らなくても、馬があるし、自転車があるし、ジッカーもあるから」

「妙だな」と老獪なディーモンが言った。「顔を赤らめるイレーヌを歌った、偉大なカナダ人のあの素敵な一節を不意に思い出すとは。

乙女のほのかな炎
額にナントカ……

“Le feu si délicat de la virginité
Qui something sur son front . . .

よしわかった。わしのを英国に持っていってもいいが、ただし……」

「話は変わりますけどね、ディーモン」とマリーナが口をはさんだ。「ベテランのお抱え運転手が付いた、古くてゆったりしたリムジンを、どこでどうやったら手に入れられるかしら、ほら、たとえばプラスコヴィアが長いこと持っていたのみたいな」

「無理な注文だね、きみ、それはみな今ごろ天国かテラ行きだ。でもアーダはどうなんだい、わしの無口な恋人は、誕生日のお祝いに何がほしいのかな？　来週の土曜なんだろ、私の計算じゃ《パ・ラショートゥ・マイエムー》*9、ダイヤの首飾り《ユヌ・リヴィエール・ド・ディアマン》か？」

「反対《プラテストゥーユ》！」とマリーナが叫んだ。「冗談じゃありません《シリョーズナ》。なんであろうと《クヴァーカ・シェスヴァ》、あなたがこの子に贈り物をするのは反対よ、面倒はダンとわたしが見るから」

「それに伯父様はいつでも忘れるんですもの」とアーダは笑いながら言って、「ダイヤモンド」にどんな条件反射を見せるかと見守っていたヴァンに向かって、とても巧みに舌の先をちょろっと出してみせた。

「ただし、何？」とヴァンはたずねた。

「ただし、ランタ通りにあるジョージの店で、すでに予約済みの車が一台待っていなければの話だ」

「アーダ、おまえはもうじきジッカーに一人きりで乗ることになるよ」と彼は続けた。「マスコダガマにパリで休暇を過ごさせてやることになるからな。額にナントカ、美を引き出せり《アン・ナキューズ・ラ・ボーテ》！」

こうして他愛のないおしゃべりが続いていった。こんな輝く記憶を、心の闇の入江に浮かべていない人間がいるだろうか？　眩い過去が目配せしているときに、思わず身をよじって両手で顔を隠さない人間がいただろうか？　いったい誰が、長い夜の恐怖と孤独の中で――

「あれは何だったのかしら？」と、ラドール郡のアンチアンベリアンたちよりももっと雷を怖がるマリーナが叫んだ。

「雲間の稲光では」とヴァンが言った。

「わしの意見では」と、椅子に座ったまま波打つカーテンの方を向いたディーモンが言った。「たぶん写真のフラッシュだよ。なにしろ、ここには有名な女優とセンセーショナルな曲芸師がいるからな」

アーダは窓辺に駆け寄った。せわしく揺れるマグノリアの下から、白い顔をした少年が口をぽかんとあけた女中二人に両脇をはさまれて、罪のない陽気な一家にカメラを向けながら立っていた。しかしそれは夜の蜃気楼で、七月には珍しくない現象にすぎなかった。その名前を口にできない雷神ペルン以外は、誰も写真を撮っていなかった。雷鳴がもうすぐやってくるものと思い、マリーナはまるで祈るか瀕死の病人の脈でもとっているみたいに、息をひそめて数を数えはじめた。一回の鼓動が、生きた心臓とどこかの――そう、とても離れた――山の頂上で雷に打たれて倒れた羊飼いとの間の、闇夜の一マイルに相当するはずだ。雷鳴がやってきたが、その音は鈍かった。二回目の閃光がフランス窓の骨格をあらわにした。

アーダは席に戻った。ヴァンは椅子の下に落ちていた彼女のナプキンを拾い、そうやって頭を突っ込んでから上げる短い合間に、こめかみで彼女の膝の内側に軽く触れた。

「ピーターソンの雷鳥、学名テトラステス・ボナシア・ウィンドリヴェレンシス*[10]を、おかわりしていいかしら？」とアーダがお高くとまって言った。

マリーナがブロンズ製の小型の牛鈴をジャラジャラと鳴らした。ディーモンは手のひらをアーダの手の甲に置いて、奇妙に何かを思い出させるその鈴を渡してくれとたのんだ。彼女はスタッカートの弧を描いてそのとおりにした。ディーモンは片眼鏡を嵌め、記憶の舌を押し殺しながら、鈴を調べた。だがそれは、ラピナー医師の別荘の薄暗い部屋で、ベッド脇の小物置きの上に載っていたものではなかった。スイス製ですらない。耳ざわりは心地良いが、オリジナルを調べてみればパラフレーズされた粗悪な偽物だとたちどころにわかる、あの翻訳品でしかなかった。

残念ながら、「敬意を表した」にもかかわらずもう雷鳥は残っていなくて、ブテイヤンとの短い協議の後、付け合わせはいささかそぐわないものの、味の点では申し分のないアルル・ソーセージが、いまみんなが食している、アーダの皿の茎付きアスパラガス《アスペルジュ・アン・ブランシュ》に添えられた。可憐な谷間の百合の淫らな仲間とでも呼ぶべきそのアスパラガスを、まるで天空の高みから口に含むようにするときに、彼女とディーモンがつやつやした唇を歪めるさまがそっくり同じなのを目撃すると、ほとんど畏敬の念を覚えてしまうほどだったが、茎を握るときの同じ指の束ね方は、かつて大勢のロシア人（親指から人差し指の間一インチほどの差でしかないばかげたささいな分派）が抗議して、ほんの二世紀前に大奴隷湖のほとりで他のロシア人たちに火炙りにされた、あの新「十字印」に似ていなくもなかった。家庭教師の親友で、まだ若い助教授なのにもうプーシキン学者として有名になっていた、博識だがお上品なセミヨン・アファナーシエヴィチ・ヴェンゲロフ（一八五五—一九五四）がよく言っていたのは、プーシキンの作品で唯一下品なのが、『エヴゲーニイ・オネーギン』の未完の章に出てくる、若い食通が「むっちりしてぴちぴちした」牡蠣を「殻《クロイスター》」から引きちぎり、嬉々として人肉のように食べる一節だというのをヴァンは思い出した。とはいえ、「各人には各人の味覚あり」で、これは英国作家リチャード・レナード・チャーチルが、かつて新聞記者や政治家たちに人気のあったクリミアの支配者《ハーン》「偉大ないい奴[*11]」を主人公にした小説の中で、平凡なフランス語の言い回し（蓼食う虫も好き好き《シャカン・ア・ソン・グ》）を二度も誤訳したものだという——これはもちろん、口が悪くて英国嫌いのギョーム・モンパルナスの説であり、女史が一躍有名人になったという話を、ちょうど今アーダが片手の逆向きになった花冠をボウルの水に浸しながらディーモンにしているところで、ディーモンも同じ儀式を同じように優雅な手つきで行っていた。

マリーナは赤い薔薇の花びらで縁取りされたトルコ煙草のクリスタル・ケースからアルバニーを一本取って、ケースをディーモンにまわした。アーダも多少気を遣いながら、煙草に火を点けた。

「よくわかってるくせに」とマリーナが言った。「食卓で煙草を吸うのを、お父さんは嫌がっているのが」

「いや、かまわんさ」とディーモンがつぶやいた。

「ダンのことを言っているのよ」とマリーナは重々しく説明した。「あの人、その点についてはひどく堅苦しいんだから」

「わしは違うな」とディーモンが言い返した。

アーダとヴァンは思わず笑いだしてしまった。すべてはただの軽口——品のいいものではないが、それでもやはり軽口だ。

しかし、一呼吸入れてから、ヴァンはこう言った。「僕もアリバイ、じゃなくてアルバニーを一本いただくよ」

「ほらね、注意して」とアーダ。「いかにもわざとらしい《ヴーリュー》言い間違い！　わたしは茸狩りに行くと煙草を吸いたくなるけど、家に戻ると、この人ったら、森の中でロマンティックなトルコ人かアルバニア人と逢い引きしてただろ、そんな匂いがするぞって、意地悪にからからのよ」

「まあな」とディーモン。「ヴァンがおまえの品行に気を使うのはもっともなことだ」

ロシア人が食する本物のプラフィトローリ（とてもやわらかな「l」音）は、一七〇〇年以前にロシア人料理人によってガバナで初めて作られたものだが、ヨーロッパのレストランで出される黒くてけちくさい「プロフィット・ロール」よりも、たっぷりクリームの入ったチョコレートが塗られていて大きい。我らが友人たちはショコラ・オ・レのソースが溢れたそのおいしい菓子をたいらげてしまい、果物を待っているところへ、バウトが父親とよろめくジョーンズを後に従え、派手に登場した。

家じゅうの便所と水道管が突然腹鳴の痙攣に襲われたのだという。これは長距離伝話がかかってくる前触れになるのがつねであった。灼熱の手紙に対する返事がカリフォルニアから届かないかと、この数日待ちわびていたマリーナは、今やじりじりした思いをこらえきれずに、玄関ホールにある水路伝話器が最初にブクブクと言い出すところへ走って行きかけ、真鍮と真珠母でできた過美な受話器の長い緑色のコード（見るからにぴくぴくと膨れたり縮んだりして、まるで野鼠を消化中の蛇そっくり）を若いバウトが引きずりながら急いで入ってくると、マリーナは受話器を耳に押し当て、大声で「もすぃもすぃ《ア・ロー》！」と叫んだ。ところが残念ながらその伝話は、つまらないことにうるさいダンからかかってきたもので、結局ミラーは今晩行けなくなったので、翌朝の明け方早々に彼と一緒にアーディスを訪れるから、みんなにそう伝えてくれとのことだった。

「早々とは言ってもまだ明けないうちか」と口にしたディーモンは、家族団欒の喜びに浸ってはいたが、心づくしではあっても超一級とは言いがたい食事のために、ラドールで過ごすはずだった賭博の一夜の前半を逃してしまったことにいささかおかんむりだった。「コーヒーは黄色の客間に用意してありますから」とマリーナは、まるで荒涼たる流刑の地を呼び起こすかのように、悲しげに言った。「ジョーンズ、伝話のコードを踏まないでちょうだい。ディーモン、あの嫌なノーバート・フォン・ミラーと何年ぶりかで会うのを、わたしがどれほど恐れているか、あなたにはさっぱりわからないのよ、たぶん相手は前よりもっと図々しいおべっか使いになっていて、おまけにきっと、ダンの妻がわたしだとは気づいていないんだから。あの男はバルト系のロシア人だというけれど」（ヴァンの方を向いて）「本当は生粋のドイツ人《エヒト・ドイチュ》なの、もっとも母親は旧姓がイヴァノフかロマノフかなんとかで、フィンランドかデンマークに更紗工場を持っていたんだけれど。どうやって男爵になれたのか想像もつかない。二十年前に会ったときにはただのミラーだったのに」

「今でもただのミラーさ」とディーモンがあっさり言った。「きみは二人のミラーを混同してるんだ。ダンが雇っている弁護士は、私の旧友でもある、ヴィーンリー・フェーラー・アンド・ミラー法律事務所のノーマン・ミラーで、身体恰好がウィルフリッド・ローリエに驚くほどよく似ている。それに対してノーバートは、ボーリングの球みたいな頭をしていていて、スイスに住み、きみが誰と結婚しているかよくよく承知で、汚らわしいごろつきだ」

さっさとコーヒーを飲み、チェリー酒を一口啜ってから、ディーモンは立ち上がった。

「別れはつかのまの死《パルティール・セ・ムーリール・アン・プー》、そして死は長いお別れ《エ・ムーリール・セ・パルティール・アン・プー・トロ》、か。ダンとノーマンに伝えてくれ、ブライアントに出向いてくれれば、いつでもお茶とお菓子をご馳走するとな。ところで、リュセットは元気か？」

マリーナは眉をひそめ、愛しい娘のことを心配している母親よろしく首を横に振ったが、実際のところ、娘たちに抱く愛情は、可愛いダックや哀れなダンに対する愛情に劣っていた。

「ぞっとすることがあったのよ」とマリーナはようやく答えた。「ほんとにぞっとすることが。でも今じゃ、どうやら――」

「ヴァン」と彼の父親が言った。「いい子でいろよ。わしは帽子は持ってこなかったが、手袋はたしかに持ってきたはずだ。通廊を見てきてくれるようにブテイヤンに言ってくれ。そこで落としたのかもしれないから。いや。ちょっと待て！　もういい。車の中に置き忘れたんだ、たしか通りがかりに花瓶からこの花を取ったときに、手触りがひんやりしていたのを憶えているから……」

彼は花を投げ捨て、それと一緒に、やわらかな胸に両手を突っ込みたいという瞬時の衝動の影も打ち捨てた。

「ここでお泊りになればと思っていたのに」とマリーナが言った（さほど本気ではなく）。「ホテルの部屋は何号室かしら――ひょっとして222？」

彼女はロマンティックな偶然のめぐりあわせが好きだった。ディーモンは鍵の番号札を調べてみた。221――宿命的にも逸話的にもそれで申し分なかった。お茶目なアーダは、もちろんヴァンにこっそり目配せし、ヴァンのほうは小鼻を引き締めてしかめ面をしたが、これはペドロのほっそりした美しい鼻筋を真似たつもりだった。

「この子たちは老人をからかってるのよ」と、艶めかしさがなくもない口調でマリーナは言って、ディーモンが手に口づけようとすると、下向きになった額にロシア風にキスをした。「テラスまでお見送りするのは失礼するわ」と彼女は付け加えた。「湿気と暗闇にはアレルギーになってしまって。きっと体温が三七・七度以上にはなってるはずよ」

ディーモンはドアのそばにある気圧計を小突いた。あまりしょっちゅう小突かれるものだから、気圧計はまともな反応をしなくなり、いつも三時十五分を指していた。

ヴァンとアーダが見送った。とても暖かい夜で、ラドールの農夫たちが言う緑の雨がしとついていた。ニスを塗ったような月桂樹の中で、ディーモンの黒いセダンが、集まってきた蛾で斑になった玄関灯に照らされて、優美に輝いている。彼はまずアーダの片方の頬に、それからヴァンのもう片方の頬に、それからもう一度アーダに、やさしくキスをした――首に抱きついた白い腕の窪みに。誰からも気にされていないマリーナは、タンジェロ*12色の出窓からスパンコールを鏤めたショールを振っていたが、目に映っていたものはと言えば、車のボンネットの輝きと、ヘッドライトに照らされた斜めに降る雨だけだった。

ディーモンは手袋を着け、湿った砂利道で大きなうなりをたてながらすばやく去っていった。

「あの最後のキスはちょっとやりすぎだろ」とヴァンは笑って言った。

「あら――彼の唇がなんかすべっちゃったのよ」とアーダが笑い、そして笑いながら、二人は屋敷の袖をまわるときに暗がりで抱き合った。

葉巻好きな客が夕食後によく立ち止まる、寛容な木のひさしを借りて二人はしばらくとどまった。静かに、無邪気に、それぞれの性別に従った姿勢で隣どうしになって、二人はチョロチョロ、ジャージャーという音を夜の雨の本格的な音に付け加え、それから格子棚のある通廊の隅で手をつなぎながらたたずみ、窓の灯りがみな消えるのを待っていた。

「今晩はどこか調子外れ《ニィ・ターク》だったけど、何だったんだろう?」とヴァンが小声でたずねた。「気づいてた?」

「もちろんよ。でもあたしは彼が大好き。まるで頭がおかしいと思うし、これぞといった居場所もなければ仕事もないし、およそ幸せじゃないし、思想的にはでたらめ――それでも、彼みたいな人は絶対どこにもいないわ」

「でも、今夜はどこが悪かったのかなあ? きみはすっかり押し黙っていたし、僕たちのしゃべることも嘘《ファリシーヴァ》ばかりだった。彼は内心の嗅覚で、僕の中のきみを、そしてきみの中の僕を嗅ぎあってきみの中の僕を嗅ぎあてたんじゃないかな。彼は僕にたずねようとした……。いやあ、素敵な家族再会じゃたしかになかったよ。いったい、夕食のときのどこが悪かったんだろう？」

「ねえヴァン、知ってるくせに！　あたしたちはずっと仮面をかぶりつづけるお芝居を、なんとかやりとおせるんじゃないかしら、ディーが二人を分かつまでね、でも結婚は決してできない——あの人たちが二人とも生きてるあいだは。あっさりやってのけるなんてどうしても無理、彼は法律や社会のダニよりもまだずっと因習的なんだから、彼なりに。自分の両親に袖の下を渡すわけにもいかないし、二人が死ぬまで四十年、あるいは五十年も待つなんて、おぞましくて想像できないくらい——つまり、どんな人間であれ、そんなことを待ち望むのは人間の本性にかなっていないし、意地悪くていやらしいことなのよ！」

彼は彼女の半分閉じた唇にそっと「道徳的」にキスをしたが、これは内奥の瞬間をやむにやまれぬ激情と区別して二人が使う言葉だった。

「それはともかく」と彼は言った。「僕たちは異国にやってきた二人の秘密諜報員だと思えばおもしろいな。マリーナはもう二階に上がった。きみの髪は濡れている」

「テラから来たスパイ？　あなた、まさか、テラの存在を信じてるの？　まあ、そうなのね！　テラ実在説を受け入れてるのね。わかってるわよ！」

「僕はそれをある心的状態として受け入れているんだ。まったく同じことじゃない」

「ええ、でもあなたはそれが実は同じだということを証明したいんでしょ」

彼はもう一度「宗教的」なキスで唇に軽く触れた。だが、その先端は燃えはじめていた。

「いつかそのうち」と彼は言った。「きみに再演をたのむことになると思うな。きみは四年前と同じじように、同じテーブルに座り、同じ光の中で、同じ花を描いていて、僕はその場面を繰り返すと、きっと大きな喜びが溢れてくるだろう、誇りと、そして——なんと言えばいいか——感謝の念も！　ほら、もうどの窓も暗くなっている。僕だって、いざとなったら翻訳することくらいできるさ。聞いてみてくれるかな。

いずこの部屋も灯りが消え行き、
芳しくただようは薔薇《ローズィ》の香り、
我らともに木陰に座りぬ
枝を広げし　樺《ベリョーズィ》　の木に。」

「そう、この『樺』というのが難物で、翻訳者は浮かばれないわけね。その短い詩は、コンスタンチン・ロマノフの駄作でしょ、ね？　リャースカ文芸家協会の会長に選ばれたばかりでしょ、ね？　ヘボ詩人にして、幸福な夫。幸福な夫ですって！」

「いいかい」とヴァン。「ちゃんとした席に出るときくらいは、下に何か穿かないと絶対にいけないよ」

「あなたの手って冷たいのね。どうしてちゃんとした席なの？　あれは内輪だけの席だって、あなたも言ってたじゃない」

「そりゃそうだけど。屈み込んだり、足を広げたりしたら、大変なことになる」

「足を広げたりなんか、絶対にしません！」

「衛生的じゃないことはたしかだし、もしかしたら僕の嫉妬心みたいなものかもしれないな。『幸福な椅子の回想録』なんてね。ああ、愛しい人」

「少なくとも」とアーダがささやいた。「今だったら元が取れるんじゃない？ クローケー部屋にする？ それとも《ウ・》こんな《コム・》風に《サ》？」

「こんな《コム・》風に《サ》、一度だけ」とヴァンは言った。

＊1 この遺伝子は彼の娘にも受け継がれた（上290を参照、そこではクリームの名前も先に出てきている）。
＊2 リョーフ（レフ）の軽蔑的もしくは庶民的な指小語。
＊3 フランス語の entre nous soit dit をロシア人が誤って発音したもの。
＊4 「水の息子」。中間、「川の中ほど」を表す filum aquae をもじった下手な洒落。
＊5 sans dire を誤って発音したもの。
＊6 「その詩なら、たまたま手元に残しておりました。／しかも、今ここに持っております。」（『エヴゲーニイ・オネーギン』第六章第二十一連一―二行）
＊7 ジェイン・オースティン『マンスフィールド・パーク』の女主人公。
＊8 明らかにプーシキンの「葡萄」――細長く透き通る／うら若き乙女（devï molodoy, jeune fille）の指のように。
＊9 グリボエードフ『知恵の悲しみ』に出てくるファームソフが女友達の妊娠期間を計算する場面への言及。
＊10 ワイオミング州ウィンド・リヴァー山脈で発見された、架空の「ピーターソンの雷鳥」のラテン語学

名。

＊11　英国の政治家ウィンストン・チャーチルがスターリンを激賞して言った言葉。

＊12　タンジェリンとポメロ（グレープフルーツ）の交配。

39

一八八八年の時点ではかなり融通が利くようになっていたが、ラドールでの服装の決まりはアーディスで当たり前と思われているほど自由ではなかった。

誕生祝いの大ピクニックで、十六歳になったアーダが身に着けていたのは無地の麻のブラウスに、トウモロコシのような黄色のスラックス、それと履き古しのモカシンだった。髪は長く垂らしてほしいとヴァンはせがんでいた。彼女は嫌がって、ピクニックを楽しむには長すぎると言ったが、とうとう折れて、黒い絹のしわしわのリボンでうしろ髪をまんなかで結んだ。夏の装いとしてヴァンが決まりを守ったのは、青いポロのジャージー、膝までしかない灰色のフランネルのズボン、それと運動用の「スニーカー」だけだった。

いつもの場所である松林の中の空地で、田舎風のご馳走が準備され太陽の滴りの中で配られているあいだに、おてんば娘とその恋人はつかのまの情欲を貪ろうとこっそり姿を消して、羊歯の繁った峡谷にたどりつくと、背の高いバーンベリーの繁みの合間を岩から岩へと小川が流れ落ちていた。暑くて息苦しい日。いちばん背丈の低い松に蟬がとまっている。

彼女は言った。「古い小説の登場人物になったつもりで言うとね、もうずっと、ずっと前《ダヴヌィム・ダヴノー》になるかしら、ここでよくグレースと、それからもう二人の可愛い女の子と一緒に、言葉遊びをしたものよ。『insect、incest、nicest』って」

植物好きな狂女になったつもりで言うと、英語の単語の中でいちばん凄いのは「husked」だとも彼女は言い、というのもその単語は「皮をかぶった」と「皮を剥いた」という正反対の意味があって、しっかりと皮をかぶってはいても簡単に皮を剥けるということね、ベルトを引きちぎらなくてもいいのに、このケダモノ。「しっかりかぶった皮を剥いたケダモノだよ」とヴァンはやさしく言った。時の経過は今抱いている生き物に対する愛情をつのらせただけで、ヘアリボンをほどいてやったこの愛おしい生き物は、動きが前にも増してしなやかになり、臀部も前にも増して竪琴のようになっていた。

二人が小川の淵で屈み込むと、清流は水晶でできた棚のようになっていて、流れ落ちる前に静止して写真を撮ってもらい、自らの姿を写真に収めるのだったが、ヴァンは最後の脈動の瞬間に、水に映ったアーダの視線が警告の光を発しているのに気づいた。これと似たようなことが以前にどこかで起こったことがある。その記憶を特定するだけの時間はなかったが、思い出したおかげで、背後でつまずくような音がしたのは誰の音だかすぐにわかった。

ごつごつした岩石が転がっている中に、二人はリュセットがいるのを見つけて慰めてやったが、それというのもこのかわいそうな子は、もつれた藪の中、花崗岩板の上で足をすべらせてしまったのだ。顔を赤らめてうろたえながら、リュセットは痛い痛いと大げさに声を出して太腿をさすった。ヴァンとアーダはそれぞれその可愛い手を一本ずつにこにこして握り、空地まで連れて帰ってやると、リュセットは笑い、飛び跳ね、折り畳み式テーブルの上で待っている大好きなタルトの方へ一目散に走っていった。それからかぶっていたトレーナーを脱ぎ、緑のショーツを引っ張り上げると、赤褐色の地面にしゃがみ込んで、集めてきたご馳走にかぶりついた。

アーミニン家の双子兄妹を除いて、アーダはピニクックに誰かを招待するのを断った。それでも妹と一緒でないと兄を招待するつもりはなかった。ところが妹は、初めてのボーイフレンドである若い鼓手が連隊と共に夜明けに出航するのを見送るためニュー・クラントンに行ってしまい、来られないことがわかった。そうは言っても、グレッグに来てほしいとたのむのは仕方ない。前日にグレッグは重病の父親からあずかった「お守り」を持ってアーダを訪問しており、言伝てによれば、五世紀も前、ティムールやナボークの時代に、キエフで彫られた黄色い象牙製の小さな駱駝で、父の祖母が大切にしていた物だからぜひアーダも大切にしてほしいというのだった。

グレッグがいくらぞっこんでもアーダは心動かされなかったはずだ、とヴァンが考えたのは間違いではなかった。そういうわけで、ふたたび会うのは嬉しい気分だった――ただそれは、恋の鞘当てに勝った者が非の打ち所がない恋敵に対して抱く友情のような感情に冷ややかな風味を添える、混じりけのない点が不道徳と言えそうなたぐいの嬉しさだった。

素晴らしい黒塗りのバイクの新車シレンティアムを森の道で乗り捨ててきたグレッグがこう言った。

「他にもピクニック客がいるね」

「たしかにそうだな」とヴァンが相槌を打った。「ありゃ何だろう《クトー・シィ》？　きみは何だと思う？」

誰にも見当がつかない。レインコート姿で、化粧もしていない、不機嫌なマリーナがこちらまでやってくると、ヴァンが指さす方向を木々をすかして覗き込んだ。

うやうやしくシレンティアムを拝見した後、よれよれで田舎くさい黒の服を着た年配の町人が十二人、道のむこうにある森に入っていき、そこに座り込んでチーズ、菓子パン、サラミ、イワシにキアンティといった質素な朝食《コラッィオーネ》を取り出したのである。一行は我々のピクニック客からはかなり離れていたので、どう考えても邪魔にはならない。彼らは蓄音機のたぐいは持っていなかった。押し殺した声で、動作もこれ以上はないほどの慎ましさだ。松の高貴な木陰や、ニセアカシアの卑しい木陰の中で、儀式の決まりになっているのか、あちらこちらの拳が茶色の紙やごわごわした新聞紙やパン屋の包み紙（ごく軽くて役に立たないような種類のもの）をくしゃくしゃにして、丸めた屑を黙ったままぼんやりした様子で捨てる傍ら、悲しい使徒のような他の手が食糧の包みをほどき、どういうわけかまた包み直すのが彼らの主な動作だった。

「妙ねえ」とマリーナが言って、陽光が作った禿のあたりを掻いた。

彼女は従僕を遣わして、状況を調査し、あのジプシーの政治家たちかカラブリアの労務者たちに、森の領地内で不法侵入者がキャンプを張っていることがもし耳にでも入ろうものなら、地主のヴィーン様はカンカンにお怒りになりますよ、と言っておやりと命じた。

従僕が頭を横に振りながら戻ってきた。英語が通じないのだという。そこでヴァンが足を運んだ。「出て行ってくれ、ここは私有地だ」とヴァンは俗ラテン語、フランス語、カナダ式フランス語、ロシア語、ユーコン式ロシア語、そしてまた低俗ラテン語に戻った。私有地《プロプリエータ・プリヴァータ》。

彼はほとんど誰からも注目されることなく、葉陰に触れられることもほとんどなく、じっと突っ立ったまま彼らを見つめていた。連中の中には無精髭を生やした者や、青々とした顎の者がいたが、みな古いよそ行き姿だった。一人か二人、襟を付けていない者もいたが、喉仏には飾りボタンを留めている。一人は顎髭を生やし、湿っぽいやぶにらみだった。ひび割れした部分に埃がたまったエナメルのブーツや、ひどく角張っているかひどくとんがったオレンジブラウンの靴は、脱いでゴボウの繁みの下に押し込まれていたり、わびしげな空地の古い切り株の上に置かれていたりした。た

した。
そ話を始め、彼の方に向かって気がなさげに蚋《ブヨ》を追い払うような手をひらひらさせる小さな動作をしかに妙だ！　ヴァンが要求を繰り返すと、侵入者たちはさっぱりわけのわからない言葉でひそひ

実力行使しましょうかとマリーナにたずねると、気だてのやさしいマリーナは、髪をぽんぽんと撫で、片手を腰に当てながら、いや、放っておきましょうと言った――とりわけ、連中は森の少し奥深くに入っていこうとしているところだから――ほら、ほら、古いベッドカバーみたいなものの上に載せた食事のあれこれを数人が後ずさり《アルキュロン》に引きずっていて、まるで小石だらけの砂浜の上を引きずられる釣り船みたいに遠ざかっていき、他の者たちも全体の移動に合わせて、くしゃくしゃになった包み紙を行儀よく片付け、他のもっと遠い隠し場所へと運んでいる。とても憂鬱で、意味ありげな図だ――しかしどんな意味が？

連中の存在は次第にヴァンの脳裏から消えていった。今はみんな楽しい一時を過ごしていた。マリーナは淡い色のレインコートというか、ピクニック用に着た「ダストコート」（結局のところ、ああだこうだと言っても、家で着ているピンクの肩掛けが付いたグレーのドレスは、彼女に言わせれば老人には派手すぎる）を脱ぎ捨て、空のグラスを高くかざして、グリーン・グラスのアリアを陽気かつリズミカルに歌った。「ワインをグラスに注げ、注げ！　愛に乾杯！　愛の陶酔に！」愛はないが、畏怖と憐憫の情を覚えながら、トラヴェルディアアータの哀れな年老いた頭にできている、あの哀れな禿へ、そして死んだ髪よりも光っている、ヘアカラーのせいでおぞましい松錆色につやが出た頭皮へと、ヴァンは何度も視線を移した。これまでに何度もしたように、マリーナに対する好感を絞り出そうとして、いつものように失敗し、アーダも母親を愛していないんだから、といつものように自分に言い聞かせたが、それは漠然として臆病な慰めでしかなかった。

グレッグはいじらしいほどの単純さで、きっとアーダが気づいて感心してくれるだろうと思い込み、ラリヴィエール女史にあれやこれやと世話を焼いた——藤色のジャケットを脱ぐのを手伝ったり、リュセットのマグカップに魔法瓶からミルクを注いで出したり、サンドイッチをまわしたり、ラリヴィエール女史のワイングラスを何度も何度も満杯にしたり、女史が英国人を罵倒するのをうっとりしたような笑みを浮かべて聞き惚れたりしていたが、女史が言うには、英国人なんてタタール人よりも、あるいは、そうね、アッシリア人よりもまだ嫌いだというのだった。

「英国なんて！」と女史は叫んだ。「英国なんて！　詩人一人に対して、薄汚い俗物《サル・プチ・ブルジョワ》が九十九人もいて、中には素姓の怪しい人間すらいる国じゃないの！　よくもフランスの猿真似ができるものだわ！　あそこのバスケットに、評判のいい英国小説を一冊入れてあるんだけど、そこに貴婦人が香水を贈られる場面があるのよ——それも高価な香水！——それが『岩魚《オンブル・シュヴァリエ》』と呼ばれていて、それが実際に魚にすぎないわけ——なるほどたしかにおいしい魚だけど、ハンカチに匂いを染み込ませるにはまるで不向き。そうしたらすぐ次の頁には、哲学者とやらが『無償の行為《ユナクト・グラチュイット》』と口にして、まるでどんな行為も女性的と言わんばかり、おまけにパリのホテル管理人とやらが、『申し訳ありませんが《ジュ・ルグレット》』と言う代わりに、『ジュ・ム・ルグレット』と言ったりするのよ！」

「仰せのとおり《ダコール》」とヴァンが口をはさんだ。「でも、英語作品のフランス語訳にもとんでもない珍訳がありますが、それはどうなんですか、たとえば——」

不運にも、あるいはおそらく幸運にも、ちょうどそのとき鋼灰色のコンヴァーティブルがすべるように空地にやってきて、アーダがまったくうんざりしたというロシア語の感嘆詞を漏らした。車が止まると、たちまちあの町人たちの同じグループが取り囲んだが、彼らは上着やチョッキを脱ぎ捨てた不思議な結果として、倍に増えているように見えた。円陣をかきわけて、怒りと軽蔑をあらわにしながら、フリルの付いたシャツに白いズボン姿の御曹司パーシー・ド・プレが、マリーナのデッキチェアのところまでどかどかと歩み寄った。彼はパーティに加わるようにと誘われ、アーダがたしなめて睨んだりこっそり頭を小さく横に振ったりして、ばかな真似をしている母親をやめさせようと思っても無駄だった。

「身に余る光栄……いや、喜んでお受けしましょう」とパーシーは答え、すぐさま――まさしくすぐさま――一見すると忘れっぽいように見えてその実計算ずくで無表情を装った悪党は、車に戻って（そばにためつすがめつしている最後の一人がまだ残っていた）、トランクに積んであった長い茎の薔薇の花束を取ってきた。

「申し訳ありませんが、わたし薔薇は大嫌いなの」とアーダは花束をおずおずと受け取りながら言った。

マスカットワインの栓が抜かれ、アーダとイーダの健康を祈って乾杯が行われた。モンパルナスが好きな言葉で言えば、「談もたけなわ」になった。

パーシー・ド・プレ伯爵はイヴァン・デミアーノヴィチ・ヴィーンの方に向き直った。

「きみは異常な体勢がお好みだそうだが？」この半ば質問のような言葉は半ば嘲るように口にされた。ヴァンは持ち上げたリュネルのグラスごしに蜂蜜色の太陽を見つめた。

「どういう意味だい？」と彼はたずねた。

「その――両手で歩くという曲芸さ。きみの叔母さんの召使の一人がうちの召使の一人の妹でね、ゴシップ好きが二人寄ると危険なチームになるのさ」（笑）「噂によれば、きみは一日中、どこの隅っこでもやっているというじゃないか、参ったな！」（一礼）

ヴァンは答えた。「噂は僕の特技を大げさに言い立てすぎるからな。実を言うと、練習は一晩おきに数分しかしていない、そうだろ、アーダ？」（辺りを見まわして彼女を探す）「伯爵、マウスとキャットをもう少しお注ぎしましょうか――下手な洒落だけど、僕の思いつきさ」

「ねえヴァーン」と、ハンサムな青年二人の快活で気ままなおしゃべりを嬉々として聞いていたマリーナが言った。「ロンドンで大成功を収めた話をしてあげて。お願い《デュ・タンプリ》！」

「それじゃ」とヴァン。「始まりはチョーズでのこと、まあ、冗談のつもりだったんですが、それから――」

「ヴァン！」とアーダが甲高い声で呼んだ。「言いたいことがあるから、ヴァン、こっちに来て」

ドールン（文芸評論誌をぱらぱらやりながら、トリゴーリンに向かって）[*1]「ほら、数ヵ月前に、ある記事が載ったのさ……アメリカからの手紙だ、それでついでに、きみに訊きたいことがあったんだが」（トリゴーリンの腰に手をまわし、舞台の手前に導く）「というのも、私はその問題に大いに興味があってね……」

アーダは処刑の際に目隠しを拒絶した美しい女スパイのように、背中を木の幹にもたれて立っていた。

「ついでに、あなたに訊きたいことがあったんだけど、ヴァン」（小声で続け、怒ったように手首を一振りして）「どうしようもなく間抜けなホスト役なんかしないでちょうだい。あの人、べろんべろんに酔っぱらってるのよ、わからない？」

ダン叔父の到着で処刑は中断された。叔父さんは運転の仕方がとんでもなく乱暴で、どういうわけかは知らないが、不機嫌で鬱陶しい男に限ってそういうことがよくあるものである。松林の間を猛スピードで縫い、赤い小型のラナバウトをアーダの前で急停止して、申し分のない贈り物を差し出したが、それは大きな箱入りのミントで、色も白、ピンク、それに、なんとまあ、緑！ それからおまえ宛の空路伝報も持ってきたよ、とウインクしながら言った。

アーダは封をちぎって開けた——中から出てきたのは、恐れていたように陰気なカルガーノから彼女に宛てた知らせではなく、もっと陽気なロサンジェルスから彼女の母親に宛てたものだった。文面を流し読みするうちに、マリーナの顔は若さに溢れた、淫らなまでの嬉々とした表情へと次第に変わっていった。どうだと言わんばかりにマリーナが伝報をラリヴィエール＝モンパルナスに見せると、女史は二度読んで、嫌だがしようがないという微笑みを浮かべながらうなだれた。嬉しさのあまりに足を小躍りさせながら、

「ペドロがまたやってくるわ」とマリーナは落ちつきはらったアーダに（排水のような、さざ波のような声で）叫んだ。

「それで、たぶん、夏の終わりまで泊まっていくんでしょ」とアーダは言い返し、グレッグやリュセットと一緒に、スナップをしようと、小さな蟻や枯れた松葉の上に敷いた膝掛けに腰を下ろした。

「いや違うのよ《ダー・ニェート・ジェ》、たった二週間だけ」（少女みたいにくすくす笑って）「その後、わたしたちみんなで柊林《ウーセイ》*2、ガリヴート・トーシに行くのよ」（マリーナはまさしく絶好調だった）——「そう、みんなで行くの、作者も、子供たちも、それからヴァンも——もし行きたいのならね」

「僕も行きたいけど行けないんですよ」とパーシー（これが彼なりのユーモアの見本）。

一方、チェリー・ストライプのブレザーと寄席芸人風のカンカン帽姿で、なかなか粋なダン叔父は、近くにいるピクニック客の存在に好奇心をそそられ、片手にはエロ・ワイン、そしてもう片手にはキャヴィアのカナッペを持ったまま、彼らの方に近寄っていった。

「呪われた子供たちよ」とマリーナは、何かパーシーがたずねた質問に答えていた。

パーシー、おまえはもうじき死ぬことになる——おまえの太い足に散弾を受けて、クリミアにあ

る峡谷の芝地で死ぬのではなく、二分後に目を開けてみたらマキ団の隠れ家にいて、これで大丈夫だとほっと一安心したときに死ぬのだ。おまえはもうじき死ぬことになる、パーシー。しかし、あの七月の日、ラドール郡で、松林の下で寝そべり、それより前の浮かれ騒ぎで大いに酔っぱらい、心には情欲を、そしてブロンドの毛が生えたたくましい手にはねとつくグラスを持ち、退屈な文士の話に耳を傾け、初老の女優とおしゃべりしてむっつりした娘に色目を使い、すっかりその場の状況にご満悦だ、なあ大将、請請、それも不思議ではない。身体つきががっしりして、ハンサムで、無頓着かつ獰猛で、ラグビー選手として破竹の勢い、田舎娘の破瓜ならお手のもののおまえは、休暇中の運動選手の魅力と人気のある俗物の愛嬌たっぷりなしゃべり方を兼ね備えた奴だった。おまえのお月様のようなハンサムな顔のどこがいちばん嫌いだったかと言えば、あの赤ん坊のような顔色、何の苦もなく髭を剃れるなめらかな顎だったのではないかと私は思う。この私は、髭を剃るたびに血が出るようになりはじめ、それが七十年間も続くことになったのだった。

「あの松の幹に取りつけてあった巣箱に」とマリーナは若いファンに向かって言った。「昔は『電話』があったのよ。今それがあったらどんなに嬉しいことかしら！　あら、あの人、やっと《アンファン》戻ってきた！」

彼女の夫は、グラスとカナッペがどこかに消え、素晴らしいニュースを携えてゆっくりとした足取りで戻ってきた。連中は「実に礼儀正しいグループ」だったという。彼には少なくとも十余りのイタリア語が聞き取れた。どうやら羊飼いたちが軽食をとっていたらしい。彼も羊飼いではないか、と相手は思っていたのではないか、と彼は思った。カルロ・デ・メディチ枢機卿のコレクションに作者不詳の画が一枚あるが、それがあの物真似のモデルになったのかもしれない。小男は興奮して、というよりは興奮しすぎて、素晴らしい新たな友人たちのところへ食事やワインをぜひ召使に届けさせよう、と言った。当のご本人はあわただしく、空瓶をつかみ、編み物道具、クィグリー著の英国小説、それにトイレットペーパーが入ったバスケットをつかんだ。しかしながら、劇団の用事で今すぐカリフォルニアと連絡をとらなければならないとマリーナが説明したので、彼は計画のことを忘れて、妻を家まで車で乗せていくことにたやすく同意した。

　ずっと前から、連続した出来事のリンクやループが靄に隠れて、今ではすっかり見えなくなっていたが、ともかく——出発が起こったあいだか、その直後あたりに——気がつくとヴァンは小川のほとりに立っていて（そこは午後の早い時間に、重ね合わさった二組の目を映し出した場所だった）、パーシーやグレッグと一緒に、向こう岸にある古くて、錆びていて、判読不能になった看板の残骸めがけて小石を投げつけていた。

「いやあ、小便したくてたまらないや《オーフ・ナーダ・パサチー》！」頬をふくらませ、あわててズボンのチャックを手探りしながら、パーシーは癖になったスラヴ訛りで叫んだ。生まれて初めてだよ、と鈍いグレッグがヴァンに言った、あんなに不細工な摩羅を見たのは、手術で包皮切除され、恐怖を覚えるほどのサイズで色つやがいい、あんなお化けトマト《クール・ド・ブフ》をくっつけてるなんて。そしてまた、すっかり魅了されててはいても好みにうるさい少年二人のどちらも、こんなに持続力があり、大きく弧を描き、ほとんど永遠に続くかと思えるような放尿を見たことがなかった。「ふううっ！」と若者は安堵のためいきをついて、一物をふたたび格納した。

　取っ組み合いが始まったきっかけは？　三人全員がすべりやすい石づたいに小川を渡ったのだろうか？　パーシーがグレッグを押したのだろうか？　ヴァンがパーシーを小突いたのか？　そこに何かあったのか——棒切れとか？　それを握り拳からもぎり取って？　つかまれた手首を振りほどいて？

「おいおい」とパーシーが言った。「おまえって、ふざけるのが好きな奴だなあ！」

グレッグは半ズボンの片方の裾を濡らしながら、どうすることもできずに――彼は二人とも好きだったのだ――二人が小川のほとりで取っ組み合いをするのを見守っていた。

パーシーはヴァンより三つ歳上で、体重も二十キロ重かったが、ヴァンはもっと巨漢をたやすく料理したこともあった。ほとんどあっというまに、伯爵のはちきれそうになった顔がヴァンの曲げた腕の中につかまった。うめき声をあげる伯爵は背中を丸めてよろけながら芝地を逃げまわった。真っ赤な片耳が自由になったかと思うとまたつかまり、彼はつまづいてヴァンの下敷きになって倒れ、そこでヴァンはすぐさま相手の「肩甲骨を地面につけ《ナ・ロパートキ》」たが、これはキング・ウィングがジム用語でよく使っていた言葉。パーシーは瀕死の剣闘士みたいに喘ぎながら、両肩を地面に押しつけられ、今や敵の親指が上下する胸に容赦なく食い込もうとしていた。パーシーは突然苦痛の叫びをあげて降参を知らせた。降参するんだったらもっとはっきり言ったらどうだ、とヴァンが要求すると、パーシーはそのとおりにした。グレッグは、慈悲を乞うつぶやきがヴァンに聞こえなかったのではないかと恐れて、それを解釈的に三人称で繰り返した。ヴァンが放してやると、不運な伯爵はすぐさま起き上がり、唾を吐き、喉元をさすり、乱れたシャツをたくましい《ハスキー》胴体のまわりに整え直し、取れたカフスボタンを探してくれとしゃがれた《ハスキー》声でグレッグにたのんだ。

ヴァンは小川の低い岩棚で手を洗っていると、海鞘《ホヤ》に似ていなくもない透明な管状のものが、川を下る途中で勿忘草（これもいい名前）の縁に引っかかっているのに気づいて、愉快な恥ずかしさをおぼえた。

ピクニック地へ歩いて戻ろうとしはじめたところで、背後から山がのしかかってきた。肩を荒々しくぐいっと持ち上げ、彼は襲ってきた奴を頭上から投げ飛ばした。パーシーは地面に激突して、

一、二分ほどのびたままだった。ヴァンはさあ来いとばかりに両腕を蟹のハサミのように大きく曲げ、パーシーを眺めて、これまでに実際の喧嘩で使う機会がなかった特殊な拷問技をお見舞いする口実があればと願っていた。
「肩が壊れたじゃないか」とパーシーが身体を半分起こし、太い腕をさすりながら愚痴をこぼした。「もう少し自制心が必要だな、若造め」

「立て！」とヴァン。「さあ、立つんだ！　もう一度おかわりか、それともご婦人方に加わりたいか？　ご婦人方のほうだって？　わかった。でも、もしよかったら、僕の前を歩いてくれ」

彼と彼の捕虜が空地に近づいていくと、ヴァンは思わぬ延長戦でガクガクになった自分を呪った。実は息が切れているし、身体中の神経がひりひりしているし、気がつくと足を引きずっていて、その足取りを直していたのである——その一方でパーシーは、魔法にかけられたようにまっ白なズボンと何気なく乱れたシャツ姿で、行進しながら元気よく腕と肩の運動をして、一見なんの動揺もなく、それどころか愉快そうだった。

やがて、カフスボタンを手にしたグレッグが追いついた——丹念に調べあげたささやかな勝利だ。そして陳腐な「でかした！」という声をあげて、パーシーはシルク地の袖口を留め、かくして厚かましい現状復帰を終えたのであった。

彼らの忠実な仲間がそのまま走り続けて、一番乗りを果たしたらもう宴はお開きになっていた。茎が点描法で彩色された赤い猪口茸《イグチタケ》を片手に二本、もう片手に三本持ってこっちを向いているアーダを彼は見た。そして、どたどたした彼の蹄の音に驚いた表情を心配の表情だと読み違えて、善良なサー・グレッグは急いで遠くから声をはりあげた。「あの方はご無事ですよ！　ご無事ですよ、ミス・ヴィーン」——同情に目がくらんで、美男と野獣のあいだにどんな諍いが起こったのか、彼女が知っているはずがないことに、若い騎士は気づいていなかったのだ。

「当たり前だよ」と前者は言って、彼女の大好物の珍味である茸を二つ取り上げ、なめらかな笠を撫でた。「僕は無事に決まってるじゃないか。きみのいとこはグレッグと我らが卑しい下僕に、東洋式のスクロトモフだかなんだか知らないが、みごとな技を披露してくれたところさ」

　彼はワインを持ってこさせようとした——しかし残っていたボトルは、隣の空地からもうすでに姿を消していたあの不思議な牧師たちにぜんぶやってしまったのだった。糊の利いた襟と爬虫類みたいなネクタイがニセアカシアの枝からぶら下がっているところから推理すると、連中は仲間の一人を抹殺してここに埋めたのかもしれない。伯爵の車のトランクに戻しておいてくれとアーダがたのんだ薔薇の花束も消え失せていた——彼女がもらっても無駄になるだけだから、ブランシュの可愛い妹に渡すように彼に返しておこう、と言って。

　そこでラリヴィエール女史はパンパンと手を叩き、彼女の馬車《ギグ》の馭者キムと、子供たちを乗せてきた金髪髭のトロフィムを昼寝から叩き起こした。アーダが茸を握り直したので、手に接吻しようとしたパーシーが触れたのは冷たい拳だけだった。

「会えて楽しかったよ」と彼は言って、ヴァンの肩を軽く叩いたが、それは彼らの環境では禁じられている仕草だった。「またそのうちに一緒に遊ぼうぜ」彼は小声で付け加えた。「射撃の腕前もレスリング並みなのかな」

　ヴァンはコンヴァーティブルのところまでついていった。

「ヴァン、ねえヴァンこっちへ来て、グレッグがさよならを言いたいんだって」とアーダが叫んだが、彼は振り向きもしなかった。

「それは挑戦のつもりかい、決闘《ム・フェット・ヴー・アン・デュエル》だとでも？」とヴァンはたずねた。

ハンドルを握ったパーシーは、にやりとして目を細め、ダッシュボードに身を屈めながらまたにやりとしたが、何も言わなかった。カチッカチッとモーターが入ってから、すさまじい音になり、パーシーが手袋を嵌めた。

「お望みならな《カン・チュ・ヴードラ》、てめえ《モン・ガー》」とヴァンは言って、フェンダーを殴り、昔のフランスで決闘者が使った汚い二人称単数を口にした。

車は勢いよく飛び出して、消えていった。

ヴァンはピクニックの場に戻っていったが、心臓が愚かにもどきどきしていた。通りがかりにグレッグに手を振ると、グレッグは道から少し離れた場所でアーダに話しかけているところだった。

「本当ですよ」とグレッグは言っていた。「あなたのいとこが悪いんじゃありません。仕掛けたのはパーシーだったんですよ――それで、テリスタンやソロカトで行われていた、コロトム式レスリングで正々堂々戦って負けたんです。詳しく知りたかったら、きっと僕の父が教えてくれます」

「あなたっていい人ね」とアーダが答えた。「でも、血のめぐりがあんまりよくないようね」

「あなたの前じゃ、いつもそうなるんです」とグレッグは言って、押し黙った黒馬に跨り、そのバイクにも、自分自身にも、喧嘩好きな二人にも嫌気がさしていた。

彼はゴーグルを着けると走り去っていった。そして今度はラリヴィエール女史が馬車に乗り込み、森道の斑になった景色の中を遠ざかっていった。

リュセットはヴァンに駆け寄って、つまづきそうになりながら、大きないとこの尻のあたりにしっかり抱きつき、しばらくそのままでしがみついていた。「さあさあ」とヴァンは彼女をどっこいしょと持ち上げながら言った。「ジャージーを忘れちゃだめだよ、裸じゃ帰れないんだから」

アーダがゆっくりと近寄った。「わたしの英雄さん」と彼女は彼を見つめもせずに言ったが、皮肉のつもりで言っているのか、感極まって言っているのか、あるいはそのどちらかのパロディのつもりなのかと、人に不思議がらせるあの真意を読み取り難い表情をしていた。

茸を入れたバスケットを振りまわしながら、リュセットが歌った。

「彼は乳頭をねじり取っちゃったわ、
そしたらあの人かわいそうに片輪……」

「ルーシー・ヴィーン、やめなさい！」とアーダはおてんば娘に向かって叫んだ。そしてヴァンもひどく憤慨したそぶりで小さな握り拳を振ってみせたが、反対側にいるアーダにはおどけた目配せをしていた。

かくして、屈託がなさそうに見える若い三人組は、待っている馬車《ヴィクトリア》の方に向かった。うんざりした様子で両太腿をぴしゃりと叩きながら、馭者が髪の毛をくしゃくしゃにして藪から現れた従僕を叱りつけていた。従僕はそこに隠れて、とんでもなくありえないくらいに胴が長い競走馬の写真が掲載されている、『タターサリア』のぼろぼろになった号を呑気に読んでいたせいで、汚い食器やうとしている召使たちを乗せた大型馬車《シャラバンク》に置いてきぼりにされたのだった。

彼が馭者台に上り、隣のトロフィムが後ずさりしている鹿毛の馬にププルと震える音で合図を送るあいだに、リュセットは緑色の目を曇らせながら、いつもの席が占領されているのを見て考え込んだ。

「異母兄妹らしく、膝の上に載せてやったら」と内緒話でアーダがあっさり言った。

「でも、あの忌々しいリヴィエールが反対しないかな」と彼は上の空で言いながら、運命が過去の場面を再上映しているという感覚がすばやく逃げていくのを必死につかまえようとした。

「ラリヴィエールなんて」（アーダの素敵な血の気のない唇が、ガヴロンスキイの卑猥なジョークを繰り返した）……「リュセットもおんなじ」と彼女は付け足した。

「きみの言い方はちょっと大胆すぎるな《ヴォ・ヴィラジェーンセス・ソン・タセ・レスト》」とヴァンは言った。「僕のこと、ひどく怒ってる？」

「まあ、ヴァン、怒ってなんかいないわ！　それどころか、あなたが勝って大喜びしてるのよ。でも、わたしは今日で十六。十六歳よ！　お婆様が最初の離婚をしたときより年上。これがたぶん最後のピクニックになると思うの。子供時代も屑籠行き。わたしはあなたを愛してる。あなたはわたしを愛してる。グレッグもわたしを愛してる。みんながわたしを愛してる。愛でおなかいっぱい。急いでちょうだい、そうしないとあの子が三角帽《コック》を引っぱがしちゃうわ――リュセット、今すぐやめなさい！」

　ようやく馬車は楽しい帰途の旅へと動き出した。

「痛てっ！」とヴァンは丸い重荷を受けとめたときにうめいた――さっき右膝を岩にぶつけたんだと顔をしかめて説明しながら。

「ばかな真似するからよ……」とアーダはつぶやいて、エメラルド色のリボンが挿んである、金押しした茶表紙の小型本（木漏れ日に映えて実にみごと）を開いたが、それはピクニック場に行くまでの道のりですでに読みかけていたものだった。

「ちょっとばかしばかな真似をしたい気分だな」とヴァン。「結構な刺激になったから、あれやこれやと」

「見たわよ――ばかな真似してるの」とリュセットが振り向いて言った。

「シーッ」とヴァンが口止めした。

「つまり、あなたとあの人」

「きみがどんな印象を持ったかなんて興味がないよ。それに、うしろばっかり見ないことだな。馬車酔いするだろ、道が――」

「偶然の一致ね。『振り向こうとしていたジャンは《ジャン・キ・タッシェ・ド・リュイ・トゥルネ・ラ・テート》……』」アーダがつかのま本から顔を上げた。「道が『身体から出ていく』と、ってきみの姉さんがちょうどきみの歳だったころに言ってたみたいに」

「ほんと」とリュセットが歌うような声でつぶやいた。

彼女は言うことを聞いて、蜂蜜のような褐色の身体に衣服を着けていた。白いジャージーは先ほどまでの地面のせいでひどく汚れている――松葉、苔、ケーキの欠片、芋虫の幼虫。はちきれそうな緑のショーツにはバーンベリーの紫色の染みがついていた。熾火のように輝く髪が風に吹かれて彼の顔にかかり、過ぎ去りし夏の匂いがした。家族に共通する匂い。そう、偶然の一致だ。少しずれた偶然の一致が連なっている。非対称の芸術性。膝の上にどっかと夢見るように載っている彼女は、フォアグラとピーチパンチでおなかいっぱいになり、褐色の虹に輝く剝き出しになった腕のうしろ側の部分がもう少しで彼の顔に触れそうになっている――茸が運び込まれたか調べようと、視線を下げて右左と見たとき、実際に顔に触れた。ちゃんと運び込まれている。従僕の少年は、肘の動きから判断すると、雑誌を読みながら鼻をほじくっているらしい。リュセットの引き締まった尻とひんやりした太腿が、夢のような、夢で書き直され、伝説で歪められた過去という流砂の中に深々と沈み込んでいくようだった。隣に座り、馭者席の少年よりもさらに速くさらに小さな頁を繰っているアーダは、もちろん魅惑的で、心につきまとい、永遠でより愛らしく、四年前の夏よりも情熱を内に秘めていた――しかし彼が今生き直しているのはあのときのピクニックだったし、今抱いているのはアーダのやわらかな尻で、あたかも彼女は複製として、二枚の異なるカラー写真としてそこにいるかのようだった。

銅色の絹のような髪のすきまから斜交いにアーダを見ると、彼女はキスを送る真似をして唇をすぼめ（喧嘩に加わったのをやっと許してくれたのだ！）、やがて仔牛皮装幀の小型本『影と色』に戻ったが、これはシャトーブリアンの短篇集の一八二〇年版で、扉には手書きの装飾模様が施され、干からびて平らになったアネモネの押し花が添えてあった。森林から滴る光と影が本をかすめ、彼女の顔とリュセットの右腕をかすめ、その腕に付けられた蚊の刺し傷に、思わず彼は複製に対する純粋な供物のつもりで口づけた。かわいそうなリュセットはけだるい表情で彼をちらりと見て、また目をそらせた――視線の先にあるのは馭者の血色のいい首筋で、別の馭者が数ヵ月も彼女の夢につきまとって離れないのだった。

本に対する没頭ぶりは一見するよりもはるかに浅いものだったアーダを、いったいどんな思いが悩ませていたのか、我々は追いかける気になれない。追いかけたところでうまくいくものではないだろうし、いや、そんなことはどだい無理なのだ、というのも思いというものは、影や色、あるいは若者の情欲の疼き、あるいは暗黒の楽園に棲む緑の蛇よりも、ずっと記憶が朧げだからである。従って、アーダがリュセットの中に居座り、その二人がヴァンの中に居座っているあいだに、我々もヴァンの中に居座る方がはるかに楽なのだ（そしてわたしの中には三人とも、とアーダの書き足し）。

突き刺すような歓びとともに思い出したのは、あのときにアーダが着けていた、たっぷりとしたスカートのことで、チョーズの若者言葉で言うならまさしく「気球みたいな気絶物」だが、今日リュセットが着けているのはあのおとなしいショーツで、アーダは皮を剝いたトウモロコシ色（笑）

のズボンなのが残念だった（苦笑）。激痛を伴う病気で死の間際にあっても、ときには（重々しくうなずいて）、ときには安らぎに満ちた素敵な朝が訪れるものである——それもありがたい錠剤か粉薬のせいでもなく（ベッド脇に散らばっているものを指さして）、少なくとも我々が知らないうちに絶望のやさしい手がこっそり薬物を手渡してくれたせいでもないのだ。

金色の大波のような溢れくる喜びにもっと神経を集中しようとして、ヴァンは目を閉じた。何年も、いや何十年も後になって驚きとともに思い出したのは（そんな恍惚感にどうして耐えていられたのだろうか？）、全《まった》き幸福のあの瞬間、身体を貫き蝕むような苦痛の完全な遮蔽、陶酔の論理、もしこちらが相手を愛しているように相手もこちらを愛しているなら、どんなに変わった女の子でも貞節を守らざるをえないという主旨の循環論法だった。馬車の揺れに合わせてアーダのブレスレットが光り、横から見るとかすかに開いているふっくらした唇には、表層の細い横線に、口紅の残りが乾いて陽光の中で赤い花粉のようになっているのをヴァンは見た。目を開けてみる。たしかにブレスレットは光っているが、唇にはルージュの痕跡が一切消えて、他のときなら熱く青白い果肉にきっと触れるだろうという思いが、別の子のまじめくさった重荷を載せているせいで訪れた秘かな危機を爆発させそうになった。しかし、幼い代理の首筋は、汗で光って、哀れを催したし、安心しきってじっとしてくれていると淫らな思いもさめ、それに結局のところどんなに忍びやかな接触も、アーダの私室で彼を待っているものに比べれば物の数ではない。膝頭の痛みにも救われて、正直なヴァンはおとぎ話の王女様の代わりにいたいけな乞食を使おうとした自分を叱った——「その高貴な肌は、折檻されても手形が赤く残ることはない」とは、ピータースンによる版でピエロが口にする言葉。

はかない炎がぼやけていくと、気分も変わった。何かを言っておかなければ、命令を出しておかなければ、事態は深刻かそれとも深刻になるかもしれない。馬車は今やロシア人の小村ガムレットにさしかかるところで、そこからは樺の並木道を行けばすぐアーディスだ。ネッカチーフを巻いた農家の娘《ニンフ》たちが小さな行列になって雑木林を通っていくところで、おそらく風呂にも入っていないが、つやつやしたあらわな肩と、コルセットのせいでチューリップのようになった、高い位置で二つに分かれたたわわな乳房をしていかにも愛らしく、いじらしい英語で昔の戯れ唄を歌っていた。

刺と蕁麻《イラクサ》に気をつけて
ばかなお嬢さんたち
あらあら、花びらが裂けちゃった、
あらあら、真珠がこぼれちゃった！

「尻のポケットに小さな鉛筆持ってるだろ」とヴァンはリュセットに言った。「ちょっと借りてもいいかい、あの唄を書きとめておきたいから」

「そこ、くすぐらなかったらいいわよ」と幼い子が言った。

ヴァンはアーダが持っている本に手を伸ばし、アーダが怪訝そうに見つめるなか、見返しにこう書いた。


あいつに二度と会いたくない。

事態は深刻だ。

あいつを家に入れるようなことがあったら僕は出て行く、とMに言ってくれ。

返事はいらない。

彼女は読んでから、ゆっくりと、無言のまま鉛筆の先に付いている消しゴムでその四行を消し、鉛筆を返すと、ヴァンはそれを元あった場所に戻した。

「ひどくそわそわしてるのね」とリュセットが振り向きもしないで言った。「次のときには、絶対に膝からどいてあげないから」と彼女は付け加えた。

馬車がポーチにすべり込むと、トロフィムは青いお仕着せを着た小柄な読者に平手打ちを食らわせ、雑誌などそばに置いて飛び降りてからアーダに手を貸すようにと命じた。

＊1　『かもめ』の一場面への言及。

＊2　「柊林」hollywood のフランス語。「ガリヴート・トーシ」はロシア語で「別名ハリウッド」という意味。

40

ヴァンは百合の木の下で網の巣に寝そべって、アンチテレナスのラットナー論を読んでいた。膝は一晩中痛んだが、今、昼食後には、少しはましになっていた。アーダは馬に乗ってラドールまで出かけていて、マリーナが彼に持ってきてやれと言付けた、べとつくテレビン油を買うのを忘れてくれればいいのだがとヴァンは願った。

芝生のむこうから召使がうしろに伝令を従えてやってきたが、その伝令はほっそりとした若者で、首から足首まで黒革に身を包み、つばのついた帽子の下から栗色の巻き毛を覗かせていた。この奇妙な若者は悲劇の素人役者みたいな大げさな身振りで辺りを見まわし、「親展」と記された手紙をヴァンに手渡した。

ヴィーン殿

一両日中に、小生は外地での軍務のためここを発たねばならぬ。もし出発前に小生に会いたいとお望みなら、小生は喜んで貴殿（及び貴殿に同行する紳士ならどなたでも）のお相手つかまつる所存にて、明朝の夜明け、メイドンヘアー通りがトゥルビエール通りと交わるところまで来られたし。さもなくば、小生に対していささかの遺恨も持たざる旨、是非念を押して頂きたく、短い手紙に認めらんことを乞い願うものにて、小生とても貴殿に対していささかの遺恨も抱かぬものなり。

御意のままに

パーシー・ド・プレ

いや、ヴァンは伯爵に会いたいとは望んでいない。片手を腰に当て、片膝を外に向けて、カラブロのアリアが終わったら田舎舞踏でピョンピョン飛び跳ねる踊り手たちに加わるよう、合図を待っているエキストラさながらの可愛い伝令に向かって彼はそう言った。「ちょっと待った《アン・モマン》」とヴァンは付け加えた。「ぜひ教えてほしいんだがな――あの木の陰であっというまに決着がつくから――きみはどっちなんだ、馬丁の男の子なのか、それとも犬小屋係の女の子なのかい?」

伝令は答えずに、くすくす笑っているバウトに連れられて出ていった。二人の退場を隠した月桂樹の繁みのむこうから、キャッという小さな悲鳴が聞こえてきたのは、どうやら卑猥にもお尻をつねられたらしい。

ぎこちなくて気取った信書を口述したのは、お国のために船出することがもっと個人的な問題から逃げ出したと受け取られはしないかという恐れのせいだったのか、それとも仲直りしたいという要点はそう書けとパーシーが誰か――おそらくは女性(たとえば旧姓プラスコヴィア・ランスコイである母親)――に強く言われたせいだったのかは判断しがたい。ともかく、ヴァンの名誉は傷つけられずにすんだ。彼はいちばん近くのゴミ箱まで足を引きずっていき、紋章付きの青い封筒と一緒に手紙を燃やして、この一件を頭の中からすっかり消し去り、もうこれでアーダはあいつにうるさくつきまとわれることもないだろう、と心に留めただけだった。

彼女は午後遅くに戻ってきた――ありがたいことに、塗り薬は持っていなかった。彼はまだ低く垂れ下がったハンモックの中でぐだぐだして、わびしそうで不機嫌な顔つきだったが、辺りを見まわしてから（褐色の髪をした伝令がやってのけたよりもずっと自然な身のこなしで）、彼女はヴェールを上げて、そばにひざまずき、彼をなだめた。

二日後に雷が落ちたとき（かつての納屋へのフラッシュバックを暗示するつもりの古いイメージ）、稲光が青ざめた顔をした秘かな目撃者二人たちを対峙させたことにヴァンは気づいた。この二人は、運命に導かれてアーディスに戻ってきた最初の日から、頭の中に居座ったままだったのである。一人は視線をそらしながら、パーシー・ド・プレはダンス相手で、取るに足らない求愛者にすぎなかったし、これからもずっとそうだとつぶやきつづけていた。もう一人は、何かこれと言い当てられない悩みが、ヴァンの青白くて不貞を犯している恋人の正気を脅かしているのだ、と亡霊のようにしつこく、遠回しに言いつづけていた。

生涯で最も惨めな日に先立つ日の朝、彼は足を曲げてもしかめ面をしなくてすんだが、長いあいだ放ったらかしになっていたクローケー用の芝生で、アーダやリュセットと一緒に即席の昼食をとるという誤りを犯したせいで、帰り道の歩行は困難だった。それでも、プールで一泳ぎしてから日光浴をしたらましになって、長い午後のやわらかな陽射しの中でアーダが長い「植散」から戻ってきたときにはもう痛みはほとんど消えていたのだが、この「植散」とはアーダが簡潔かついささか悲しげに植物狩りのための散策をこう呼んだもので、いくら探したところでこの地域の植物群からはいつも見慣れている好きな植物しか出てこなくなったのだという。豪勢な部屋着《ペニョワール》を纏ったマリーナは、大きな卵形の鏡を前にして、芝生に運び出された白い化粧台に座り、老齢ながらまだあっと驚く腕前の、リヨンおよびラドールに店を構えるムッシュー・ヴィオレットに髪を結ってもらっていて、祖母もまた西風の機先を制するために（決闘者が手の震えを止めようと火掻き棒を持って歩きまわるようなもの）野外で髪を結って《コン・ラ・コワフ・オ・グラン・テール》もらうのが好きだったという事実を持ち出して、あまり例のない野外での行動を説明し弁解した。

「あそこにいるのが、うちで一番の芸達者なんですの」と言って彼女がヴァンを指さすと、ヴィオレット氏はペドロだと勘違いして知ったかぶり《アネール・アンタンデュ》にお辞儀をした。

夕食の着替えをすませる前に、アーダと一緒に回復のためのちょっとした散歩に行けたらとヴァンは願っていたが、庭椅子にぐったりとなったアーダは、疲れたし汚れているから、顔と手足を洗って、晩に映画関係者がやってくる予定だが、そのもてなしで面倒なことに母を手助けしないといけないので、準備をしておきたいのだと言った。

「『セキシコ』で観たことがありますよ」とマリーナにささやいたヴィオレット氏は、鏡に映った彼女の頭の位置を変えようとあれこれ動かしているあいだ、両手で彼女の耳を押さえつけていた。

「だめよ、もう遅いし」とアーダがつぶやいた。「それに、リュセットに約束したの――」

彼は強い調子のささやき声でうるさく言った――それでも、いくら彼女の気持ちを変えようとしたところで、特に色恋のことでは無理なのはよくよく承知していた。ところが不可解にも、そして奇跡的にも、彼女のぼんやりした表情はやさしい喜びの表情に溶け、あたかも新たに見つかった解放を突然知ったかのようだった。こんな風に、子供が空《くう》を見つめているときに、微笑みが広がってくるのは、悪夢が終わったとか、ドアには最初から鍵が掛かっていなかったのだとか、雪解けの空に漕ぎ出しても罰を受けないのだとか気づいた証拠なのだ。アーダは採集用のショルダーバッグを肩から下ろして、鏡に映ったマリーナの頭ごしにヴィオレットのにこやかな視線が彼らを追いかけるなか、二人はゆっくりと立ち去って、彼女がかつて陽と影のゲームを実演してみせたことがある、人が比較的来ない大庭園の散策路を求めて行った。まるで彼女が長くて危険な旅から戻ってきたみたいに、彼は彼女を抱き、口づけ、そしてもう一度口づけた。彼女の微笑みの愛らしさはまったく予期しない格別なものだった。それは記憶されていたか約束されていた情熱をたたえた、狡猾な悪魔の笑みではなく、幸福感と陶酔感を浮かべた、美妙な人間の輝きだった。〈納屋炎上〉から〈バーンベリーの小川〉に至るまで、これまで二人が悦びを汲み尽くした情熱的な運動のすべては、微笑む魂が兎《ザーイチク》のように跳ねまわるこの「木漏れ日」に比べれば無に等しい。彼女の黒いジャンパーとエプロンポケットが付いた黒いスカートは、マリーナが気まぐれで彼女のドレスに付けた（「すぐ着替えなさい！」《ニィミェードレンナ・ペレアヂェーツァ》と彼女は緑きらめく姿見に向かって叫んだことがある）、「失われた花を悼む」意味を失ってしまった。その代わりに、リャースカの古風な女子学生の制服が持つ魅力を獲得したのである。二人は額と額を、褐色と白色を、黒色と黒色をぴったり合わせて立ち、彼が彼女の両肘を支え、彼女は柔軟で軽快な指を彼の鎖骨の上に走らせ、彼はどれほど「溺愛して」《ラドアード》いるかを口にして、彼女の髪の濃い香気が、踏み砕かれた百合の茎と、トルコ煙草と、「若い娘」《ラス》から発するけだるさ《ラシチュード》と混じり合った。「だめ、だめ、やめて」と彼女は言い、洗わなくちゃいけないから、早く早く、アーダは洗わなくちゃ。しかし、またしても永遠不滅の瞬間に、静まりかえった道で二人は立ったまま抱き合い、これまで味わったことがなかったような、終わりのないおとぎ話の終わりに出てくる「いつまでも幸せに」という気持ちを味わった。

とても美しい文章だわ、ヴァン。わたしきっと一晩中泣き明かしそう（後になってからの挿入）。

最後の陽光がアーダに当たったとき、彼女の口と顎は彼の哀れな空しいキスで濡れて光っていた。

彼女はもう本当に離れなきゃと言いながら頭を横に振り、この上ない愛情の瞬間のときだけにそうするように両手に口づけ、それからさっとうしろを向いて、それで二人は本当に離れたのだった。

彼女が庭のテーブルに置き去りにして、今二階に引きずっていったショルダーバッグの中で、萎れていたのは敦盛草《アツモリソウ》という、ごくありふれた蘭だけだった。マリーナと鏡が消えていた。彼は体操着を脱ぐとプールにもうひと浸かりしたが、そばに立っていた執事は両手をうしろに組んだまま、思案深げに偽青の水面を覗き込んでいた。

「もしかして」と彼は言った。「たった今見たのは潜水夫の卵だったのかな」

書き言葉によるコミュニケーションという小説的主題がここでいよいよ本格的になる。ヴァンは自室に行ってみると、タキシードの胸ポケットから一枚の紙切れが突き出ているのに気づいて、不吉な前兆にぞっとした。鉛筆書きの大きな書体で、一文字一文字の輪郭をわざとなびかせたり波打たせたりして、書かれていたのは「騙さるる《ベルヌ》なかれ」という匿名の命令だった。ベルヌという言葉を「騙す」という意味で使うのはフランス語を話す人間しかいない。召使の中で、少なくとも十五人はフランス系だ——一八一五年に英国が彼らの美しく不幸な国を併合してから、アメリカに定住した移民たちの子孫である。全員に訊問する——男だと拷問し、女だと強姦する——ことは、もちろんばかげているし、みっともない。激怒に駆られて彼はとっておきの黒の蝶を子供っぽくむしり取った。毒牙に受けた痛みは今や心臓に達しつつあった。彼は別のネクタイを見つけ、着替えをすませてからアーダを探しにいった。

娘二人は女家庭教師と一緒に「育児室」の一室にいて、その素敵な居間に付いているバルコニーでラリヴィエール女史は魅力的な装飾が施されたペンブルック・テーブルに向かって座り、『呪われた子供たち』の撮影用台本の第三稿を複雑な気持ちで読みながら、猛然と書き込みをしていた。

奥の部屋の中央に置かれている大きな円卓では、リュセットがアーダの指導の下に花の描き方を習おうとしていた。大小さまざまな植物図鑑が数冊、辺りに広げられている。外見的にはいつもと変わらない、天井画の幼いニンフと山羊も、夕日へと熟しつつあるやわらかな陽光も、遠くから聞こえる、「マルボロ」（……いつ戻るかわからない《ヌ・セ・カン・ルヴィアンドラ》、いつ戻るかわからない《ヌ・セ・カン・ルヴィアンドラ》）をハミングしているブランシュの「洗濯物たたみ」声の夢見るようなリズムも、テーブルに屈み込んでいる、青銅がかった黒と銅がかった赤の、二つの愛らしい頭も。アーダに相談する前に気を鎮めなければ、とヴァンは気づいた――いや、相談があるとアーダに告げる前に。彼女は陽気で上品に見えた。彼のダイヤモンドを身に着けているのも初めて見た。黒玉が燐く新しいイヴニングドレス、そして透きとおったシルクのストッキング――これも初めてだ。

　彼は小さなソファに腰掛け、頁が開いていた図鑑のなかから適当に一冊手に取って眺めてみると、露骨な姿をした蘭が色あざやかに描かれていてうんざりさせられたが、蘭がどれほど蜂に人気があるかは、本文によれば、「死んだ労働者の臭いから雄猫の臭いまで、さまざまな種類の魅力的な香り」に与るところが大だという。死んだ兵士のほうがまだましな臭いではないか。

　一方、頑固なリュセットは、花を描くのにいちばん簡単な方法なら、透明な紙を一枚絵の上に重ね（今の場合だと、赤い髭を生やした朱鷺草《トキソウ》で、卑猥な構造をしていて、ラドーガの沼地に特有の植物）、色インクで輪郭をなぞってしまうことだとしきりに言い張って聞かなかった。我慢強いアーダは、機械的に写すのではなく、「目から手へ、手から目へ」写すこと、そしてモデルには、皺の寄った茶色い袋と紫色の萼片《がくへん》を持つ、別の実物の蘭を使うこと、と教えてやった。しかし、しばらくしてからあっさりあきらめて、彼女は摘んできた敦盛草を入れたクリスタルの小花瓶を脇にどけた。そしてさりげなく、軽い口調で、蘭の諸器官がどのように機能しているかを説明しだした―

—しかし、リュセットがいつもの気まぐれを装って知りたがったのは、そんなことじゃなくて、こうだった。何かごしに、男の子の蜂さんが女の子のお花を妊娠させることってあるかしら、ゲートルとか、ウールの下着とか、何か穿いているものごしに？

「ねえ」とアーダはヴァンの方を向いて、鼻にかかったおどけた声で言った。「ねえ、この子ときたらとんでもなく汚らわしいことを考えてるくせに、わたしがそう言ってやったらきっと食ってかかってきて、ラリヴィエールの胸に顔をうずめて泣いて、あなたの膝の上に座ったせいで受粉させられたんだって文句を言うわよ」

「でも、汚らわしいことなんかベルには言えないわ」とリュセットは小声で道理をわきまえて言った。

「いったいどうしたの、ヴァン」とアーダは鋭い目つきで問い質した。

「どうしてそんなこと訊くんだい？」とヴァンも負けずに問い質した。

「耳をぴくぴくさせたり、咳払いしたりしてるから」

「そんな気持ちの悪い花のお絵描きはもう終わったのかい？」

「ええ、これから手を洗ってくるわ。階下で会いましょう。ネクタイがねじ曲がってるわよ」

「わかった、わかったよ」とヴァン。

　「小姓よ、わたしの可愛い小姓、
　ミロントン、ミロントン、ミロンテーヌ
小姓よ、わたしの可愛い小姓……」

"Mon page, mon beau page,

Mon page, mon beau page . . .”
—Mironton-mironton-mirontaine—

階下では、もうジョーンズが玄関ホールで夕食を告げる銅鑼をフックから外しにかかっていた。

一分後に客間のテラスで会ったとき、「ねえ、どうしたの?」と彼女はたずねた。

「上着にこれがあったんだ」とヴァン。

人差し指でせわしなく大きな前歯をこすりながら、アーダはそのメモを繰り返し読んだ。

「これがあなたに宛てたものだって、どうしてわかる?」習字帳の切れ端に書かれたメモを返しながら、彼女はたずねた。

「だから言ってるだろ」彼は声をはりあげた。

「シーッ《ティーシェ》!」とアーダ。

「言ってるだろ、ここにあったって」(彼の心臓を指さして)

「破棄してきれいさっぱり忘れましょう」とアーダ。

「御意のままに」とヴァンは答えた。

41

ペドロはカリフォルニアからまだ戻っていなかった。G・A・ヴロンスキイの容貌は、枯草熱にかかっても、黒いサングラスをかけても、格段向上したわけではなかった。『憎悪』のスターであるアドルノは新しい妻を連れてきていたが、実は彼女は別の客の、あまたいる元妻たちの中でも早いうちの（そして最も愛された）一人で、アドルノよりずっと大物であるこの喜劇役者は、夕食がすんでからブティヤンに袖の下を握らせ、すぐにここを発つことが必要になるようなメッセージが届いたという芝居を打たせた。（借りたリムジンで一緒にやってきた）グリゴリイ・アキーモヴィチも一緒に出かけてしまい、マリーナ、アーダ、アドルノ、そして皮肉そうに鼻をならしている新妻のマリアンヌがカードテーブルに残ることになった。彼らはホイストの一種であるビリューチをしながら待ち、ようやくラドールのタクシーの手配がついたのはとうに午前一時を過ぎていた。

そのあいだにヴァンはショーツに着替え、格子縞の肩掛けを纏って木立の庭に戻ると、マリーナが思っていたほど祝宴にはならなかったその晩には、ベルガモ・ランプはまったく点灯されていなかった。ハンモックによじのぼり、うとうとしながら、不吉だがアーダに言わせれば無意味なあのメモを、フランス語を話す召使のなかでいったい誰がこっそり忍び込ませたのだろうかと反芻してみた。当然ながら、第一の容疑者はヒステリックで途方もないブランシュだ——臆病で、「クビ」になるのを恐れていないとすれば（安ぴかものを「盗んだ」と責めるラリヴィエールの足下にひれ伏して、慈悲を乞うていたあのおぞましい場面を思い出したが、首飾りは結局ラリヴィエール本人の靴の中から出てきたのだった）。ブテイヤンの赤ら顔と息子の含み笑いが次にヴァンの空想の焦点になった。しかしやがて彼は眠ってしまい、雪崩《アヴァランチ》によって人々や、木々や、一頭の牛もろとも、山で雪に埋もれている自分の姿が夢に出てきた。

何かのせいで、彼は不気味な麻痺状態から目覚めた。最初は夜更けの寒さのせいかと思ったが、何かが軋むかすかな音に気づき（混乱した悪夢の中で聞こえた悲鳴はそれだったのか）、頭を上げて、灌木の合間に、物置のドアが内側から押し開けられるかすかな光を目にした。アーダなら、たまさかの夜の忍び逢いの一歩一歩を念入りに計画してからでないと、絶対にそこにはやってこない。ヴァンはハンモックから下りて、灯りのついた戸口へと裸足のまま歩いていった。目の前に、青白くよろよろとした姿のブランシュが立っていた。それは奇妙な光景だった。腕は剥き出し、ペチコート姿で、片方のストッキングはガーターで留められ、もう片方は踝のところまでずり落ちている。スリッパは履いていない。腋の下が汗で光っている。彼女は下手な誘惑のそぶりで髪をほどいた。

「これがお屋敷での最後の夜です《セ・マ・デルニエール・ニュイ・オ・シャトー》」と彼女は小声で言って、それをまるで古くさい小説の会話でしかお目にかかれないような、哀愁を帯びた堅苦しい調子の、独特の英語で言い直した。「これが貴《ティス・マイ・ラ》方との最後の夜です《スト・ナイト・ウィズ・ジー》」

「最後の夜？　僕との？　どういう意味だ？」狂人や酔っぱらいのたわごとを聞くときに感じるあの薄気味悪さを覚えながら、ヴァンは彼女を見つめた。

しかし気がふれたような外見をしていても、ブランシュが言うことはまったく明晰だった。彼女は二日前にアーディス・ホールを去る決心をしたという。そこで辞職する旨の手紙に、お嬢様の行状に関する脚注を付けて、たった今奥様のドアの下にすべり込ませておいたところだった。もう数時間もすればここを出る。彼を愛していて、彼は彼女が「愚かにも愛した人」だったから、しばらくのあいだ秘かな時を一緒に過ごしたいという。

彼は物置に入ってゆっくりとドアを閉めた。そのゆっくりとした動作には心穏やかならぬ原因があった。ブランシュがカンテラを梯子の段に置き、短いスカートをもうたくしあげていたのである。彼女の側に同情や、礼儀や、多少の手助けがあれば、あって当然だと思われている欲望を奮い起こす役に立ったのかもしれないが、そういう気がまるで起こらないのを彼は注意深く格子縞のマントで隠した。しかし、感染の恐怖とはまったく別に（バウトがこの哀れな下女の悩みをほのめかしたことがあったのだ）、心奪われていたのはもっと重大な問題だった。彼は彼女の大胆な手を払いのけると、ベンチで彼女の横に腰掛けた。

上着にあのメモを入れておいたのはきみだったのか？

そのとおり。もし彼がばかにされ、騙され、裏切られたままでいるなら、とてもこの屋敷を出て行く気になれなかったという。そして、彼がずっと彼女を欲しがっていたことはよくよくわかっていた、話は後でもできるから、と無邪気な括弧書きで付け足した。わたしは貴方のもの《ジュ・スイ・ザ・トワ》、もうじき夜が明けます《ビヤン・トー・ローブ》、貴方の夢が叶ったのよ。

「勝手に言ってくれ《パルレ・プール・ヴー》」とヴァンは答えた。「いちゃいちゃする気分じゃないんだ。いいか、もしきみが事の一部始終を今すぐ言わなかったら、絞め殺してやるからな」

うなずいた彼女のヴェールがかかったような目には、恐怖と賛美が浮かんでいた。それはいつ始まったのか？　去年の八月、と彼女は言った。貴方の可愛い人《ヴォートル・ドモワゼル》は花を摘んでらして、あの人がフルートを手にしながら、深い草叢を付き添って歩いてらっしゃいました。あの人って？　フルートとは？　もちろんドイツ人の音楽家《メ・ミュジシアン・アルマン》ですよ、ラックさん。熱心な密告者はちょうどそのとき、生け垣の反対側で、自分の恋人に乗っかられている最中だった。いったい誰がそんなことを、干し草の中にチョッキを忘れたことがある、あの下劣な《リモンド》ラックさんとできるものか、というのは密告者の理解を超えていた。おそらく歌を書いてやったからではないか、とっても綺麗な曲で、ラドール・カジノで行われた公衆を対象とする大舞踏会で演奏されたことがあり、出だしは……。出だしなんてどうでもいいから、話を続けてくれ。ラックさんは、ある星空の夜に、川に浮かべたボートで、子供の頃の陰鬱な話や、飢餓と音楽と孤独の歳月を物語り、恋人がもらい泣きして頭をうしろに傾け、あらわになった喉元に彼がかぶりつき、汚らわしいキスを貪って《イル・ラ・マンジェ・ド・ベーゼ・デグータン》いるところを、柳の繁みの中にいた密告者と二人の色男が聞きつけたのだった。彼が彼女をものにしたのは多くて十回程度、別の殿方ほど強壮じゃないから——その話はやめてくれ、とヴァン——そして冬になってお嬢様は彼が結婚していることを知り、その冷酷な奥さんを憎み、四月になって彼がリュセットにピアノの個人レッスンをするようになるとまた情事が再開したけれど、それから——

「もうたくさんだ！」と彼は叫び、拳で額を殴りつけながら、陽光の中に転がり出た。

ハンモックのネットに吊るしてあった腕時計で見ると六時十五分前だった。足はすっかり冷えきっていた。ローファーを引っ掛けて、しばらく雑木林をあてもなく歩きまわってみたが、そこでは鶇《ツグミ》があまりにも豊かな声で歌っていて、そんなに力強く響き渡るフルートのようなフィオリトゥーラを耳にすれば、どんな人間でも意識の苦痛に、生の汚濁に耐えることはできない、喪失、喪失、喪失に。しかし少しずつ、自意識の近くにアーダのイメージを寄せつけないという魔法の手段によって、自制心のようなものを取り戻した。そこにできた真空に、無数の些細な思念がどっと流れ込んできた。理性的思考のパントマイムだ。

プールサイドの小屋で生ぬるいシャワーを浴び、つい先ほど生まれたばかりの、新しくて、見知らぬ、もろいヴァンを壊さないように、あらゆる動作を滑稽なくらいにゆっくりおずおずとした。彼は思考が回転し、踊り、ねりまわり、ほんの少しおどけるのを見守った。想像してみるのは楽しいもの、たとえば、一個の石鹸もそこに群がる蟻にとってみれば確たる珍味のはずで、狂宴の最中に溺死するとはなんたるショックだろうか。紳士に生まれついていない人間に決闘を申し込むことは、慣例では許されていないが、画家や、ピアニストや、フルート奏者なら例外にしてもよさそうで、もし臆病者が拒みでもしたら、歯茎から血が出るまで何度も平手打ちを食らわせたり、堅いステッキで殴ってやってもいい——玄関のクローゼットに置いてあるのを選ぶことをくれぐれも忘れないように、それから永遠におさらばだ、永遠に。実に愉快じゃないか！　彼は素っ裸の男が足を突っ込もうとしたショーツに意識の焦点を合わせたとき、片足でジグを踊るような、きわめて特殊な喜びを味わった。それからゆっくりとした足取りで横のベランダから入った。中央階段を上っていく。家は無人で、ひんやりとしていて、カーネーションの匂いがした。おはよう、そしてさようなら、小さな寝室よ。ヴァンは髭を剃り、ヴァンは足の爪を切り、ヴァンはとびきり念入りに身繕いをした。グレーの靴下、絹のワイシャツ、グレーのネクタイ、プレスしたてのダークグレーのスーツ——靴、そうだ、靴だ、靴を忘れちゃいけない、それから持ち物の残りを選り分ける手間も省いて、二十ドル金貨を二十枚ほどシャモア革の財布に詰め込み、ポケットに分けてハンカチ、小切手帳、パスポート、他には？　他にはなにもない、をじっと突っ立ったままで入れ、残りは荷造りして父の住所に送ってくれと書いたメモを枕にピンで留めた。御曹司が雪崩で死亡、帽子は発見されず、避妊具は登山ガイド用老人ホームに寄贈。八十年ほど経った後だと、こうしたすべては苦笑もの、失笑ものにしか思えない——しかしあのときには、死人のくせに夢を見ているのだと思い込んでまだ動作を続けているようなものだったのだ。うなり声をあげて屈み込み、膝に悪態をつき、吹きつける雪の中、斜面の縁でスキーを直そうとしたが、そのスキーはかき消えていて、留め具の代わりに靴紐があり、斜面の代わりは階段だった。

厩舎まで歩いていって、彼と同じくらいに寝ぼけまなこをしている若い馬丁に、もうすぐ鉄道の駅まで出かけるからと告げた。怪訝そうな顔をしている馬丁を見て、ヴァンは罵りの言葉を浴びせた。

腕時計！　ハンモックのネットに結わえておいた腕時計を彼は取りに戻った。そこから屋敷をまわって厩舎に戻る途中、ふと見上げると十六歳かそこらの黒髪をした娘が、黄色いスラックスと黒いボレロという恰好で、三階のバルコニーに立ち彼に合図を送っていた。合図は電信記号で、線が伸びていく仕草もあり、それは雲一つない空（なんたる快晴の空！）や、頂が開花したジャカランダの木（青！　花！）、それに高く上げて手摺に載せた彼女の素足（あとはサンダルさえ履けばいいの！）を示していた。ヴァンは、恐ろしくも恥ずかしいことに、彼女が下りてくるのを待っているヴァンを目撃した。

彼女は虹色に輝く芝生のむこうから彼の方へすばやく歩いてきた。「ヴァン」と彼女が言った。「忘れないうちに、見た夢を教えておくわ。あなたとわたしはアルプスの高い山に登っていたの——

——どうして外出着なんか着てるの？」

「じゃあ、教えてやるよ」と夢見心地のヴァンはゆっくり言った。「どうしてか教えてやる。卑しいがたしかな情婦、じゃなかった情報源からたった今聞いたばかりの話では、きみはどこの生け垣の陰でも宙返り《コン・ヴー・キュルビュート》させられてるというじゃないか。どこに行ったらその曲芸師に会えるかな？」

「どこにもいないわよ」と彼女はまったく平静に答え、露骨な言葉を無視しているか聞きもしていないようだったのは、今日か明日に災難がやってくると前からわかっていたからで、時間の問題というか、運命の側のタイミングの問題だった。

「でもそいつはたしかにいるんだ、いるに決まってる」とヴァンは、芝生の上に架かった虹色の蜘蛛の巣を見下ろしながら言った。

「そうかもね」とアーダは不遜な態度で言った。「でも、彼は昨日、ギリシャだったかトルコだったかの港に向けて発っちゃったわ。おまけに、死ぬ気満々らしいわよ、そんな情報が役に立つかどうかは知らないけど。ねえ聞いて、聞いてちょうだい！　森の中を散歩したのはどうってことなかったの。待って、ヴァン！　わたしの心がくじけたのはたったの二回だけ、それもあなたがあの人をひどく傷つけたときだし、もしかしたらぜんぶで三回だったかな。お願い！　一息に何もかも説明するなんてことはできないけど、そのうちあなたもわかってくれるはずよ。みながみな、わたしたちみたいに幸せだってことはないの。あの人は哀れで、よるべのない、不器用な子なの。わたしたちはみな死ぬ運命にあるけど、他の人間よりもっとその運命を背負った人もいるのよ。わたしにとって、あの人はどうでもいい人。もう二度と会わないわ。どうでもいい人よ、誓ってもいい。ただ、わたしを気が狂いそうになるほど熱愛しているの」

「たぶん」とヴァン。「僕たちは恋人を取り違えているらしいな。僕がたずねたのはラック氏のことで、あのおいしそうな歯茎をして、やはりきみのことを気が狂いそうになるほど熱愛している男だよ」

彼はいわゆる踵を返し、屋敷の方に歩いていった。

うしろを振り返りはしなかったのは誓ってもいい――ひょっと視界に飛び込んだとか、光の反射の加減で――歩き去っていくときに彼女を見ることは物理的に無理だった。それなのに、恐ろしいくらいはっきりと、その場に立ち尽くしている彼女の合成写真を永遠の記憶にとどめることになったのである。その写真――後頭部にある目から硝子体脊柱管を通って彼を貫き、時とともに風化してしまうことが決してなかったもの――は過去のさまざまな瞬間に耐えがたい後悔の念を起こさせたような、彼女のイメージや表情を無作為に選び出して混ぜ合わせたものからできていた。二人の諍いはごく稀で、ごく短いものだったが、いつまでも残るモザイク模様を作り出すには充分だった。彼女が木の幹を背にして立ち、裏切り者の運命に直面した時もある。チョーズで撮った、竿を操る娘たちのふざけたスナップ写真を見せるのを拒み、怒ってそれを破り捨てると、彼女が眉をしかめて視線をそらし、窓に映る見えない景色を目を細めて見つめていた時。あるいは、彼女がためらい、瞬きしながら、声にならない言葉を口にしようとして、変に上品ぶったしゃべり方に彼が突然反抗するのではないかと思ったあの時、「patio」という単語と韻を踏む言葉を見つけられるかいと彼がそっけない口調で問題を出してきて、もしかすると彼の頭の中にあるのは卑猥な言葉ではないか、もしそうだとすれば正しい発音は何か、自信がなかった時だった。そしておそらく、最悪だったのは、彼女が野の花束をいじりながら立っていたあの時で、かすかな微笑みのようなものが目の中にぼんやりと残り、唇をすぼめ、頭は漠然とした小さな動きを繰り返し、あたかも彼女自身と、そして彼と、さらにはこれ以降「落胆」「無用」「不正」と呼ぶことにする未知の人物たちとの一種の契約において、自ら演出した首肯で秘密の決定や暗黙の条項を強調するかのようだった――その一方で彼は、彼女の提案によって引き起こされた荒々しい怒りの爆発に身を委ねているところだった――その言い方がまた可愛らしくさりげない（蘭の花がもう咲いているかどうかたしかめに、沼地の端をちょっと散歩しましょうかと提案するような口ぶり）――たまたま通りすがりの墓地に、亡くなったクローリク先生のお墓があるから、一度訪ねてみないというのである——そして彼はいきなりどなりだしたのだった（「きみは知ってるじゃないか、僕が墓地なんて大嫌いなのを、僕は死を軽蔑し、死を告発する、死体なんて茶番劇だし、ずんぐりむっくりの老いぼれポーランド人がその下で腐りかけている墓石なんて見たくもない、安らかに蛆虫の餌になるがいい、死の昆虫学なんかにこれっぽっちも興味はない、僕が嫌悪し、軽蔑するのは——」）。数分そんなふうにわめきつづけていたが、それから文字どおり彼女の足元にひれ伏し、足に口づけ、許しを乞い、しばらくのあいだ彼女は物悲しそうに彼をじっと眺めたままだった。

これがモザイクの断片で、もっと取るに足らないことが他にもあった。しかしそれが集まると無害な部分が致命的になり、黄色いスラックスと黒いジャケットの娘が両手をうしろに組み、かすかに肩を揺らし、木の幹にあるときはぴったりとまたあるときはそれほどでもなくもたれかかり、髪を振り払う——はっきりした場面なのに、現実に決して見たことがないのはわかっている——そんな姿が心の中では実際の記憶よりもはるかにリアルなものとして残ったのである。

キモノを着てカーラーを着けたマリーナが、玄関の前で召使たちに囲まれて立っていて、質問をしていても誰も答える様子がなかった。

ヴァンが言った。

「下女と駆け落ちなんかしてませんよ、マリーナ。それは目の錯覚です。彼女がなぜここを出ていったのかは、僕の知ったことじゃありません。ばかみたいに引き延ばしていた、ちょっとした用事があって、パリへ発つ前にどうしても片付けておかないと」

「アーダには本当に困ったものだわ」とマリーナがうつむきに眉をひそめ、ロシア式に頬をぴくぴく動かしながら言った。「できるだけ早く帰ってきてちょうだい。あなたがいると、あの子に好影響を及ぼすから。また会いましょうね《オー・ルヴォワール》。まったく腹の立つ人間ばかり」キモノを持ち上げながら彼女は玄関の段を昇っていった。背中に描かれているおとなしい銀色の竜は、科学者である年長の娘の話では、舌が蟻食《アリクイ》の舌にそっくりだという。哀れな母親はPとRについてどれだけ知っていたのか？ ほとんどゼロに等しい。

　ヴァンは悲しそうな老執事と握手して、銀の握りが付いたステッキと手袋のことでバウトに礼を言い、他の召使たちに軽く会釈してから二頭立て馬車の方に歩いていった。裾の長いグレーのスカートと麦藁帽姿でそばに立ち、マホガニーレッドに塗り十字に紐をかけた安物の旅行鞄を手にしているブランシュは、大西部を舞台にした映画でこれから学校教師として赴任するために出かけようとする若い淑女そっくりに見えた。馭者台でロシア人の馭者と一緒に座ると申し出た彼女を、彼は幌馬車《カレーシュ》の方へと案内した。

　通り過ぎていく、うねうねと続く麦畑には、芥子《ケシ》や矢車草が紙吹雪のように散らばっていた。ブランシュは道すがらずっと、若いお嬢様とその最近の恋人二人について歌うような低い声で語り、まるで憑かれたような、まるで死んだ吟遊詩人の霊と交信《アン・ラポール》しているような状態だった。つい先日、こんもりとした樅の木が並んでいるあの木陰から、ほらあそこ、あなたの右手よ（だが彼は見なかった——黙ったまま座り、両手はステッキの握りに置かれていた）、彼女とその妹マドロンはワインのボトルを間に置き、伯爵様が若いご婦人と苔の上でいちゃついて、うなり声をあげる熊みたいに押し潰すところを目撃したというが、伯爵様はマドロンを——何度も！——押し潰したことがあり、マドロンが言うには、彼女、ブランシュ、は彼、ヴァン、に告げ口すべきだというが、それは彼女がほんのちょびっとだけ嫉妬していたからで、ただ彼女はこうも言った——なにしろ彼女はやさしい心の持ち主だったから——「マルブルック」が戦争に出かける《サン・ヴァ・タン・ゲール》まで先延ばしにしたほうがいい、そうでないと二人は決闘しかねない。彼は朝のあいだずっと案山子《かかし》に向かって射撃練習をしていたし、彼女があれだけ待ったのはそれが理由だったわけで、あの手紙はマドロンの筆跡であり、彼女のものではない。彼女が延々としゃべりつづけているうちに、馬車はトゥルビエールにさしかかった。コテージが二列に並び、窓にステンドグラスを嵌めた小さな黒い教会がある。ヴァンは彼女を下ろしてやった。三人姉妹でいちばん年下の、淫らな目つきにゆっさゆっさする乳房をした、栗色の巻き毛が可愛らしい美人（前にどこで見かけたのだろうか？――つい最近のはずだが、どこだったか？）が、ブランシュの旅行鞄と鳥籠を、蔓薔薇ですっかりおおわれたお粗末な掘っ立て小屋へと運び込んだが、それを除けば言葉にならないほど陰気だ。彼はサンドリヨンのおずおずした手にキスをして、ふたたび馬車の座席に着き、咳払いをしてから、脚を組む前にズボンをつまんだ。うぬぼれヴァン・ヴィーン。

「急行はトルフィアンカに停まらないんだったかな、トロフィム？」

「五哩《ヴェルスタ》行けば沼地を抜けます」とトロフィム。「いちばん近くの駅はヴォロシアンカです」

メイドンヘアーを表す卑俗なロシア語。汽笛を鳴らして停車する駅。列車はおそらく混んでいるだろう。

メイドンヘアー。愚か者！　パーシーの奴、もう今頃は土中に眠っているかもしれないじゃないか！　こう名前が付けられているのは、プラットホームの端に大きく枝を伸ばした銀杏《イチョウ》が生えているからだ。かつて、ぼんやりと、ヴィーナス・ヘアーの羊歯と混同していたことがある。トルストイの小説で、彼女はプラットホームの端まで歩いていった。内的独白を初めて編み出したのがトルストイであり、その後この手法はフランス人とアイルランド人によって使われることになる。緑ならず《ネ・ヴェール》、緑ならず《ネ・ヴェール》、緑ならず《ネ・ヴェール》。四十枚の金貨を纏った木《ラルブル・オー・カロント・エキュ・ドール》、少なくとも秋には。決して、決して僕は彼女の「植物学的」声がビローバのところで低くなるのを二度と聞くことはないだろう、「ごめんね、またラテン語を見せびらかしちゃって」。ginkgo、gingko、ink、inkog。ソールズベリのアディアントフォリアとしても知られる、アーダの二つ折り本《インフォリオ》、哀れなサリスビュリア。沈没した。哀れな意識の流れも、今ではもはや黒潮《マレ・ノワール》。誰がアーディス・ホールなんか欲しがるものか！

「ヴァーリン、ア・ヴァーリン」とトロフィムが、ブロンドの髭面を乗客の方に向けて言った。

「何だ《ダー》？」

「ダージェ・スクヴォージ・コジャーヌィ・ファールトゥク・ニィ・スタールブィ・ヤー・トローガチ・フランツーズスクユ・チェーフク」

ヴァーリン＝旦那様。ダージェ・スクヴォージ・コジャーヌィ・ファールトゥ＝たとえ革のエプロンごしにでも。ク・ニィ・スタールブィ・ヤー・トローガチ＝触るなんてとんでもない。エートゥ＝この（あの）。フランツーズスク＝フランスの（形容詞、対格）。チェーフク＝娘。ウージャズ、アッチャーイニエ＝恐怖、絶望。ジャーラスチ＝憐憫。コーンチィナ、ザガージィナ、ラスチェールザナ＝終わった、汚された、ちぎられた。

42

アクワの口癖によれば、我らが素晴らしき惑星ディモーニアで幸せになれるのは、とびきり残酷かとびきりばかな人間と、無邪気な幼児だけだという。ヴァンは、自分が生まれ落ちた、このおぞましいアンチテラという多彩にして邪悪な世界で生き延びるには、二人の男の命を奪うか、良くて生涯不具にしてやるかのどちらかだと感じていた。二人をすぐに見つけ出さねば。先延ばしにすると彼の生き延びる力が損なわれかねない。二人の命を奪って満足感を味わったとしても、心の中が癒されることはなかろうが、頭の中のこだわりは洗い流してくれるだろう。二人の男は別々の場所にいて、どちらの場所も正確な位置、明確な番地、それとわかる兵舎を表してはいなかった。運命のめぐり合わせさえよければ、正々堂々と懲らしめてやりたかった。まさか運命が滑稽なまでに過剰な熱意を見せ、道案内をして、あまりにも協力的すぎるスパイへと強引に変貌してしまうとは思ってもみなかったのだ。

まずラック氏にけりをつけようと、彼はカルガーノに行くことに決めた。なんとも惨めな思いで、北へ向かって時速百マイルで驀進する超特急の中、見知らぬ足や声がひしめきあう車室の隅で眠り込んでしまった。昼頃までうとうとしてからラドーガで降り、何時間とも知れぬほど待たされた後、さらに揺れがひどくて混んでいる列車に乗り換えた。よろめきながら通路を渡り歩き、窓の外を眺めている連中が尻を引っ込めて通そうともしてくれないのに心中悪態をつき、四人掛けの車室になっている一等車のどこかに落ちつける場所はないかとあてもなく探していると、コーデュラとその母親が向かい合って窓際に座っているのを見かけた。残りの座席二つに掛けていたのは、古風な茶色の鬘をかぶってまんなかで分けている、でっぷり太った年配の紳士と、コーデュラの隣にいる眼鏡を掛けた水兵服姿の少年で、コーデュラは棒チョコの半分をその子にやろうとしているところだった。ふと名案を思いついたヴァンはそこに入っていったが、コーデュラの母親は彼だとはすぐには気づかず、あわただしい自己紹介のやり直しと列車の揺れが重なって、ヴァンは年配の乗客のプルーネラ織をあしらった靴を踏んづけてしまい、悲鳴をあげた紳士の「痛風なんだぞ（それとも『気をつけろよ』だったか、『注意しろよ』だったか』、きみ！」という、はっきりとは聞き取れないが無作法ではないお小言を頂戴してしまった。

「『きみ』なんて呼ばないでくれ」とヴァンは、まったく場所柄もわきまえず、痛風病みに向かって声を荒げて口走った。

「足を踏まれたの、おじいちゃん？」と少年がたずねた。

「そうだよ」とおじいちゃんが答えた。「でも、悲鳴をあげたからといって、誰を責めるつもりもなかったんだよ」

「悲鳴をあげるにしても、礼儀をわきまえてもらいたいものだな」とヴァンは続けた（彼の中の善良なヴァンが袖を引っ張り、唖然として赤面していた）。

「コーデュラ」と老女優が言った（その機転のよさは、かつて『褪せぬ色』で名演説をしている最中に、舞台の上にふらふらと現れた消防士の飼い猫をひょいと抱き上げて撫でてやった、あのときと同じだった）「このすごい剣幕の兄《ディーモン》さんを食堂車へお連れしたらどう？　わたしはちょっとうたた寝させてもらいますからね」

とてもゆったりしてロココ風の、カルガーノ大学の学生が八〇年代や九〇年代には「クランピーター」と呼んでいたところに二人が腰を落ちつけると、「どうしたの？」とコーデュラがたずねた。

「何もかもさ」とヴァンが答えた。「でもどうしてそんなこと訊くんだい？」

「ほら、あなたもわたしもプラトーノフ先生のことは多少知っているんだし、あのやさしいお爺さんにあんなに失礼な口をきくなんて、絶対におかしいじゃないの」

「ごめん」とヴァンは言った。「トラディショナル・ティーを注文しよう」

「もう一つ変なのは」とコーデュラ。「今日はあなたがわたしにちゃんと気づいたっていうこと。二ヵ月前は知らん顔したくせに」

「きみはすっかり変わったんだよ。綺麗になって、物憂げになった。今はさらに綺麗だ。コーデュラはもう処女じゃないんだな！　ねえ――きみひょっとして、パーシー・ド・プレの住所を知ってるかい？　つまり、彼がタタールに攻め入っていることは誰だって知っている――でも、手紙を送ろうと思えば、どこ宛に出したらいい？　手紙を転送してくれなんて、詮索好きなきみの叔母さんには頼みたくないから」

「たぶんフレイザー一家だったら知ってると思うから、たずねてみるわ。でも、ヴァン、いったいどこへ行くの？　どこに行ったらヴァンに会える？」

「家にいるよ――パーク・レーン五番地、一日か二日したら。今はカルガーノに行くところさ」

「気の滅入る場所ね。女の子？」

「男だよ。カルガーノを知ってるかい？　歯医者は？　いちばんいいホテルは？　コンサート・ホールは？　僕のいとこを教えてる音楽教師は？」

彼女は短い巻毛を横に振った。いいえ——めったに行ったことがないわ。コンサートに二回ほど、松林の中で。アーダが音楽のレッスンを受けていたなんて知らなかった。アーダは元気？

「リュセットだよ」と彼は言った。「ピアノのレッスンを受けているというか、受けていたのはリュセットなんだ。わかった。カルガーノの話はよそう。ここのクランペットはチョーズのに比べればひどく貧しい親戚だな。きみの言うとおり、僕は困ったことになって《ジェ・デ・ザニュィ》ね。でもきみと一緒にいたら忘れられる。何か気が紛れることを話してくれないか、きみにはいつも気が紛れるけどね、あの物語に出てくるチュートン人が言ったように、可愛いダジャレー夫人《アン・プチ・トピナンブール》＊1！　きみの恋話を聞かせてくれ」

彼女は利口な娘ではなかった。その代わりにおしゃべりで実におもしろい娘だった。テーブルの下で愛撫しはじめると、そっと手をどけて、別の夢で別の娘が言ったように気まぐれな口調で「アンネなの」とささやいた。彼は大きく咳払いしてからコニャックのハーフボトルを注文し、ディーモンから教わったとおり、目の前で給仕に栓を抜かせた。おしゃべりは延々と続いたので、彼は話の糸を見失ってしまった、というかその糸が急速に過ぎ行く景色ともつれあってしまったわけで、彼女の肩ごしにその景色を追い、突然現れる峡谷が、奥さんが伝話してきたときにジャックが何と言ったかを告げたり、クローバーの野原にぽつんと立っている木が捨てられたジョンを物真似したり、崖から流れ落ちているロマンティックなせせらぎが彼女と侯爵《マルキ》キズ・キザーナとの短くも美しく燃えた情事を映し出していたりしたのである。

松林が尻すぼみに終わると工場の煙突が取って代わった。列車はガタゴトと円形機関車庫を過ぎると、うめき声をたてながら速度を落とした。見るからにおぞましい駅が陽光を遮った。

「大変だ」とヴァンが声をあげた。「ここで降りなきゃ」

彼はテーブルに金を置き、コーデュラの待ちかまえている唇にキスをして、出口へと急いだ。デッキにたどりつくと、彼女の方を振り返って手にしていた手袋を振った——するとそのとき、バッグを拾い上げようと屈んでいた誰かとぶつかってしまった。「ばかにもほどがあるな《オ・ネ・パ・グジャ・ア・ス・ポアン》」と件の男が言った。がっしりした体格の軍人で、赤みがかった口髭を生やし、陸軍大尉の記章を付けている。ヴァンはその男をすり抜け、二人がプラットホームに降り立ったときに、そいつの顔を手袋でぴしゃりと打ちつけた。

大尉は帽子を拾ってから、顔は色白で髪は黒い洒落者の若造めがけて突進した。それと同時に、好意からではあってもフェアではないことに、誰かが背後から抱きついて静止させようとするのをヴァンは感じた。わざわざ振り向きもせず、彼は目に見えないおせっかい焼きに左肘で軽い「ピストンパンチ」を食らわして片付け、右拳を一振りすると大尉はのけぞって自分の荷物の中に倒れ込んだ。その頃にはすでに、数人の素人連中が只見の見物とばかりにまわりを取り囲んでいた。そこで、見物人の円陣を割りながら、ヴァンは敵の腕をつかんで待合室まで引っぱっていった。滑稽なほどに陰気な顔をした赤帽が、鼻からおびただしい血を流し、大尉のバッグを三つ持って、そのうちの一つは小脇に抱えながら、二人の後で入ってきた。いちばん新しい旅行鞄には、架空の遙かな異国を描いた立体派風のラベルがべたべた貼られて色の染みができている。名刺が交換された。

「ディーモンの息子か？」とつぶやいたのは、カルガーノのワイルド・ヴァイオレット・ロッジ在住、タッパー大尉*2である。「そのとおり」とヴァンが言った。「たぶん泊まりはマジェスティック・ホテルになる。もしそうでなかったら、一人か二人か知らないが、おまえの介添人に言伝てを残しておくから。僕の介添人も一人見つけておいてくれ、さすがに接客係にたのむわけにはいかないからな」

そう言いながら、ヴァンは手のひらいっぱいの金貨から二十ドルを一枚選び、にやりと笑って怪我をした年配の赤帽に渡した。「脱脂綿をな」とヴァンは付け加えた。「両方の鼻の孔に詰めておけよ。すまんな、おやじさん」

両手をズボンのポケットに突っ込みながら、広場を横切ってホテルに行こうとして、そのせいで一台の車が湿ったアスファルトの上で耳ざわりな音をたてて急カーブを切った。その車が本来の進行方向とは真横になっているのに目もくれず、彼はホテルの回転ドアをくぐり、この十二時間に味わっていた気分より幸せとまではいかなくても、少なくともうきうきした気分になった。

巨大な老建築物で、外はどこも薄汚れ、内はどこも革張りというマジェスティック・ホテルが彼を呑み込んだ。浴槽付きの部屋をたのむと、請負業者の大会があってすべて予約済みだと言われ、ヴィーン家独特の無敵の流儀で受付係にチップをやり、手に入れたのが三室続きのまずまずの部屋、浴槽は側板がマホガニー、古いロッキングチェアに自動ピアノがあり、ダブルベッドの頭上には紫色の天蓋がかかっている。手を洗ってから、すぐラックの居場所を調べようと下りていった。伝話帳には載っていない。たぶん郊外に一部屋借りているのだろう。接客係は時計を見上げ、住民局か失踪者係のようなところに問い合わせをした。そこはもう閉まっていて、営業開始は翌朝になるという。大通りにある楽器店でたずねてみたらとヴァンは言われた。

そこに行く途中、二本めのステッキを購入した。銀の握りが付いたアーディス・ホールのステッキは、メイドンヘアーの駅のカフェに置き忘れてきたのである。この粗野な太いステッキは、握りがちょうどよくて、アルペンストックのような先端は膨れ上がった半透明の目玉をくり抜くことだってできる。隣の店ではスーツケース、次の店でシャツ、ショートパンツ、ソックス、スラックス、パジャマ、ハンカチ、部屋着、セーター、それに革袋の中に胎児のように収まっているサフィアン革の寝室用スリッパ一足を買った。購入品はスーツケースに入れてすぐホテルに届けられた。楽器店に入ろうとしたところで、タッパーの介添人に何も伝言を残さなかったのをはっと思い出し、踵を返した。

彼らがロビーに座っているのを見つけ、事を速く片付けてくれるようにとたのんだ——それよりもっと大切な問題があるのだから。「決して介添人には無礼な口をきくな《ニィ・グルビーチ・セクンダーンタム》」というディーモンの声が心の中で聞こえた。近衛連隊中尉のアーウィン・バードフットは、ブロンドでぽっちゃりして、濡れたピンクの唇に一フットもあるシガレットホルダーをくわえていた。ジョニー・ラフィン殿[*3]は小柄で小ざっぱりした浅黒い男で、青いスエードの靴を履き、みっともないベージュのスーツを着ていた。やがてバードフットがいなくなり、ヴァンはジョニーと一緒に細部を詰めることになったが、この男はヴァンに誠心誠意尽くそうとしてはいても、心はヴァンの敵のものだということを隠しきれてはいなかった。

ジョニーが言うには、大尉は射撃の名手で、「ド・レ・ラ」[*4]カントリークラブの会員だという。血に飢えた冷酷性は彼の英国性にそぐわないものの、名誉を守るのは軍歴と学歴からやむをえない。地図製作、馬術、そして園芸にかけては達人の腕前。裕福な地主でもある。ヴィーン男爵側から謝罪の意をほんのわずかでもほのめかせば、これにて寛大にも決着ということで一件は幕引きになるだろうとのこと。

ヴァンは言った。「もし、ご立派な大尉の望みがそういうことなら、寛大なるケツに拳銃でも突っ込みやがればいいのさ」

「もう少し言葉を慎んでいただかないと」とジョニーは顔をしかめて言った。「大尉はいい顔をなさいませんよ。とても上品な方であることをお忘れなきように」

ジョニーはヴァンの介添人か、それとも大尉のか、どっちなんだ？

「あなたの介添人ですよ」とジョニーはけだるそうに言った。

彼かそれとも上品な大尉は、ドイツ生まれのピアニストで、フィリップ・ラックといって、既婚者で、（おそらく）三人の赤ん坊を抱えている男を知ってるか？

「残念ながら」とジョニーは軽蔑した口調で言った。「カルガーノで赤ん坊を抱えている人間は、知り合いの中にそうたくさんいませんので」

この辺にいい娼館はあるかい？

ますます軽蔑をあらわにして、独身主義者ですからとジョニーは答えた。

「わかったよ」とヴァンは言った。「店が閉まる前にもう一度外出してくる。決闘用の拳銃を二丁買っておこうか、それとも大尉が軍隊用の機関銃《ブルガー》を貸してくれるのかな？」

「武器はこちらで用意します」とジョニー。

ヴァンが楽器店の前までたどりつくと、店は閉まっていた。合わせ鏡の黄昏の中で遠ざかっていくコンソールの上に置かれたハープとギター、銀の花瓶に挿してある花を一瞬眺めながら、六年前に激しく憧れた女子生徒のことを思い出した――ローズ？　ローザ？　そういう名前だったか？彼女と一緒のほうが、色白で命取りの妹と一緒になるよりも幸せになれただろうか？

しばらく大通りを歩いていると――世の中に五万とある大通りの一つだ――健康な空腹感がどっと押し寄せるのを感じて、まあまあ魅力的なレストランに入った。注文したのは、ローストポテトを添えたビーフステーキ、アップルパイ、それとクラレット。部屋のむこう、燃える酒場の赤いスツールの一つに、黒を着た品のいい娼婦が腰掛けて――身体にぴったり合ったボディス、たっぷりしたスカート、長い黒の手袋、黒いビロードのピクチャーハット——ストローで金色の飲み物を啜っていた。酒場の後部にある鏡に、色とりどりの燦めきの中、赤みがかったブロンドの美しい髪がかすかにぼやけて見えた。後で味見をしてみてもいいなと思ったが、もう一度視線を戻すともう女は消えていた。

彼は食って、飲んで、策を練った。

彼は一刻千秋の思いで決闘を待ち望んでいた。これほど元気が出ることは他に想像もつかない。あのたまさかの道化師と撃ち合いをするのは願ってもみなかった息抜きで、ラックなら戦う代わりに間違いなく黙って殴られることを選んだはずだからなおさらだ。ささやかな決闘に付随するさまざまな偶発事に備えて計画を立てて練り直すのは、小児麻痺患者や狂人や囚人が寛大な施設やものわかりのいい行政官や天才的な精神科医から教わる、あの有益な趣味に喩えることができるかもしれない——たとえば製本技術だとか、他の犯罪者や不具者や狂人が作った人形の眼に青いビーズを嵌める作業とか。

最初、彼は敵を殺すという案を弄んだ。量的に言えば、それは最大の解放感を与えてくれる。質的に言えば、道徳的にも法律的にも厄介な事態をあれやこれやと招くことになる。傷を負わせるのは中途半端で間が抜けているように思えた。それなら何か芸術的で奇抜なことをしてやろう、たとえば相手の手から拳銃を撃ち落とすとか、ふさふさもじゃもじゃした髪にまんなかで分け目を入れてやるとか。

陰気なマジェスティックに戻る途中、いろんな小物を買った。細長い箱入りの丸い石鹸三個、冷たく弾力のあるチューブに入った髭剃り用クリーム、安全剃刀十枚、大きなスポンジ、それより小さい石鹸用のゴム製スポンジ、ヘアローション、櫛、スキナーのバルサム薬、プラスチック容器に入った歯ブラシ、歯磨き、はさみ、万年筆、携帯日記帳――他には？――そうだ、小型の目覚まし時計――これさえあれば安心でも、接客係に朝の五時に起こしてくれるようたのむことを忘れはしなかった。

まだ晩夏の午後九時。今が十月の真夜中だと言われても驚きはしなかっただろう。信じられないくらい長い一日を過ごしたような気がする。今日の朝、夜明けに、召使の女中たちが読むドルミローナの小説から抜け出したような死の予兆となる人物が、アーディス・ホールの物置で、半分裸のような恰好をして震えながら話しかけてきたという事実を、頭の中ではほとんど把握することができなかった。はたしてもう一人の女の子は、まだ矢のようにまっすぐ突っ立っているのだろうか、愛され嫌われ、心なく心乱れ、つぶやく木を背にしたまま。翌朝のピクニック《パルティ・ド・プレジール》のことを考えれば、彼女に宛てて「きみがこれを受け取るときには」という手紙を認めたほうがいいのだろうか、浮ついて、残酷で、氷柱のように鋭く尖った手紙を。いや。ディーモン宛のほうがいい。

お父さんへ

ワイルド・ヴァイオレット・ロッジに住むタッパー大尉という男とつまらないことで口論になり、それというのも列車の通路でたまたま僕が足を踏んづけたというだけのことで、その結果、今朝カルガーノ近郊の森の中で拳銃による決闘をして、僕はもう今この世にいません。最期の迎え方はお手軽な自殺とも受け取られそうですが、決闘も曰く言いがたい大尉も若きヴィーンの悩みにはまったく何の関係もないのです。一八八四年、アーディスで過ごした初めての夏に、僕は当時十二歳だったあなたの娘を誘惑しました。僕たちの灼熱の恋は、僕がリヴァーレーンへ戻るまで続きました。それが再開したのは、四年後の、この前の六月のことです。その幸せは僕の生涯で最大の出来事でしたし、何の後悔もありません。ただ、昨日、彼女が貞節ではなかったことが判明し、僕たちは別れました。タッパーというのは、もしかすると、お父さんが入っている狩猟クラブで便所掃除夫とオーラルセックスをしようとして退会処分になった奴じゃありませんか、ほら、あの第一次クリミア戦争で傷痍軍人になった、一本も歯がない爺さんと。たくさん献花をお願いします！

愛しい息子、ヴァンより

彼は念入りに手紙を読み返した――そして念入りにちぎった。最後にコートのポケットに入れた書き置きはずっと短いものだった。

父さんへ

僕はつまらないことで見知らぬ男の顔を殴って喧嘩になり、カルガーノの近くで決闘をして殺されてしまいました。ごめんなさい！

ヴァンより

ヴァンを起こしてくれた夜警は、コーヒーと地元の「卵パン」をベッド脇のテーブルに置き、お約束の十ルーブル金貨《チェルヴォーニェツ》をあざやかな手つきで手中に収めた。どことなくブテイヤンに似ている、それも十年前のブテイヤン、夢に現れたことがあり、今それをヴァンが可能なかぎり逆構築したブテイヤンだ。その夢の中で、ディーモンのかつての従僕がヴァンに向かって、愛しい川の名前にある「ドール」というのは「水路伝話《ドロフォン》」という言葉で「ハイドロ」が崩れたのに等しいと説明していた。

ヴァンは言葉の夢をよく見るのだった。

彼は髭を剃り、血のついた安全剃刀を二枚、大きなブロンズ製の灰皿に捨て、構造からして申し分のない用便をすませ、軽く一風呂浴び、さっさと着替え、バッグを接客係にあずけ、勘定を払い、約束の六時きっかりにジョニーの愛車であるパラドックスという安物の「セミレーサー」に乗り込み、顎が青々として体臭がするジョニーの隣に身体をねじ込んだ。二、三マイルほど、車は湖の陰気な縁に沿って走った――石炭殻、掘っ立て小屋、ボート小屋、延々と続く小石だらけの黒い泥土、そして遠くには、秋らしく霞がかった湖の湾曲する岸のむこうに、ばかでかい工場群からたなびく黄褐色の煙が見える。

「ここはどこかな、ジョニーくん？」車が湖の軌道を外れ、洗濯物でつながった松林の中に羽目板造りの小屋が並んでいる、郊外の道に沿って疾走しているときに、ヴァンがたずねた。

「ドロフェイ・ロードですよ」とモーター音にかき消されないよう声をはりあげて運転手が言った。「森に接しているんです」

なるほどたしかに接している。ヴァンは一週間前、別の森で、背後から襲われたときに岩にぶつけた膝のところがかすかに疼くのを感じた。森の道の、松葉が敷きつめられた地面に足が触れた瞬間、透き通るように白い蝶が一頭ひらひらと通り過ぎ、ヴァンは自分の命があと数分しかないことをはっきりと悟った。

彼は介添人に向き直って言った。

「この綺麗なマジェスティック・ホテルの封筒に入れた、切手が貼ってある手紙は、ほら、僕の父に宛てたものだ。ズボンのうしろポケットに移しておくから。もし万が一、霊柩車みたいなリムジンでやってきた大尉が僕をまぐれで殺戮するようなことがあったとしたら、すぐに投函してくれたまえ」

彼らはちょうどよさそうな空地を見つけ、当事者たちは拳銃を手にして、三十歩ほど離れて向かい合うことになったが、これはたいていのロシア作家、いや家柄の良いロシア作家ならほぼ全員が題材にしているような、一対一の決闘の流儀である。アーウィンが手を叩き、自由に発砲してよいという非公式の合図を送ると、ヴァンは右手の方で何か斑模様がちらちらと動いているのに気づいた。それは幼い見物人二人だった——太った女の子と水兵服を着た男の子で、眼鏡を掛け、茸狩りをした籠を一緒に持っている。コーデュラの車室でチョコレートをむしゃむしゃやっていた子ではないが、とてもよく似ていて、そういう考えがヴァンの脳裏に閃いたとき、弾丸が胴体の左半分をそっくり吹き飛ばしたような衝撃を感じた。彼はよろけたものの、体勢を取り戻し、堂々たる威厳で陽光に霞んだ朝空に拳銃を発砲した。

鼓動は乱れていないし、唾も濁っていないし、肺も大丈夫そうだが、左腋下のどこかで燃えるような痛みが荒れ狂っていた。血が服をつたって染み出し、ズボンの足に滴り落ちた。彼はゆっくり、おずおずと座り込んで、右腕によりかかった。意識を失いはしないかと恐れたものの、瞬時失神していたのだろう、それというのも、次の瞬間、ジョニーが手紙を抜き取ってポケットに入れようとしているのに気づいたからだ。

「破って捨てろよ、このばか」とヴァンは思わずうめき声をたてて言った。

大尉がゆっくりと近づいてきて、憂鬱そうにつぶやいた。「きっときみは続行できる状態じゃないんだろ?」

「きっとおまえは待ち遠しいんだな——」とヴァンは口を開いた。「おまえは待ち遠しいんだな、僕にまた平手打ちされるのが」と言うつもりだったのだが、「待ち遠しい」というところで笑ってしまい、笑いの筋肉が激痛の反応を引き起こしたせいで、言葉が途切れ、脂汗のにじむ額を垂れたのだった。

そのあいだ、リムジンはアーウィンによって救急車に変身中だった。車内を汚さないように新聞紙がもぎ取られ、物入れの中で腐りかけていたジャガイモの袋か何かを小うるさい大尉が付け足し、さらにトランクをひっかきまわして「チッ」（文字どおりの言葉）と舌打ちした後で、古くて汚い雨合羽を犠牲にすることに決めたが、それは獣医に連れていく途中で死んだ老いぼれの愛犬をくるんでいたものだった。

三〇秒ばかり、ヴァンはてっきりまだ車の中にいるものだとばかり思っていたが、実際はレイクヴュー（レイクヴュー！）病院の一般病棟にいて、二列になった、包帯の程度もさまざまで、鼾をかいたり、うわごとを言ったり、うめき声をあげている病人たちにはさまれていた。そう気がついたとき最初に示した反応は、ここで最高の個室《パラータ》に移してくれ、マジェスティック・ホテルからスーツケースとアルペンストックを運んでこい、と憤慨したように要求することだった。次の要求は、どれほど重傷なのか、どれほどここに何もできないままじっとしていなくてはいけないのか知らせろというものだった。三番目の行動は、そもそもカルガーノを訪れた（カルガーノを訪れた！）唯一の理由となるものを再開することだった。新しい病室は、失意の王たちが流浪の道すがら眠れぬ夜を過ごした場所で、ホテルの部屋を白塗りにしたのとそっくりだった――白い家具、白いカーペット、白い天蓋。そこにいわば嵌め込まれているのが、タチアーナというとても美人で高慢な若い看護婦で、髪は黒く肌は透き通るようだ（態度や仕草のそこかしこ、そしてあの特別な、女性美の中でもまださほど研究されていない秘密と言うべき、首筋から目にかけての調和が、我が目を疑うほどに、そしてまた苦痛を覚えるほどにアーダを思い起こさせ、彼女なりに拷問天使であるタチアーナの魅力に力強く反応することで、そのイメージからなんとか逃れようとした。寝たままでいることを強いられていては、漫画によくあるような「追っかけ、つかまえ」という手は使えない。足をマッサージしてくれるように懇願してみると、深刻な黒い瞳の一瞥でにらみつけられた――おまけにその任務は、肉付きのいい手をした看護夫のドロフェイに任され、そのたくましいことと言ったらヴァンを身体ごとベッドから抱え上げられるほどで、病気の子供が太い首筋にしがみついているという図になってしまう。あるときヴァンがどうにかこうにか彼女の乳房をこちょこちょすると、もし今度また「そんな不埒《フラチ》ン」なことをしたら（とは、彼女本人にとっても思いがけないほど、うまい言い方）、訴えますよと彼女は警告した。病状を開陳して、さすってくれたらよくなるから、と下手に出てお願いしてみても、立派な殿方でも公園でその手の行為に及んだせいで、長期の懲役刑をくらったことがあるんですよ、とあっさり言われただけだ。ところがずっと後になってから、彼女から手紙が来たことがあり、ピンク色の紙に赤インクで書かれた、素敵で憂いを含んだものだった。だが他の出来心や出来事が邪魔をして、結局二度と会うことはなかった）。ホテルから即座にスーツケースが届いたが、ステッキは見つからなかった（今頃はウェリントン山を登っているか、オレゴン州でご婦人が「植散」するのに役立っているに違いない）。そこで病院が供与してくれたのは「第三のステッキ」で、なかなか素敵な、節くれだって、曲がった握りと硬い黒のゴム先が付いた、濃いチェリー色のやつである。筋肉の表層部の傷程度ですんでよかったなと言ってくれたフィッツビショップ医師によれば、弾丸は前鋸筋に軽く溝をつけたというか、こう言ってよければ、前鋸筋をかすめて通ったのだそうな。フィッツ先生はすでに顕著なヴァンの素晴らしい回復力について触れ、もし最初の三日間、伐採された木の幹みたいにごろんと横になっていたら、十日かそこらで殺菌剤も包帯もなしにしましょうと約束してくれた。音楽はお好きですかな？　スポーツマンはたいていそうなんでしょう？　ソノローラをベッドのそばに置きましょうか？　いや、音楽は嫌いなんですが、先生は演奏会好きでいらっしゃるから、もしかして、どこに行けばラックという音楽家に会えるかご存知ですか？

「第五棟です」と医者は即座に答えた。ヴァンはそれが何かの曲の題名だと勘違いして、もう一度質問を繰り返した。ハーパーの楽器店に行けば、ラックの住所はわかりますか？　そうですね、以前だと、ドロフェイ・ロードをずっと下ったところの、森のそばに小さな家を借りていましたが、そこはもう別の一家が引っ越してきましてね。第五棟は末期患者専用です。あのかわいそうな人は、これまでもずっと肝臓が悪く、心臓もひどく弱かったんですが、おまけに毒が体内に侵入してしまったのですよ。当地の「研究所」でも正体が突き止められず、奇妙に蛙の色みたいな緑便の検査結果がルーガから届くのを待っているところです。もしラックがそれを自らの手で自分に処方したのなら、私は「口にチャック」をしますね。ただこれはどうやら、彼の奥さんの仕業らしく、奥さんはヒンズー＝アンデスのブードゥー魔術をかじっていて、つい先ほど産科病棟で複雑な流産をしたばかりなんです。ええ、三つ子でした――どうしてそんなことが推理できたんですか？　ともかく、もし昔なじみにぜひ会いたいとそこまでおっしゃるなら、ドロフェイに車椅子で押してもらうようになればすぐにそうしないといけませんな、それにはブードゥー魔術をちょっとばかし、ご自分の肉体にかけてやるのがよろしいのでは、ハハ。

その日はすぐにやってきた。可愛い看護婦たちが体温計を振りながらそばを通り過ぎる廊下を延々と行ってから、最初は上りそれから次は下りと別々のエレベーターに乗ったが、二台目はとても広々として、金属製の把手が付いた蓋が壁に立てかけてあり、石鹸の匂いがする床には柊や月桂樹の葉があちこちに散らばっていて、ドロフェイがまるでオネーギンに出てくる駆者のように「着きました《プリェーハリ》」と言うとやさしくヴァンを押して、カーテンで仕切られた二つのベッドを過ぎ、窓際の三つめのベッドに向かった。そこで彼はヴァンを置き去りにすると、自分は戸口の隅に置かれた小さなテーブルに腰を下ろして、ロシア語新聞『ゴロス』（『ロゴス』）をゆっくりと広げた。

「僕はヴァン・ヴィーン——もしきみがもう意識もはっきりしていなくて、これまでに二度しか会ったことのない人間を見分けられないとしたらいけないので言っておこう。病院の記録では、きみの年齢は三十歳になっている。もっと若いと思っていたが、それにしても死ぬのにはまだ早すぎる年齢だ——どんな糞野郎《トヴァユー・マーチ》*5でもな——生半可な天才だろうが一人前の悪党だろうが、その両方でも。この静かな病室の、殺風景だが気配りの行き届いた装飾から察しがつくだろうが、きみは専門用語で言えば末期患者、別の言い方をすれば腐りかけた鼠なんだよ。酸素吸入器を持ってきたところで、『苦痛中の苦痛』を回避する助けにはならない——ラモール教授の絶妙な冗語法を借りればね。きみが経験することになる、そして今も経験しているはずの肉体的苦痛は大変なものに違いないが、ありえる来世の苦痛からすれば比べものにならない。生まれつき一元論者である人間の頭脳は、二つの無を受け入れることができない。無限の過去における自分の生物学的非存在という、一つの無がかつてあったことは承知していて、それは記憶がまったく空白になっているからだが、いわば過ぎ去ったその無を耐え忍ぶことはさほど難しくない。しかし第二の無は——これも耐えるのはさほど難しくないかもしれないが——論理的に受け入れがたいのだ。空間について語るとき、我々は無限の一なる空間における生きた点を想像することはできる。しかし、そのような概念には、時間における我々の短い人生とのどのようなアナロジーも存在しない、というのも、どれほど短いものであれ（三十年という期間はまったく卑猥なほどに短い！）、我々が存在しているという意識は永遠の中の一点ではなく、裂け目というか、割れ目というか、形而上的時間の全幅に沿って走っている亀裂であり、前後二枚の鏡板の間を——どれほど狭いものであれ——二分して輝いているものだからだ。従ってだな、ラックくん、我々は過去の時間を語ることができるし、もっと曖昧でもわかりやすい意味で、未来の時間についても語れるが、第二の無、第二の空虚、第二の空白を予期することはただひたすら無理なのだ。忘却とは一夜興行にすぎない。一度見物したら、もう再上演はなしだ。従って我々は、無秩序になった意識の何らかの延長形態という可能性に直面せざるをえなくなり、そこで僕の主要論点にたどりつくわけだよ、ラックくん。永遠の苦悶《ラック》、無限の「苦悶性《ラックネス》」はたいしたものではないかもしれないが、一つだけたしかなことがある。来世にも存続する唯一の意識は、苦痛の意識なのだ。今日のささやかなラックは明日の無限の苦悶――僕はどう《イッヒ・ビン・ア》しようもない悪ふざけ屋《イン・ウンヴァーベッセルリッヒャー・ヴィッツボルト》だな。想像してみろ――ぜひ想像してみるがいい――まだラックの人格を保持している粒子の小さな群れが、来世時空のあちこちに蝟集して、どうにか、どこかで、互いに身を寄せ合い、こちらではラックの歯痛の網の目となり、あちらではラックの悪夢の束となっている姿を――どこか消滅した国から逃れてきた名もない避難民の小さな集団が、身を寄せ合ってうずくまり、臭いのするささやかな暖や、けちな施しを求め、タタールの強制収容所での言語に絶する拷問の記憶を分かち合おうとしているようなものだ。老人にとってとりわけこたえるささやかな拷問は、遠く離れた便所まで長い長い列を作って待たされることに違いない。さて、ラックくん、僕が申し上げたいのは、老いゆくラックネスの生き残った細胞たちもそういう苦悩の行列に並ぶはずだということで、無限の夜のパニックと苦痛に空いたお望みの汚物穴へは絶対に、絶対にたどりつけないぞ。もちろん、きみはこう答えるかもしれない、もしきみが現代小説術に精通していて、英国作家お得意の業界用語がお好みならの話だがね、つまり、『中流下層階級』のピアノ調律師がませた『上流階級』の娘と恋に落ち、そのために彼の家庭を破壊してしまったところで、処罰に値するような犯罪を犯しているわけではなく、それをたまさかの闖入者が――」

なじみがなくもない手つきで、ヴァンは用意した演説原稿を破り捨てて、こう言った。

「ラックくん、眼を開けたまえ。僕はヴァン・ヴィーン。来客だ」

頬がこけ、顎が長くて、色は蠟のように青白く、ふっくらした鼻と小さくて丸い顎先をした顔は、しばらく無表情のままだった。しかし、哀れを催すほど長い睫毛をした、美しくて、琥珀色で、潤んだ、雄弁な眼は見開かれていた。そこからかすかな微笑みが口元の辺りに燦めき、彼は油布（なぜ油布なんだろう？）のカヴァーが付いた枕から頭を起こすこともなく、片手を差し出した。

椅子に座ったまま、ヴァンがステッキの先を伸ばすと、弱々しい手がそれをつかみ、支えのつもりで好意から差し出されたものだと思って礼儀的に触れた。「いや、まだ数歩も歩けはしないんです」と、はっきり聞き取れる口調で言ったラックの言葉にはドイツ語訛りがあって、おそらくは形骸細胞の中でもそれが最も持続性のある部分なのだろう。

ヴァンは役立たずの武器を引っ込めた。感情を抑えながら、そのステッキで車椅子の足台を殴りつけた。ドロフェイが新聞から顔を上げ、それから読みふけっていた記事にまた戻った――「利口な子豚」（動物調教師の回想録より）とか「クリミア戦争――タタールのゲリラ部隊、中国軍を支援」。小柄な看護婦が、むこうの仕切りのうしろから出てきたと思った瞬間、また姿を隠した。

彼はメッセージを伝えてくれとたのむだろうか？　拒もうか？　それとも同意して――それで伝えないでおこうか？

「みんなはもうハリウッドに行ったんですか？　お願いです、教えてください、ヴィーン男爵」

「さあ」とヴァンは答えた。「たぶんそうだろう。実を言うと僕は――」

「最後のフルート曲に手紙を添えて、家族全員に送ったのに、ひとつも返事が来ないんですよ。吐きそうだ。ベルは自分で鳴らしますから」

とんでもなく高い白のハイヒールを履いた小柄な看護婦が、ラックのベッドの仕切りを前に引き、憂鬱で、傷は軽く、傷跡も縫い合わされ、きっちり髭も剃ったお洒落な若者はラックと隔てられて、てきぱきしたドロフェイが押す車椅子でそこを離れた。

半分開いた窓では雨と太陽が混ざり合っている、ひんやりした明るい自分の病室に戻ると、ヴァンははかない足取りで姿見に向かい、やあと己の姿に微笑んでから、ドロフェイの手助けなしでベッドに戻った。素敵なタチアーナがすべるように入ってきて、お茶でもほしくはないかとたずねた。「ねえきみ」とヴァン。「僕がほしいのはきみなんだ。この隆々と突っ立ってる塔を見てくれよ！」

「いいこと」と彼女は肩ごしに言った。「あなたみたいにわたしを侮辱した助平な患者は、それこそ五万といるのよ――ちょうど同じ言い方をしたのが」

彼はコーデュラ宛に短い手紙を送り、ちょっとした事故に遭って、カルガーノのレイクヴュー病院で没落貴族用の特別室に泊まっているが、火曜日にはきみの足元にひれ伏すことになるだろうと書いた。それからさらに短い手紙をマリーナ宛にフランス語で書き、楽しい夏をありがとうと感謝した。この手紙は、考え直して、マンハッタンからロサンジェルスのピサン・パレス・ホテルに送ることにした。三通目は、チョーズ在学当時の親友で、大ラットナーの甥である、バーナード・ラットナーに宛てたものだった。「きみの叔父さんは謹厳実直な人だ[*6]」とその中で彼は書いた。「でも僕は近々、叔父さんを完膚無きまでに叩きのめすから」

月曜の正午頃、彼は許可を得て、芝生に置かれたデッキチェアに座っていたが、そこはこの数日というもの、病室の窓から食い入るように見つめていた場所だった。フィッツビショップ医師が両手をもみ合わせながら言うには、ルーガの研究所の報告によれば病因は必ずしも致命的とはかぎらない「アレトゥーソイデス」だったが、もう今となっては大切なことではなくて、というのも不運な音楽教師兼作曲家はディモーニアでもう一晩過ごせる見込みがなく、夕べの祈りに間に合うようにテラにたどり着く（ハハ）予想だったからだ。フィッツ医師はロシア人が言うところのパシリャーク（「気取った俗物」）で、ヴァンはなぜか本心とは裏腹に、哀れなラックの殉死を眺めてほくそ笑むことができないのにほっと一安心した。

大きな松の木が彼と彼の本に影を投げかけていた。それは雑多な医学便覧や、ぼろぼろになった推理小説、モンパルナスの短篇集『ダイヤモンドの首飾り』、それにこのリプリーによる難解な論文「空間の構造」が掲載されている『現代科学』の半端な号が並んだ本棚から拝借したものだった。そのいんちきくさい式や図と数日格闘してみたものの、明日レイクヴュー病院を退院する前には完璧に吸収できそうにない。

斑になった暑い陽光が照りつけ、彼は赤い号を放り出して椅子から立ち上がった。健康を取り戻すとともに、アーダのイメージが苦く眩い波となって彼の内にしきりに湧き起こり、今にも彼を呑み込みそうだ。もう包帯は外されていた。胴体を包んでいるのもフランネルでできた特製のチョッキのようなものしかなく、きつくてぶあついけれども、もはやアーディスの毒矢の先から守ってはくれない。矢先《アローヘッド》の屋敷。矢の城《ル・シャトー・ド・ラ・フレーシュ》、肉欲《フレッシュ》の館。

影の縞ができた芝生をぶらぶら歩いてみても、着ている黒いパジャマに濃赤の化粧着が暑すぎる。庭のこちら側から煉瓦壁を隔てて道路があり、少し離れたところに開いた門があって、アスファルトの車道がカーブを描き、細長い病院の建物の正面玄関へと続いている。デッキチェアに戻ろうとしかけたところで、薄灰色の瀟洒なフォードア・セダンがすべるように入ってきて、目の前で止まった。短い上着と半ズボン姿の年配のお抱え運転手が手を貸す間もなく、勢いよくドアが開いて、コーデュラがもうヴァンの方に向かってバレリーナのように駆け出していた。大喜びで出迎えた彼は彼女を抱きしめ、薔薇色の熱い顔にキスして、黒いシルクのドレスごしにやわらかい猫のような身体をこねまわした。何という甘美な驚き！

退院するのは明日と彼から聞いていたが、もしかするともう発ったのではないかと心配になり、はるばるマンハッタンから時速百キロで飛んできたのだという。

「そうだ！」と彼は叫んだ。「僕を連れて帰ってくれよ、今すぐに！　そう、このままの姿で！」

「いいわよ」と彼女。「わたしのフラットにいらっしゃい、来客用の素敵な寝室があるから、そこに泊まって」

気だてのいい娘だ――可愛いコーデュラ・ド・プレは。次の瞬間、彼は車の中で彼女の隣に座り、車は門に向かってバックしていた。看護婦が二人、走ってきて止まれと手を振り、車を止めましょうかと運転手が伯爵令嬢にフランス語でたずねた。

「ノン、ノン、ノン！」とヴァンがおおはしゃぎで叫ぶと、車は猛スピードで走り去った。

息を切らしながらコーデュラが言った。

「母がマロルーキノ（メイン州マルブルックにある領地）から伝話をかけてきたの。あなたが決闘をしたという記事が地方紙に載っていたって。隆々たる健康ぶりで、本当に安心したわ。わたし、何かまずいことが起こったんじゃないかって知ってた、ほら、プラトーノフ先生の孫のラッセル坊や――憶えてる？――あの子が列車の窓から、あなたが駅のプラットホームで将校を殴っているのを見たって言ってたから。でも、そんなことより、ヴァン、だめ、お願い、見られてるから《ニェート・パジャールスタ・オン・ナス・ヴィーヂト》、とても悪い知らせがあるの。ちょうどヤルタから飛行機で戻ってきたばかりの、フレイザーさんの息子の話だと、侵攻作戦の二日目に、グッドソン空港を発ってまだ一週間にもならないのに、パーシーが戦死するのを目撃したというの。話の一部始終は彼から直接に聞いてちょうだい、語るたびにどんどん恐ろしい部分が増えていって、フレイザーはその混乱した話の中で輝いて見えるようには思えないけど、きっとそれで辻褄を合わせようとしつづけているんだわ」

（ウェリントンのフレイザー判事の息子であるビル・フレイザーは、幸いにも水木《ミズキ》と西洋花梨《セイヨウカリン》で覆い隠された塹壕からド・プレ中尉の最期を目撃したものの、もちろん、小隊長を助けることは何もできず、その数々の理由を彼はご丁寧に報告書の中で列挙しているが、あまりにも退屈かつ恥ずかしいのでここでいちいち述べることはしない。パーシーはハザールのゲリラ兵との小競り合いの最中に太腿を撃たれ、場所はチュー・フット・カレー近郊の峡谷で、それをアメリカ軍は「チューフトカレ」という岩でできた要塞の名前で呼んでいた。運の尽きた人間にありがちな奇妙な安堵感で、彼は軽い傷を負うだけで助かったのだとただちに自分に言い聞かせた。もう一人の負傷兵がゆったり休んでいる、楢の低木と棘の多い藪でできた避難所へと、這うというかのたくるように進みはじめたそのとき、我々が気絶していたように、彼もまた出血多量で気絶した。数分後、パーシー――まだパーシー・ド・プレ伯爵――が意識を取り戻したとき、砂利と草の上に一人きりで倒れているのではもはやなかった。ベシメートにアメリカ製のブルージーンズという、取り合わせが変だがなぜか心和らぐ恰好をしたタタール人の老人が、にこにこしながらそばにしゃがみ込んでいたのである。「かわいそうに《ベードヌィ》、かわいそうに《ベードヌィ》」と善良な老人はつぶやいて、剃りあげた頭を振りながら舌打ちした。「痛いか？《ボーリナ》」パーシーも負けず劣らず原始的なロシア語で、そんなにひどい傷だとは思わないと答えた。「結構《ハラショー》、結構《ハラショー》、痛くない《ニィ・ボーリナ》とは」と物腰のやさしい老人は言って、パーシーが落とした自動拳銃を拾い、嬉々として眺めまわしてから、彼のこめかみを打ち抜いたのだった。（人は想像してみたくなるもの、人はいつも想像してみたくなるものだ、二つの瞬間のあいだで、処刑される一個人はいったいどのような短くてすばやい一連の印象を抱くものなのか、それがマイクロフィルム化した最後の思考を収納している巨大な図書館の中で、何らかの場所に何らかのかたちで保存されているのかと。今の場合だと我らが友人が、ラドールの空とさほど違わないおだやかな空から、あの人当たりのいい偽レッドインディアンの細かな皺だらけの顔が微笑んでいるのに気づくのと、鋼鉄の銃口がやわらかな肌と砕ける骨に荒々しく押し込まれるのを感じるあいだのことである。想像するに、それはフルートのための組曲のようなもの、一連の「楽章」のようなものだったのかもしれない、たとえばこんなふうに。僕は生きている――あれは誰だ？――平民――同情――喉が渇く――水甕を持った娘――あれは僕の拳銃じゃないか――やめてくれ……エトセトラあるいはむしろエトセトラなし……その間、片腕ビルは恐怖のあまり、タタール人に早く仕事をすませて去ってくれとローマの神に祈った。しかし、もちろん、この一連の思考の中で何物にも代え難い細部は――おそらく、水甕の娘に次いで――燦めき、影、アーディスの一刺しだったのだろう。）

「実に不思議、不思議だなあ」後でビル・フレイザーから受け取った報告書ほど詳しくはないヴァージョンをコーデュラが話し終えると、ヴァンはつぶやいた。

なんたる奇妙な偶然の一致！　アーダの命取りの矢が命中したのか、それとも彼、つまりヴァンが、木偶との決闘でどういうわけか彼女のあさましい愛人を二人とも葬り去ってしまったのか。

これまた奇妙なことに、彼は何も特別な感情を覚えず、あるとすればおそらく、可愛いコーデュラの話に耳を傾けていたときの、他人事のような驚きだけだった。やさしい情熱に関しては一方通行の人間である奇妙なヴァン、奇妙なディーモンの息子は、この瞬間には人間的かつ人道的に可能なかぎりすぐさま、悪魔的かつ道程的に実現可能なかぎりすぐさま、コーデュラを楽しみたいということに心を奪われていて、よく知りもしない男の運命をいつまでも嘆き悲しんでいるような暇はなかった。そしてコーデュラの青い目が涙で一度か二度輝いても、彼女はまたいとこをたいして目にしたことがないし、実を言えば嫌いだったのを彼はよくよく知っていたのだ。

　コーデュラはエドモンドに言った。「何て言ったかな、そう、アルビオンのそばで停めてちょうだい《アレテ・プレ・ド》、ルーガにある紳士用品店《ル・ストア・プール・メッシュー》の」。そしていらだったヴァンが抗議すると、「パジャマ姿で文明に戻れないわよ」と彼女はきっぱり言った。「服を少し買ってあげる、エドモンドにはコーヒーでも飲んでいてもらうから」

　彼女はズボン一着とレインコートを買ってやった。駐車した車の中でいらいらしながら待っていたヴァンは、新しい服に着替えることを口実に、どこか人気のないところに行こう、エドモンドはどこでもいいからコーヒーをもう一杯飲んでいればいいんだし、とたのんでみた。

　ちょうどよさそうな場所にたどりつくと、彼はさっそくコーデュラを膝の上に移し、実に心地よく彼女をものにして、あられもない悦びの声をあげ、それには彼女も心動かされおだてられたような気になった。

「無頓着なコーデュラ」と無頓着なコーデュラが呑気に言った。「たぶん、また堕ろすことになるのよね――また水子《アンコール・アン・プチ・タンファントーム》かって、かわいそうな叔母の女中が、そうなるたびによく嘆いていたわ。わたし、何かまずいこと言った？」

「べつに」とヴァンは言って、彼女にやさしくキスをした。それから二人は車でカフェに戻っていった。

＊1 topinambour とは菊芋《キクイモ》のこと。「洒落」calembour に掛けた洒落。

＊2 「ワイルド・ヴァイオレット」は、「バードフット」（上390）ともども、ヴァンの決闘相手と二人の介添人の「女々しさ」を反映している。

＊3 Rafin, Esq.。「ラフィネスク」Rafinesque という人名を冠した菫の一種があるが、その名前に掛けた洒落。

＊4 Do-Re-La。「ラドール」Ladore を音楽的にかき混ぜたもの。

＊5 ロシア語で「おまえの母さん」。よく知られたロシア語の呪祖の最後の部分。

＊6 「僕の叔父さんは謹厳実直な人だ」（『エヴゲーニイ・オネーギン』第一章第一連一行）

43

ヴァンはコーデュラが住むマンハッタンのアレクシス街に面したフラットで療養の一ヵ月を過ごした。彼女はマルブルックの城にいる母親のもとを週に二、三度欠かさず訪れ、はしゃぐのが好きな浮気娘であったせいで、町での社交の数えきれない「ひらひら」にも顔を出したが、どちらの場合もヴァンと連れ立って出かけることはなかった。それでもパーティに行くのはたまにキャンセルしたし、いちばん最近の恋人（当世流行の精神分析技師であるF・S・フレイザー医師で、故P・ド・Pの幸いにも命を取りとめた同僚兵士のいとこ）には頑として会おうとしなかった。何度かヴァンは水路伝話で父親（メキシコの鉱泉と香料に関して広範な研究を続けていた）と話をして、父親の代わりに町で何度か用足しをした。よくコーデュラをフレンチレストランやイギリス映画、そしてヴァラング悲劇に連れて行ったが、それがどれも満足の行くことこの上なしだったのは、彼女があらゆる食事の一欠片、あらゆる飲み物の一啜り、あらゆる冗談の一くさり、あらゆる涙の一粒を心ゆくまで楽しんだからで、ビロードのような薔薇の頬、派手に化粧した目の青空のように澄みきった虹彩がヴァンには蠱惑的に思え、その目には、藍色がかった黒の濃い睫毛が目尻のところで長く上向きにカールして伸び、ファッション用語で言う「ハーレクイン・スラント」が加わっていた。

ある日曜日のこと、コーデュラがまだ香水風呂にゆったりと浸かっているあいだ（素敵な、奇妙に見慣れない光景で、それを彼は一日に二度楽しんだ）、ヴァンは「ヌード」で（これは新しい恋人が「素っ裸」というのを上品にした滑稽な言葉）、一ヵ月の節制の後で初めて逆立ち歩きをやってみた。元気で体調もいいと思って、陽光に浸されたテラスのまんなかで軽はずみにも逆立ちして「第一の姿勢」を取った。すると次の瞬間、仰向けで大の字になって倒れていた。もう一度やってみても、またたちまちバランスを失った。これは左腕が右腕より短くなったのかと、錯覚ではあったものの恐ろしい思いを味わい、もう二度と逆立ちして踊ることはできないのかとヴァンは苦々しく思った。そう言えばかつてキング・ウィングが警告してくれた話では、二、三ヵ月も練習を怠るとこの至芸が永遠に失われてしまうことにもなりかねないのではなかったか。ちょうどその日（この二つの不愉快な出来事がこうして頭の中では永久に結びつくことになった）ヴァンはたまたま受話器を取った――男の声らしい太くくぐもった声がコーデュラはいるかとたずね、掛けてきたのは実は昔の学校友達だとわかり、コーデュラはなんの曇りもなく喜んでいるようなふりをしながら、受話器を持ったままヴァンに向かって目を丸くしてみせ、いかにも嘘くさい先約を並べ立てた。「気持ち悪い娘なのよ！」と彼女は歌うようにさよならを言った後で大声を出した。「名前はヴァンダ・ブルームといって、つい最近知ったんだけど、学校にいた頃はそんなこと疑いもしなかった――あの娘は根っからの卍なんだって――かわいそうなグレース・アーミニンの話じゃ、ヴァンダはしょっちゅうちょっかいを出していたそうよ、彼女とそれから――別の娘に。ここに写真があるわ」とすばやく声の調子を変えてコーデュラは続け、凝った装幀と綺麗な印刷の一八八七年春と刻まれた卒業アルバムを取り出したが、それをヴァンはアーディスで見たことがあり、そのときには問題の娘の陰気で太い眉毛の不幸せそうな顔に気づいていなかったものの、今ではもうどうでもいいことで、コーデュラはすばやくアルバムを引き出しに放り込んだ。それでも彼がよくよく憶えていたのは、程度の差こそあれ純情可憐な寄稿文が並ぶなか、アーダ・ヴィーンが寄せていた巧みなパスティーシュで、トルストイの段落のリズムと章の結び方を真似たものだった。乙にすました彼女の写真の下に、いかにも彼女らしい戯詩が添えられていたのを、彼ははっきりと思い出した。

古い荘園屋敷で、私がパロディ化したのは
一つ一つのヴェランダと部屋《ルーム》、
さらにはジャカランダがアローヘッドで
不自然に思えるほど花咲く《ブルーム》のを。

どうでもいいこと、どうでもいいことだ。破棄してきれいさっぱり忘れよう！　それでも公園で見かける一頭の蝶、店のウィンドウで見かける一輪の蘭が、絶望感の目もくらむような内心の衝撃とともにすべてをよみがえらせるのだった。

主な日課は、大きな御影石の柱が立っている公立図書館で調べものをすることで、そこはコーデュラの居心地のよいフラットから数丁離れたところにある壮麗で身もすくむ建物だった。青年作家の第一作の創作過程に伴う複雑な陶酔感に忍び込む、不思議な願望や不愉快な不安というものを、人は否応なしに出産と比べてみたくなるものである。ヴァンは花嫁の段階に到達したばかりだった。次に来るのは、隠喩を拡張すれば、寝台車での血が滴る破瓜であり、さらには蜜月に初めてバルコニーでとった朝食、そして初めての雀蜂。どのような意味でもコーデュラを作家の美神に喩えることはできないが、それでも夕方に彼女のアパートへゆっくりと歩いて帰るときには、やり終えた日課の火照りと余韻、そして彼女の愛撫を受ける期待感に浸されているのが快感だった。とりわけ楽しみだったのは、「モナコ」から届けられる凝った料理を一緒に食べる夜で、そこは彼女のペントハウスと広々としたテラスを頂きにした背の高い建物の中二階にある高級レストランだった。平凡ながらも心地よい二人のささやかな家庭生活《メナージュ》は、それまで珍しく街中で出会ったときや、これからチョーズでの新学期を前にしてパリで二週間過ごすときに、いつも興奮していて激しやすい父親と一緒にいることよりも、しっかりと彼を支えてくれた。噂話を——それも浮ついた噂話を——除いては、コーデュラには話題がなく、それもかえってありがたかった。彼女はたちまちのうちに、アーダとかアーディスのことを口にしてはいけないと、直観で察知していたのだ。彼のほうも、彼女は本当を言うと彼を愛していないという明白な事実を受け入れた。彼女の小柄で、染み一つなく、柔らかで、肉付きのいい、丸みを帯びた身体を愛撫する感触は最高だったし、性技で見せる四十八手とたくましさに彼女が思わず驚きの声をあげることが、哀れなヴァンにまだ辛うじて残っていたむくつけき男の誇りを癒してくれたのである。彼女はよくキスとキスのあいだに眠りこけてしまうことがあった。今では頻繁になったが、眠れないときには彼は居間に戻り、そこで座って読みかけの書物に注釈を書き込んだり、開けっ放しのテラスで、靄がかかったような星空の下、行ったり来たりして歩きながら、厳しく制限を設けた瞑想に耽っていると、やがて夜明けの町の深淵から始発の路面電車がガタゴト揺れ軋む音が聞こえてくるのだった。

　九月の初め、ヴァン・ヴィーンがマンハッタンを発ってリュートに向かおうとしているときに、彼は妊娠していた[*1]。

＊1　第1部の最後の段落は、（まるで外部の声によって語られているような）簡潔な抑揚が目立つ点で、有名なトルストイの終わり方を真似たものであり、ヴァンがキティ・リョーヴィンの役どころになっている。

本文中に、一部差別的な表現が使われていますが、これは本書の歴史的、文学的価値に鑑み、原文に忠実な翻訳を心がけた結果であることをご了承ください。

訳者略歴　京都大学教授　訳書『ロリータ』『記憶よ、語れ』『ディフェンス』ウラジーミル・ナボコフ，著書『ロリータ、ロリータ、ロリータ』，『乱視読者の英米短篇講義』，編訳『ベスト・ストーリーズⅠ、Ⅱ、Ⅲ』（早川書房刊）

アーダ
〔新訳版〕
〔上〕

2017年9月20日　初版印刷
2017年9月25日　初版発行

著者　ウラジーミル・ナボコフ
訳者　若島《わかしま》　正《ただし》
発行者　早川　浩
発行所　株式会社早川書房
東京都千代田区神田多町2－2
電話　03－3252－3111（大代表）
振替　00160－3－47799
http://www.hayakawa-online.co.jp

印刷所　三松堂株式会社
製本所　大口製本印刷株式会社

Printed and bound in Japan

ISBN978-4-15-209710-1 C0097

乱丁・落丁本は小社制作部宛お送り下さい。
送料小社負担にてお取りかえいたします。